STEFFEN ZIEGLER

Keltenkind

STEFFEN ZIEGLER

Keltenkind

Roman

Schwarzdorn-Verlag

1. Auflage

Illustrationen: Anke Eißmann, Herborn

Gestaltung des Einbandes: Agentur FederhenSchneider Siegen / Köln

Schwarzdorn-Verlag

Herstellung: Vorländer, Siegen

www.keltenkind.de

ISBN 978-3-9820228-2-6

„Wild verstreut liegt der Basalt,
Düstre Wolken jagen.
Über Halm und Dorn und Wald
Will die Nacht den Mantel bald
Leise um mich schlagen.

Rascheln – Flüstern ringsumher,
Windeslied in Zweigen.
In den Tälern grau und schwer
Kriecht der nasse Nebel her.
Bald wird alles schweigen.“

aus dem Gedicht „Westerwald“
des Herborners Heinzcarl Bender (1904-1978)

Band III

Langsam beginnt die bleierne Stille mich etwas zu sorgen.
Wieder kein Vogel, der sänge. Was für ein seltsamer Morgen!
Aber nicht nur die Vögel sind fort, nein, vielerlei Tiere.
Silius meinte dies eben. Ich rief ihn, dass er mich massiere.

Dabei erzählte er auch, man habe in wenigen Stunden
Gestern jenseits der Bucht gut ein Dutzend Ziegen gefunden.
Allesamt tot, doch nicht vom Wolf oder Bären gerissen.
Keines der Tiere sei auch nur ansatzweise verbissen.

Folglich mache sich Angst breit unter den einfachen Leuten,
Denn nicht ein Seher sei in der Lage, die Zeichen zu deuten.
Niemand weiß, was die Götter uns damit versuchen zu sagen.
Deshalb lasse auch ich die Auguren noch einmal befragen.

Um das Entstehen übler Gerüchte dort zu beenden,
Werde ich zusätzlich Späher nach Herculaneum entsenden.
Sind die Götter uns hold, dann sind wir dank dieser Späher
Hoffentlich bald des Rätsels Lösung ein gutes Stück näher.

Lunas Brief, ihre Zeilen an Velent erneut in den Händen,
Will ich versuchen, den meinen an Dich bis dahin zu beenden.

Kurz zusammengefasst: Soeben hatten die beiden
Sich nach Jahren des Schwärmens, der Trennung und etlicher Leiden
Endlich im Lauf einer Nacht im Marktort Mattiacum gefunden,
Da verloren sie sich auch schon wieder nach wenigen Stunden.

Ich weine schon wieder, Velent. Wie oft schon wurden wir getrennt? Menelaos versucht, mir Mut zuzusprechen, fanden wir uns doch auch immer wieder auf Neue. Doch was, wenn es nun wieder ähnlich lang dauern sollte wie damals? Was dann? Und was, wenn ich dieses Mal letztlich vergebens auf Dich warten sollte?
Doch ich will warten. Meine Tränen trocknen. Und nicht den Mut verlieren. Ich bleibe hier! Wir bleiben hier! Menelaos und ich. Willst Du den Grund dafür erfahren, warum wir uns aus dem Tross fortstahlen, der Mattiacum zu verlassen hatte? Weil ich diesen Ort schon zu oft gegen meinen Willen verlassen musste. Zu oft, Velent. Zu oft.
Damals, nach Ausbruch des großen Krieges, war Marcus die treibende Kraft. Aber, wie hätte ich es erahnen sollen?

Marcus' Schwert hatte nie das Blut eines Menschen gesehen.
Deshalb sollte sein Träger erst nach Bernulfs Tode verstehen,
Dass er – obgleich er ein Ritter war – zum Kriege nicht taugte.
Weil schon ein Toter ihm die Ruhe nächtelang raubte.

Hast Du gewusst, dass Marcus' Vater einst die Garde des Tiberius führte? Nicht jedem gelingt es, aus einem solch großen Schatten herauszutreten. Marcus vermochte es nie. Heute weiß ich es. Damals nicht. Er war immer freundlich und zuvorkommend und wirkte recht überzeugt von dem, was er tat. Ich war noch viel zu unerfahren, um zu durchschauen, dass er nur eine Rolle spielte, sich nur versteckte. Hinter einer Fassade, die er mit viel Mühe aufrechterhielt. Dass er sich aber in Wirklichkeit seinem Amt nie gewachsen sah. Vor allem im Kriege nicht.

Marcus wusste: Jetzt im Krieg um Versetzung zu bitten,
Konnte leicht feige wirken, und es entsprach nicht den Sitten.
Also sollte er schließlich Quirin das Angebot machen,
Dessen Tross zurück an den Moenus daselbst zu bewachen.
Ja, es sei sogar seine Pflicht, ihn persönlich zu führen,
Würde ihm als Ädil doch der beste Begleitschutz gebühren!

Deshalb streute er das Gerücht, Mattiacum sei im Falle eines Angriffes trotz all der Geiseln, die er genommen hatte, nicht zu halten. Tatsächlich bestärkte er meinen Onkel damit in seinem Plan, den Ort so schnell wie nur möglich wieder zu verlassen. Und trotzdem ging seine Rechnung nicht auf. Zwar nahm Quirin Marcus' Angebot dankbar an, sich von ihm begleiten zu lassen, aber er entschied sich gegen eine Rückkehr nach Mogontiacum, wo Marcus dem Stab des Statthalters näher gekommen wäre. Da er dort keinen passenden Mann für mich gefunden hatte, wollte mein Onkel sein Glück nun

in der aufstrebenden Stadt der Ubier am Rhenus versuchen. Dort verblieb er schließlich sogar bis zum Ende des Krieges – nicht einmal unglücklich, möchte ich meinen. Nichts an ihm hing je an Mattiacum.
Ich aber tobte, als er mir sagte, wir würden den Ort schon wieder verlassen. Ich lief fort, schrie, biss und schlug um mich, da sie mich fanden und zurück zu ihm brachten. Und da ich nicht damit aufhören wollte, betäubten sie mich. Ich wollte nicht gehen! Ich wollte nicht fort, war ich doch sicher, Du kämst zu mir zurück! Doch ich musste.

Ich weiß nicht einmal mehr, wie lange ich schlief und wann ich auf unserem Boot erwachte. Denn in meiner Erinnerung verschwimmt das, was ich sah, und das, was ich womöglich nur träumte.

Steil und hoch war das Ufer des Flusses. Undurchdringliches Grün. Einer Wand gleich. Aus ihr ragten Äste und Kronen. Wie um nach ihnen zu greifen. Kein Laut im Boot. Alles lauschte. Um das Grün zu durchdringen, das ihnen drohte. Mulmiges Warten. Überall Angst und Stille.

Vielleicht schlief ich gar bis hin zum Rhenus. Doch wenn es so war, dann hauchte Logana mir im Traume ins Ohr. Klagte mir flüsternd ihr Leid. Zuweilen glaube ich, ihre Stimme noch immer zu hören, und die Bilder zu sehen, die doch nur ihre Augen gesehen haben können, im trägen Strome der Zeit.
Ich kann sie nur zu gut verstehen. Anders als so viele andre im Norden blieb ihr Ufer damals, zumindest anfangs, vom Schlimmsten verschont. Doch konnte sie es zu jenem Zeitpunkt noch nicht wissen. Und wenn Du nur genug Gräuel erlebt hast, reicht sicher bereits der schrille Klang des Wortes „Krieg“ aus, um alte Wunden neu aufzureißen.

Vier Jahre sollte jener Krieg dauern. Seine Schlachten sind niedergeschrieben. Wie auch die Namen der glorreichen Sieger, derer wir dankbar gedenken. Doch es gibt nicht nur Sieger. Jeder Krieg hat Verlierer. Tote und Opfer. Mars reißt das Leben. Nimmersatt, schnell und gierig.

Wie viele Tote trieben schon in meinen Tränen!
Wie oft warf Mars sein Leichentuch über mein Land!

Ich hab dem Reich treu gedient. Über Jahre. Mit den Kriegen verlernst Du das Fühlen. Letztlich leiten Dich nur Deine Sinne. Mars vermag sie zu schärfen. Bis Du es letztlich kannst: Riechen, ob in verriegelten Häusern Menschen verbrennen. Ohne zu klagen. Teilnahmslos nickend. Eiskalt.

Ich sehe Leichen im Wasser. Um mich herum. Sie treiben. Nicht anders als ich. Den Fluss hinab. Viele Leichen. Bauern und Krieger, Frauen und Kinder. Aller Stämme, aller Völker. Erstochen, erschlagen, erdrosselt.

Nur mit Blick auf Wundbrand und Maden sagen können, wie lange wohl Leichen, denen ein Feuer bislang nicht vergönnt war, schon auf dem Erdboden lagen. Hören, ob Weiber versucht sind, ihre Ehre zu retten oder ihr Leben. Oder sich sorgen um ihre kleinen Kinder.

Drei Frauen steigen ins Wasser, um ihre Toten aus ihm zu bergen. Es ist rot. Rot wie das Feuer, das den Himmel fernab des Ufers erhellt und Dörfer, Höfe und Felder verbrennt.

All das lässt uns Mars schließlich können. Ja, sogar im Spiegel der tauben Augen zweier junger Waisen versuchte ich eines Tages zu lesen, wie ihre Eltern wohl starben. Hatten sie es gesehen? Oder nur ihre Leichen betrauert? Letzteres stimmte damals.

Ich kenne kaum einen derer, die dort am Ufer entlangstolpern. Kaum einen derer, die mein Wasser zu queren versuchen. Ich sehe beinahe nur fremde, getriebene Menschen.

Ich sehe Frauen mit kleinen Kindern auf ihren Armen.
Frauen mit Kindern an beiden treu sorgenden Händen. Ich sehe einsame
Greise und Kinder, denen nicht einmal eine zerrende Hand vergönnt ist.
Viele tragen Bündel auf ihren gekrümmten Rücken.
Andere tragen kaum noch etwas auf den geschundenen Leibern.
Ich sehe sie alle, wie sie dem gierigen Tod zu entrinnen versuchen.
Und immer mehr derer im Wasser, denen dies nicht gelang.
Hundert Heilige würden nicht reichen, sie alle zu bergen.

Ja, ich weiß durchaus: Kriege sind nötig. Reiche müssen sie ab und an führen. Oder sie drohen unterzugehen. Aber lass mich Dir sagen: Wir sollten immer bedenken. Auch wenn unsere Siege glorreich sein mögen. Nie sind es Kriege. Kriege nicht. Niemals. Niemals.

Ich treibe durch Wälder, deren Bäume, Ast um Ast,
aus weißen Knochen bestehen. Auf ihnen sitzen die Raben.
Zu satt und zu träge, sich noch zu bewegen.
Der Boden grau-weiß, voller Asche. Der Himmel blutrot.
Die Luft steht in todtiefer Traurigkeit.

Heute sehe ich Loganas bittre und trostlose Bilder wieder. Ihre Bilder des Leids und des Todes. Und leider nicht nur des Nachts. Umso mehr bete und hoffe und bange ich, Dich nicht in ihnen zu sehen.
Wie sehr bangte ich auch damals um Dich! Gerade weil ich mir sicher war, dass Du nach Mattiacum zurückkehren würdest!

*

Nichts und niemand vermochte Velent am Steinring zu halten.
Denn sogar während Bernulfs prächtiger Beisetzung galten
Seine Gedanken doch Luna allein. Ihren samtweichen Händen,
Tröstenden Lippen, duftenden Haaren und lockenden Lenden.

Gleichzeitig sollte er um Luna aber auch bangen.
Weil die Chatten den Toten wie einen Helden besangen.
Bernulf würde ein Platz an der Tafel der Götter gebühren!,
Raunten sie düster und sollten zugleich den Widerstand schüren.
Denn sie riefen, es könne fürwahr nichts Größeres geben,
Als den Tod verachtend wie Bernulf nach Freiheit zu streben.

Zwar vermochte Norwin den Großteil der Männer zu zähmen,
Weil er sie mahnte, was es bedeute, Rache zu nehmen.
Rom habe schließlich nicht grundlos einhundert Geiseln genommen.
Seines Bruders Sohn sei einst schon ums Leben gekommen.
Ja, er sei sogar sicher, im Sinn der Valkyrjen zu sprechen,
Wenn er sie mahne, den Preis zu bedenken, den Frieden zu brechen.

Aber Velent las Swidgers zornigen Blick und erkannte,
Dass ihn der Hass auf uns, auf Rom, sicher bald übermannte.
Also ritt Velent zurück nach Mattiacum, um Luna zu finden.
Aber die Wachen vor Ort konnten seinen Versuch unterbinden,
Unerkannt nachts durch den Zulauf des Bachs in den Ort zu gelangen.
Erst wurde Adlan entdeckt und anschließend Velent gefangen.

Oh, was sollte er zetern, da man ihn festsetzen sollte!
Blieb ihm doch damit zunächst mal verwehrt, zu tun, was er wollte.
Als er dabei erfuhr, dass es müßig war, Luna zu suchen,
Weil sie doch fort war, schlug er sogar um sich, anstatt nur zu fluchen.

Folglich sperrte man ihn zu den wirklich üblen Gesellen,
Um nach wenigen Tagen ein hartes Urteil zu fällen:
Vierzig Wochen in einsamer Haft sollte Velent verbüßen,
Kaum versorgt und zudem gebunden an Händen und Füßen.

Um es abzukürzen: Bald sollte Velent erkranken.
Heftig sogar. Doch am Leben hielten ihn seine Gedanken,
Luna noch einmal wiedersehen zu können, nein, müssen!
Sie, die er liebte, noch einmal zu halten und einmal zu küssen!

Ich wusste ja nicht, dass man Dich festhielt. Genauso wenig wie Menelaos, der zumindest die ersten Wochen mit hohem Wundfieber daniederlag.
Es sei Adlan gewesen, meinte er gerade, der ihn schließlich zu Dir geführt habe – was ich hier alles erfahre! Er habe ihn hinter dem Forum gesehen. Als man ihn gerade verkaufen wollte. Er schritt sofort ein und sagte, es sei das Pferd seines Herrn. Und fand Dich schließlich unter den Geiseln. Aber das dürfte Dir kaum neu sein. Dir wird er es sicher gesagt haben. Ihr hattet ja leider genügend Zeit, Euch zu unterhalten!
Nein, Menelaos kann ich keinen Vorwurf machen. Aber Marcus muss ich sein Verhalten dafür umso mehr vorwerfen! Er musste es längst erfahren haben, was Dir widerfahren war. Schändlich war es Dir gegenüber, dass er nichts dagegen tat! Und nicht weniger schändlich mir gegenüber, dass er mir sein Wissen vorenthielt! Obwohl ich ihn so oft fragte, ob er nicht irgendetwas von Dir gehört habe. Er hoffte vermutlich schon damals, mich für sich gewinnen zu können. Womöglich sogar ermutigt durch falsche Signale, die ich ihm sandte. Doch den, den ich liebte, nein, den ich liebe, dafür büßen zu lassen, kann und will ich ihm nicht verzeihen!

Menelaos meint, ich solle nicht zu streng mit Marcus ins Gericht gehen. Er sei womöglich der Schwächste von uns allen gewesen. Vermutlich stimmt das sogar. Doch man kann zumindest versuchen, seiner Schwäche Herr zu werden! Dein Vater hat es bewiesen!

Längst bevor Velent zurückgekehrt war, war sein Vater gegangen –
Tief enttäuscht von uns –, um zu jenem Ort zu gelangen,
Der ihn nun laut und mehr denn je rief: Die erzreichen Berge.
Hoch im Norden. Die Heimat der sagenumwobenen Zwerge.

Völlig abseits war sie gelegen. Versteckt und verschwiegen.
Doch nicht nur deshalb verschont von sämtlichen Seuchen und Kriegen.
Keiner der Zwerge hätte die Lage der Höhlen verraten!
Niemals! So sehr die Händler der Täler sie auch darum baten.
Dafür war diese Schar kleiner Männer zu aufrecht und redlich.
Ihnen galt jeglicher Einfluss von jedweden Fremden als schädlich.

Einige hatten zwar – meist in der Ferne – Kinder und Frauen.
Doch auch hier galt, sich ihnen nicht völlig anzuvertrauen.
Mögliche Neue bekamen stets die Augen verbunden.
Niemand von ihnen hätte die Höhlen je wieder gefunden.

Außerdem schienen die Götter der Berge dies nicht zu wollen.
Denn wer anfangs versuchte zu folgen, galt bald als verschollen.
Deshalb war des Hünen Erfolg nur so zu verstehen:
Er schien unter dem Schutz dieser höheren Mächte zu stehen.

Trotzdem sollten sie Degenar anfangs kritisch beäugen.
Und er musste versprechen, sich ihren Sitten zu beugen:
Trinkfest zu sein und trotzdem keinerlei Arbeit zu scheuen.
Das versprach er doch gerne und sollte es niemals bereuen.
Mehr noch. Auf seltsame Weise fühlte der Schmied sich geborgen.
Wohl, weil er fand, was er suchte: Ein Leben bar aller Sorgen.

Sicher: Belana und Velent sollte er manchmal vermissen,
Doch die Schmiede dort hatten ein solch überragendes Wissen,

Dass es ihn häufig in seinen Bann zu ziehen vermochte.
Alles war gut – auch deshalb, weil man ihn bestens bekochte.

Falls Du Dich fragst, warum der Krieg die Zwerge nicht scherte.
Nun, sie wussten um ihn, weil sie Degenar zeitig belehrte.
Aber da Mars es vermied, ihn hinauf in die Berge zu treiben,
Schien es den meisten doch sinnvoll, dort, wo sie waren, zu bleiben.

Lediglich jene wenigen Zwerge mit Frauen und Kindern,
Stiegen hinab in die Täler, die Not ihrer Lieben zu lindern.

Jene erlebten die Schrecken des Krieges. Sahen verkohlte Häuser
und Felder. Frische Gräber. Flüchtende Menschen. Frauen, Kinder und
Greise. Wie eine Feuersbrunst hatte Mars die Horden getrieben.
Hungrig und gierig. Nein, unersättlich, ausdauernd, wild und listig.

Aufhalten lässt sich Mars äußerst selten. Nicht mal von uns, wenn sich
unsere Feinde zusätzlich untereinander nicht grün sind. Sich als Verräter
bezeichnen. Jeder schwärzte den andren an. Und nicht wenige zogen los,
die beklagten Stämme und Sippen umgehend hart zu richten.

Doch es gab auch zahlreiche Landstriche, die den Gefahren
Knapp entkommen und somit zugleich verschont worden waren.
Ihnen war kaum etwas anzusehen. Manche Gesichter
Aber verrieten die Angst. Und des Nachts brannten weniger Lichter.

Dies galt sicherlich auch für Mattiacum. Der Ort war ein Schatten
Früherer Tage. Der Krieg bestimmte alle Debatten.
Nahe kam er auch der Logana. Auch hier wurden Ernten vernichtet,
Felder verbrannt und Hirten samt ihrer Tiere gerichtet.

Doch in Mattiacum selbst blieben alle Bewohner am Leben,
Alles schien sicher, auch dank der Geiseln, der Chatten und Sueben.
Aber etwas Angst blieb. Und sie ließ den Handel erlahmen.
Kurz: Die Angst vor dem Tod war kleiner als die, zu verarmen.

Nahezu jeder im Marktort sollte sich bitter beschweren.
Doch nur wenige wagten, ihm auch den Rücken zu kehren.
Insbesondre die Ubier sollten fast alle verbleiben.
Unsere Händler ließen sich wesentlich leichter vertreiben.
Deshalb beschloss man, der Hälfte der Geiseln die Freiheit zu schenken.
Als eine Geste des Friedens – und mehr noch, um Kosten zu senken.

Nebst vielen andren sollte Fortuna auch Velent erwählen.
Wie ging es Luna? Wie? Es sollte ihn mehr denn je quälen,
Nicht in ihrer Nähe zu sein. Er musste sie sehen!
Wer auch einmal nur liebte, wird es ganz sicher verstehen!

Und dann kamst Du endlich frei! Zum Ende des Jahres. Mir gegenüber tat Marcus so, als habe er es verfügt, doch war es wohl anders.
Menelaos sagt, er habe Dir sogar Adlan gegeben. Obwohl er sein Leben damit aufs Spiel setzte.
Ob Marcus vielleicht sogar ahnte, dass Du zum Rhenus kommen würdest? Vielleicht hoffte etwas in ihm sogar darauf, Du könntest den Gefahren der Reise erliegen. Oder er betete darum, dass geschehen würde, was nun geschah.

Niemand hatte Adlan über den Sommer geritten,
Velent in Ketten gelegen. So kam es, dass beide bald litten.
Adlan konnte rasch nur noch traben und er sich kaum halten.
Aber sie kämpften um jede Meile! Selbst in den kalten

Nächten! Im Schritt suchte Adlan sich welke Gräser zum Fressen.
Velent darbte, und bald hatte er seinen Hunger vergessen.

Einige Münzen hatte Menelaos ihm zwar gegeben,
Aber Velent hielt sich abseits von größeren Wegen.
Denn er wusste um die Gefahr, alleine zu reiten.
Immerhin herrschte Krieg. Es waren unruhige Zeiten.
Mehr denn je konnten hungrige Messer überall lauern.
Kein Grund indes für ihn, sich nur einen Moment zu bedauern.
Seine Luna war jedes Leid wert und alle Gefahren!
Dann endlich sah er den Rhenus im Tale. Nach drei langen Jahren.

Luna hatte er auch schon ein Dreivierteljahr nicht gesehen!
Seit Bernulfs Tod. Vielleicht war auch ihr etwas Schlimmes geschehen!
Velent querte den Fluss und zog über Bonna nach Norden.
Mehr denn je trieb ihn die Sorge. Was war aus Luna geworden?

Wie oft habe ich mich schon gefragt, ob alles anders gekommen wäre, wenn ich Dich damals in der Stadt der Ubier nicht verloren hätte!
Aber an wen, außer an Marcus, hätte ich mich halten sollen in dieser fremden Stadt, die um so vieles größer als Mattiacum war?

Erstmals kam Velent nun in die Stadt seines Stamms, seiner Leute.
Groß war sie damals schon. Doch nicht ganz so prächtig wie heute.
Velent hatte zwar andres im Sinn, denn auf solches zu achten,
Doch er kam nicht umhin, ihre steinerne Pracht zu betrachten.

Nie hatte Velent aus Quadern errichtete Häuser gesehen.
Nie solche Straßen! Sie waren fast alle mit Wackern versehen.

Jeder Druide im Osten hatte den Ort stets bejammert!
Klagend, mahnend und warnend. Sich an das Alte geklammert.
Zügellos seien die Menschen. Und völlig verroht ihre Sitten.
Drum war einst Velent, von Bonna kommend, nicht weitergeritten.

Nun hatte er es getan – entfernt davon, alles zu glauben –,
Doch tatsächlich trat Vieles hier an, ihm den Atem zu rauben!

Eins stach heraus: Die Lust der Menschen, Saturnus zu ehren.
Rollen neigt man dort sogar mehr als bei uns zu verkehren.
Männer finden Gefallen daran, sich wie Frauen zu kleiden.
Sklaven werden bedient. Und niemand hat Hunger zu leiden.
Auch den Brauch, zum Spaß ein Schiff auf die Straßen zu heben,
Kennt man und pflegt man dort. Jeder genießt zu Saturnus sein Leben.

Velent erreichte die Stadt der Ubier mitten im Feste.
Welch ein Gewimmel! Zehntausend Einwohner! Zehntausend Gäste!
Tanzend und singend. Manche schon Opfer zu billigen Weines.
Ihm aber war es egal. Ihn kümmerte lediglich eines:
Wo war Luna? – Er irrte umher. Jeder schien nur zu lachen.
Schickte ihn planlos irgendwohin. Was sollte er machen?
Da ergriff ihn ein Schaudern. Er konnte es buchstäblich spüren.
All das rauschende Feiern würde auch Luna verführen!

Ebenso kam es. Plötzlich. Da war sie! Dort in der Menge!
Doch er schrie nicht vor Freude. Nein, seinem Herzen ward enge.
Denn die Götter zeigten nicht das geringste Erbarmen.
Velent fand Luna. Doch fand er sie in anderen Armen.

Ein Kuss ist gewöhnlich kaum etwas wert in jener Stadt zum Fest des Saturns. Doch dieser wog dennoch so schwer!

Leere statt Liebe. Ein Sprung in der Seele. Völlige Taubheit. Endlose Wüste. Kopfschütteln. Kein Boden unter den Füßen. Zweifel. Gewissheit. Sie ist es! Sag bitte, dass ich mich irre! Augen, die sich verraten. Schuldbewusst. Schweigend. Übelkeit. Zittern. Alles aus. Alles. Alles!

Ich wollte mich nur bei Marcus bedanken. Er hatte mir gerade gesagt, Du seiest frei. Ich weiß, es musste Dir anders erscheinen.

Ungläubigkeit. Nichtwahrhabenwollen. Fassungslose, sprachlose Seele. Trockener Hals. Ein Messer im Rücken. Ohnmacht. Und Angst zu verbluten. Wer war er? Es war Marcus! Falscher Freund, nein, Verräter! Luna und Marcus? Fragende Blicke. Warum nur? Warum? Warum?

Ich stand schweigend, still. Konnte nicht sprechen. Ich wollte es, glaub mir! Doch ich fand keine Worte. Und im nächsten Moment warst Du schon fort!

Zornige Tränen. Siedende Seele. Lauf, Adlan! Wütendes, planloses Fliehen. Vor der Wahrheit, dem Schmerz und der Kälte. Ohnmacht. Berstende Därme. Miststück! Treulose Schlampe! Ich kann mir Liebe auch kaufen! Billige Liebe. Kurzes Vergnügen. Winden im Leid. Und Leere.

Glaub mir, ich ließ nach Dir suchen. Über Wochen. In und um die Stadt. Ich hoffte verzweifelt, Du wärst vielleicht noch in der Nähe. Ein paar Sklaven schickte ich sogar – letztlich vergeblich – weiter nach Osten, auf einen vagen Verdacht hin.

Ich bin nicht stolz darauf! Wenn ihnen etwas zugestoßen wäre! Aber meine Verzweiflung ließ mich ihr Leben setzen. Dabei war ihnen das ihre sicher mehr wert als mir damals das meine.
Warst Du tot? Ich habe mich das damals unentwegt gefragt, so, wie ich es heute wieder tun muss. Hast du den Norden erreicht und Swidger tatsächlich gefunden? Damals fanden die Götter gefallen daran, Euch abseits der Heimat erneut zusammenzuführen.

**

Bild I

7 Jahre vor Lunas Brief an Velent – vor dem Dorf der an der Syg verbliebenen Sugambrer

„Lasst mich los! Ich habe nichts Unrechtes getan!"

Gleich zwei Wachen zerrten Velent den ausgetretenen, glitschigen Pfad zum Dorf der Sugambrer hinauf. „Halt Dein Maul!", „Verräter!", beschimpften sie ihn.

Ein weiterer Mann ging hinter ihm her und stieß ihm, wann immer er ihm nicht schnell genug ging, das stumpfe Ende seiner Lanze in den Rücken. Die letzte der vier Wachen, ein auffallend klein gewachsener Mann, führte Adlan, Velents riesiges Pferd. Er tat dies mit großer Ehrfurcht und beobachtete aufmerksam jede seiner Bewegungen.

„Und was, wenn die Götter selbst ihm dieses Pferd gesandt haben?", rief er nach vorne. „Seht doch wie es den Kopf hält!" Aber mehr als ein verächtliches „Pah!" erhielt er nicht als Antwort.

Am Morgen war Velent von den vier Männern aufgegriffen worden. Es waren Sugambrer von der Syg, wie er aufgrund ihrer mit Ockererde eingefärbten Schilde sofort vermutet hatte. Er hatte kurz überlegt, sein Heil in der Flucht zu suchen, wie so oft in den Wochen zuvor, die ihn vom Rhenus zurück Richtung Heimat geführt hatten. Doch waren die vier zu gut bewaffnet und das Gelände, in dem er sich ihnen unverhofft gegenüber gesehen hatte, zu offen und doch gleichzeitig zu unwegsam gewesen: ein fast baumloses, enges Tal, der Talgrund tückisch versumpft, die Hänge zum Teil gefährlich steil, zudem von Felsbrocken jedweder Größe durchzogen und mit verrottenden Stümpfen gerodeter Bäume gespickt, die man unter dem Schnee, der sie bedeckte, jedoch nur erahnen konnte. Seine Gegner kannten sich hier ohne Frage aus, er nicht; ihre Pferde wirkten frisch und ausgeruht, im Gegensatz zu Adlan. Velent kannte kein Pferd, das schneller und ausdauernder zu laufen vermochte als das seine, doch waren auch ihm Grenzen gesetzt. Das treue Tier hatte ihn nun schon viel zu lange getragen. Die halbe Nacht waren sie unterwegs gewesen, in Kälte und Wind; seit zwei Tagen hatte es so gut wie nichts zu fressen bekommen. Für einen scharfen Ritt hätte ihm sicher die Kraft gefehlt. So hatte sich Velent ohne jede Gegenwehr umringen und gefangen nehmen lassen.

Hohe Palisaden rückten nun in sein Blickfeld. Unterbrochen von einem Tor, das in einen breiten Wachturm eingelassen war. Die gesamte hölzerne Wehranlage sah noch recht neu aus. Hinter ihr ragte hier und da ein schneebedecktes Dach hervor. Sie schienen an weißen Fäden vom tiefen Himmel zu hängen, den Rauchsäulen ihrer Feuer.

„Wen bringt Ihr?", rief der Torwächter, als er den Tross erblickte.

„Einen Gefangenen!", rief der vorderste der Männer zurück.

Ihr Weg führte sie nun dicht an einer uralten Eiche vorbei, an der die Leichen dreier übel zugerichteter Kerle hingen.

„Römerfreunde!", spuckte einer der Sugambrer in ihre Richtung. Der Richtbaum stand auf dem vordersten Sporn des Bergrückens, der das Dorf trug. Er erhob sich über ein versumpftes Tal, durch das sich ein nicht allzu großer Fluss schlängelte. Er entsprang einen Tagesritt weiter östlich, in den höheren Bergen, und wurde von den Einheimischen Syg genannt.

„Das sehe ich selbst, dass er gefangen ist!", entgegnete der Torwächter. „Wer ist der Kerl?"

„Das will er nicht sagen! Aber er ist in jedem Falle ein Feind! Denn er kommt direkt aus der Stadt der feigen Ubier!" Er reckte einen Beutel in die Höhe, in dem Vieles von dem steckte, was man bei Velent gefunden und ihm abgenommen hatte. Das Auffälligste waren ein paar runde, bunte Scheiben aus Glas. Sie wurden in dieser Art in keiner anderen Stadt als der der Ubier gefertigt. Velent hatte sie erworben, noch bevor er Luna gefunden hatte, fasziniert davon, was Feuer außer Eisen noch zu gebären vermochte.

„Dann hängt ihn am besten gleich zu den anderen dort! ‚Keine Gnade mit Verrätern! Niemals!'"

„Das wird Ryktar entscheiden wollen!"

Das schwere Eichentor öffnete sich. Ein paar Enten und Gänse stoben hinaus, wohl in der Hoffnung, draußen vor dem Tor noch etwas Grün vorzufinden. Doch wo der Vorplatz des Dorfes nicht auch von Schnee bedeckt war, zeigte sich, wie innerhalb des Palisadenzauns, nur brauner Matsch.

Man führte Velent durch das Tor, eine leicht ansteigende, schmale Straße empor. Links und rechts dieses völlig aufgeweichten und verdreckten Weges drängten sich hölzerne Häuser, Schuppen und Verschläge für Tiere. Es stank nach Mist und Gülle, mehr noch als Velent es aus dem Dorf am Steinring gewohnt war. Über all dieser Trostlosigkeit lag eine fast gespenstische Ruhe. Außer den Stimmen der eingepferchten Tiere und dem vereinzelten Weinen kleiner Kinder aus dem Inneren der Häuser, drang kaum ein Geräusch an Velents Ohr.

Sie gingen weiter, und Velents Gedanken zugleich auf Wanderschaft. Artaun mag ähnlich ausgesehen haben, fuhr es ihm durch den Kopf. Er kannte zwar nur die Ruine der Bergfeste unweit Mattiacums, in der – nach allem, was er gehört hatte –, seine Mutter zumindest zeitweise gelebt hatte, aber auch sie lag an einem Berg und mochte einst ähnlich eng bebaut gewesen sein. Andererseits musste Artaun ungleich größer gewesen sein als dieses Dorf.

Von hier waren also die Männer immer wieder losgezogen, den Steinring zu überfallen. Und den Namen des Mannes, der den Befehl dazu gegeben haben musste, hatte er auch bereits vernommen: Ryktar!

Während der kleinste der Sugambrer und der Lanzenträger schließlich zurückblieben, um Adlan am Brunnen des Dorfes zu tränken, führten die beiden anderen Männer Velent weiter den Berg hinauf, bis zum größten Haus des Dorfes. Eine breite Treppe aus dicken Eichenbalken führte zu ihm hinauf. Es lag an der höchsten Stelle, im äußersten Nordosten des aufwendigen Palisadenrings. Sein Eingang lag, wie in Germanien allgemein üblich, an der Längsseite des Gebäudes, die Tür hingegen war etwas größer als die der anderen Häuser des Dorfes und die drei Angeln, die sie hielten, waren reich verziert.

Velent hätte sich die aufwendigen und hervorragenden Schmiedearbeiten gerne ein wenig länger angeschaut, doch die Wachen öffneten eilig die Tür und drängten mit Velent hinein. Das Innere des Hauses versprach Schutz vor der nassen Kälte dieses diesigen Wintertages.

Ich glaube, ich erwähnte bereits, dass germanische Häuser trotz ihrer Größe keine Fenster haben – die Germanen kennen das Wort nicht einmal. In ihren Häusern herrscht ewige Nacht. Erhellt wird das immerwährende Dunkel nur durch den fahlen Schein von Feuerstellen, von Kerzen und stinkenden Lampen sowie am Tage durch das wenige Licht, das durch einzelne, schmale Luftschlitze dringt. Durch sie soll der Rauch eigentlich abziehen, was jedoch – nebenbei bemerkt – meist nicht sonderlich gut gelingt. So brauchten auch Velents Augen einen Moment, bis sie im Inneren dieses Hauses mehr als nur Schatten zu erkennen vermochten.

Es war gut sechzig Fuß lang und mehr als zwanzig Fuß breit. Zwei Reihen dicker Säulen trugen das mächtige Dachgebälk, doch waren sie nicht – wie bei uns üblich – aus Stein, sondern aus Holz gefertigt. Einige trugen verschlungene Ornamente. Während der vordere Teil des Daches offen lag und dem darunter liegenden Raum eine hallenartige Größe verlieh, war im hinteren Teil des Langhauses eine Zwischendecke eingezogen. Unter ihr stand eine lange Tafel, auf ihr ein paar Kerzen und Lampen sowie Krüge und Becher. An der Kopfseite des wuchtigen Tisches saß ein großer, graubärtiger Mann in einem breiten Stuhl. Velent war sich sicher, Ryktar selbst gegenüberzustehen, und da die beiden Männer, die ihn in ihre Mitte genommen hatten, jenen Mann ansprachen, bestätigte sich die Vermutung des jungen Schmiedes.

„Ryktar, wir bringen Dir einen Gefangenen! Wir haben ihn zwei Stunden westlich aufgegriffen."

Ryktar schaute nur kurz auf. Halbwegs interessiert schien er nur an dem Krug Bier, der vor ihm stand. Seine eher schlaffe Haltung ließ Velent zunächst vermuten, dass er müde war. Da Ryktar aber leicht zu husten begann, erkannte er, dass der Häuptling eine Winterkrankheit mit sich herumtrug.

Ihm zur Seite saßen weitere Männer – die meisten kaum jünger als er. Die einzige Person in Velents Alter war eine junge Frau. Sie stand schräg hinter Ryktar, hatte hellblonde Haare und war auffallend groß.

„Wer bist Du?", kam sie auf Velent zu. Als hege sie bereits einen Verdacht, legte sie ihren Kopf leicht zur Seite.

Velent erkannte die junge Frau sofort. Sie hatte sich verändert, war noch einmal größer geworden und – so kam es ihm zumindest vor – auch etwas weiblicher, doch bestand kein Zweifel, dass sie es war: Seya – lange blonde Haare, stolzer Blick. Auch ihren auffälligen Schmuck trug sie noch immer. Wie vier Jahre zuvor, da er sie gemeinsam mit Swidger aus dem Zelt der Wäscherinnen an der Logana vor Mattiacum hatte kommen sehen. Breite, überaus kunstvoll mit Silberfäden durchwirkte Lederbänder um den Hals und hoch im Haar. Und noch immer war sie auch mehr wie ein Krieger denn wie ein Weib gekleidet.

So war dies ihr Dorf und Ryktar ihr Vater.

„Ich kenne Dich!", sprach sie ihn an, da sie ihn nun fast erreicht hatte. „Ich vergesse kein Gesicht!"

Eine zweite Frau, die sich zuvor im Hintergrund gehalten hatte, schien sich auf dieses Stichwort hin ebenfalls für Velent zu interessieren. Vom Äußeren her war sie Seyas Gegenteil – sie war längst nicht so groß wie sie, hatte dunkle Haare und ein eher breites Becken –, dafür schien sie ebenso ernst und energisch wie die Häuptlingstochter zu sein.

„Ich habe ihn schon einmal gesehen!", zischte Seya der Frau zu, entließ Velent dabei aber nicht für einen einzigen Moment aus ihrem bohrenden Blick. „Ich sage es Dir, Gisrun: Ich habe dieses Gesicht schon einmal gesehen!"

Sie kniff die Augen zusammen und begann eine Runde um ihren Gefangenen zu drehen. Gisrun schien es nicht allzu gerne zu sehen.

Seya überlegte einen Moment, dann fiel es ihr wieder ein: „Im vergangenen Jahr“, fuhr sie schließlich fort. Das leichte Säuseln in ihrer Stimme verriet, dass sie sich nun wieder erinnerte. „Am Tag des Zugs zu den heiligen Gräbern. Du bist auf einem riesigen Pferd über das Feld der Valkyrjen gejagt!“

Sie blieb stehen. „Wer bist Du?“ Das Säuseln war verschwunden. Seyas Stimme klang nun wieder hart und fordernd: „Ein Pferdedieb?“

„Er ist ein Verräter!“, stieß einer der beiden Wächter Velent zu Boden, während der andere ergänzte: „Und er ist der, für den Ihr ihn haltet! Er ritt auf einem riesigen schwarzen Pferd, als wir ihn aufgriffen!“

„Dann ist er ein Verräter!“, wiederholte Gisrun und gab Velent einen Tritt. „‚Keine Gnade mit Verrätern! Niemals!‘, bedenke die Worte Deines Vaters!“ Sie blickte zur Tafel hinüber, hinter der Ryktars Aufmerksamkeit mittlerweile anscheinend geweckt worden war.

Der Häuptling hob zwar nur leicht den Kopf und seine Augen waren kaum zu erkennen, so sehr kniff er die Lider zusammen, doch behielt er von nun an genauestens im Blick, war dort, Richtung Tür, geschah.

„Ja! ‚Keine Gnade mit Verrätern!‘“, pflichtete der zweite Wächter Gisrun bei.

„Habt Ihr dem Gefangenen die Zunge herausgeschnitten? Ich hatte ihm eine Frage gestellt!“, fuhr Seya die Wachen an, Gisrun indes tadelte sie nur mit einem ungehaltenen Blick.

„Nein, Seya!“, erwiderten die beiden Männer fast zeitgleich, der kleinere sah sich gar genötigt ein ergebenes „Herrin!“ zu ergänzen.

„Dann lass ihn für sich selbst sprechen, wenn ich das Wort an ihn richte!“

Seyas Haltung war im Lauf der Jahre noch stolzer geworden und auch die Art, wie sie sprach, ließ keinen Zweifel daran aufkommen, dass sie trotz ihrer jungen Jahre und trotz der Tatsache, dass sie kein Mann war, bereit und gewillt war, zu gegebener Zeit die Nachfolge ihres Vaters anzutreten. Dass er es ihr so oft mit Blicken und sogar Worten vorwarf, nicht der Sohn geworden zu sein, den er sich gewünscht hatte, bestärkte sie eher noch in diesem Bestreben.

„Ich bin kein Verräter!“, stellte Velent klar und stand auf. „Meine Mutter war die Seherin und Drudas Belana vom Steinring, zwei Tagesmärsche im Süden.“

„So ist er erst recht ein Verräter! Denn sie gehörte nicht zum Dorf der Chatten! Sie war eine Ubi!“

„Schweig!“, schrie Seya den älteren und größeren der beiden Wächter an, der scheinbar noch immer nicht begriffen hatte, dass er erst zu sprechen hatte, wenn die Häuptlingstochter ihm das Wort erteilte. Sie schrie dabei so laut, dass die Adern auf ihren Schläfen sichtbar wurden. Alle, die um sie herumstanden, ja, selbst noch einige Sugambrer aus dem hinteren Teil des Hauses, zogen unwillkürlich den Kopf zwischen die Schultern. Allein Seyas Vater zeigte keinerlei Regung, weder Ärger noch Stolz.

„Wer bist Du?“, wiederholte sich Seya und blickte Velent mit ihren kalten blauen Augen misstrauisch an. „Du klingst wie ein Chatte!“

Noch bevor Velent antworten konnte, lenkte ein wildes Geschrei alle Blicke erneut zur Tür des Hauses. Sie öffnete sich knarrend. Weitere Wachen stießen eine junge Frau und einen kaum älteren Mann in den Raum. Während er nur leicht ins Stolpern geriet, stürzte sie mit schmerzverzerrtem Gesicht zu Boden. Ein auffallend kleiner, alter Mann, der mit den Wachen hereingekommen war, eilte ihr sofort zu Hilfe. „Seid Ihr toll?“, fuhr er die Männer an. „Sie bekommt ein Kind!“

„Und wenn schon!“, gab einer von ihnen kalt lächelnd Widerwort. „Es sind doch nur Matthen! Im besten Fall Chatten – was nicht viel ändert!“

Velent traute seinen Augen kaum. „Swidger! Lykke!“, stammelte er leise. Zugleich versuchte er sich loszureißen, um Lykke ebenfalls zu Hilfe zu eilen. Sie hielt sich den Bauch und schrie, tief und kraftlos zugleich. Mit einem langen Schritt war Swidger bei ihr.

„Ahhh!“, schrie Lykke erneut auf.

„Nun tut doch endlich etwas und helft ihr!“, blickte der junge Chatte verzweifelt in die Runde. Noch hatte er, ob der Dunkelheit im Inneren des Hauses, weder Velent noch Seya erkannt, doch schien er recht genau zu wissen, wo er sich befand. „Seya? Bist Du hier? Erkennst Du mich nicht?“

„Swidger vom Steinkreis!“, zischte Seya mit Blick auf die feuerroten Haare des jungen Mannes. Dann schickte sie Gisrun hinaus, im Dorf nach einer Amme zu rufen. Die Angesprochene gab ein kurzes Widerwort, fügte sich aber schließlich doch Seyas strengem Blick.

„Lasst mich!“, bat Velent inständig. „Ich war ab und an dabei, wenn Kinder geboren wurden! Lasst mich zu ihr! Zumindest bis die Amme hier ist!“

Die Wachen warteten Seyas kurzes Nicken ab, dann gaben sie Velent frei.

„Velent!“, hatte nun auch Swidger den Freund seiner Kindheit erkannt. „Velent!“, mehr als seinen Namen brachte er aber zunächst nicht heraus, so überrascht war er, ihn hier zu sehen.

Der Greis blickte Velent nicht weniger verwundert an. „Velent?!“, wiederholte er, jedoch so leise, dass Velent es nicht verstehen konnte. Ein Lächeln fuhr über das Gesicht des alten, kleinen Mannes – soweit man etwas von ihm erkennen konnte, so voll war sein schneeweißer Bart.

Velent griff kurz nach Swidgers Arm und nickte ihm zu, dann galt seine ganze Aufmerksamkeit der nur mehr wimmernden Lykke. Sie lag noch immer gekrümmt auf der Seite, die Augen ängstlich aufgerissen. Ihre Hände umklammerten Swidgers Arm. Velent zog seinen Umhang aus und reichte ihn dem Zwerg. Er nickte und bettete Lykkes Kopf auf ihn, den er bislang gehalten und der jungen Frau zugleich Mut zugesprochen hatte.

Velent legte seine Hand kurz auf Lykkes Stirn. Sie fühlte sich kalt und feucht an. Behutsam half er ihr, sich auf den Rücken zu legen. „Zieh die Beine an!“, bat er sie dann.

Während Velents Hände nun tastend über Lykkes Bauch fuhren, so, wie es ihm seine Mutter früher einst bei anderen Frauen kurz vor der Geburt ihrer Kinder gestattet hatte, richtete sich der kleine Greis auf.

„Man hätte die Frau gleich versorgen müssen!“ Vorwurfsvoll sah er Seya an und deutete auf die Wachen, die mit ihm ins Haus gekommen waren.

„Woher sollten wir wissen, dass die beiden Euch kennen!", „Es sind Matthen!", rechtfertigten sie sich.

„Weil ich Euch ihren Reif gezeigt habe!", brach es nun lautstark aus Swidger heraus. Er konnte sich kaum beruhigen. Mal kniete er neben Lykke, dann war er im Begriff aufzustehen, doch nur, um im nächsten Moment wieder zu Boden zu sinken. Velent blieb keine Zeit, sich auch um ihn zu kümmern, und doch blieb ihm nicht verborgen, wie hart und um Jahre gealtert der Freund früherer Tage wirkte. – Noch wusste er ja nicht, dass Swidger vom Steinring aus weit nach Norden gezogen war, um sich dort unter schrecklichen Verlusten in ersten Schlachten zu erproben.

„Deshalb haben wir ja Henar gerufen!", „Damit er ihn sich ansieht! Den Reif!", rechtfertigten sich die Wachen und deuteten auf den greisen Zwerg. „Er hat ihn ja schließlich gemacht!"

Velent schaute den kleinen, alten Mann überrascht an. Bedachte man seine geringe Körpergröße und sein bereits weit fortgeschrittenes Alter, hatte er in der Tat recht breite Schultern und kräftige Arme und Hände, aber trotzdem hätte er in ihm niemals einen Schmied vermutet, schon gar nicht einen, der fähig gewesen wäre, einen so meisterhaften Reif zu schmieden.

„Was wollen die drei hier? Sie scheinen sich offensichtlich zu kennen", hörte Velent nun eine tiefe Stimme dicht hinter sich. Er fuhr herum. Im Eifer des Geschehens war es ihm entgangen, dass Ryktar aufgestanden und zu ihnen herübergekommen war. Beide Hände in die Seite gestemmt, stand der große, stämmige Häuptling hinter ihm. Er hielt den Kopf gesenkt. Seine Augen wirkten trüb, doch deshalb nicht weniger gefährlich. Erneut hustete er leicht, um sich Mund und Nase im nächsten Moment am langen Ärmel seines verdreckten, dicken Hemdes abzuwischen.

„Wir mussten fliehen!", erklärte Swidger, und aus jedem seiner Worte klangen Hass und Verbitterung. „Aus meinem Dorf! Norwin hat mich verraten! Er steht dem Dorf vor. Er wollte mich an die Römer ausliefern! Er hat gemeinsame Sache mit ihnen gemacht! Er hat es selbst gesagt!

Lykke war durch einen Zufall in der Nähe und hat es mit eigenen Ohren gehört!"

„Ahhhh!"

Lykkes Wimmern war unter Swidgers Worten zunächst zu einem lang gezogenen Stöhnen angewachsen. Da ihr schließlich ein nicht enden wollender Schrei entwuchs und sich die Fingernägel der jungen Chattin so fest in Swidgers Arm bohrten, dass auch er fast aufgeschrien hätte, dachte er nicht weiter darüber nach, was es bedeuten mochte, dass Ryktar gerade zweimal seine Lippen leicht gespitzt und sein Kinn kaum merklich angehoben hatte: beim Namen „Norwin" und in jenem Moment, da Swidger uns Römer erwähnt hatte.

„Wo bleibt die Amme!", rief der Häuptling nun lauthals, wobei die Hände, die er sich vor die Ohren hielt, recht deutlich zeigten, dass er sich mehr um sich selbst, denn um Lykke sorgte.

„Die Schreie sind gut!", wendete Velent ein, gab aber sogleich auch einer tiefen Sorge Ausdruck: „Aber ich spüre keine Bewegung in ihrem Bauch!"

„Was heißt das?", wollte Swidger wissen.

„Nichts!", wiegelte Velent ab, da auch die tief atmende Lykke ihn durch die schmalen Schlitze ihrer zusammengekniffenen Lider fragend anschaute; Velents Gesicht konnte indes nicht verbergen, was er befürchtete.

„Raus! Alle raus!" Eine schnaufende Frauenstimme ließ nun alle zur Tür blicken. „Zumindest die Männer!", rief die rundliche Amme, die die Dringlichkeit der Lage sofort erkannt hatte. Ihre Hand fuhr einmal kurz durch die Luft, um dann zügig und unmissverständlich nach draußen zu deuten.

Alle folgten ihrer Anweisung – selbst Swidger; alle griffen nach ihren Mänteln und gingen zur Tür, und die ersten auch bereits hinaus, allein Ryktar ließ sich nicht seines Hauses verweisen. Als hätte er nichts gehört, ging er zu seinem Platz am Kopf der Tafel zurück, um sich dort in Seelenruhe seinem Bier zu widmen.

„Was sollen wir denn nun mit den Gefangenen tun?", riefen die Wachen, die Velent und Swidger erneut am Arm gepackt hatten, ihm ratlos hinterher.

Doch da Henar eilig entgegnete, „Ich verbürge mich für sie!“, ihr Häuptling nickte und „Sie werden wohl kaum ohne das Weib das Weite suchen! Behaltet sie eben ein wenig im Auge!“ brummte, stießen sie Velent und Swidger schließlich murrend nach draußen und gaben sie dort frei.

Sie bestimmten den Jüngsten aus ihrer Mitte zurückzubleiben und die Stellung zu halten, während sie selbst die breite Treppe vor Ryktars Haus und schließlich auch ein Stück den Hang hinabgingen, um sich dort an einem kleinen Feuer zu wärmen, das einer von Ryktars Vertrauten sich hatte entfachen lassen, um nicht zu sehr zu frieren, wenn er die letzten Abgaben entgegennahm, die die Bauern des Umlandes noch zu entrichten hatten.

Kaum beachtet von der jungen Wache, die sich, tief in ihren Umhang verkrochen, in den Windschatten von Ryktars Hauswand drängte, trieb es Swidger auf dem Treppenabsatz unruhig von einer Seite zur anderen.

„Warum hast Du Lykke diesen weiten Weg zugemutet?“, sprach Velent ihn schließlich an, da erneut ein nicht enden wollender Schrei aus dem Inneren des Hauses nach draußen drang. Seine Stimme klang indes eher besorgt als vorwurfsvoll.

„Warum? Weil sie es wollte! Sie wollte unbedingt mit mir kommen! Und ich wollte sie auch nicht alleine zurücklassen! Wer weiß, was Norwin mit ihr gemacht hätte! Vielleicht hätte er sie den Römern gegeben! Anstatt meiner; sie trägt mein Kind im Leib!“

„Das kann ich mir nicht vorstellen, dass er das getan hätte“, versuchte Velent Swidger zu beruhigen.

„Du vielleicht nicht! Ich schon!“, zischte Swidger und blieb stehen. „Der feige Verräter hat wieder gemeinsame Sache mit den Römern gemacht, kaum dass ich mit meinen Männern in den Kampf gezogen war!“

„Ihr habt gekämpft? Wo?“

„Im Norden. Mit Unar“, erwiderte Swidger auffällig knapp.

Velent ahnte bereits, dass das nichts Gutes verhieß. „Wer war dabei?“, hakte er besorgt nach.

„Die halbe Bande!", erwiderte Swidger beinahe trotzig. „Sörke und Finn. Der dicke Huss mit seinen Brüdern. Feik und ein halbes Dutzend aus dem Wolfstal, die Du nicht kennst."

Velent fürchtete längst, die Antwort zu kennen, dennoch schloss er mit leisen Worten jene eine, sich geradezu aufdrängende Frage noch an: „Und wo sind sie nun alle?"

Swidger zögerte einen Moment, dann aber entgegnete er, um eine stolze Haltung bemüht, was ihm nicht gänzlich glaubhaft gelang: „Ich hoffe an Odins Tafel."

Velent rang um Fassung – „Sie sind tot? Alle?" –, doch dieses Mal erhielt er keine Antwort mehr, weshalb er selbst schließlich nachdenklich ergänzte: „Vielleicht wollte Norwin eben das verhindern …"

„Was?", wehrte sich Swidger gegen Velents belehrende Art.

„Noch mehr Opfer", erklärte sich jener.

„Bist Du etwa auf seiner Seite?", fuhr Swidger ihn an; er ballte die Faust. Mit einem Mal zeigte sich, wie sehr sein Misstrauen gegenüber Velent im Lauf der Jahre gewachsen war und wie schnell es zum Vorschein zu kommen vermochte.

„Swidger!", legte Velent ihm die Hand auf den Arm, doch der junge Chatte entzog sich ihm. Seufzend sprach Velent weiter: „Vielleicht wollte er das Dorf einfach schützen. Wer hätte es denn noch verteidigen sollen, wo so viele von Euch fort waren? Die Greise? Die Frauen? Die Kinder? Wärst Du ein Römer, hättest Du es doch als Erster angegriffen!"

Henar hob kurz den Kopf. Der kleine Greis stand im Schatten der Tür und verfolgte das Gespräch der beiden jungen Männer nun scheinbar noch aufmerksamer. Velent und Swidger bemerkten es jedoch nicht.

„Auch andere Dörfer haben sich ergeben", fuhr Velent fort, um sofort zu ergänzen: „Und blieben verschont!"

„Sie hätten das Dorf besser selbst niedergebrannt!“, brauste Swidger erneut auf. „So gab der Verräter dem Feind Fleisch und Korn! Und sogar Sklaven! Und ich wäre der Nächste gewesen!“

Velent blieb ganz ruhig: „Wenn das stimmt, war es falsch und schändlich! Aber wirf ihm nicht vor, wenn er sich nicht gewehrt hat, den Römern zu geben, was sie an Steuern eingefordert haben mögen! Wer hätte die Sippen ernährt, wenn er das Dorf wirklich niedergebrannt hätte?“

„Es ist keine Schande, im Krieg zu sterben!“, konnte sich Swidger immer noch nicht beruhigen. Da er eine Treppenstufe über Velent stand, schauten sich die beiden jungen Männer nun auf einer Höhe in die Augen.

Velent hielt Swidgers zornigem Blick stand. Auch Lykke und Dein Kind wären vielleicht gestorben, fuhr es ihm durch den Kopf, doch behielt er diesen Gedanken lieber für sich, ahnte er doch, dass beider Leben gerade am seidenen Faden hing. „In der Schlacht zu sterben ist das Eine, in den Wäldern zu verhungern etwas ganz Anderes“, entgegnete er deshalb lieber.

„Dann hätte Norwin die Sippen nach Norden führen sollen!“

„Vielleicht hättest Du das tun sollen! Du scheinst doch Freunde hier zu haben. Er wohl kaum.“

Swidger atmete tief durch. Da ihm ein weiteres Widerwort fehlte, schüttelte er nur kurz den Kopf und ließ Velent wortlos stehen. Erneut trieb es ihn unruhig hin und her, denn erneut drangen Schreie von drinnen ins Freie.

„Swidger braucht sicher noch etwas Zeit“, nutzte Henar die Gelegenheit, an Velent heranzutreten und ihn leise anzusprechen. „Bis es ihm möglich ist, Norwin zu vergeben. – Kannst Du es? Vergeben?“

Velent schaute den greisen Zwerg überrascht an. Seine Verwunderung sollte indes noch weiter wachsen.

„Ich bin Henar“, nickte Henar freundlich.

Und auch jenen greisen Zwerg namens Henar lerntest Du dort kennen, wie Du mir erzähltest.

„... und ich kenne Deinen Vater."

Durch den Du erstmals etwas über Degenars und damit ja vermutlich auch Deine Ahnen erfahren konntest.

„Da hast Du mir möglicherweise etwas voraus...", entgegnete Velent – noch immer überrascht, aber zugleich auch ein wenig abweisender und kühler als es seine Absicht gewesen wäre.

Henar indes blieb freundlich. „Das glaube ich kaum", erwiderte er scheinbar unbeeindruckt. „Jedenfalls weiß ich, wer Du bist. Degenar hat mir von Dir erzählt." Er schenkte Velent ein aufmunterndes Lächeln, dann fuhr er fort: „Und von sich im Übrigen auch. Anders als Du zweifle ich nicht daran, dass er Dein Vater ist. So wie er es auch nicht tut. Aber ich weiß, wie sehr es ihn noch immer bedrückt, dass er es nie vermocht hat, Dir der Vater zu sein, der er Dir nur zu gerne gewesen wäre!"

Velent sollte indes noch weit mehr von Henar erfahren.
Er erfuhr, wer sein Vater und dessen Vorfahren waren.
Dieses Geheimnis hatte er stets versucht zu verbergen.
Aber ständig umgeben von aufrechten, redlichen Zwergen,
Hatte der Schmied sich letzten Endes dazu entschlossen,
Henar die Wahrheit zu sagen – und manche Träne vergossen,
Da er ihm eines Tages, auf dass sie ihn weniger quälte,
Seine eigene, teilweise bittre Geschichte erzählte.

Seinen Namen, Degenar, sollst Du auch weiterhin lesen,
Aber sein richtiger Name ist demnach Gendar gewesen.
Hier, in diesem Dorf, wo sie waren, sei er geboren.
Seinen Vater hätte man einst zum Häuptling erkoren.

Odurn schienen indes nicht alle im Umland ergeben.
Denn sein Bestreben sei es gewesen, in Frieden zu leben.
Auch mit den Kelten, die andre Germanen weiter bedrängten
Und ihren Raum zu siedeln so immer weiter beengten.

Auch etwas stur war er wohl, weil er keinesfalls einsehen wollte,
Dass er Caesar, da dieser vom Rhenus her vorrücken sollte,
Seinen einzigen Nachkommen auszuhändigen hatte.
Wanja, sein Weib, vertrat die gleiche Sicht wie ihr Gatte.
Also gaben sie ihren Sohn, um ihn zu verbergen,
Rasch in die Obhut von ihnen freundlich gesonnenen Zwergen.

Degenar war – was ich hier nur kurz und am Rande ergänze –
Damals blutjung. Vermutlich kaum älter als fünfeinhalb Lenze.
Drum hatte er die Zeit in den Höhlen fast völlig vergessen.
Doch mit jedem Blick auf die Treppe – vor allem beim Essen –,
Auf ihren runden Verlauf und die vielen eisernen Stufen,
Hatte er es vermocht, sich, was war, ins Gedächtnis zu rufen.

Henar hatte ihm dabei gerne zur Seite gestanden.
Weil den Hünen und ihn die alten Zeiten verbanden.
Als der Ältre der beiden konnte er Vieles berichten.
Wanja hätte man etwa gedrängt, auf ihr Recht zu verzichten,
Nach dem baldigen Tode Odurns die Sippen zu führen.
Da ihr Sohn gewiss tot sei, würde ihr dies nicht gebühren.

Balyr hätte sich eifrig bemüht, das Gerücht zu verbreiten.
Um sich selbst, wenn möglich, die Macht im Stamm zu erstreiten.
Ihm, ihrem Bruder, seien die Götter wohl eher gewogen.
Er habe Kinder, die lebten. Doch Wanja habe gelogen.

Und bei Wanjas Versuch, ihn wieder nach Hause zu holen,
Hätten vermummte Schergen den Boten den Knaben gestohlen.
Dass er tot sei, habe es aber damals geheißen.
So sei es Balyr gelungen, die Macht bald an sich zu reißen.

Wanja alleine hätte geglaubt, er sei noch am Leben.
Und so war es. Man hatte Degenar uns übergeben.

Velent nickte nur kurz, sagte indes zunächst nichts. Zu sehr nahm ihn das Unrecht, das man Degenar angetan hatte, gefangen. „Er ist ein Häuptlingssohn? Und war eine Geisel Roms?“, fasste er schließlich leise und noch immer ein wenig ungläubig zusammen.

„So ist es!“, bestätigte Henar.

Velent nickte und schwieg erneut. Dieses Mal ein wenig länger. Dann indes meinte er: „Was ist aus seiner Mutter geworden?“

Henar nickte und seufzte. Dann fuhr er fort zu erzählen.
Leise und stets bedacht, die richtigen Worte zu wählen.

Während Degenar Nützliches lernte – wie Lesen und Schreiben –,
Konnte Balyr im Dorf der Sugambrer sein Unwesen treiben.
Wanja hätte zwar nie mehr für sich oder Gendar geworben,
Trotzdem sei sie – um ein Beispiel zu nennen – durch Giftmord gestorben.

Dies habe Degenar erst durch seine Erzählung vernommen,
Fügte er an. Er sei wütend gewesen und etwas benommen.
Geiseln wie er seien später fast immer Soldaten geworden,
Hätte er weiter erzählt. Indes das Töten und Morden
Hätte er – so wie sein Vater Odurn – immer verachtet.
Dies ergebe nun Sinn – mit geöffneten Augen betrachtet.

Nun könnte er auch die eigne Entscheidung besser verstehen,
In seiner Einheit zu einem Schmied in die Lehre zu gehen.
Wer als Soldat danach trachte, das Kämpfen, wenn möglich, zu meiden,
Würde kaum zögern, sich für den Beruf des Schmieds zu entscheiden.
Auch die Hämmer, ihren Gesang und die Wärme der Esse
Habe er stets geliebt – weil die Seele wohl niemals vergesse.

Rückblickend hätte indes auch er sein Päckchen zu tragen.
Manchmal hörte er nachts einen Chor von Gefallenen klagen:
„Du hast die Schwerter, die uns das Leben nahmen, erschaffen!
Hast sie geschmiedet, wie zahllose andere tödliche Waffen!“

Ein lang gezogener, gedrungener Schrei unterbrach den Zwerg. Er und Velent blickten gleichzeitig zur Tür. Der Schrei war aus dem Inneren des Hauses gekommen.

Swidger stand noch immer vor der wuchtigen Tür. Mit einem Unterarm stützte er sich an ihr ab; seine freie Hand fuhr unterdes langsam und zur Faust geballt auf ihren Rahmen nieder. Wieder und wieder, klang doch Lykkes Stimme, nicht nur in seinen Ohren, zunehmend kraftloser.

Velent schüttelte seufzend den Kopf. Doch so sehr er mit Lykke litt, so sehr brannte er doch zugleich auch darauf, mehr über Degenar und damit vielleicht ja doch auch über sich selbst zu erfahren.

„Nach Balyr führte dann Ryktar das Dorf …“, schloss er für sich.

„So ist es!“, nickte Henar. „Obwohl es Degenar zugestanden hätte. Nun weißt Du es!“

Ungeachtet der eisigen Kälte, setzte sich Velent auf die breite Treppe vor Ryktars Haus. Er konnte nicht anders. Henar tat es ihm schließlich gleich, und für eine Weile schwiegen sie beide.

„Aber warum hat Degenar sich selbst und seinen Stamm verleugnet?“, ergriff Velent schließlich wieder das Wort. Seine Stimme klang ein wenig vorwurfsvoll.

„Weil er Dich schützen wollte, Velent.“

„Mich?“

„Ja, Dich!

„Aber, warum?“

„Weil er nicht wollte, dass man auch Dich als Geisel nimmt.“ Henar gönnte seiner Begründung eine kurze Pause. „Bedenke“, ergänzte er sie schließlich noch einmal um den aus seiner Sicht entscheidenden Satz, „dass er davon ausgeht, Dein Vater zu sein! – Aber vielleicht sollte ich Dir dazu noch ein wenig mehr von dem offenbaren, was er mir erzählt hat. Ich bin sicher, es ist in seinem Sinne …“

Degenars Einheit hätte zumeist in Gallien gestanden.
Meist verblieben Soldaten auch dort, wo sie einmal stranden.
Hätten Frau und Kinder und blieben auch deshalb dort wohnen.
Außerdem sei es ja üblich, sie mit Land zu entlohnen.

Henar fuhr fort, auch der Schmied wäre fast in Gallien geblieben.
Aber die Sehnsucht hätte ihn letztlich nach Hause getrieben.
Dann hätte er – beinah schon am Ziel – eine Drudas getroffen.
Jung und selbstbewusst sei sie gewesen. Klug und sehr offen.

An einem Steinring hätte sie ihm aus den Händen gelesen –
Velent wisse es ja: Sie sei seine Mutter gewesen.

Hast Du es wirklich nie geahnt, was er für Deine Mutter empfand? Ich habe ihn immer an ihrer Seite gesehen. Schon bei meinem ersten Besuch am Steinring.

Degenar sei es vergönnt, eine große Liebe zu finden,
Hätte sie ihm geweissagt. Aber sie an sich zu binden,
Könnte misslingen. Zwar sei es nicht seine Sache zu streiten,
Doch sie sähe, ihn würden auch dunkle Seiten begleiten.
Altes Leid würde er eines fernen Tags überwinden,
Doch ein neues schleiche sich langsam heran, ihn zu schinden.

Dann, für einen Moment, sei es Degenar möglich gewesen,
Seinerseits in der Drudas traurigen Augen zu lesen.
Nun würde er den lange verdrängten Eindruck verstehen,
Denn er hätte dort etwas wie Schuld oder Reue gesehen.
Etwas Ahnendes, Bangendes. Dann sei es wieder verflogen.
Doch mit Abstand betrachtet, habe ihr Blick nicht gelogen.

„Glaubst Du, sie hat in seinen Händen auch ihre eigene Zukunft gesehen?", hakte Velent nachdenklich nach.

„Ja, das glaube ich!", stimmte ihm Henar zu. „Und damit auch die Deine!"

Velent seufzte kurz; dann wechselte er das Thema. „Ryktars Männer haben das Dorf am Steinring zweimal niedergebrannt", begann er seinen Gedanken. „Beim ersten Mal haben sie einen Mann namens Gendar gesucht. Woher wussten sie, dass er noch lebte, noch dazu so nah seiner Heimat?"

„Er war einmal hier", erläuterte Henar. „Nicht allzu lange vor dem Überfall. Vielleicht, um mit seiner Vergangenheit abzuschließen. Er hat sich Ryktar offenbar erklärt und ihm gleichzeitig versichert, keinen Anspruch erheben zu wollen, sich an die Spitze der südlichen Sugambrer zu stellen. Oder zumindest an die Spitze dieses Dorfes. Anscheinend war er vorsichtig genug, Dich nicht zu erwähnen. Und auch nicht, wo er mittlerweile lebte. Aber ein Mann seiner Größe fällt auf! Er wäre besser gewesen, er wäre nicht gekommen!"

Velent seufzte erneut und schwieg – betroffen und auch ein wenig beschämt.

„Ich habe ihm in der Tat Unrecht getan!", fasste er sein Gefühl schließlich zusammen.

Henar legte seinen kurzen Arm um Velents breite Schulter. „Du konntest dies alles ja nicht wissen! Aber glaube mir, wenn ich Dir sage, dass ich keinen Grund dafür erkennen kann, warum Degenar lügen sollte. Und auch, wenn er mir dazu nichts Genaues erzählt hat, und auch, wenn ich mich damit wiederhole: Er scheint sich sicher zu sein, dass er Dein Vater ist!"

Auf einmal schien Velent die schneebedeckten Häuser des Dorfes, die Ställe und Gatter, die matschigen Wege, ja, selbst die Menschen und ihr Vieh mit anderen Augen zu sehen. Wenn es tatsächlich der Wahrheit entsprach, dass Degenar sein Vater war, dann hatte er dies alles für ihn aufgegeben! „Das Dorf ist groß! Und das Land, das zu ihm zählt, muss riesig sein!"

Velent deutete auf die Knechte und Knaben, die noch immer vereinzelt den Hang hinaufkamen, um am anderen Ende des leicht abschüssigen freien Platzes vor Ryktars Haus die Abgaben ihrer Herren oder Väter zu entrichten.

„Und Rom weiß das und fordert seinen Anteil!", stimmte ihm Henar zu – ohne zu ahnen, als wie folgenschwer sich seine Worte erweisen sollten.

Velent konnte nicht anders als Henar erneut verwundert anzuschauen. „Muss das Dorf mittlerweile Steuern an Rom entrichten?"

„Es hat immer Steuern gezahlt!"

„Das ist mir neu. Ich habe in Mattiacum gelebt und dort Anderes gehört!"

„Du musst Dich irren!"

„Nein! Ich bin mir ganz sicher! Dieses Dorf hat keine Steuern zu zahlen! Es hatte es nicht im Frieden; und warum sollte sich das nun, im Kriege, geändert haben!"

Nun war es Henar, der Velent verwundert anschaute.

Erst in der neuen Stille, in der sie sich wieder fanden, wurde den beiden bewusst, dass das Wimmern und Schreien jenseits der Türe verstummt war. Auch Swidgers Schläge gegen den Türrahmen hatten aufgehört. Und da sie sich erneut umschauten, sahen sie, dass der rothaarige Chatte im selben Moment sein untätiges Warten nicht mehr länger auszuhalten vermochte.

Swidger riss die Tür auf und stürmte ins Innere des riesigen Hauses.

Doch was er dort sah, bremste ihn augenblicklich aus. Lykke lag wie tot am Boden. Die Augen geschlossen, die Arme schlaff auf dem gestampften Lehm. Eine Magd kniete neben ihr und hielt ihren Kopf. Die Amme selbst kniete zwischen Lykkes weit gespreizten Beinen. Mit beiden Händen hielt sie etwas Rundes, Tiefrotes fest umklammert, zog und zerrte an ihm, um es aus Lykkes Unterleib zu ziehen.

Erst da es ihr gelungen war, erkannte Swidger an den Armen und Beinen des leblosen Körpers, der nun den Boden leicht streifte, dass es der Kopf eines Kindes war, an dem die Amme gezogen hatte. Der Kopf seines Kindes, seines Sohnes, wie er nun mit einem kurzen Blick zwischen die Beine des Neugeborenen erkannte. Doch kein Stolz regte sich in ihm, denn zugleich hatte er doch auch noch etwas Anderes zu erkennen gehabt. Swidger war in einem kleinen Dorf groß geworden, umgeben von Tieren. Eine Geburt war ihm nichts Fremdes, und gleichwohl er noch nie bei der Geburt eines Kindes zugegen gewesen war, verriet ihm doch die Nabelschnur, die sich um den Hals des winzigen Neugeborenen gewickelt hatte, dass womöglich jede Hilfe zu spät kam.

„Tür zu!", schrie die Amme, ob des Schwalls eisiger Luft, der sie längst erreicht hatte. Sie blickte sich nicht einmal um. Stattdessen fuhr sie nun die Magd an: „Du sollst ihr auf die Wange schlagen, hab ich gesagt! Damit sie aufwacht! Schnell!"

Die Magd tat, wie ihr geheißen, und nach ihrem dritten Schlag stöhnte Lykke tatsächlich wieder auf.

Swidger sank auf die Knie, dankbar und verzweifelt zugleich. „Freyja! Hel!", rief er seine Götter um Hilfe und schloss flehend die Augen. Doch sein Sohn rührte sich nicht, so sehr sich die Amme auch bemühte, das Leben in ihm zu wecken.

Ryktar verfolgte das Geschehen scheinbar teilnahmslos. Er hatte längst wieder an seiner Tafel Platz eingenommen und Seya zu sich gewunken.

„Woher kennst Du ihn?", raunte er seiner Tochter zu. „Was hast Du mit den Chatten vom Steinring zu schaffen?" Seine Stimme klang schneidend und vorwurfsvoll.

„Ich habe ihn getroffen", entgegnete Seya scheinbar unbeeindruckt. „Es ist schon länger her. Ihn und ein paar weitere junge Krieger." Sie verschränkte trotzig die Arme, dann sprach sie weiter: „Es kann wohl kaum falsch sein, sich frühzeitig umzuschauen und verlässliche Bündnispartner zu suchen!"

„Für was?“, entgegnete ihr Vater hustend und mit verächtlichem Unterton.

„Für den Kampf! Gegen Rom!“, erwiderte Seya trotzig. „Wobei Du meine Meinung kennst: Ich weiß nicht, auf was wir noch warten!“

„Das ist allein meine Entscheidung! Und noch ist dies mein Haus, meine Sippe, mein Stamm!“, polterte Ryktar nun los. Er stemmte sich kurz über die Kante des Tisches empor, dann holte er blitzschnell aus und seine Hand donnerte auf Seyas Wange. „Niemand verhandelt hier mit irgendwem, ohne dass ich es weiß! Und schon gar nicht mit irgendwelchen dahergelaufenen Chatten! Ich habe schon Männer für geringeren Verrat erschlagen! Wage es nicht noch einmal!“

Ryktars Augen schienen zu glühen, doch Seya sah es nicht. Unter dem Streich ihres Vaters hatte sie ihre eigenen Augen geschlossen; und sie hielt sie geschlossen. Ihr ganzes Gesicht schien zu brennen. Sie biss die Zähne aufeinander, vielleicht flüsterte ihr eine erbarmungslose Stimme sogar zu: „Du hättest sein Sohn werden sollen! Er hätte nicht geweint! Und Du weinst auch nicht!“

Doch da sie sich nicht sicher war, ob es ihr gelingen würde, die Tränen zu unterdrücken, sprang sie auf und stürmte an Lykke, der Magd und der Amme, der Swidger soeben seinen toten, abgenabelten Sohn abgenommen hatte, vorbei. Wie zuvor Swidger riss nun Seya die Tür auf. Doch von der anderen Seite. Sie stürmte ins Freie. Dort schrie sie ihre Wut so laut aus sich heraus, dass sich ein jeder sogleich nach ihr umdrehte. Für einen Moment schien ihr heißer Atem in der kalten Luft um sie herum wie in einer riesigen, weißen Wolke erstarrt.

„Seya, was ist Dir?“, stand Henar auf und ging auf die junge Frau zu, doch sie ließ ihn wortlos stehen. Stattdessen zog sie ihr Schwert und schlug mit unbändiger Kraft auf eine Kiste mit Brennholz ein, die unweit der jungen Wache an der Hauswand stand. „Ahhh!“

Der junge Mann sprang erschrocken zur Seite, so dicht sauste die Klinge an seinen Beinen vorbei und so laut barst das Holz der Kiste, auf der er kurz zuvor noch gesessen hatte. Auch Velent zog unwillkürlich den Kopf ein klein wenig zwischen die Schultern; Henar indes zuckte nicht einmal mit den Wimpern.

„So war sie schon als kleines Kind", flüsterte er Velent zu, der erneut an seine Seite getreten war. „Du musst wissen, auch Ryktar gab seine Tochter zu uns."

„Seya hat bei Euch in den Bergen gelebt?"

„Sogar länger als Dein Vater!", nickte der Zwerg. „Aber das ist jetzt nicht so wichtig." Da ein Esel am anderen Ende des Platzes laut aufgeschrien hatte, war Henar noch einmal auf das Geschehen dort aufmerksam geworden und hatte sich Velents Worte erinnert. „Und Du bist sicher, dass das Dorf keine Steuern an Rom zahlt?"

Velent nickte: „Zumindest nicht in der Zeit, die ich in Mattiacum verbracht habe!"

„Hm!"

Henar wartete, bis Seya ihr Schwert wieder zurück an seinen Platz gesteckt hatte, was er als Zeichen wertete, sie habe sich zumindest ein wenig beruhigt; dann ging er auf sie zu und sprach sie mit leisen Worten an: „Ich weiß nicht, ob es der rechte Augenblick ist, aber Velent hat mir gerade etwas erzählt, das ich nicht verstehe." Er wartete einen weiteren Moment, bis er sich Seyas ungeteilter Aufmerksamkeit sicher war, dann deutete er auf das gegenüberliegende Ende des Platzes und fuhr flüsternd, damit es die Wache nicht hören konnte, fort: „Er sagt, das Dorf habe keine Abgaben zu zahlen! An Rom! Und hätte es auch nie! Er ist sich ganz sicher! Verstehst Du das?"

Ungläubig pendelte Seyas Blick zwischen dem Vieh in den Gattern, den Säcken voller Korn und Rüben auf den Karren und dem Gesicht des Greises hin und her. Es dauerte eine Weile, bis sich der vage Verdacht in ihrem Kopf zu einem konkreten Gedanken verfestigt hatte. Dennoch erwiderte sie: „Nein! Das verstehe ich nicht!", fuhr herum und ließ Henar erneut stehen.

Wutentbrannt stampfte die junge Frau zurück ins Haus. Weder für den noch immer wie versteinert auf seinen toten Sohn starrenden Swidger, noch für die Amme oder die Magd, die sich um die erneut ohnmächtig gewordene Lykke kümmerten, hatte sie Augen. „Zahlen wir Steuern an Rom? Ja oder nein?“, schrie sie ihren Vater an, kaum dass sie die Türschwelle hinter sich gelassen hatte.

„Was soll diese Frage?“, herrschte Ryktar sie an. „Was fällt Dir ein!“

Doch Seya ließ sich nun nicht mehr bändigen.

„Zahlen wir Steuern an Rom? Ja oder nein?“, wiederholte sie mit fordernder Stimme. Und da sie das überrumpelte Zögern ihres Vater nur noch misstrauischer und zugleich zorniger machte, stemmte sie sich mit voller Wucht gegen das freie Kopfende des Tisches. Gleichwohl er so schwer war, dass es vier Männer bedurfte, um ihn zu tragen, hatte ihr Zorn der jungen Frau die nötige Kraft verliehen, ihn in Richtung ihres Vaters zu schieben. Augenblicke später hatte sie ihn bereits in seinem schweren Stuhl eingeklemmt. Er konnte noch nicht einmal seine Arme bewegen.

„Ja oder nein?“, schrie sie ihn an, lauter noch als zuvor.

„Bist Du toll? Was glaubst Du, was die Bauern draußen seit Tagen machen?“

„Ich weiß, was sie tun; ich frage, was Du tust? Was wir zu tun haben? Haben wir Steuern an Rom zu zahlen? Ja oder nein?“

„Nein!“, fauchte Ryktar schließlich zurück. „Nein, wir zahlen nicht! Aber das geht Dich nichts an!“

„Das sehe ich anders!“, war Seya mit zwei Sprüngen an seiner Seite. Sie hatte erneut ihr Schwert gezogen und drückte die Spitze seiner Klinge nun unbarmherzig an den Hals ihres Vaters. Nie zuvor hatte sie es gewagt, sich derart gegen ihn aufzulehnen; doch zugleich war sie ihm wohl nie zuvor ähnlicher gewesen. „Wie läuft der Handel? Und mit wem?“, raunte sie ihm zu.

„Wir gewinnen nur daran!“, rang Ryktar röchelnd und hustend nach Luft. Zugleich versuchte er, seine Arme frei zu bekommen; doch da Seya mit dem Kopf schüttelte und ihre Schwertspitze wie zur Warnung so tief in die Haut ihres Vaters drückte, dass bereits etwas Blut aus ihr hervorquoll, unterließ er jeglichen weiteren Versuch, sich zu befreien. Stattdessen schlug er einen versöhnlichen Ton an. „Seya, komm zu Dir! Ja, wir zahlen nicht! Aber, was kann uns denn Besseres passieren?“

„Wie und mit wem!“, wiederholte Seya unerbittlich.

„Mit Quirin! Aus Mattiacum! Er erlässt uns die Steuern! Dafür greifen wir ihn nicht an!“

„Und trotzdem lässt Du unsere Bauern zahlen? Und lässt sie im Glauben, sie zahlten für Rom? Und was machst Du mit dem, was sie Dir geben? Du verkaufst es weiter an Rom, oder? An wen sonst!“

Ryktar sah die Verachtung in Seyas Blick. Sie schmerzte ihn beinahe mehr als ihr Schwert an seinem Hals. Verzweifelt schloss er die Augen und nickte. Dann jedoch öffnete er sie wieder. Ein letztes Mal bot er nun seiner Tochter trotzig die Stirn. „Aber es ist ein gutes Geschäft!“, fauchte er. „Für uns! Und auch für unseren Stamm! Wir haben freien Zugang zu den Gräbern der Valkyrjen! Und Quirin verfolgt es nicht, wenn wir die Dörfer der Matthen überfallen. Er hat uns sogar schon dafür bezahlt! Mehr als nur einmal! Solche Angst hat er vor uns!“

Das spitze Eisen seiner Tochter am Hals hatte Ryktar Swidger völlig vergessen lassen. Der junge Chatte indes hatte jedes Wort des Häuptlings mit angehört. Seine letzten schien er kaum glauben zu wollen.

„Du hast was?“, kam er mit grimmigem Blick auf ihn zu. „Du hast Dich auch noch von den Römern dafür bezahlen lassen, mit Feuer und Schwert über uns zu kommen?“

„Und wenn schon, Matthe!“, blaffte Ryktar röchelnd zurück. „Norwin selbst hat am Ende sogar davon gewusst! Und nichts getan, außer sich für sein Schweigen bezahlen zu lassen!“

Keine Gnade mit Verrätern!, fuhr es Seya durch den Kopf. Wie oft hatte sie diesen Satz aus dem Munde ihres Vaters gehört? Wie oft hatte sie es im Lauf der Jahre miterlebt, dass er selbst enge Vertraute erschlagen hatte, wenn er auch nur an ihrer Treue zu ihm gezweifelt hatte. Keine Gnade mit Verrätern! Ihr Vater war ein Verräter. Ja, das war er! Keine Gnade mit Verrätern!

Seya war so in Gedanken vertieft, dass sie es gar nicht bemerkte, dass sie unwillkürlich etwas weniger Druck auf den Hals ihres Vaters ausübte. Hatte er aus seiner Verachtung Swidger gegenüber kurz zuvor noch keinen Hehl gemacht, schien ihm nun auf einmal klar zu werden, in welcher Gefahr er sich befand: Der grimmige Rotschopf hatte das andere Ende des Tisches mittlerweile erreicht und seinen toten, blutverschmierten Sohn dort abgelegt. Nun blickte er auf Seya und von ihrem Rücken langsam über ihre Arme auf ihr Schwert.

„Seya, Swidger!" prustete Ryktar und holte sich mit diesem verzweifelten Ruf die leeren Augen seiner Tochter ein letztes Mal zurück.

Doch selbst wenn sie es gewollt hätte, hätte es die junge Frau nicht mehr verhindern können, dass Swidger sich ihr im nächsten Moment mit voller Wucht in den Rücken warf und ihr Schwert daraufhin beinahe bis zum Heft in den Hals ihres Vaters fuhr.

Es war seltsam, doch Seya wirkte nach einem Augenblick des Erstaunens, den sie gebraucht hatte, um zu erkennen, was gerade geschehen war, nicht etwa zornig, sondern eher erleichtert. Vermutlich, weil Swidger ihr dabei geholfen hatte, das in ihren Augen einzig gerechte Urteil für den feigen Verrat zu vollstrecken, den ihr Vater am eigenen Stamm begangen hatte. Keine Gnade mit Verrätern!

Velent und Henar standen bereits in der noch offenen Tür, da Ryktar starb – ohne einen Laut, dafür jedoch mit schreienden Augen; und beide sahen, wie sich Seyas Hände langsam vom Heft ihres Schwertes lösten und wie sie sich zu ihnen umdrehte. Sie schien nichts und niemanden zu sehen.

Swidgers Augen indes schienen hellwach. Suchend sah er sich um und erblickte Ryktars schwere Truhe, die nicht weit hinter seinem Stuhl an der Stirnwand des Hauses stand. Sie war mit einem großen Schloss gesichert. Ohne lange zu zögern, zog Swidger Seyas Schwert aus dem Hals ihres Vaters und schlug mit dessen blutverschmierten Klinge – drei, vier Schritte weiter – mit voller Wucht auf das Schloss der Truhe ein. Es hielt dem Schlag nicht stand.

Swidger öffnete die Truhe und fand, was er gesucht hatte: gleich drei Beutel mit Münzen. Verächtlich warf er sie auf den Tisch, öffnete sie der Reihe nach und ließ ihren Inhalt auf dessen schwere Bohlen prasseln.

„Er könnte sie auch erbeutet haben", warf Henar aus dem Hintergrund ein und kam zugleich mit Velent langsam näher. „In Arbalo. Er hat immer damit geprahlt, in Arbalo dabei gewesen zu sein."

Velent tat es Henar gleich und nahm wie auch der Zwerg ein paar der Münzen in die Hand. „Tiberius", entgegnete er kopfschüttelnd. „Die allermeisten zeigen Tiberius. Aber er war zur Zeit der Schlacht von Arbalo noch gar nicht hier. Da war Drusus noch der Statthalter. Also muss Ryktar die Münzen nach der Schlacht bekommen haben!"

Swidger nickte, um sodann mit unheilvoller Stimme zu ergänzen: „Ich würde mich nicht wundern, wenn wir einen ähnlichen Beutel im Dorf am Steinring fänden!"

Und dorthin, zum Steinring, zog es auch Euch wieder, Swidger und Dich. Doch nicht der Liebe wegen. Nein, es war der blanke Hass, der ihn nach Hause rief.

Ryktars Verrat war gesühnt, doch Norwin war noch am Leben.
Er trug auch Schuld. Da konnte es keine zwei Meinungen geben.
Er hatte ihn, sein Dorf und dessen Sippen verraten.
Wegen ihm war sein Sohn nun tot! Swidger konnte nicht warten.
Mit dem Morgen würde er aufbrechen, um sich zu rächen!
Seya bestärkte ihn in diesem Wunsch. Beim gemeinsamen Zechen.

Einmal in Rage, predigte sie noch weiteres Morden.
Schließlich seien mit Ryktar auch andere schuldig geworden.

„Mattiacum muss fallen!“ Seyas Zunge war schwer, doch ihre Stimme klang wild entschlossen. Wie um es zu unterstreichen, donnerte sie ihren Humpen auf die Tafel, an der Stunden zuvor ihr Vater durch ihr Schwert sein Leben gelassen hatte. Längst lag er aufgebahrt auf seinem Lager. Auf einem weiteren, ganz in der Nähe, ruhte die völlig erschöpfte Lykke, um die sich gleich mehrere Weiber bemühten. „Und spätestens wenn wir diesen Schandfleck niedergebrannt haben“, ergänzte Seya, „werden uns auch alle anderen folgen! Selbst Marbod könnte davon hören! – Mattiacum muss fallen!“

Anders als Swidger, der Seya direkt gegenüber saß und nun eher kleinlaut unter sich schaute, hatte Velent gemeinsam mit Henar auf einer Bank abseits der Tafel Platz genommen. Er konnte gar nicht anders, als beim Namen „Mattiacum“ an Luna und Marcus zu denken. Verbittert presste er die Lippen aufeinander.

Er hasste beide für das, was sie ihm angetan hatten! Er wollte es zumindest, hatte doch sie ihre Liebe und er ihre Freundschaft verraten. Hätte da nicht auch er selbst das Recht dazu, Marcus zu verraten? Ein Wort zu Swidger, ein kleiner Hinweis nur, dass Bernulf durch Marcus’ Schwert gestorben war, und das Todesurteil des Verräters wäre so gut wie gesprochen gewesen.

Doch Velent schwieg. Er konnte nicht anders. Ja, Marcus hatte ihn schändlich verraten, doch sah sich etwas tief in ihm nicht in der Lage, Marcus dafür zu bestrafen, dass er Luna offensichtlich begehrte. Der Grund dafür war so einfach wie zutiefst schmerzhaft: Ein Teil von ihm, jener, der an der Vergangenheit hing und von der Zukunft träumte, hing noch immer an ihr.

Erfolglos versuchte Velent, sich dieses Gefühls zu erwehren. Er liebte sie! Sie, die ihn gehalten hatte. Nein, er hasste sie! Sie, die ihn betrogen hatte! Er konnte nicht mehr klar denken, war aufgewühlt und rang mit sich. Doch nur einen Moment, riss ihn doch rasch Swidgers grimmige Stimme aus seinen Gedanken.

„Mattiacum?“, entgegnete der Chatte ungehalten und klang dabei nicht weniger betrunken als Seya. Ihren Blick indes mied er. Der seine hing tief in seinem Humpen. Als könnte es ihm gelingen, auf seinem Grund einen Ausweg aus seiner misslichen Lage zu finden. „Ich verdamme mich selbst für den Eid, den ich gab, aber ich kann mein Schwert nicht gegen Mattiacum erheben!“

„Was?“, rief Seya erbost. „Hast Du Angst um die Geiseln? Jeder sollte bereit sein, für Freiheit und Gerechtigkeit zu sterben! Auch sie!“

„Das ist es nicht!“, entgegnete Swidger mürrisch. „Mein Vater starb dort und ich würde die verfluchte Stadt der Römer alleine angreifen, wenn ich denn könnte! Doch meine Ehre verbietet es mir! Ich gab mein Wort, es nicht zu tun, wenn sie mir nur seinen Leichnam ließen!“

Seya zischte verächtlich: „Also treibst auch Du eine Art Handel mit Rom, Swidger vom Steinring! Wie so viele andere Matthen!“

Swidger schob seinen Humpen mit dem Arm zur Seite und ballte die Faust. „Ich schwöre Dir, es war das letzte Versprechen, das ich Rom gab! Aber Swidger, der Rote, bricht seinen Eid nicht! So, wie es mein Vater Bernulf auch nie getan hat! Im Gegensatz zu Deinem!“

Seya sprang so ungestüm auf, dass ihr Stuhl umkippte. Sie zog ihr Schwert und richtete es auf den vorlauten Chatten. „Was fällt Dir ein, Du kleine Ratte?!“, fuhr sie ihn leicht wankend an.

Nun erhob sich auch Henar von seinem Platz neben Velent und näherte sich mit beschwichtigend ausgebreiteten Armen der aufgebrachten Sugambrerin. „Seya!“, sprach er sie an und deutete dabei kurz mit einer Hand in Richtung des aufgebahrten Leichnams. „Ein Toter reicht wohl, oder?!“

„Was willst Du, Henar?“, zischte Seya zurück. Ihre kalten Augen blitzten ihn an. „Er hat mich beleidigt!“

„Nein! Dich nicht!“, erwiderte Henar ganz ruhig und kam unbeirrt näher. „Wenn überhaupt Deinen Vater! Und nicht einmal das! Denn er hat die Wahrheit gesagt! Leider! Und Du weißt das auch!“

Swidgers Nicken deutete an, dass er sich durch die Worte des greisen Zwerges bestätigt sah, und auch Seya senkte schließlich ihr Schwert.

„Ihr habt beide zu viel getrunken!“, fuhr Henar fort. „Vielleicht solltet Ihr Euch jetzt lieber schlafen legen!“

Seya grummelt mehr, als dass sie eine Antwort gab, gleichzeitig zog sie ihr Schwert nun aber gänzlich zurück. Swidger nahm es mit einer verständlichen Erleichterung auf, die er sich aber nicht anmerken lassen wollte. Deshalb nahm er sich Henar vor. „Wer bist Du, mich zurechtzuweisen?“, herrschte er ihn mit schwerer Zunge an.

Henar aber brachte auch das nicht in Rage. Er ging in Seelenruhe um das Kopfende des Tisches, bis er Swidger gegenüberstand. Dann winkte er sich dessen Ohr an seinen Mund. „Nicht mehr als ein kleiner, alter Mann, der Dir vermutlich soeben das Leben gerettet hat!“, flüsterte er.

Anstatt etwas darauf zu entgegnen, richtete sich Swidger nun auf und zugleich sein Wort an Seya und die wenigen Männer und Frauen, die sie in den vergangenen Stunden ins Haus gelassen hatte, weil sie sich ihrer Gunst gewiss war. „Ich breche morgen auf! In aller Frühe!“, ließ er sie wissen. „Wenn die Götter uns gewogen sind, dann stirbt Norwin schon in der kommenden Nacht!“

Seya blickte sich kurz um. Der weite Raum war nur spärlich beleuchtet und doch erkannte sie das eine oder andere Nicken. Entsprechend bestätigt erwiderte sie: „Wir sollten ihn gemeinsam richten!“

„Noch steht das Dorf nicht geschlossen hinter Dir…“, gab Henar von jenseits der Tafel mit gesenkter, väterlicher Stimme zu bedenken.

Seya stützte sich mit beiden Armen auf den schweren Eichebohlen ab und beugte sich dem Zwerg entgegen. „Gerade deshalb gilt es, mutig und entschlossen zu handeln!“, raunte sie leicht lallend.

Henar beugte sich ihr entgegen. „Ich weiß, dass es nicht stimmt“, flüsterte er, „aber man könnte Dir einen Ritt zum Steinring auch als Flucht auslegen.“

Seya ließ Henars offene Antwort einen Moment auf sich wirken, dann erwiderte sie missmutig: „Du solltest mehr trinken! Dein Verstand ist zu scharf!“

Swidger war die kurze Unterhaltung der beiden nicht entgangen. „Norwin wird für alles büßen! Er wird meinem Schwert nicht entkommen!“, fügte er das Seine lauthals hinzu. „Wenn ich es endlich zurückbekomme! – Velent hat es mir geschmiedet!“ Er deutete auf den jungen Ubier, der noch immer auf seiner Bank saß. „Und so, wie Du mir und Lykke heute beigestanden hast,“ – nun zeigte seine Hand auf das Lager seiner Gefährtin – „so sollst Du mir auch in Zukunft zur Seite stehen. Bis in den Tod!“

Nur Henar nahm Velents leichtes Kopfschütteln zur Kenntnis. Der junge Ubier schien erleichtert, dass Seya ihm zuvorkam und ihm so für den Moment ein eigenes Wort erspart blieb.

„Gebt es ihm zurück!“, hieß sie die Ihren mit markiger Stimme, um sich sodann von der Tafel – und damit auch von Swidger und Henar – abzuwenden und torkelnd auf ihr Lager zuzuwanken.

Niemand schien es zu wagen, ihr die Hand zu reichen. Deshalb beeilte sich Henar, zu ihr zurückzugehen. Er hatte sie noch nicht ganz erreicht, da hörte er sie bereits murmeln. „Das hätten wir längst tun sollen. Ihm sein Schwert zurückgeben. Dann hätte er nicht mich und das meine gebraucht.“ Sie hielt noch einmal inne und wandte sich dem Lager ihres verstorbenen Vaters zu. „Aber es war richtig, Ryktar! Hörst Du mich?!“, rief sie. „Keine Gnade mit Verrätern!“

Nun erst bemerkte sie Henar. Ein-, zweimal versuchte sie noch unbeholfen, sich seines helfenden Armes zu entledigen, dann gab sie ihre Gegenwehr auf.

„Sie scheinen sich beide recht ähnlich zu sein. Seya und dieser Swidger“, sprach der greise Zwerg Velent wenig später, nachdem er seinen Platz neben ihm wieder seufzend eingenommen hatte, leise an. In seinen Händen hielt er zwei Schüsseln mit Brei, die er sich am Herdfeuer des Hauses hatte befüllen lassen. Die eine reichte er Velent, mitsamt eines hölzernen, tief im Brei steckenden Löffels; die andere nahm er sich nun selbst vor.

„Ich weiß nicht“, entgegnete Velent unschlüssig. „Sie scheint mir etwas … kühler als er zu sein.“

Henar nickte. Er schluckte kurz den Brei in seinem Mund hinunter. Dann meinte er: „Wie Du siehst, kann sie recht aufbrausend sein, aber vermutlich hast Du nicht ganz Unrecht. Sie versteht es, kühl zu planen. Und sie weiß, dass sie es schwer haben wird, das Erbe ihres Vaters anzutreten!"

„Was meinst Du damit?", fragte Velent etwas verwundert.

„Ryktar war krank!", erläuterte der greise Zwerg. „Es gibt genügend Sippen, die sich längst in Stellung gebracht haben, die verbliebenen Sugambrer zu führen! Als Frau wird sie es schwer haben!" Er seufzte kurz, bevor er fortfuhr, indem er sagte: „Aber nachgeben wird sie nicht! Und ihr Gefolge ist ebenfalls groß! Ich fürchte schon jetzt um den Frieden! Es wird blutige Fehden geben! Wenn wir Pech haben sogar über etliche Jahre."

Velent schüttelte kurz den Kopf. „Das sollte es nicht!"

„Da hast Du wohl Recht!", stimmte ihm Henar sofort zu. „Und, ich glaube, du könntest es womöglich sogar verhindern!"

Nun war Velent vollends überrascht. „Ich?" Er stellte seine Schüssel neben sich auf die Bank, und Henar tat es ihm gleich.

„Ja, Du, Velent! Du bist Gendars Sohn! Wenn Du Seya zur Frau nähmst, würden Euch alle folgen müssen! Und ich traue Dir sogar zu, sie zu lenken! Was ist? Bist Du dabei? Ich bin sicher, sie würde meinem Vorschlag folgen!"

Velent vermochte nur mehr zu stammeln. Mehr als ein erneutes, kurzes „Ich..." brachte er kaum heraus, gleichwohl ihm Henar etwas Zeit dafür ließ.

„Ich wollte Dich nicht bedrängen!", entschuldigte dieser sich schließlich. „Aber: Denk darüber nach! In Ruhe! Bitte! Und sei des gewiss: Es würde den Frieden bewahren und Leben retten! Und Dein Vater wäre ganz sicher dafür! Und stolz dazu!"

Er zwang Velent erneut einen Moment des Nachdenkens auf, da er aber noch nicht einmal ein Nicken als Antwort erhielt, ergänzte er schließlich: „Dein Vater hat mir auch von einer jungen Römerin erzählt. Zögerst Du ihretwegen?"

Henar las eine tiefe Traurigkeit in Velents Blick, seine Antwort indes klang anders: trotzig und zornig. „Nein!"

Wie oft auch ich mich schon nach Hause sehnte – wenngleich aus anderen Gründen! Und wie oft an Deine Seite! Nicht nur heute, Velent! So oft schon, so oft!
Und ganz besonders damals am Rhenus, weil ich doch fürchtete, Dich und Deine Liebe verloren zu haben. Ich vermisste Dich unendlich! Aß und trank kaum noch etwas! Und ließ niemanden zu mir! Auch nicht Marcus oder Livia! Bis Menelaos kam. Weinend warf ich mich an seine Brust. Und auch er weinte. Doch wusste ich noch nicht warum.

*

Trotz eines Schneesturms brach Swidger früh auf, am kommenden Morgen.
Ohne Lykke. Henar versprach ihm, für sie zu sorgen.
Seya wies neun Männer an, mit Swidger zum Steinring zu reiten.
Und auch Velent durfte Swidger letztlich begleiten.
Velent tat dies in der Hoffnung, den Freund überzeugen zu können,
Seinem Rachedurst nicht gleich mehrere Opfer zu gönnen.

Aber als sie Norwins Gefolge tief in der kommenden Nacht überraschten,
kannten die Männer keinerlei Gnade. Ihre Langschwerter fegten
durch das Dunkel des Hauses. Teilten sich windende Leiber. Krachten
durch Knochen. Jeglichen Schrei und jedwedes Wimmern jagend.

Velent wartete abseits des Hauses. Bangend im Schnee. Die Augen geschlossen. Hörte nur. Ahnte nur. Zuckte und seufzte. Bis endlich Swidger zurückkam. Triefend vor Blut. Einen Kopf, ein Haupt in der Hand. Es war Norwins. Regungslos spießte Swidger ihn auf und rammte die Lanze vor sich.

„Dafür“, meinte nun Velent mit Blick auf Swidgers Trophäe,
Hab ich Dir kein Schwert geschmiedet, dass Du hier, ganz in der Nähe
Deines eigenen Hauses, so harsch und mitleidslos wütest.
Swidger, ich gab es Dir, dass Du das Leben beschützt und behütest!“

Außer Velent indes sollte niemand am Steinring es wagen,
Swidger für das, was in jener Nacht geschah, zu verklagen.
Fehden im Land der Germanen sind üblich und keineswegs selten.
Jedem gesteht man das Recht zu, ein Unrecht selbst zu vergelten.

Velent gelang es auch nicht, den Freund in der Folge zu zügeln.
Nein, den Chatten sollte sein Wüten viel eher beflügeln.
Derart berauscht und ermutigt, sprach er nun häufig von Schlachten.
Schlachten, die er mit allen, die ihm zu folgen gedachten,
Führen wollte. Im Dorf erwachte die Sehnsucht zu kämpfen.
Mehr als im Sommer zuvor. Und bald war sie kaum mehr zu dämpfen.

Trauernd und klagend sprach niemand mehr von den gefallenen Kriegern.
Nein, wer heldenhaft starb, den zählte man nun zu den Siegern.
Jene Männer würden von den Valkyrjen geborgen.
Dank der heiligen Frauen seien sie bar aller Sorgen.

Sämtliche Wunden verheilten. Es bliebe kein Grund mehr zu klagen,
Würde doch jeder alsbald in Odins Halle getragen.
Ja, wessen Waffen im Kampfe besonders eindrucksvoll klirrten,
Seien die heiligen Frauen geheißen, daselbst zu bewirten.
Prallvolle Hörner würden die Männer auf ewig erwarten.
Ruhmreich zu sterben sei deshalb jedem Manne geraten!

Velent konnte nicht anders, als solches Gerede zu hassen.
Aber ihm waren die Hände gebunden, das Dorf zu verlassen.
Bis zu den Dächern sollte der Schnee sich teilweise türmen.
Eisig war es zwar selten. Doch oftmals sollte es stürmen.
Kurz: Weil die widrigen äußeren Umstände ihn dazu zwangen,
Musste er bleiben. Velent war gleichsam aufs Neue gefangen.

Deshalb bin ich versucht, Dir kurz einen Eindruck zu geben,
Was es heißt, dort zusammengepfercht miteinander zu leben.

Nicht mal ein Hund war unnötig draußen. Alle waren drinnen.
Mehrere Dutzend pro Haus. Die Weiber waren am Spinnen,
Webten, nähten, versorgten die Tiere, putzten und kochten.
Oder wuschen die Kinder – was jene wie üblich nicht mochten.

Sache der Männer war es, die Ställe der Tiere zu misten.
Oder zum Werkzeug zu greifen. Einige zimmerten Kisten,
Andere schnitzten auch hölzerne Zähne und richteten Rechen,
Doch dies nur, um im Anschluss Abend für Abend zu zechen.

Tags Geblöke, Geschreie, Gehämmer und nachts die Gesänge,
Diese Mischung bedrückte Velent viel mehr als die Enge.
Ja, ihn störte das laute und unentwegte Getue.
Sehnte er sich – wie Du weißt – doch im Winter vor allem nach Ruhe.

Ich bin mir sicher, dass unter dem Lärm auch andere litten.
Er indes litt besonders, da ihn die anderen schnitten.
Und da vermutlich ein paar der eher jüngeren Chatten,
Degenars Schmiede im Jahr zuvor mutwillig angesteckt hatten,
Fehlte Velent nicht nur ein Ort, um zuweilen zu schmieden,
Sondern mehr noch ein Zufluchtsort, wenn die andren ihn mieden.
Anders gesagt: Ihm fehlte die Möglichkeit, sich zu verstecken.
Gleichzeitig sollte sein Dasein erneut Erwartungen wecken.

Schließlich träumten die Männer fast alle von eigenen Waffen,
Und wiederholten aufs Neue: Er habe sie zu erschaffen.
Deshalb versprach ihm auch Swidger, die Schmiede erneut zu errichten.
Doch da er ahnte warum, sollte Velent dankend verzichten.

Diese Entscheidung sollte Swidger mehr als nur kränken.
Er war nun nicht mal mehr fähig, Velent ein Lächeln zu schenken.
Hatte er nicht für ihn gebürgt und ihm Obdach gegeben?
Ihn versorgt mit allem, was er nur brauchte zum Leben?
Ihn unterstützt und trotz seiner Herkunft beharrlich verteidigt?
Dies war also sein Dank! Dass er ihn aufs Neue beleidigt!

Damit indes nicht genug. Denn als Lykke zurückkehren sollte,
Warf er ihm vor, dass er mit ihr etwas anfangen wollte.
Nur weil sie Swidger nachts anfangs bat, dass er sich gedulde,
Und zugleich einmal meinte, dass sie ihm Dankbarkeit schulde,
Glaubte Swidger zu wissen, dass Velent Lykke begehrte.
Und ein Geständnis schien es für ihn, dass er sich nicht wehrte,
Als er ihn kurzerhand trunken niederschlug, trat und verhöhnte,
Ob er, wenn er an Lykke dächte, ähnlich laut stöhnte.

Aber Velent wehrte sich nicht. So oft der Freund seiner Kindheit auch zuschlug, Velent stand wieder auf und blieb mutig bei seinem „Nichts ist geschehen!" Doch jedes „Nein" sollte ihn auch einem „Ja" näherbringen: Eine nur gab es, die er begehrte. Eine. Und sie hieß Luna.

Nie war es Velent klarer gewesen. Nie zuvor. Schluchzend schloss er die Augen, ballte die Fäuste und senkte den Blick. Denn weit mehr noch als seine Nase, als seine Augen und Lider, als seine Wangen und Lippen, schien nun sein Herz zu schmerzen und brennen. Lichterloh, wild und tiefschwarz.

Trotzdem trug er seine Kette noch immer! Trotzdem liebte er Luna noch immer! Wie aber konnte er sie noch lieben? Sie hatte ihn doch betrogen! Ihre Liebe verraten! Ihr „Auf immer und ewig!" „Warum nur? Warum? Wenn es Euch gibt, dann sagt mir, Ihr Götter: Warum?"

Nun ging Velent doch noch zu Boden. Leer und allein, wie er sich längst fühlte. Regungslos lag er Swidger zu Füßen. In dessen Haus. Ein paar Tritte noch, dann ließ Swidger ihn liegen. Niemand sollte ihm helfen. Nicht einmal Lykke. Dort lag er. Lange. Taub und bereit zu sterben.

Er ist tot! – Ich glaubte, meinen fürchterlichen Verdacht bereits auf des Griechen Lippen lesen zu können: Dabei war er doch meinetwegen betrübt! Ich wusste, dass mein Onkel nicht nur in der Stadt der Ubier, sondern seit längerem auch in der Ewigen Stadt nach einem Mann für mich hatte suchen lassen. Und doch hatte etwas in mir verzweifelt gehofft, dass er ihn nicht finden würde. Dass dieser Kelch an mir vorübergehen und es doch noch eine Zukunft für uns geben könnte. Doch in jenem Moment, da ich erfuhr, dass es mein Schicksal sein sollte, mein Leben an der Seite eines hohen Offiziers in Rom zu verbringen, dessen Namen – Septimus Arruntius – ich mir anfangs nicht einmal zu behalten vermochte, zerbrach diese Hoffnung in mir. Zurück blieb eine abgrundtiefe Leere. Doch nur für einen Augenblick. Bis die Angst sie entdeckte. Sich in sie hineinstürzte. Hungrig in ihr wühlte und tobte und mich schließlich – zur Gewissheit gereift – von innen zerfraß: Er ist tot. Gestorben. Jetzt. Gerade! Velent ist tot!

Doch gleichwohl die Götter dreier Welten ihn kannten.
Wollten ihn weder unsere Götter noch ihre Verwandten.
Sicher dachten sie, er hätte sich zunächst zu entscheiden.
Weil es dies indes ablehnte, ließen die Götter ihn leiden.

Und Velent litt! Verlassener kann man sich sicher kaum fühlen!
Niemand war da, seine Wunden an Körper und Seele zu kühlen.
Luna, Marcus und Swidger – sie hatten ihn alle verraten.
Velent konnte nicht länger bleiben. Er konnte nicht warten.

Noch in der Nacht stand er heimlich auf und klaubte in Eile
Seine wenigen Sachen zusammen. Auch eines der Beile
Packte er ein, um dann im Dunkeln, gekrümmt und geschunden,
Südwärts zu fliehen. Durch den Schnee. Für drei bis vier Stunden.
Fort! Nur fort! Seinem Leben und allen Verrätern entfliehen!
Dies trieb Velent an und ließ ihn zum Drachenstein ziehen!

Immerhin: Ich hatte nicht alleine nach Rom zu reisen. Menelaos und sogar Livia durften mich begleiten. Livia, weil ihr Vater kurz vor seiner Rückkehr nach Rom stand, und Menelaos, weil mein Onkel ihn meinem Mann zum Geschenk machte. Und dennoch habe ich mich in meinem Leben nie einsamer gefühlt als dort, in der größten aller Städte!

Nur hier am Drachenstein glaubte Velent noch, seinen Frieden
Finden zu können. Weil die Menschen diesen Berg mieden!
Blieb er in Zukunft allein, dann konnte ihn niemand mehr kränken –
Velent dachte, wie viele, die sich getäuscht fühlen, denken.

Was ihn am Drachenstein letztlich am Leben hielt, war sein Hunger.
Jagen braucht Zeit. Entsprechend weniger blieb für den Kummer.
Adlan blieb ihm in jener Zeit ein treuer Gefährte.
Was ihm half, da er doch der Menschen Gesellschaft entbehrte.

Ein weiterer Tag ist vergangen. Ein weiterer Tag, an dem ich, an dem wir vergeblich auf Dich gewartet haben. Menelaos schläft. Ich vergesse zu oft, wie schwer dies alles auch für ihn ist. Noch dazu in seinem Alter. Ich danke

den Göttern dafür, dass er stets für mich da war. Ich hätte die beiden Jahre in Rom wohl kaum ohne ihn überstanden.
Vielleicht klingt es undankbar, doch gerade weil mein Leben dort frei jeder Arbeit und jedes körperlichen Leids war, gerade weil Septimus so oft auf Reisen war und gerade weil er sich mehr für Knaben denn für mich interessierte, litt ich so entsetzlich unter der Leere, die ich ohne Dich fühlte.

Nur seiner Mutter sollte Velent in Ehren gedenken.
Ihr Leben – ohne Verrat – vermochte ihm Traute zu schenken.
„Luna, Marcus, Degenar, Swidger! Könnt Ihr mich verstehen?",
Schrie er schließlich vom Berge! „Aufrecht wie sie will ich gehen!"

Ich gehe fest davon aus, dass sie Velent nicht gehört haben.
Dafür Mars und Pax, die ihm bald eine Aufgabe gaben.
Sie wollten wissen, ob Velent Belana gerecht werden würde.
Beide misstrauten ihm noch. Entsprechend hoch war die Hürde.

*

Meine Jahre in Rom sind mir unendlich fern. Mein Leben dort ist mir unendlich fern. All der Luxus, die Gewänder, der Schmuck, das riesige Haus, die Sklaven und Diener, die Festessen, die man zu geben und an denen man teilzunehmen hatte. Ich weiß noch, wie fremd mir all das war, weil es mir auch heute wieder fremd erscheint; und ich weiß auch noch, dass es mir allmählich vertraut geworden sein muss, ja, dass ich wohl irgendwann Gefallen an diesem gigantischen, nie enden wollenden Schauspiel gefunden habe, dass ich ihm langsam verfiel und in ihm alles andere – auch Dich – allmählich vergessend versank. Doch verstehe ich es nicht mehr und fühle nichts, wenn ich an diese Zeit zurückdenke, nichts, außer einer gewissen Scham.

Denn am besten erinnere ich mich daran, wie ich wieder aufzuwachen begann. Wie leer mich die überschäumende Fülle dieser Stadt zurückließ und wie mich ihre verlogene Falschheit anzuwidern begann.
Oder war es meine Falschheit? Ich muss Dir dies nicht weiter erläutern, weiß ich doch heute, dass es Dir damals kaum anders erging.

**

Es waren ferne Schreie, die Velent wachrütteln sollten. Kaum, dass er sie zu hören vermochte, so leise krochen sie den Berghang empor. Vom seltenen Ostwind getragen. Aber Velent vernahm sie. Schreie von Kindern. Schreckliche Schreie. Angsterfüllt, schrill und panisch.

Velent konnte sie nicht überhören. Sein Versuch, die Kämpfe im Tale nicht zu den seinen werden zu lassen, war damit kläglich gescheitert. All die Brände zuletzt dort unten konnten auch andren Ursprungs gewesen sein. Aber jene kläglichen Schreie niemals.

Velent wusste von drei neuen Höfen östlich im Tal. Aber ihre Bewohner hatte er nie in der Nähe gesehen. Ihre Angst vor dem Drachen hatte sie stets ferngehalten. Wie groß mochte sie nun sein, ihn zu vergessen oder sogar bei ihm gezielt Schutz zu suchen!

Dass auf dem Berge kein Drache hauste und selbst die Adler nicht mehr dort lebten, konnten jene, die flohen, nicht wissen. Dies war nicht sein Verschulden, trotzdem fühlte sich Velent schuldig und stürzte auf Adlans Rücken vom Berge hinab ins Tal. Einem Sturm gleich. Rasend. Und doch zu langsam.

Velent konnte die Kinder nicht retten. Ihre Schreie sollten verstummen, ehe er sie zu finden vermochte. Was er fand, war ein Bild des Grauens.

Inmitten des Waldes lagen die Leichen. Verstümmelt. Niedergemetzelt. Überall Blut und Teile der kleinen Körper.

Keines der Kinder war älter als zehn. Das Jüngste vermutlich erst drei oder vier. Die Älteren mussten es wohl getragen haben, weil es alleine unmöglich schnell genug zu laufen vermochte. Doch war es auch nicht entkommen. Regungslos lag das Mädchen im Gras, als schlief es.

Velent rang nach Luft. Er stieg ab und sank schließlich taumelnd und fassungslos nieder. Neben dem Kind. Er drehte es um und schloss entsetzt seine Augen. Doch das Bild war noch da! Das Mädchen schlief nicht! Es war tot! Und So tief getroffen, dass die Gedärme aus seinem Leibe quollen.

Velent begann zu würgen. Das frische Blut der Kinder. Es roch noch leicht süßlich. So, als hätte man Tiere geschlachtet. Erbrechen. Weiteres Würgen. Irgendwann gnädiges Weinen. Bis Geräusche ihn weckten. Ganz in der Nähe. Anfangs ein leises Scharren und dann ein Krächzen.

Es waren Krähen! Sie stritten um etwas. Flatterten. Erst spät konnte Velent es sehen. Seine Befürchtung erwies sich als richtig. Zwei Dutzend Schritte abseits lag der Kopf eines Kindes am Boden. Umkämpft. Blutverschmiert. Dreckig. Velent würgte erneut, denn dort, wo die Augen sein sollten, gähnten Höhlen.

„Nein!“ – Endlich, endlich konnte er schreien! „Fort mich Euch! Schert Euch!“, sprang er nun brüllend auf und lief den Tieren entgegen. Jagte sie auf die Äste, alle, auch noch den Letzten, dem er noch Stöcke und Steine nachwarf, um dann erst zitternd nach dem schaurigen Kopf zu greifen.

Velent begrub die geschundenen Kinder. Auch wenn es schwer war. Der Boden war hart und Velent hatte doch einzig sein Beil und flache Steine zum Graben. Auch die gierigen Vögel machten ihm große Mühe. Hunderte Steine warf er nach ihnen. Aber er traf doch keinen.

Traurig verließ er die Gräber der Kinder. Ohne auch nur ihre Namen zu kennen. Ob ihre Eltern und Sippen noch lebten? Velent ließ Adlan den Spuren folgen. Zwei Meilen östlich stieß er auf rauchende Trümmer. In ihnen traf er jemanden, den er dort nicht erwartet hätte.

**

Bild II

7 Jahre vor Lunas Brief an Velent – auf einem überfallenen Hof östlich des Drachensteins

Tankun! Velent war überrascht, den alten Heiler inmitten der Überreste des niedergebrannten Veteranenhofes zu sehen. Der Greis selbst hatte zwar nicht mehr die besten Augen und Ohren, doch seinem Hund blieb es nicht verborgen, dass sich ihm und seinem Herren ein fremder Reiter näherte. Er schlug sofort an, knurrte und bellte.

Augenblicklich fuhr Tankun herum und zog sein Messer. „Wer ist da? Ich habe ein Messer! Und einen scharfen Hund! Und Hilfe ist längst unterwegs!", rief er lauthals, was die plötzliche Angst in seiner Stimme indes nicht zu übertünchen vermochte.

„Ich fürchte, die Hilfe wird wohl zu spät kommen", rief Velent zurück. „Ich bin es, Tankun! Velent!" Zugleich hieß er sein Pferd, zunächst vom Galopp in den Trab und dann in den Schritt zu wechseln.

„Velent! Entschuldige!", entgegnete Tankun, da Velent ihn nun fast erreicht hatte. „Ich bin ein alter Mann!" Eine knappe Handbewegung genügte, und sein Hund schwieg.

Velent dankte es ihm mit einem Nicken. Er ließ Adlan anhalten und blickte sich um. „Hier sieht es ja fürchterlich aus!"

„Ja! Furchtbar!", stimmte ihm Tankun zu und blickte kopfschüttelnd auf all die Leichen, die er an den Füßen über die nackte, blutgetränkte Erde gezogen und bereits zu einem kleinen Berg aufgeschichtet hatte. „Sie haben alle erschlagen! Und alles angezündet! Nur ein paar Kinder habe ich nicht gefunden. Ich hoffe, sie konnten sich in den Wald retten!"

Doch in Velents Kopfschütteln versiegte seine Hoffnung. „Sie sind tot!", erwiderte der junge Ubier, da er sich nun vom Rücken seines großen, schwarzen Pferdes gleiten ließ. „Erschlagen wie die anderen hier." Er seufzte kurz; dann fuhr er fort: „Es waren fünf an der Zahl. Ich habe sie gefunden und begraben. Verscharrt. Ich glaube, Feuer haben sie alle hier genügend gesehen! Und ich wollte ihre Häscher auch nicht auf meine Fährte bringen." Er hob seinen Blick ein wenig, ließ ihn zwischen den rauchenden Trümmern hindurch über die Felder und Weiden bis hin zum nahen Waldrand schweifen, um sodann besorgt zu ergänzen: „Meinst Du, sie sind noch in der Gegend?"

„Nein!", entgegnete Tankun entschieden. „Diese feigen Sueben kommen aus dem Nichts und verschwinden wieder! Schon seit Wochen! Ins nächste Tal oder noch weiter."

„Warst Du etwa hier?", hakte Velent besorgt nach. „Oder woher weißt Du, dass es Sueben waren?"

Nun seufzte Tankun. „Nein, ich war nicht hier! Ich habe nur das Feuer gesehen!", holte er aus und deutete zunächst auf die qualmenden Reste des einst stolzen Gehöftes. Dann indes zeigte seine Hand in Richtung des nahen Brunnens. Hinter ihm lugten ein paar Füße hervor.

„Zumindest einen haben Ulfgars Leute erwischt!", ergänzte der Greis. „Sieh Dir seinen Zopf an, wenn Du mir nicht glaubst! Es ist ein Suebe!"

Velent ging ein paar Schritte auf den Brunnen zu, bis er den zur Schnecke gedrehten Zopf des Mannes erkennen konnte. „Ja!", meinte er schließlich nickend. „Scheint so! Wobei es längst auch andere geben soll, die ihre Haare so tragen."

„Glaub mir: Es waren Sueben!", legte sich Tankun fest, und ergänzte, da er sah, dass sich Velent bereits bückte, um die Füße des Mannes zu ergreifen: „Lass ihn bloß liegen! Ich werde ihn ganz sicher nicht mit den anderen verbrennen! Sollen die Raben sich um ihn streiten! Oder die Wölfe in den kommenden Tagen!"

Velent erkannte den alten Heiler kaum wieder. „So aufgebracht kenne ich Dich gar nicht!", sprach er ihn, da er ihn wieder erreicht hatte, in ruhigem Ton an. Doch Tankun ließ sich für den Moment nicht beruhigen.

„Ich habe Ulfgar immer wieder gewarnt! ‚Du kannst in diesen Zeiten nicht alleine bleiben!', habe ich ihm immer wieder gesagt! Mattiacum wird Dir kaum helfen! Rom behauptet es zwar immer wieder, aber es kann nicht jeden einzelnen Hof seiner Veteranen bewachen lassen! Was also können ein paar Männer und Greise schon gegen all diese Horden ausrichten? Nichts! Mal sind es Sueben! Das nächste Mal Sugambrer! Und Hermunduren hat man auch schon gesehen!“

Das Gebell seines Hundes, der erneut über den Hof stob, um ein paar gierige Krähen zu vertreiben, ließ ihn kurz stocken. Dann indes ergänzte er: „Er hätte mit den Seinen nach Mattiacum ziehen sollen! Oder zum Steinring – wobei man dies ja seit Norwins Tod niemandem mehr ernsthaft raten mag!“ Seine Stimme hatte unter seinen letzten Worten etwas an Gewalt verloren. Er seufzte erneut, um sodann wieder Velent direkt anzusprechen. „Du lebst auch nicht mehr dort, wie ich gehört habe …“

„Nein!“, erwiderte Velent betroffen. Und auch etwas Missfallen schwang in seinen Worten mit, da er nun fortfuhr: „Swidger redet von nichts anderem als dem hier! Jedem Römer den Kopf einzuschlagen und allen, die ihnen dienen!“

„Und trotzdem“, wand Tankun ein, „sagt man, er sei nach Osten aufgebrochen …“

„Das habe ich auch gehört“, erwiderte Velent und legte die Stirn kurz in Falten. „Er wird versuchen, Marbod zu finden.“

Tankun winkte kurz ab. „Als ob ein großer König wie Marbod sich für einen kleinen Häuptling wie Swidger interessieren würde. Oder für das, was er von ihm will – was immer es auch sein mag.“

Doch Velent hielt dagegen. „Unterschätz ihn nicht!“, meinte er. „Er ist stur wie ein Bock!“

„Warten wir es ab!“, erwiderte Tankun versöhnlich. „Solange er fort ist, kann er hier jedenfalls keinen Unsinn machen! – Und ich habe auch ein wenig Ruhe vor ihm!“

„Du?“, fragte Velent verwundert.

Tankun nickte. „Sicher. An mir hat er selten ein gutes Haar gelassen!“

„Das mag sein!“, entgegnete Velent lachend. „Er steht treu zu seinen Göttern, aber misstraut jedem Priester!“

„Vor allem“, ergänzte Tankun halb schmunzelnd, halb seufzend, „wenn es um einen Mann geht, der noch immer glaubt, dass Frieden nur im Miteinander möglich ist und niemals in seinem Gegenteil!“

„Darum hat Dich meine Mutter geschätzt!“, hielt Velent kurz nickend fest.

„Und ich sie, glaub mir!“, stimmte ihm Tankun zu. „Es hat mich sehr getroffen, als ich gehört habe, dass sie gestorben ist! Wie lange ist das nun schon wieder her?“

„Fünf Jahre!“, gab Velent kurz zur Antwort.

„Kaum zu fassen!“, erwiderte der alte Heiler. „Wenn Du alt wirst, fliegen die Jahre geradezu an Dir vorbei! Nur der Krieg scheint nie zu enden. Und das Leid!“

Velent nickte erneut und schwieg.

Da die Sonne nun zwischen den zuvor zum Teil dichten Wolken hervorlugte und Tankun mit einem kurzen Blick zum Himmel erkannte, dass sich daran für eine Weile nichts ändern würde, entledigte er sich seines Umhangs.

„Ist das Bein an Deiner Kette?“, fragte Velent, in Gedanken versunken, erinnerte ihn die Kette des Heilers doch entfernt an jene, die er selbst unter seinem Hemd trug. Nur dass Tankuns gleich mehrere Anhänger zählte.

„Nein“, erwiderte Tankun, erstaunt darüber, für was sich Velent interessierte. „Kein Bein. Knochen. Es sind Knochen! Oder Teile davon.“ Er wurde ein wenig leiser, so, als sei noch jemand in der Nähe, der seine folgenden Worte nicht hören sollte. „Dir will ich es erzählen: Es sind besondere Knochen. Knochen der heiligen Frauen!“

Velent war überrascht. „Der … Valkyrjen?“, schloss er.

„Ja“, bestätigte ihn der alte Heiler. „Tray hat sie mir gegeben. Er war damals in der Nähe, als die Römer die Steine ihres dummen Tempels wieder von den Gräbern räumten.“

Velent seufzte. „Und das glaubst Du? Ich habe ihn selbst schon schwarzes Tuch kaufen sehen! Vermutlich vergräbt er es für ein paar Wochen und reißt es dann in Fetzen! Ich kann es nicht fassen, wie viele Leute ihm auf den Leim gehen!“

„Mit den Tüchern magst Du Recht haben“, stimmte ihm Tankun zu. „Aber hast Du schon einmal Knochen an seinem Stand gesehen? Ich bete täglich zu ihnen. Und sie haben mir schon oft geholfen!“

Velent schüttelte den Kopf, erwiderte aber nichts mehr. „Ich habe Durst!“, meinte er stattdessen. „Es ist Stunden her, dass ich etwas getrunken habe!“

„Eine gute Idee!“, meinte der alte Heiler und ging in Richtung des Brunnens voran. „Ich vergesse das viel zu oft! Lass den Eimer hinunter! Ich nehme auch einen Schluck!“

Velent tat, wie ihm geheißen. Doch da er den Eimer wieder emporzog und in ihn hineinschauen konnte, ließ er sein Seil schaudernd los. „Das Wasser ist rot!“ Sein erstaunter Ruf hallte leicht aus der Tiefe zurück. „Ich glaube, da unten liegt noch jemand!“

„Was?“, entgegnete Tankun und beugte sich nun ebenfalls über die dicken Eichenbalken, die den Brunnen fassten. „Ich kann nichts erkennen!“

Doch ein leises Stöhnen bestätigte Velents Vermutung. „Hallo! Ist da wer?“ – Die Frage erübrigte sich eigentlich und Velent erhielt auch keine Antwort. So blieb ihm kaum eine andere Wahl. „Da ist jemand!“, legte er sich fest. „Ich klettere runter!“

Eilig griff Velent das Seil des Eimers. Dann schwang er sich über den Rand des Brunnens und verschwand aus Tankuns Blickfeld.

„Vorsicht!“, mahnte ihn der alte Heiler und beugte sich erneut über den Rand des Brunnen, um Velent im Auge zu behalten. „Halt Dich gut fest! Das Seil ist klamm und der Brunnen tief!“

Velents Ohren hatten ihn nicht getäuscht. Am Fuß des Brunnens stieß er auf einen Mann. Er lag bis zur Brust im Wasser. Soweit Velent erkennen konnte, hatte er keinen der Bauern, sondern einen der Angreifer vor sich, doch ganz sicher war er sich nicht, dafür war es hier unten zu dunkel. Doch es war ohnehin gleich. Velent konnte den Schwerverletzten nicht einfach seinem Schicksal überlassen.

„Hier liegt ein Mann!“, rief er – bis zu den Oberschenkeln im kühlen Wasser stehend. „Schwer verwundet! Aber er lebt!“

„Ein Mann?!“, erwiderte Tankun. „Ist es einer von uns?“

Zwar hatten sich auch die Augen des alten Heilers mittlerweile ein wenig an die Dunkelheit im Schacht gewöhnt, doch vermochte er vom Brunnenrand aus noch viel weniger als Velent zu erkennen.

„Ich binde ihn fest! Und komme hoch!“, schallte es aus der Tiefe zurück. „Adlan kann ihn dann hochziehen.“

Velents lugte gerade erst wieder über den Rand des Brunnen, da rief er den Hengst bereits. „Komm, Adlan! Komm!“

Und während das Pferd gehorsam näher kam, kletterte Velent wieder ins Freie, löste das Seil des Eimers von seiner Winde und knotete es schließlich um ein Horn an Adlans Sattel.

„Führ Du das Pferd!“, bat Velent den Greis. „Ich zieh den Mann dann über den Rand!“ Er seufzte, ahnte er doch mit Blick auf seine zum Teil rötlich verfärbte Kleidung, wie viel Blut der Verletzte verloren haben musste.

Tankun nickte, nahm Adlans Zügel und führte das Pferd vom Brunnen fort. Bald spannte sich das Seil und scheuerte sodann über den Rand des Brunnens. Velents Befürchtung, es könne reißen, bewahrheitete sich zum Glück nicht und der triefend nasse Verwundete ward sicher geborgen.

Leben indes schien kaum noch in ihm zu sein. Er war leichenblass – soweit man dies unter seinem verdreckten und blutverschmierten Gesicht erkennen konnte –, und sein anfangs noch leises Röcheln verstummte nun vollends. Seine Wunden ließen auch kaum Raum für Hoffnung. Er war übel zugerichtet. Ein Schwertstrich hatte ihm das Gesicht zerschnitten – von der Stirn bis tief hinab zu seiner rechten Wange. Und sein Bein schien gleich mehrfach zertrümmert. Ein Teil des Knochens hatte sich durch seinen blutgetränkten Beinling gebohrt. Dass er trotzdem noch lebte, ließ nur den Schluss zu, dass seine Lage im Brunnen die Blutung weitgehend abgeklemmt hatte. Und genau dies war nun, da sie wieder bitter zu bluten begonnen hatte, erneut vonnöten.

Tankun, der mittlerweile neben ihn getreten war, rührte sich indes nicht. Weshalb Velent den Mann nun rasch seines Gürtels entledigte, um ihm sodann selbst sein Bein abzubinden.

Da es ihm geglückt war, bedachte er den alten Heiler mit einem vorwurfsvollen Blick. „Du hättest ihn verbluten lassen?“, fragte er fassungslos.

„Das ist ein Suebe!“, erwiderte Tankun unbeeindruckt. „Was glaubst Du, wie viele der Unseren er erschlagen hat? Ulfgars Tochter hatte kaum noch etwas an! Vielleicht hat sich eben dieses Schwein an ihr vergangen!“

Velent schüttelt ungehalten den Kopf. „Wie war das mit ‚Miteinander‘ und ‚Frieden‘?“, hielt er ihm seine eigene Worte vor.

„Das ist ja wohl etwas anderes!“, beschwerte sich Tankun, was Velent indes nicht gelten ließ. „Ist es das? Wirklich?“, entgegnete er. „Ich für meinen Teil werde nicht zusehen, wie er stirbt!“

„Das wird er aber!“, erwiderte Tankun. „Sieh ihn Dir an! – Und das Bein ist auch nicht zu retten!“

Velent folgte Tankuns Blick und konnte ihm nicht widersprechen. Er seufzte kurz und meinte: „Wie nimmt man es ab? Du hast das doch sicher schon gemacht!“

„Leider!“, erwiderte Tankun. „Und mehr als nur einmal!

„Dann hilf mir! Bitte!“

Nun seufzte Tankun. Noch zierte er sich einen Moment, doch nur, um schließlich zu nicken. „Nur um sein Leid zu verlängern!“, stellte er indes klar.

„Was brauchen wir?“, fragte Velent. Er wirkte ein wenig erleichtert. Zugleich indes schien er zu ahnen, was nun auf sie zukommen würde.

„Schau, ob Du irgendwo eine scharfe Säge findest“, wies Tankun auf die Trümmer. „Sonst müssen wir Dein Beil nehmen! Und hol frisches Wasser am Bach! Ich lege bis dahin das Bein frei.“ Er zog sein Messer und kniete sich an die Seite des längst in Ohnmacht gefallenen Sueben. „Die Götter scheinen ihm hold zu sein, dass er noch lebt!“ Dann ergänzte er in Velents Richtung: „Sauberes Tuch bräuchten wir auch. Zur Not musst Du es den

Leichen nehmen und auskochen. Und ein heißes Eisen wird auch nötig sein, um die Wunde auszubrennen. Wobei: Glut gibt es nun wirklich noch zur Genüge!"

„Was ist mit Kräutern?", fragte Velent nach.

Tankun nickte: „Wenn Du am Bach etwas findest! Du kennst Dich ja aus!"

Die gesuchten Dinge zu finden und vorzubereiten war mühsam, und doch war dies ein Leichtes im Vergleich zu dem, was Velent nun erwarten sollte. Schon als Tankun die Säge ansetzte, hatte er mit sich zu kämpfen. Und niemals mehr sollte er deren Klang vergessen, da sie des Sueben Knochen durchtrennte.

Tankun versorgte die Wunde so gut er es konnte, und dennoch war er sich – wie er nicht müde wurde zu betonen – recht sicher, dass der Verletzte die kommende Nacht nicht überleben würde.

„Nun ist es an den Göttern, ihm zu helfen", gönnte er ihm nach getaner Arbeit trotzdem noch einen guten Wunsch, doch schienen ihm jene Worte mehr aus einer alten Gewohnheit heraus, denn aus Überzeugung, über die Lippen gekommen zu sein.

Velent dankte es ihm mit einem stummen Nicken. Dann galt es, die letzten Leichen zu bergen, sie zusammenzutragen und schließlich zu verbrennen.

Nahezu wortlos wohnten sie dem stinkenden Trauerspiel bei, um schließlich, da sich die Sonne bereits anschickte, hinter dem Drachenstein zu versinken, gemeinsam zum Bach zu gehen, um sich dort zu waschen.

Erst das kühle Nass schien ihre Lebensgeister wieder zu wecken. Und da sich der alte Heiler schließlich von Velent verabschiedete, um seinen Heimweg anzutreten, tat er dies in einem versöhnlichen Ton: „Du kommst nach Deiner Mutter, Velent, dass Du ihn nicht einfach seinem Schicksal überlassen hast! Es ist schade, wie früh sie von uns gegangen ist. Sie hätte Dir noch Vieles beibringen können! Sie war bereits eine weise Frau, trotz ihrer jungen Jahre!"

Velent nickte gerührt.

„Ich war übrigens bei ihr", fuhr Tankun fort, „in der Nacht, in der sie Dich zu Welt gebracht hat. Obwohl Du ihr erstes Kind warst, hatte sie den Zeitpunkt sicher vorausgesagt und mich zur Hilfe gebeten. Auf die Weiber aus dem Dorf wollte sie sich nur ungern verlassen. Sie traute ihnen wohl nicht allzu viel zu. Wahrscheinlich weil sie ihnen diese Arbeit immer abgenommen hatte."

Erneut nickte Velent; doch dieses Mal mehr erstaunt als betroffen. Er schaute den Heiler an und sah eine zweite Kette, die er nun nach dem Waschen über seinem Hemd trug. Sie stellte eine Schlange dar.

„Meine Mutter", erwiderte Velent, „hat mir einmal gesagt, dass ein Elch am Steinring zu sehen war, in jener Nacht."

„So war es!", bestätigte Tankun nickend. „Ich habe ihn selbst gesehen." Er schwieg einen Moment, um Velent schließlich noch leise eine letzte Frage zu stellen: „Und? Hat Dir der Elch schon beigestanden? Oder vielleicht gar Cernon, der weiße Hirsch? Was mich nicht wundern würde, war er doch der Schutzgeist Deiner Mutter."

Velent seufzte. „Nun", meinte er schließlich: „Heute war es wohl eher eine Schlange …"

Zum ersten Mal seit Stunden war in den Trümmern des Veteranenhofes ein Lachen zu hören.

„Möglich, ja", erwiderte Tankun. „Du aber achte den Elch und den Hirsch! Und sieh zu, dass Du ihnen nicht zu ähnlich wirst!" Seine Stimme klang nun nicht mehr nur versöhnlich, sondern geradezu väterlich. „Wie ich gehört habe, lebst Du bereits einsam wie sie. Na ja, wenn es den Göttern gefällt, hast Du ja für die nächste Zeit Gesellschaft." Er deutete in Richtung des Sueben, den sie ins nahe Dickicht einer Hecke gezogen hatten, wo ihm Velent bis zur Dämmerung noch ein notdürftiges, überdachtes Lager zu errichten gedachte. „Auch wenn es nur ein Suebe ist, den Du nun zu füttern hast!", fuhr Tankun fort. Wie Velent die Wunde zu versorgen hatte, hatte er ihm dennoch erklärt, und er unterließ es auch nicht, sich ihm für die kommenden Tage anzudienen. „Ich werde nach Euch sehen! Und vergiss nicht, wenn dies hier vorbei ist: Du bist mir in meinem Haus stets willkommen!"

Velent fehlten zunächst die Worte, dann aber erwiderte er leise: „Ich danke Dir, Tankun! Für alles!“

*

Du gingst schon damals Deinen eigenen Weg; suchtest enttäuscht von mir und den andren die Einsamkeit. Und hast sie letztlich doch nicht gefunden!

**

Auf den Verwundeten hätte kaum jemand etwas gegeben.
Doch seine Götter waren ihm hold, und so blieb er am Leben.
Velent wurde nicht müde, treu bei ihm zu verweilen.
Und schließlich schlossen die Wunden sich auch und begannen zu heilen.

Nun erst entschied er, den Fremden zur Kuppe des Berges zu bringen –
Dank einer Schleppe und Adlan sollte es sicher gelingen.
Hier, auf dem Drachenstein, sollte der Fremde weiter gesunden.
Wach indes war er selten. Meist nur einzelne Stunden.
Sprechen wollte er dabei kaum. Und über sein Schweigen
Sollte sich der Sommer bald schon zum Winter hin neigen.

Velent bedrängte ihn nicht. Geduldig sollte er warten.
Schon allein, weil die Augen des Fremden ihn darum baten.
Rutger, so hieß er, vermochte sein Schicksal kaum zu ertragen.
Hilflos fühlte er sich, und die Scham sollte auch an ihm nagen.

Deshalb war ihm indes schließlich doch danach, Velent zu sprechen.
Eines Abends war es. Am Feuer. „Die Deinen zu rächen
Ist Deine Pflicht!“, beklagte sich der verkrüppelte Suebe.
„Nutzlos bin ich! Es ist nicht rechtens, dass ich noch lebe!“

„Dann verzeih mir den Fehler, Dir Dein Leben zu lassen!“,
Zürnte ihm Velent. „Doch auch den Tod schienst Du mir zu hassen!
Ein Bein fehlt Dir! Nicht mehr! Doch wenn Du glaubst, es sei besser,
Nicht mehr zu leben, dann richte Dich selbst, und nimm dieses Messer!“

Es verging geraume Zeit, bis Velent erkannte,
Was der Grund gewesen war, dass ihn der Zorn übermannte:
Nicht auf Rutger, auf sich war er wütend, mit sich nicht im Reinen!
Denn vor dem Tod gerettet hatte er letztlich nur einen!

Wie viele andere waren aber zuvor schon gestorben?
Ja, durch sein Nichtstun war Velent – dem Sueben gleich – schuldig geworden!
Schwer wie ein Fels begann sich ein Schatten auf ihn zu legen,
Da er erkannte: Der Krieg kennt allein Dafür und Dagegen.

Velent spürte: Er hatte sein Fehlverhalten zu sühnen,
Um wieder Frieden zu finden. So fasste er schließlich den kühnen
Vorsatz, in Zukunft jeden Diener des Kriegs zu bekriegen.
Jeden Angreifer, Räuber und Plünderer. Dass er nicht siegen
Konnte, so sehr er auch kämpfen würde, war offensichtlich.
Trotzdem war Velent sich sicher: Diese Entscheidung war richtig.

„Tilg Deine Schuld“, bat er Rutger, „und hilf mir, das Tal zu bewachen!
Wer dem Kriege frönt, soll sie fürchten: Die Augen des Drachen!“

Rutger nickte. Und wenn sie nun etwas Verdächtiges sahen,
Ritt Velent los, bevorzugt nachts, um sich allen Gefahren
Mutig – ja, mitunter gar todesverachtend – zu stellen.
Und so forsch wie er vorging, vertrieb er manch finstre Gesellen.

Mitten hinein in die feindlichen Lager sollte er fegen.
Wer auch immer dort ruhte, vermochte kaum sich zu regen,
So schnell erschien und verschwand der düstere Schatten.
Kam und war fort, bevor sie ihn halbwegs ausgemacht hatten.

Dazu warf er – wie einst seine Mutter – Blitze und Feuer.
Wieder war es nur Kraut, doch es wirkte erneut ungeheuer.
Etliche wähnten das Tal verflucht und zogen rasch weiter.
Um sie noch weiterzutragen: Die Mär vom düsteren Reiter.

Gleichzeitig hatte Tankun den Menschen im Umland berichtet,
Velent habe ein Leben verschont und auf Rache verzichtet.
Er, Belanas Sohn, sei es, der auf dem Drachenstein lebe,
Mit einem Feind, dem er Obdach und Schutz gewähre und gäbe.

Zügig sollte sich auch diese Geschichte verbreiten.
Und sollte manchen, dem nichts geblieben war, dazu verleiten,
Seine Angst vor dem Berg zu bezwingen. Einfache Bauern,
Greise, Waisen und Kranke, all jene, die wir bedauern,
Aber auch entlaufene Sklaven, begleitet von Kriegern,
Deren Horden zersprengt worden waren und nicht zu den Siegern
Jenes Krieges gehörten, machten sich auf. Einer Herde
Lämmer gleich. Kopflos, getrieben und treu darauf hoffend, es werde
Schon alles besser, wenn sie erst den verlässlichen Hirten
Hätten, nach dem sie sich sehnten. Doch all die zu bewirten,
Die letztlich kamen, oder ihnen gar Obdach zu geben,
War für Velent, der kaum genug für sich und den Sueben
Hatte, ein Unding. Beide darbten und waren längst mager,
Gab es doch nichts auf dem Drachenstein, weder Ställe noch Lager.

So mussten jene, die kamen, auch weiterhin Vielem entbehren
Und versuchen, sich irgendwie durch den Wald zu ernähren.
Wer sich darauf verstand, stellte Fallen auf und ging Jagen.
All das war mühsam. Trotzdem hörte man kaum jemand klagen.

Auch nicht jene, die sich anschickten, Hütten zu bauen.
Weil ihr gemeinsames Leid sie hieß, sich still zu vertrauen.
Hunger und Kälte sollten zwar manchen auch wieder vertreiben,
Wesentlich mehr indes kamen hinzu, um bei Velent zu bleiben.

Auch Swidgers Halbbruder sollte mitunter zum Drachenstein gehen.
Und weil er trottelig war, war Guntar dort gerne gesehen.
Ihm einen Wunsch zu erfüllen, hieß die Götter zu ehren –
Glaubten die meisten. Nur Velent sollte ihm einen verwehren.

Er ließ den Knaben nicht mit sich reiten. Weil ihm sein Leben
Kostbar war. Guntars Tod hätte er sich niemals vergeben.
Dies war indes die einzige Vorgabe, die er ihm machte.
Wie er auch all die anderen dort nicht mit Regeln bedachte.

Dank und Anerkennung sollten ihm dafür gebühren,
Dass er beharrlich versuchte, Menschen wie Menschen zu führen.
Nur durch Vertrauen gelang es ihm, sie alle zu leiten.
Velents Führungsstil glich seiner Art, auf Adlan zu reiten.

Übrigens sollte es zumindest ein paar der Seinen gelingen,
Sich in Besitz im Walde verstreuter Pferde zu bringen.
Damit war Velent bald schon nicht mehr der einzige Reiter.
Das überwachte Gebiet wurde größer: länger und breiter.

Glaub mir, Velent, alles kann falsch sein in dieser Stadt! Alles! In jedem Moment! Jeder Blick, jedes Wort, jeder Schwur. Jeder betrügt, hintergeht und bespitzelt. Sei es aus Not, aus Angst oder purer Langeweile. Ehrfurcht hat, wer dort lebt, wenn überhaupt nur vor den Göttern. Und die Ewige Stadt ist so groß, dass ein jeder in ihr auf ewig nach neuen Göttern zu suchen scheint. Ich glaube, es vergeht nicht ein einziger Monat in Rom, in dem nicht irgendeinem neuen Gott ein neuer Tempel erbaut oder zumindest ein neuer Altar geweiht wird! Und dennoch vermagst Du zuweilen nicht den einen, richtigen Gott zu finden, der Dir in Deiner Not beisteht.

Marcus wusste um Velents Treiben, doch ließ ihn gewähren.
Sah er doch, dass es sein Ziel war, den Frieden im Umland zu mehren.

Kurz überlegte der Hauptmann sogar, einmal zu ihm zu reiten.
Doch er fürchtete, Velent würde gewiss mit ihm streiten.

Gründe gab es schließlich genug. So viel war geschehen!
Was er alles getan hatte, konnte er selbst kaum verstehen!
Ein Wort hätte im Vorjahr genügt, den Freund zu befreien.
Aus seiner Haft in Mattiacum. Ihm dies zu verzeihen,
Dass er geschwiegen hatte, wagte er kaum zu erhoffen.
Und die Geschichte mit Lunas Kuss war ebenfalls offen.

Ja, vielleicht hatte er etwas unlaut um Luna gestritten.
Doch sie gehörte ja nun ohnehin einem anderen, Dritten.
Trotzdem kam er – auch durch Velent – nun wieder ins Schwärmen.
Langsam begann sich sein Herz, für sie erneut zu erwärmen.
Und er begann schließlich auch, ihr belanglose Briefe zu schreiben.
Nur um irgendwie mit ihr in Verbindung zu bleiben.

Um nicht unterzugehen, in jenem Strudel, klammert sich eine einsame Seele, wie die meine es war, an alles, was ihr vertraut vorkommt. In meinem Fall waren es Marcus' Briefe, die mir zur letzten Brücke zu meinem alten Leben und damit zu Dir werden sollten. Doch nie schrieb er mir die Wahrheit über Dich. Er gab vor, nichts mehr von Dir gehört zu haben, dabei schrieb er Dir sogar.

Auch zu Velent sollte Marcus ein Schreiben entsenden.
Durch einen Boten. Velent hielt es in zittrigen Händen.
Vor der ersten Zeile hatte er schon gezittert.
Nach der letzten indes war er schließlich enttäuscht und verbittert.

Marcus' Art, ihm zu schreiben, hatte ihm gar nicht gefallen.
Kein Wort zu Luna! Als zähle er zu seinen Vasallen,
Hatte er ihm geschrieben! „Ihr könnt dort am Drachenstein leben.
Du musst mir nur versichern, Dich nicht gegen mich zu erheben!
Dann werde ich davon absehen, Euch von dort zu vertreiben.
Wer es zum Drachenstein schafft, wird verschont und darf dort auch bleiben!

Teile dem Boten des Schreibens mit, wie Du Dich entscheidest.
Denn es ist besser, wenn Du Mattiacum zunächst einmal meidest."

Velent tat sich schwer damit, Marcus' Wunsch zu entsprechen.
Doch dies durfte kein Grund dafür sein, den Frieden zu brechen!
Nickend entließ er den Boten. Ohne sich groß zu beklagen.
Denn für zu Viele hatte er längst schon Sorge zu tragen.

Zwar war es ihm eher unrecht, ein großes Gefolge zu haben,
Doch der großen Aufgabe, die die Menschen ihm gaben,
Wollte sich der junge Ubier auch nicht entziehen.
Kurz: Sein Wesen verbat es ihm, vor dieser Bürde zu fliehen.
Und er erkannte, dass sich mit einer größeren Horde
Leichter Unrecht verhindern ließ und vielleicht sogar Morde.

Mit der Menge der Menschen wuchsen zwar auch seine Sorgen,
Aber er spürte durchaus: Man fühlte sich bei ihm geborgen.
Über den wichtigsten Grund aber war er sich gar nicht im Klaren:
Viele verehrten ihn, weil es ihm gleich war, wer sie einmal waren.

Wer zu Velent kam, der durfte von vorne beginnen.
Damit konnte er viele, indes nicht alle gewinnen.

Ulfur etwa. Ein aufs Streiten versessener Chatte,
Dem – wie er vorgab – das Weib eines Fürsten nachgestellt hatte,
Lehnte sich auf, vom ersten Tag an, und durfte doch bleiben.
Allerdings sollte er trotzdem mit Velent nur Schindluder treiben!

Schließlich schickte er sich gar an, sich alsbald zu erheben.
Er sei es leid zu hungern und wie ein Bettler zu leben!
Sicherlich sei es aufrecht, die Menschen im Tal zu bewachen,
Was aber spräche dagegen, selbst auch mal Beute zu machen?

Velent beriet sich mit Rutger, seinem engsten Vertrauten.
Beide sahen Gefahren, wenn sie auf Aufrührer bauten.
Letztlich rief Velent alle zusammen, um sich zu erklären:
Jedem stünde es weiterhin frei, ihm den Rücken zu kehren.
Plünderer unten im Tal würde er aber keinesfalls dulden.
Ihren Schutz würde er den vielen Menschen dort schulden.
Notfalls würde er auch wieder allein für sie kämpfen!

Dieser Mut sollte Ulfurs Zuversicht nachdrücklich dämpfen.
Trotzdem tat sich der Chatte letztlich sehr schwer zu verstehen,
Dass nur zwei bis drei Dutzend willens war'n, mit ihm zu gehen.
Zwar versicherten jene glaubhaft, das Tal zu verlassen.
Velent grämte sich dennoch. Nicht, weil Ulfur ihn hassen
Würde, nein, eher, weil viele derer, die gingen, betonten,
Dass sich Beutezüge andernorts mehr als hier lohnten.

Manchmal glaube ich, Sorgen suchen sich Menschen, die bereit sind, sie zu tragen. Du warst es; Marcus nicht. Dieses Bündel, das er zu tragen gehabt hätte, doch Du Dir aufludst, wurde zu schwer. Niemand hätte es wohl zu tragen vermocht, ohne Schaden zu nehmen.

Ohnmächtig sollte Velent die Götter des Krieges verdammen!
Ein Tal konnte er schützen! Das nächste stand trotzdem in Flammen!
Schließlich drohten sogar dem eigenen wieder Gefahren.
Höfe wurden geplündert. Doch wer die Unholde waren,
Blieb selbst nach Wochen ein Rätsel. Gerüchte machten die Runde.
Velent – so hieß es zum Beispiel – sei mit den Tätern im Bunde!
Diese trügen auch alle Kutten! Schwarz wie die Raben!
Andere schworen darauf, die Valkyrjen gesehen zu haben.

**

Bild III

6 Jahre vor Lunas Brief an Velent – in Swidgers Haus am Steinring

„Nein, ich habe sie nicht selbst gesehen, aber Ednar hat sie gesehen! Mit eigenen Augen!"

Iwo hatte sich von seinem Hocker erhoben, um seinen Worten mehr Nachdruck zu verleihen. Im Schein der Flammen des kleinen Feuers, um das sich etliche der Männer des Dorfes in Swidgers Haus versammelt hatten, sah das Gesicht des alten Chatten noch ein wenig röter aus als sonst.

„Ednar sieht Vieles, wenn er zu viel getrunken hat!", wand einer der zahlreichen Männer um ihn herum ein. „Also immer!", ergänzte ein weiterer.

Ein lautes Lachen erfüllte die Runde. Iwo musste sich anstrengen, um es zu übertönen: „Lacht nur! Ich sage Euch: Sie sind wieder unter uns! Beim Donar! Aber nun sammeln sie keine Leichen mehr! Nein! Als Lebende mögen sie Tote gesammelt haben, aber als Tote bringen sie den Tod!"

Einige der Männer schienen seine Warnung ernst zu nehmen, verstummten oder zogen die Köpfe ein wenig ein, die anderen lachten noch lauter oder deuteten mit abfälligen Handbewegungen an, was sie von Iwos Geschichte hielten.

„Warum sollten die Valkyrjen das tun?", warfen sie spottend ein. „Und warum gerade jetzt?"

„Weil sie genug haben von den Matthiakern und Römern!", hielt ihnen Iwo trotzig entgegen. „Tray soll sogar ihre Knochen verkauft haben!"

„Aber warum haben sie dann auch schon drei unserer Höfe überfallen? Warum sollten sie die Höfe ihrer eigenen Sippen heimsuchen?"

„Weil sie uns bestrafen wollen! Für unsere Untätigkeit! Weil wir das Leid nicht rächen, dass sie zu ertragen hatten! Und ihre Gräber nicht befreien!"

„Dann sollten sie vielleicht eher mal die Sugambrer heimsuchen!", brachte sich nun der bullige Gerod ein, der vor dem Winter mit Swidger im Norden gekämpft hatte. „Seya hat doch großmäulig erklärt, die Gräber befreien zu wollen!"

„Seya? Pah!", winkte Iwo ab. „Dazu müsste sie erst einmal ihr zerstrittenes Pack hinter sich bringen! Glaubt mir, sie werden sie niemals zur Anführerin machen! Schon ihr Vater, der Verräter, hatte sich die Würde nur erschlichen!" Er spuckte auf den Boden und etliche weitere Männer in seiner Umgebung taten es ihm gleich. „Swidger hat gut daran getan, ihn zu richten!"

„Auf Swidger!", reckten sie ihre Hörner in die Höhe.

Sie waren durchaus stolz auf ihren Anführer. Nicht nur, weil er mit Ryktar jenen Mann zur Strecke gebracht hatte, der ihr Dorf immer wieder überfallen hatte, sondern weil er darüber hinaus auch den Mut bewiesen hatte, nach Osten zu reisen, um König Marbod zu bitten, in seine alte Heimat zurückzukehren und sich dem Kampf gegen Rom endlich wieder anzuschließen. Erst vor wenigen Tagen war Swidger zurückgekehrt und hatte – wovon er und seine drei Weggefährten an diesem Abend bereits mehrfach zu erzählen hatten – es auch tatsächlich geschafft, kurz mit dem König der Markomannen zu sprechen.

Nun aber war Swidger offensichtlich kurz verschwunden. Sonst hätte er den Trinkspruch gewiss erwidert. Lykke schaute kurz auf. Swidgers Weib saß auf einer breiten Bank unter der Dachschräge, im fahlen Licht einer qualmenden Öllampe, und war der Unterhaltung der Männer nur im Groben gefolgt. Ihr Flickzeug in den Händen, suchte ihr Blick nun Swidger, doch fand ihn nicht.

So, wie ihn auch die Männer nicht zu entdecken vermochten. Doch schien es jene nicht weiter zu stören. Sie gingen davon aus, dass er sich zu erleichtern hatte. Womit sie, wie Lykke meinte, vermutlich Recht hatten. Also ging auch sie wieder ihrer Arbeit nach.

„Ja, Ryktar hat es nicht anders verdient!", hörte sie Harmar rufen, woraufhin der alte Iwo kopfschüttelnd ergänzte: „Und der rechtmäßige

Häuptling hat die ganze Zeit über unter uns gelebt! Stellt Euch das vor! Unser stiller Schmied! Die Götter finden zuweilen an seltsamen Possen Gefallen!“

„So ist es!“, stimmte ihm Ramgar zu, der mittlerweile ebenfalls zu Swidgers Gefolge zählte. „Aber, er will nicht! Er ist eben doch noch immer der Feigling, der er früher schon war! Schwerter mag er schmieden können, zu führen getraut er sich keines!“

Hier und da war erneut ein hämisches Lachen zu hören, das abermals Iwo übertönte, indem er ergänzte: „Und Velent will ja anscheinend auch nicht! Ich möchte es beinahe bedauern!“

„Bedauern? Das würde ja wohl noch fehlen!“, „Ein halber Ubier an der Spitze der Sugambrer!“, blieben seine Worte nicht unwidersprochen; Iwo verteidigte sich indes. „Vor ihm wären wir wohl zumindest sicher! Oder glaubt Ihr etwa, er würde das Dorf überfallen, in dem er groß geworden ist?“

„Er hat auch einen Chatten aus seinem Lager gejagt! “, „Und zuletzt wohl auch das Räubern für sich entdeckt!“, meinten die einen, „Das ist doch Unsinn!“, ein anderer.

„Unsinn?“, schallte es zurück. „Die rote Durde von der Alp schwört Stein und Bein, sie hätte schwarz vermummte Gestalten gesehen, die vom Hof ihres Herrn kamen! Und Ihr wisst, was mit ihm und seinem Haus geschehen ist!“

„Ja, das wissen wir!“, stimmten einige der Männer besorgt zu, während andere sich eher darüber lustig machten, warum die als nicht sehr tugendhaft geltende Magd bei diesem Überfall mit dem Leben davongekommen war: „Nun kann sie auf Dauer dort schlafen, wo sie gerade herkam!“

Recht bald indes kamen sie wieder auf Velent zu sprechen, hatte ihre Meinung über ihn sich doch längst zu wandeln begonnen.

„Velent hat zumindest bewiesen, dass er keine Angst hat!“, lobten sie ihn oder warfen anerkennend ein, wie tapfer er zu kämpfen verstünde. Und unter das Erstaunen darüber mischte sich hier und da beinahe etwas wie Stolz, ging man doch davon aus, dass ihn das Leben in ihrem Dorf geformt hatte

– womit sie sogar Recht gehabt haben dürften. „Ja, kämpfen kann er! Als sei er ein Chatte!"

„Das kann Seya auch!", warf Ramgar lauthals ein. „Und auch sie würde unser Dorf wohl kaum überfallen. Sie steht bei Swidger im Wort!"

„So?", widersprach ihm Gerod. „Und was war es ihr bislang wert? Sie hat Swidger im vergangenen Jahr auf jeden Fall ganz schön hängen lassen!"

„Sie wird ihr Wort schon noch einlösen, wenn sie erst ihr Dorf anführen wird. Und sie wird es, glaubt mir! Schon bald!"

„Und warum sollte ihr auf einmal gelingen, was sie bislang nicht vermochte?"

„Weil sie in Kürze ihr 21. Lebensjahr vollendet. Dann ist es gleich, wer ihr Vater war und was auch immer er getan hat! Vergesst das alte Recht nicht! In Kriegszeiten kann jeder zum Heerführer gewählt werden, wenn er denn tapfer genug ist! Und das ist sie ja wohl!"

„Aber sie ist und bleibt ein Weib!", rief Clodwir, ein zahnloser Alter. Iwo jedoch belehrte ihn: „Ich sage nicht, dass ich für Seya bin, aber Hagarun hat die Tenkterer geführt!"

„Eben!", nickte Ramgar. „Ich sage Euch, man wird sie wählen! Sogar Degenar soll sich längst hinter sie gestellt haben. Des Friedens willen."

„Oh, hinter Seya würde ich mich auch einmal stellen", lachte Harmar auf. „Aber nicht unbedingt des Friedens willen! Und sie sollte sich dazu bücken!"

„Dann würde ich Dir empfehlen, einen Rock anzuziehen!", legte sich nun erneut Gerods kräftige Stimme über das laute Lachen der Männer. „Es ist doch längst kein Geheimnis mehr, dass sie ihr Lager mit einem anderen Weibsbild teilt!"

„Na und?", widersprach Harmar. „Ich leg mich gerne dazu! Und besorge es der einen abends und der anderen morgens!"

„Und zwischendurch würdest Du kein Auge zubekommen, weil sie unentwegt schnattern würden!", musste sich Iwo abermals mühen, das Gelächter der Männer zu übertönen.

„Bag, bag, bag, bag!“, ahmte nun Guntar lauthals das Schnattern zweier Gänse nach. Der halbstarke Knabe sprang dazu auf und flatterte so ungestüm mit den Armen, dass er gleich mehreren Männern ihr Bier aus der Hand zu schlagen drohte.

„Hey, pass doch auf!“, riefen sie ihn zur Ordnung, verzichteten jedoch wie immer darauf, ihn anzugehen.

„Wenn es Seya nicht tut, sollten wir es endlich tun und die Gräber befreien!“, rief eine volltrunkene Stimme, die sofort von etlichen weiteren Zustimmung erfuhr. Ramgar indes hielt dagegen. „Die Gräber zu befreien hieße, Mattiacum zu bezwingen“, rief er. „Und das, ohne das Feld der Valkyrjen mit Waffen zu betreten! Es war wohl mit das Hinterhältigste, was sich Rom je hat einfallen lassen, Mattiacum direkt auf das Feld der heiligen Frauen zu bauen!“

„Norward hat das nicht weiter gestört! Er hat ihr erstes Forum niedergemacht! Und ihren Tempel!“, warf Iwo ein und ließ ihren verstorbenen Häuptling hochleben. Jedoch bereits in seinen Trinkspruch hinein lieferten sich die Chatten ein hitziges Wortgefecht.

„Norward hat seine Tat mit dem Leben bezahlt!“, meinte der Eine. „Wir sollten alle dazu bereit sein!“, ein Zweiter. Während ein Dritter sich und die Runde fragte, ob es womöglich auch damals die Valkyrjen selbst waren, die Norward dafür bestraft hätten, dass er mit seiner Axt auf ihrem Feld gewütet habe.

Lykke verfolgte das hitzige Streitgespräch von ihrer Bank aus. Sie blickte zur Tür. Wo blieb Swidger nur?

Da die Männer indes schließlich nach mehr Bier verlangten und nach Amda, ihrer neuen Magd, riefen und ihr suchender Blick sie nicht zu entdecken vermochte, keimte ein Verdacht in ihr auf.

Amda war zwar nicht besonders hübsch, dafür aber jung und schlagfertig. Alle Männer wussten das kesse Mädchen gerne um sich, auch Swidger.

Lykke legte ihr Flickzeug zur Seite, stand auf und sammelte die ihr bereits entgegengereckten Hörner und Humpen ein. Mit ihnen im Arm huschte sie zur Tür, öffnete sie und trat ins Freie.

Unweit des Eingangs stand das Bierfass. Swidger hatte es am frühen Abend nach draußen geschoben, um es von der hereinbrechenden Nacht etwas kühlen zu lassen. In den vergangenen Monaten hatte sich der junge Chatte mit seinem Gefolge nur noch selten im Dorf am Steinring sehen lassen. Umso heftiger pflegte er aber zu feiern, wenn er denn einmal wieder zu Hause war. Er wankte seinem Weib im Eingang seines Hauses entgegen. Aufzuatmen wagte Lykke deshalb trotzdem nicht. Dafür schaute Swidger zu überrascht, ja, beinahe ertappt.

„Lykke!“, lallte Swidger und schaute sich kurz um. Lykkes Augen folgten Swidgers Blick, vermochten indes nichts Auffälliges zu entdecken. „War nur kurz pissen!“, fuhr Swidger – nun etwas selbstsicherer – fort. „Aber, ich geh auch noch mal raus mit Dir! Wir werden schon ein schönes Fleckchen finden!“ Seine Hände grabschten ebenso ungeniert wie unbeholfen nach Lykkes Brust und Hintern. „Ich werd es Dir ordentlich besorgen!“

„Lass mich!“, versuchte Lykke sich ihm zu entwinden, was ihr jedoch kaum gelingen wollte, hatte sie, die Hörner im Arm, doch noch nicht einmal eine Hand frei. „Deine Freunde wollen mehr Bier!“

„Nun komm schon, zier Dich nicht so!“, ließ Swidger zunächst nicht locker und zog seine Frau mit Gewalt an sich. Lykke spürte Swidgers Erregung.

„Lass mich!“, wiederholte sie sich. Da sah sie an ihrem Mann vorbei Amda hinter dem großen und lang gezogenen Brennholzstapel des Hofes hervor huschen. Das war nicht unbedingt der Ort, an dem Frauen eine schnelle Notdurft verrichteten. Eilig richtete die Magd ihr Kleid, dann ihre Haare. Ihre Blicke trafen sich. Nur für einen Augenblick, denn Amda senkte den ihren sofort wieder. Lykke bekam einen fetten Kloß im Hals. Tränen stiegen ihr in die Augen. Sie konnte sich ihrer nicht erwehren. Auch Swidger ließ sie nun gewähren. Er jedoch ließ, da sie nun keinen Widerstand mehr leistete, schon bald von ihr ab, um Amda zu folgen, die sich mittlerweile in ihrem Rücken ins Haus hineingeschlichen hatte.

Nun jedoch hob Lykke stolz den Kopf. Als wolle sie ihr Kleid vom Körper gleiten lassen, ließ sie die Arme sinken. Die Hörner und Humpen ließ sie einfach fallen. Krachend und scheppernd fielen sie zu Boden. Gleich mehrere gingen zu Bruch. Swidger blickte ihnen erstaunt hinterher.

„Ja, besorg es mir“, drängte sich Lykke nun an ihn. „Lass es uns tun! Hier! Und jetzt!“, raunte sie ihm ins Ohr. Sie griff nach seiner Hand und führte sie zu ihrer Brust. Ihre andere Hand fuhr ihm zwischen die Beine.

Lykke war ein treues Weib und keine stürmische Liebhaberin, doch wusste sie sehr wohl, was es zu bedeuten hatte, dass sie nun kaum noch etwas vorfand, nachdem es sich zu greifen lohnte. Und ihr letzter Zweifel, dass Swidger sie betrogen hatte, schwand, als sich daran trotz der kreisenden Bewegung ihrer Hand nichts mehr ändern wollte.

„Was ist Dir denn?“, schüttelte Swidger sie ab. „Wirfst die Hörner in den Dreck!“

„Lass doch die Hörner!“, warf sich Lykke ein letztes Mal an ihren Mann heran. Swidger stieß sie zurück, holte aus und schlug mit flacher Hand zu. Sein Schlag war nicht hart, er verletzte Lykke dennoch zutiefst.

Wortlos bückte sie sich und sammelte die Hörner ein.

Swidger wankte zur Tür. Erst jetzt fiel ihm das laute Gelächter im Inneren seines Hauses auf. Er hielt sich am Türrahmen fest und blickte noch einmal zu Lykke, die still begonnen hatte, die ersten beiden Hörner am Bierfass zu füllen.

„Warum lachen sie?“

„Vermutlich haben sie Spaß mit Amda“, erwiderte Lykke verbittert.

„Was sie haben, wollte ich wissen!“, polterte Swidger und holte noch einmal kurz und drohend aus.

„Ich weiß nicht, über was sie jetzt gerade lachen. Eben haben sie über Guntar gelacht, den Armen. Und über Harmar. Und Iwo. Er sagt, es habe wieder Tote gegeben! Dieses Mal an der großen Furt! Es war wohl das Haus von Dungars Sippe!“, antwortete Lykke mit knappen Worten.

Swidger schüttelte den Kopf: „Das ist doch kein Grund zu lachen!“

„Nein, das ist es nicht!“, gab ihm Lykke Recht und blickte ihn kurz an. „Das ist es nicht!“ Einen Moment schwieg sie, dann meinte sie: „Iwo sagt, es seien die Valkyrjen gewesen! Schon wieder!“ Sie reichte Swidger die beiden vollen Hörner und befüllte die nächsten.

„Ja“, nickte Swidger besorgt, „davon habe ich auch gehört!“

Lykke seufzte. „Meinst Du, sie haben etwas mit Velent zu tun?“

„Pah!“, lallte Swidger zurück.

„Was?“

„Velent hier, Velent da! Du redest mir zu oft von ihm! Ich hab mit ihm nichts mehr zu schaffen!“

„Weil Du sein Schwert verloren hast?“

„Es war *mein* Schwert! Hörst Du! *Meines*! Und es war *mir* nicht treu!“

„Bist Du es mir denn? Treu?“

Im nächsten Moment stolperte Guntar durch die offene Tür. Swidger fing ihn auf, doch da er sah, dass sein Halbbruder kurz davor war, sich zu übergeben, schob er ihn von sich weg in Lykkes Richtung.

„Man merkt ihm den halben Ubier immer wieder an!“, lallte er kopfschüttelnd, „er verträgt nichts!“ Doch auch Swidger selbst hatte sich nun, auf dem Weg zurück ins Haus, erneut am Türrahmen abzustützen, um nicht zum Opfer seines Taumelns zu werden. Er hielt kurz inne und drehte sich zugleich zu den beiden um. „Vielleicht sollte er sich besser zu Velent scheren! Und Du gleich mit ihm!“

*

Fehler sollten wir jedem verzeihen, nicht jedoch Falschheit. Und falsch war es, was Marcus getan hat. Dich der Gefahr auszusetzen, der er sich zustellen gehabt hätte, und mir – womöglich im selben Moment – einen Brief zu schreiben, ohne Dich, gleichwohl ich doch nach Dir fragte, auch nur zu erwähnen. Nie ein Wort über Dich! Nie!

Und doch erkannte ich schließlich die Hoffnung in mir, Du könntest noch leben. Ich erinnere mich sogar noch des Tages, da ich ihrer wieder gewahr wurde. Meine Sänfte hatte an einer Kreuzung nahe der Arena zu warten. Um ein paar Wagen mit großen Käfigen vorbeizulassen. Ein riesiger Sklave pries die Tiere in ihnen, um für die nächsten Spiele zu werben. Man bekäme die wildesten und absonderlichsten Kreaturen Germaniens zu sehen, rief er der Menge zu: Bären, Wölfe und Ure. Ich indes hatte nur Augen für einen jungen Elch. Durch die Gitter seines Wagens hindurch sah mich das gebundene Tier mit riesigen, traurigen Augen an, und, glaube mir, Velent: Mir schien es, als seien es Deine gewesen.

*

Venus hat oft schon überaus seltsame Wege gefunden.
Doch warum nicht: Ist doch alles, seit jeher, mit allem verbunden.
Drum sollte Dich, was zeitgleich geschah, auch nicht überraschen:
Venus ließ Velent auch einen Blick auf ein Elchkalb erhaschen.

Dort im Norden, im rauen, kalten Land der Germanen,
Ziehen noch zahlreiche Tiere ihre gefährlichen Bahnen:
Riesige Wölfe, gewaltige Büffel und grimmige Bären.
Alle geeignet, unsere schlimmsten Träume zu nähren.

Andere Riesen – so auch die Elche – sind selten geworden.
Wirklich große Bestände kennt nur der äußerste Norden.
Deshalb war Velent erstaunt, ein solches Jungtier zu sehen.
Unweit des Lagers blieb eines kaum dreißig Schritt vor ihm stehen.

Nie zuvor war er seinem Schutzgeist so nahe gewesen.
Und auch Velent begann, in den Augen des Tieres zu lesen.
Anfangs gedachte er Luna – so, wie auch sie ihm gedachte,
Fühlte sich ihr seltsam nahe und fragte sich, was sie wohl machte.

Mit seinem letzten Blick indes schien der Elch ihn zu warnen.
Aber vor wem oder was, vermochte er nicht zu erahnen.
Doch am nächtlichen Feuer begannen sich seine Gedanken
Rasch um die Nacht, in der er geboren wurde, zu ranken.

Ich vermute, dass es Belana war, die sie lenkte,
Und ihm nach kurzer Zeit auch die richtige Eingebung schenkte.
Velent dachte an Tankun. Und sollte sich fürchterlich sorgen.
Er entschied sich, zu ihm zu reiten. Am kommenden Morgen!

Doch die Sorgen blieben. Sie ließen sich nicht mehr vertreiben.
Also brach er trotz der Nacht auf. Er konnte nicht bleiben.

Kurz darauf aber waren Mond und Sterne verschwunden.
Alles schien schwarz. Und so brauchte Velent mehrere Stunden,
Um sein Ziel zu erreichen: Tankuns einsamen Weiler.

Schon unterwegs hatte Velent gebangt, denn der alternde Heiler
Hatte den kleinen Hof so gut wie gar nicht befestigt.
„Mich“, hatte er stets betont, „hat hier noch niemand belästigt.
Heilern geht es wie Kranken! Uns rückt keiner zu Leibe!
Mir ist ein jeder willkommen. Mir reicht eine einfache Bleibe.“

Velent kannte den Hof, denn er lag direkt an der Dylle.
Gut war, dass er nicht brannte; schlecht indes war die Stille.
Sicher erwachte das Leben auch hier erst richtig im Hellen,
Tankun indes hatte Hunde! Zumindest sie müssten bellen!
Mehrere Hunde, die schwiegen. Dies war kein gutes Zeichen!

Vorsichtig stieg er nun ab, um das Haus zu Fuß zu erreichen.
Da kam der Mond zurück. Als sei es an ihm zu belegen,
Velent hatte mit seiner Vorahnung richtig gelegen.

An einem Ast nah der Türe erkannte er mehrere Schatten.
Und, da er näher kam, wen die Meuchler dort aufgehängt hatten:
Tankun, den Heiler, ganz links. Daneben den Knecht mit den Hunden.
Glücklicherweise zeigte das Zwielicht nicht all ihre Wunden.

Velent erschauderte. Doch die Zeit, sie vom Baume zu nehmen,
Blieb ihm nicht mal. Und auch seine Wut hatte Velent zu zähmen.
Denn er war sich recht sicher, er hatte Stimmen vernommen!
Rasch zu Adlan zurück! Ein Lichtband schien näher zu kommen!

Zügig setzte es an, sich über den Hügel zu schieben.
Kamen die Meuchler zurück? Warum waren sie nicht geblieben?
Dann sah er Fackeln. Sie schienen den kleinen Hang zu erklimmen.
Drei Gestalten folgten, und wieder hörte er Stimmen!

War es denn möglich? Konnte er seinen Ohren vertrauen?
Entweder kamen dort Kinder oder es kamen dort Frauen!
War am Ende doch wahr, was die schreckhaften Leute erzählten?
Dass die Valkyrjen all ihre Grabräuber suchten und quälten?
Tankun hatte doch Knochen der heiligen Frauen besessen!
Kleine nur. Was aber, wenn sie tatsächlich die Ursache dessen
Waren, was hier, in dieser Nacht geschehen sein musste?
Sicher war er der Erste, der hier war und nun davon wusste!
Tankun war zu weit in seiner Verehrung gegangen!
Velent sah schwarze Kutten. Ihr Anblick nahm ihn gefangen.

Dann besann er sich aber. Wo war sein Verstand nur geblieben?
Hätten die Heiligen statt zu tuscheln nicht eher geschwiegen?
Jene sollten indes ihre Stimmen noch lauter erheben:
„Lasst uns schauen, was übrig ist!“, „Hier ist niemand am leben!“

Das war Ubisch! Velent zog die Brauen zusammen.
Wer nur waren die Frauen? Und woher mochten sie stammen?
Waren sie in der Lage, ihm die Täter zu nennen?
Da aber schnaubte sein Pferd, und die Frauen begannen zu rennen.

Schreiend stürmten sie fort. Die Fackeln noch immer in Händen.
Dann aber fiel ihnen ein, dass die Häscher sie nicht so leicht fänden,
Wenn sie ohne sie und in verschiedene Richtungen liefen.

Velent entschied sich, der Letzten zu folgen. Die vorderen riefen
Noch ein paar unverständliche Worte. Da sollte die Letzte
Stolpern und fallen. Sofort erhob sie sich wieder und hetzte
Weiter. Velent indes bekam ihren Umhang zu fassen.
Nun fielen beide, glitten, rutschten und rollten den nassen
Abhang zur Dylle hinunter. Das Weib sollte kreischen und weinen.
Velent hielt sie. Zunächst an den Armen, dann an den Beinen.

Wie eine Furie sollte sie sich schließlich gebärden,
Da sie zum Liegen kamen. Die Angst, nun geschändet zu werden,
Machte sie rasend. Velent vermochte kaum, sie zu halten.
Ihre Arme, an deren Ende die Fäuste sich ballten,
Hielt er nur mit Mühe am Boden. Halb auf ihr reitend
Saß oder lag er auf ihr – beständig zum Ufer hin gleitend.
Auch mit den Knien und Schenkeln versuchte sie, sich zu wehren.
Da versprach ihr Velent bedächtig, sie nicht zu versehren.

Plötzlich veränderte sie ihr Verhalten auf seltsame Weise.
Sie hörte auf, sich zu wehren, ward zahm und friedlich und leise.

**

Bild IV

6 Jahre vor Lunas Brief an Velent –
in der Nähe von Tankuns Hof, im Tal der Dylle

„Velent? Velent, bist Du das?“ Gaelas Verwunderung war nicht zu überhören. Da er ihr und ihren Schwestern hinterhergerufen, sie selbst schließlich festgehalten und mit ihr gerungen hatte, hatte die junge Ubierin Velent noch nicht erkannt. Nun aber, da er ihr leise versichert hatte, dass sie keine Angst vor ihm zu haben brauche und er ihr nichts antun würde, war ihr seine Stimme sogleich vertraut vorgekommen.

Velent erging es nicht anders. „Gaela?“, erwiderte er erstaunt und ließ sogleich von ihr ab. Es waren zwei Jahre vergangen, seit sie sich in Mattiacum ab und an begegnet waren. „Was … was machst Du hier?“ Nicht anders als sie, war auch er außer Atem.

Gaela zögerte, und diesem Zögern schien man gleichsam anzuhören, dass sie Velent, der mittlerweile neben ihr in der niedergewalzten Uferböschung kniete, gerne das Gleiche gefragt hätte. Stattdessen stammelte sie aber: „Ich … hab Dich gar nicht erkannt“, und ergänzte schließlich leise: „Es ist so finster! Und Du trägst einen Bart …“

„Gaela? Du bist es wirklich!“, entgegnete Velent und erahnte nun auch die rötliche Farbe ihrer gelockten, langen Haare, die die Kapuze ihres Umhangs indes schon etwas länger freigegeben hatte. Mehr ungläubig als vorwurfsvoll wiederholte er seine Frage: „Was machst Du hier?“, um sodann – bereits etwas ernster – zu ergänzen: „Wer waren die beiden anderen? Deine Schwestern?“

„Ja!“, gab Gaela leise zu.

„Ihre Hilfsbereitschaft Dir gegenüber scheint sich in Grenzen zu halten…“, hielt Velent ihr daraufhin vor.

„Wir hatten es so vereinbart“, entgegnete Gaela kleinlaut, „sollte es einmal dazu kommen, dass …“

„… dass eine von Euch gefangen genommen wird“, brachte Velent ihren Satz zu Ende.

„Ja“, stimmte ihm Gaela erneut zu.

„Oder getötet!“, ergänzte Velent.

Ihr beider Atem hatte sich mittlerweile etwas beruhigt, was bei der jungen Ubierin dazu geführt hatte, dass ihre Stimme noch sanfter klang. Bei Velent indes war es anders. Er klang nun deutlich vorwurfsvoller. Vielleicht war auch dies mit ein Grund dafür, dass Gaela für einen Moment schwieg.

Velent seufzte, um dann schließlich – weit weniger anklagend – seinen Schluss zu ziehen: „Alle sollen glauben, dass Ihr die Valkyrjen seid.“

„Nein! Das wollten wir gar nicht!“, widersprach Gaela entschieden, schränkte diese kurze Antwort aber sogleich ein: „Zumindest am Anfang nicht. Aber dann haben wir gemerkt, dass es ganz nützlich ist. Denn so nahmen bislang eigentlich alle, die uns gesehen haben, vor uns Reißaus, statt uns zu folgen oder zur Rede zu stellen.“ Ihr Blick suchte Velents Augen.

„Ihr habt den Hof nicht überfallen, oder?“, meinte er leise und blickte kurz hinter sich in Richtung des Hauses, dass die ansteigende Böschung und die erst ganz allmählich weichende Nacht allerdings verbargen.

„Nein“, bestätigte Gaela ihm nur zu gerne, was sie aber nicht vor Velents nächster Schlussfolgerung bewahren sollte. „Ihr wolltet … plündern.“

Gaela senkte schuldbewusst ihren Blick. Ihr schmales „Ja“ war kaum zu hören. Dann jedoch hob sie beinahe trotzig den Kopf. „Wenn wir es nicht tun, tun es andere!“

„Das ohne Frage“, stimmte Velent ihr zu. „Wenn noch etwas übrig ist.“

„Es ist immer etwas übrig!“, entgegnete die junge Keltin.

„Für die Ersten vielleicht, ja“, gab Velent zu, und erneut ließ Gaela ihren Blick wie ertappt sinken. „Wer steckt hinter den Überfällen und woher wisst ihr von ihnen?“, hakte er nach, ließ sie indes nicht lange im Unklaren darüber, was er vermutete. „Ihr wisst es schon vorher! Bevor es passiert! Richtig?“

„Ja.“

„Woher?“

„Der ‚Schwan‘. Unser Gasthaus“, erklärte sich Gaela. „Wir führen es alleine, seit unsere Mutter gestorben ist.“

„Das tut mir leid“, schob Velent ein.

Gaela nickte. „Sie war krank“, fuhr sie fort. „Wir versuchten unser Bestes, um über die Runden zu kommen, doch Pacht und Steuern wurden mehr als nur einmal verdoppelt! Rom nimmt sich bei uns, was es durch den Krieg verliert! Es war einfach nicht mehr zu schaffen! Unmöglich! Stell Dir vor: Wir betreiben ein Gasthaus und drohten zu verhungern! Wir kratzten die spärlichen Reste von jedem Teller, um selbst überhaupt etwas zu essen zu bekommen! Und dann hörten wir die Legionäre reden. Je mehr sie getrunken hatten, desto redseliger waren sie.“

„Sie überfallen die Höfe“, zählte Velents eins und eins zusammen. „Als ‚schwarze Reiter‘ getarnt. Oder zumindest als ‚schwarze Männer‘.“

„Ja“, bestätigte ihn die junge Frau. „Ich dachte bis eben, wir wären zu früh gekommen und Du wärst einer von ihnen. Ich dachte, ich würde sterben!“ Ein offenes, befreites Lächeln huschte über ihr schmales Gesicht. „Aber ich lebe noch; und wir passen – wie ich sehe – gar nicht so schlecht zusammen! Schwarz und schwarz ...“

Velent erwiderte Gaelas Lächeln, doch hatte er sich das seine eher abzuringen. „Ihr habt sie belauscht und seid ihnen gefolgt?“, hakte er unbeirrt nach.

„In sicherem Abstand, ja“, gab Gaela offen zu. „Wir kannten ja ihre Ziele und wussten, dass sie nur nachts zuschlagen würden.“

„Was trieb sie? Habgier?“

„Was treibt die Menschen sonst?“, antwortete Gaela mit einer Gegenfrage. „Verhungern muss in Roms Heer sicher niemand! Aber Bier, Met und Frauen kosten Geld!“

Velent war das Thema etwas unangenehm. Gaela sah es ihm an.

„Wir hätten uns auch verkaufen können. Nachts. Wie so viele andere dieser Tage. Doch wir schworen uns, beim Seelenheil unserer toten Mutter, es nicht zu tun! Sie hätte es niemals geduldet.“

Velent nickte. Dann fragte er: „Kennt noch jemand außer mir Euer Geheimnis?“

Gaela schüttelte den Kopf. „Nein. Ich glaube nicht. Obwohl es ein paar Mal knapp war. Selbst Marcus Primus hätte uns um ein Haar entdeckt!“

„Marcus?“ Velents Herz schlug schneller, vermochte er doch noch nicht einmal im Ansatz, sich dagegen zu wehren, bei Marcus’ Namen sofort auch an Luna zu denken. Er zögerte einen Moment. Ob Gaela etwas über sie wusste? Wo sie war und wie es ihr ging? Stattdessen fragte er indes doch nach Marcus: „Weiß er, was seine Soldaten nachts treiben?“

„Keine Ahnung“, entgegnete Gaela. „Vielleicht. Vielleicht auch nicht.“ Erneut suchte sie Velents Blick. „Er scheint Dir am Herzen zu liegen“, und ihre Hand strich kurz über sein Bein. „Schade eigentlich! Das ist mir damals in Mattiacum gar nicht aufgefallen.“

„Unsinn!“, entgegnete Velent verlegen. Ein jungenhaftes Lächeln huschte über sein Gesicht.

„Aber eine Gefährtin hast Du auch nicht …“, ergänzte die junge Ubierin vertraulich.

Velent zögerte damit, Gaela eine Antwort zu geben, dann aber rang er sich zu einem leisen „Nein, im Moment nicht“ durch.

„Im Moment“, wiederholte Gaela und nickte bedächtig. Sie erinnerte sich sehr wohl daran, Velent im „Schwan“ in Lunas Armen gesehen zu haben – gleichwohl sie nicht mehr hätte sagen können, dass es die Nacht vor dem Ausbruch des Krieges gewesen war. Konnte es denn sein, dass sie der Grund dafür war, dass Velent so lange alleine geblieben war?

Kaum merkbar schüttelte Gaela den Kopf; dieser Gedanke verwunderte sie und gleichzeitig begann er, ihr zu gefallen. Äußerlich war Velent in den vergangenen Jahren noch mehr zum Mann gereift, doch nicht zu der Sorte Mann, die sie kannte. Trotz seiner Größe und all seiner Muskeln fand sie nichts Grobes an ihm. Er wusste sich zu bewegen und zu benehmen und hatte dennoch nichts Eitles; er wirkte edel und stark.

„Wo und wann hat Euch Marcus gesehen?“, riss Velent Gaela aus ihren Gedanken.

„Vor ein paar Wochen“, gab Gaela zur Antwort. „Nachts. Unweit des östlichen Tores. Wir kreuzten das Feld, um den Kanal zu erreichen. Wir dachten, der Nebel sei dicht genug, uns zu schützen. Aber sie haben uns doch entdeckt. Wir hörten sie rufen, doch keiner von ihnen fand den Mut, sich uns zu nähern.“ Sie seufzte kurz, dann blickte auch sie einmal die Böschung hinauf. „Glaubst Du, Tankun ist tot? Ich fürchte, er war in dieser Nacht nicht in Mattiacum, sondern hier auf seinem Hof.“

„Sie haben ihn erschlagen“, entgegnete Velent betroffen, „und vor seiner Türe aufgehängt! Mit all seinen Hunden! Und seinem Knecht!“

„Das ... ist furchtbar!“, erwiderte Gaela und Velent nahm ihr ihre Betroffenheit durchaus ab.

„Du machst Dir Vorwürfe?“, meinte er leise. Und nun war es seine Hand, die sich kurz auf ihr Bein legte.

„Ja“, gab sie ihm unumwunden Recht, doch nur, um sich sodann sogleich kurz zu rechtfertigen: „Was hätten wir denn tun sollen?“

„Ihn warnen!“, entgegnete Velent unmissverständlich und zog seine Hand zurück.

„Und dann? Er hätte sich trotzdem kaum wehren können!“, verteidigte sich die junge Ubierin. „Ein alter Mann, ganz allein hier draußen, mit nur einem Knecht und einer Magd!“

„Sie hätten fliehen können!“, warf Velent ein.

„Und dabei alles verloren!“

„Zumindest wären sie noch am Leben!“

Gaela wagte nicht, ihrem aufgebrachten Gegenüber zu widersprechen; er hatte ja Recht.

Velent war unterdessen aufgestanden. Für einen Moment hatte er mit verschränkten Armen auf das Wasser des kleinen Flusses gestarrt, der keine drei Schritte entfernt an ihnen vorbeifloss. Und dann auf den Himmel im Osten, der erst allmählich sein tiefes Schwarz verlor. Nun aber drehte er sich erneut um. „Sobald es hell genug ist, gehen wir zurück und beerdigen ihn – zumindest das sind wir ihm schuldig!“ Seufzend ließ er sich zurück auf den Boden sinken.

„Sicher!“, erwiderte Gaela leise.

Erneut schwiegen beide für eine kurze Weile und erneut war es Velent, der die Stille brach. „Warum“, warf er Gaela vor, „habt Ihr Marcus nichts davon gesagt, was seine Soldaten hier treiben?“

„Pah! Und wenn er doch davon weiß?“, entgegnete Gaela trotzig. „Wer hätte uns dann vor ihm beschützt?“

„Ich kann mir das nicht vorstellen, dass er so etwas dulden würde!“ Velent wunderte sich über sich selbst. Hatte er gerade Marcus in Schutz genommen? Offensichtlich.

„Menschenkenntnis gehört auch nicht gerade zu Deinen Stärken, oder?“, seufzte nun Gaela und suchte aufs Neue Velents Nähe. Nun war es sein Arm, auf dem ihre Hand zum Liegen kam. „In einem Gasthaus lernst Du das schnell, Menschen richtig einzuschätzen.“

Velent blickte verlegen auf Gaelas zarte Hand, was der jungen Frau wiederum nicht verborgen blieb. Sanft ließ sie ihre Fingerspitzen bis zu seiner Hand gleiten. Erst hier zog sie sie langsam wieder zurück. „Du lässt mich gehen, oder?!“

„Unter einer Bedingung, ja“, stimmte Velent nach kurzem Zögern zu.

„Und die wäre?“, flüsterte Gaela. Wie selbstverständlich rückte sie näher an Velent heran und legte ihren Kopf in seinen Schoß. „Deckst Du mich zu? Mir ist kalt.“

Velent warf das Ende seines langen Mantels über die junge Frau. Für eine ganze Weile wusste er nichts zu sagen. Und wollte es auch gar nicht. Es war ein fremdes, nein, eher ein vergessenes Gefühl, das sich seiner bemächtigte, ein Gefühl der Nähe und Vertrautheit, ungewohnt, aber alles andere als unangenehm. Velent schloss die Augen. Doch irgendwann besann er sich wieder.

„Wir sollten versuchen, den nächsten Überfall zu verhindern", flüsterte er. „Kommt zu uns, sobald ihr davon hört. Oder schickt jemanden. Ich werde einen Posten auf dem Taoun einrichten."

Gaela drehte den Kopf und schaute Velent an. „Was kümmerst Du Dich so sehr um andere und so wenig um Dich?", fragte sie sanft.

Velent erwiderte Gaelas Blick. Die Dämmerung war ein gutes Stück vorangeschritten, doch sicher noch nicht weit genug, um Gaelas Augenfarbe eindeutig zu erkennen. Velent indes erinnerte sich ihrer. Sie sind grün! Gaela hat grüne Augen, dachte er sich und strich ihr behutsam eine Locke aus dem Gesicht.

„Schon wieder!", flüsterte Gaela. Ihr Mund suchte seine Hand und küsste sie. „Siehst Du! Jetzt kümmerst Du Dich um mich!"

Velent schaute sie ratlos an. Wie schön sie war. Wie warm, wie weich. Weich wie das blaue Licht des Morgens. Er hob seinen Blick und sah den erwachenden Tag. Wie sehr Gaela ihm vertraute. Sie war nicht Luna. Aber Luna war weg, so unendlich weit weg. Ob sie überhaupt noch lebte? Velent schloss erneut die Augen. Ob sie auch nur noch einmal an ihn gedacht hatte? Ein Kloß hing in seinem Hals, seine Augen wurden feucht. Gaela schien es zu spüren. Sie richtete sich auf, rückte näher an ihn heran. Velent öffnete die Augen, sah ihre Hand, die über seine Wange strich, ihren Mund, der seine Lider küsste. Ihre Locken streiften seine Nase; ihr Haar hatte einen ganz eigenen Geruch. Lunas Haare hatten anders gerochen, doch er erinnerte sich nicht mehr, wie.

„Wann kümmerst Du Dich um Dich selbst?", hörte er Gaelas Stimme. Leise wie sie war, klang sie fast wie Lunas Stimme. „Wann?" Ihre Hände suchten seinen Hals und seine Hüfte. Sanft drückte sie ihn zu Boden.

*

Durch die drei Schwestern vorgewarnt, sollte es Velent gelingen,
Viele Bedrohte von nun an in sichere Obhut zu bringen.
Dabei vermied er es, sich in Kämpfe verwickeln zu lassen.
Bald schon begann er indes, sich für diese Entscheidung zu hassen.

Denn die Schergen ahnten recht rasch: Sie wurden verraten.
Und vor allem am Abend wurde selbstredend beraten,
Wer sie verriet. Und irgendwann kamen die Männer dahinter.
Nächte sind lang dort oben im Norden – besonders im Winter.

Eines Morgens drängten sie Björna in ihre Kammer.
Schlugen sie, traten sie. Bis sie – unter großem Gejammer –
Alles zugab. Wie dieser grobe Frevel zu rächen
War, war längst schon beschlossen. Bestimmt beim nächtlichen Zechen.

Jeder Finger ward ihr zertrümmert. Beide Augen zerkratzt und zerstochen.
Um sie – geknebelt und mehrfach gebunden – in einen dreckigen Sack
zu stecken, diesen zum Fluss zu schleifen, dort zu beschweren,
auf ihn zu pissen, ihn zu verfluchen und in den Fluss zu werfen.

Gaela war fort, um Brennholz zu sammeln. Gwynn aber sollten die Männer
rasch finden. Sie war im „Schwan" und vermochte sich gegen jene, die
über sie kamen, nicht zu wehren. Sie nahmen Gwynn so heftig und hart,
ja, grobschlächtig, dass auch ihr Ende schließlich einer Erlösung gleichkam.

Da sie nur Blut, doch keine Schwester mehr vorfinden sollte,
Flüchtete Gaela und tat, was sie längst schon getan haben wollte:
Sie zog zu Velent. Und auch wenn das Leben bei ihm noch weit karger
War, war sie glücklich. Denn Velent teilte mit ihr sein Lager.

Wie er sich um die Menschen sorgte, sollte sie rühren.
Aber allmählich begann die schöne Keltin zu spüren,
Dass es ihr nicht gelang, seine Liebe zu ihr zu entfachen.
Und ganz langsam versiegte ihr früher so strahlendes Lachen.

Anfangs hoffte sie noch, dass ihr Glück zurückkehren mochte,
Wenn sie nachts nur brav mit ihm schlief und ihm tags etwas kochte.

Dass seine traurige Seele die ihre noch irgendwann fände.
Doch blieb die ihre der seinen stets eine nahezu fremde.

Dennoch war Gaela es wichtig, sich mit Velent zu zeigen.
In ihrem Kummer genoss sie nun selbst das kleinste Verneigen.
Auch Geschenke nahm sie gern an. Etwa einfache Ketten.
Schmuck indes vermag niemanden aus einer Pein zu erretten.

Velent vermochte es auch nicht und fühlte sich schuldig.
Etwas in ihm hing noch an Luna. Treu und geduldig.

Ich weiß nicht, Velent, welche Einsamkeit die Schlimmere ist: Die, die ich gerade durchleide, allein in einer verlassenen Stadt auf Dich zu warten. Oder die, die ich einst durchlitt, da ich allein unter Zehntausenden nicht einmal wusste, worauf ich warten sollte.

Luna war fern. Doch misslang es Velent, sie zu vergessen.
Luna war irgendwie immer; Gaela nur unterdessen.

*

Einer aber hätte für Gaela alles gegeben.
Alles, was er noch besaß: Sein letztes Bein, ja, sein Leben.
Rutger war es, der sich im Stillen nach Gaela verzehrte.
Der sie seit ihrer Ankunft liebte und ehrlich begehrte.
Und es trotzdem niemals erwog, sich ihr ernsthaft zu nähern.
Ehre stand für ihn über der Liebe. Heilig und ehern.

Velent war die Sehnsucht des Freundes auch deshalb entgangen,
Weil sein Lager ihn voll in Beschlag nahm. In vielen Belangen.
Weiterhin wuchs es. Bei oftmals mehreren Neuen am Tage
War das „Was sollen wir essen?“ schon bald die wichtigste Frage.

Alles wurde geteilt, doch jedem knurrte der Magen.
Fanden die zahlreichen Jäger doch kaum noch Beute zum Jagen.
Dann aber – wie aus heiterem Himmel – meldeten Späher,
Etliche Wagen unweit des Lagers. Sie kämen rasch näher.

Randvoll seien sie alle. Mit Körben, Fässern und Säcken.
Jeder im Lager begann nun, den Kopf nach ihnen zu recken!
Viele liefen ihnen sogar ein stückweit entgegen.
Jubel brandete auf und wollte sich gar nicht mehr legen!
Kinder sprangen wie Fohlen beim ersten Gang auf die Weide.
Kraut und Rüben wurden gebracht und reichlich Getreide!
Nicht zu vergessen die Ziegen. Sie liefen hinter den Wagen. –
Beim Gedanken an Käse knurrte fast jedem der Magen!
Höhepunkt aber war ein Fass mit gesalzenen Fischen!
Einige hatten sich Tränen aus ihren Augen zu wischen.

Andere ließen sich in ihrem Hunger dazu verleiten,
Sich um die milden Gaben wie Krähen und Elstern zu streiten.
Velent aber rief sie zur Ordnung: „Hört auf, Euch zu zanken!
Erst mal ist wichtig: Wem haben wir all dies zu verdanken?"

Darauf vermochte ein Bote bald schon Auskunft zu geben:
Lember hieße der Gönner. Man möge ein Horn auf ihn heben!

Lember?! Sofort musste Velent des alten Druiden gedenken!
Doch warum sollte er sie so überaus reichlich beschenken?
Velent konnte die Gabe nicht mal im Ansatz verstehen!
Hatte er Lember doch mehrere Jahre nicht mehr gesehen!
Dass es in seinem uralten Hain, jenem heiligen Orte,
Reichtümer gäbe, welche er dort im Verborgenen horte,
Hatte gewiss fast jeder im Umland schon einmal vernommen,
Aber die Mär – so wie er – kaum für bare Münze genommen.

Weil man doch wusste, in welcher Armut der Druide dort lebte.
Und dass jeglicher Reichtum ihm offenbar widerstrebte.

Ebendies sollte nun auch der Bote noch einmal betonen.
Lember sei indes nicht bereit, jene noch länger zu schonen,
Welche das Ziel verfolgten, das Geld seines Stamms zu verprassen.
Drum habe er in Naoun Abgaben eintreiben lassen.
Diese gäbe er weiter. Ohne Bedingung. Als Spende.
Wenn er dies möge, sei indes klar, wo Velent ihn fände.

Damit stand fest, was der greise Druide ihm offenbarte:
Dass er in seinem heiligen Hain war und dort auf ihn warte.

*

Genau genommen umhüllte mich auch damals in Rom eine Art Nebel. Und beide, jener damals und dieser heute, nähren das Vergessen. Ja, das ist vielleicht das Schlimmste an meiner jetzigen Lage. Dass mich der Nebel vergessen lässt. Uns vergessen lässt. Denn Menelaos ergeht es nicht anders. Sein weißes Gift betäubt uns und scheint zugleich alles um sich herum in einem endlosen Moor tiefer Gleichgültigkeit versinken zu lassen. Alles, was ist, und alles, was war. Selbst die Zeit. Ich habe jegliches Gefühl für sie verloren. Die stumme Wand hat es verschluckt.

**

Gaela und Rutger rieten ihm ab, alleine zu reiten.
Ob der Gefahr. Gerührt ließ sich Velent ein stückweit begleiten.
Aber am Rande des riesigen Waldstücks jenseits der Dylle
Hieß er die Wache zu warten. Es sei ganz sicher der Wille
Lembers, dass er den heiligen Hain alleine betrete,
Um nur keinen zu stören, der dort vielleicht still für sich bete.

Ferner entschied er sich auch, seine Waffen niederzulegen.
Doch selbst dagegen sollte sich kaum ein Widerstand regen.
Alle, die Ubier waren, Sueben oder auch Matthen,
Wussten dies ohnehin. Und die meisten anderen hatten
Davon gehört: Die Sitte, keine Waffen zu tragen,
Nahm man in diesem Hain noch sehr ernst. Es trotzdem zu wagen
Konnte den Tod bedeuten. Es gab dazu viele Geschichten.
Nahezu jeder konnte von mindestens einer berichten.

Wölfe und Bären hätten die Waffenträger gerissen.
Andere wurden angeblich von kleineren Tieren gebissen.

Doch auch sie seien alle gestorben. Von schrecklichen Krämpfen
Heimgesucht. Unmöglich sei es gewesen, sie zu bekämpfen.
Wieder andere seien ohne erkennbare Wunden
Toll und rasend geworden. Und viele auch einfach verschwunden.

Übrigens – falls Du dabei warst, es Dich gerade zu fragen:
Nein, man durfte im Hain ob des Waffenverbots auch nicht jagen.
Es war nicht mal erlaubt, den Tieren hier Fallen zu stellen.
Oder Beile und Äxte zu schwingen, um Bäume zu fällen.

Hier aus Quellen zu trinken galt indes niemals als Frevel.
Einige schmeckten aber wohl faulig. Oder nach Schwefel.
Deshalb vergaß man auch nicht, hier den Göttern der unteren Sphären
Opfer darzubringen. Und sie beständig zu ehren.

Dafür nutzten die Druiden etliche Ritze und Spalten,
Welche auch ihnen seit jeher als Tor zur Unterwelt galten.
Diese gab es in Felsen, genau in der Mitte des Haines.
Mehrere mächtige Nadeln festen, dunklen Gesteines.

Regnet es, war und ist dieser Ort ein düsterer Flecken.
Dann nämlich scheinen die Felsen sich bis in den Himmel zu recken.
Um sich nur taub und grau aus den feinen Schleiern zu schälen.
So als gelte es, von einer fernen Welt zu erzählen.

Dies vermochten auch viele der mächtigen, uralten Bäume.
Große, sich wiegende, rauschende Boten verwunschener Träume.
Velent sah aber auch Skelette aus hölzernen Knochen.
Trotzig gewachsen und letztlich doch vom Sturme gebrochen.

Angst oder Sorgen konnten sie ihm aber keinesfalls machen.
Er war die Kräfte gewohnt, die die Götter zuweilen entfachen.
„Donar ist mit Dir!“ – Er hatte Swidgers Wort nie vergessen.
Ach, wie oft hatte er mit ihm damals draußen gesessen,
An eine Hauswand gelehnt, um noch fernem Grollen zu lauschen.
Willig und fähig, sich an diesem Klang zu berauschen.

Nie hatte Swidger dabei vergessen, Donar zu loben.
Doch hatte jener sein Tun in ihre Richtung verschoben,
War ihnen Donar mit gleißenden Blitzen und mächtigen Hieben
Näher gekommen, war Swidger niemals sitzen geblieben.

Über ein Jahr lang hatte er ihn nun nicht mehr gesehen.
Seine Fersen leicht senkend hieß er Adlan zu stehen.
Ähnlich wie Swidger fühlte auch er sich den Bäumen verbunden.
Swidger hätte in jedem hier Götter gesucht und gefunden.

Was aber taten sie denn, die Leiden der Menschen zu lindern?
Welcher Gott erbarmte sich Alten, Frauen und Kindern?
Selten zuvor war Velent sich mehr darüber im Klaren,
Dass die Scharen der Götter ihm weitgehend gleichgültig waren.
Denn am Ende oblag es den Menschen, Dinge zu ändern!
Trotz der Vielzahl an Göttern in all den Stämmen und Ländern.

Ja, sie waren ihm gleichgültig. So, wie er wohl auch ihnen.
Was bewog nur die Druiden, ihnen so selbstlos zu dienen?
Wenn doch selbst sie den Göttern zuweilen kaum etwas galten.
Keiner hatte die Hand über seine Mutter gehalten!

Just indes in jenem Moment, da er ihr gedachte,
Sah er fernab das Tier, das die Haine der Kelten bewachte:
Cernon, der weiße Hirsch, stand im Zwielicht unter den Eichen.
Und sein Geweih in Flammen. – Welch ein seltsames Zeichen!

Dann kam Wind auf und hinter den sich nun wiegenden Zweigen,
Schien sich Cernon, bevor er verschwand, noch kurz zu verneigen.

Velent verstand dieses Bild nicht. Es nahm ihn sichtbar gefangen. Doch er ritt weiter, um bald in die Mitte des Hains zu gelangen.

*

Ich weiß nicht einmal mehr, wann ich zum letzten Mal die Sonne gesehen habe. Wenn ich ehrlich bin, ist die Gewissheit, dass sie noch da sein muss, einer bloßen Ahnung gewichen.
Was, wenn ich auch meine Erinnerung an alles andere Helle und letztlich an die Liebe selbst verlieren sollte? Was dann, Velent? Was dann?

**

Bild V

6 Jahre vor Lunas Brief an Velent – an den Buschsteinen, eine Tagesreise nördlich von Mattiacum

Gil kauerte am Fuß des höchsten Buschsteines. Er hatte sich an die steile Felswand gelehnt und döste. Die drei Pferde, die er zu bewachen hatte, wusste er gut versorgt. Er hatte sie an eine noch recht junge Buche gebunden und mit einem Sack Heu versorgt, den Lember, der Druide, ihm gegeben hatte.

Dass ihm von seinem Herrn, Gambar, außerdem aufgetragen worden war, Ausschau zu halten, hatte er kurz – sagen wir – vergessen.

Da aber eines der ihm anvertrauten Pferde nun schnaubte, fiel es ihm siedendheiß wieder ein. Schuldbewusst riss der junge Pferdehüter die Augen auf und sah, dass alle drei Tiere die Köpfe gehoben und ihren Ohren nach Süden, in Richtung des lichten, hohen Waldes gewandt hatten. Ein Reiter kam näher!

Erleichtert stellte er fest, dass er sehr langsam ritt und noch dazu allein zu sein schien. Außerdem fiel ihm das riesige Pferd des Mannes auf. Und zu guter Letzt entsprach jener genau der Beschreibung, die sein Herr und dessen Mitstreiter ihm gegeben hatten: jung, groß, hager, stolz und dunkelhaarig.

Gil stand auf, wandte sich dem Felsen zu, ging ein paar Schritte zurück, legte zugleich die Hand an den Mund und rief: „Er ist da!“

Es dauerte nicht lange, bis sich von jenseits des Felsens vier Männer zu ihm gesellten.

Lember war unter ihnen, wie Velent sofort erkannte. Der längst greise Druide trug das helle Gewand seines Standes, gleichwohl Velent sich recht sicher war, dass keines ihrer hohen Feste auf diesen Tag fiel. Über zwei der anderen Männer wunderte er sich zumindest. Sie hätte er nicht an Lembers Seite vermutet.

„Velent! Du kommst also tatsächlich alleine!“, rief Lember ihm im nächsten Moment in ihrer gemeinsamen Muttersprache entgegen. Freundlich hob er die Hand zum Gruß. „Ich hatte von Belanas Sohn allerdings auch nichts Anderes erwartet!“ Er wies auf seine drei Begleiter und wechselte nun ins Matthische, das er mittlerweile recht gut beherrschte. „Das sind Gambar, Arpar und Tray.“

„Seid mir gegrüßt!“, entgegnete Velent, ritt noch das mittlerweile nur mehr kurze Stück Weges bis zu den Vieren, ließ Adlan dann anhalten und stieg ab. „Ich kenne Euch alle und weiß, wer Ihr seid!“

Gambar war ein stämmiger Ubier mittleren Alters. Velent kannte ihn nicht nur, weil er ihm einst gemeinsam mit Swidger Salz gestohlen hatte. Als einflussreichster und vermutlich auch reichster Salzhändler der Region war er immer mal wieder in Mattiacum zu Gast gewesen. Doch selbst wenn Velent Gambar nicht gekannt hätte, hätte er ihn doch der Sippe, der er vorstand, zuordnen können. Über das Karomuster seiner Hose – in der er ihn indes nie zuvor gesehen hatte.

Wie vermögend er war, verbarg dieser Mann auch nicht. Man konnte es am Rest seiner Kleidung, seiner Haltung und dem Schmuck, den er trug, ablesen. Was er hier wollte, war Velent indes ein Rätsel. Aber immerhin war Lember Gambars oberste Druide. Was für die beiden anderen Männer nicht galt.

Im Gegenteil. Tray war – wie Du schon weißt – selbst Priester, der wichtigste der Matthen in und um Mattiacum. Deshalb wunderte Velent sich gleich doppelt, ihn hier zu sehen. Im Hain der Ubier und noch dazu Seite an Seite mit Arpar, einem Fürsten der Chatten. Ihn hatte Velent nur ein einziges Mal gesehen – und vermutlich hätte er ihn nicht wiedererkannt, wenn Lember ihn ihm nicht vorgestellt hätte. Denn dieses eine Mal war vier Jahre her. Arpar hatte in einer dunklen Eckes des „Schwans“ gesessen. Aber auch Ulfur hatte seinen Namen ein ums andere Mal am Drachenstein erwähnt.

Ihm standen also zwei bekennende Feinde und zwei vermeintliche Freunde des Reiches gegenüber: Lember und jene drei Männer an seiner Seite. Sie erwiderten Velents Gruß mit einem Nicken.

„Ein prächtiges Tier!“, meinte Arpar mit Blick auf Velents Pferd, und Gambar ergänzte, nachdem er seinem Diener bereits einen entsprechenden Wink gegeben hatte: „Gil kann es versorgen!“

„Gut“, stimmte Velent zu und überließ Adlan dem jungen Mann. „Nun, Ihr wolltet mit mir reden“, wandte er sich daraufhin erneut an die Anderen. „Da bin ich.“

„Ja, das sehen wir und danken Dir dafür“, ergriff nun Tray das Wort. Velent kannte das gewinnende Lächeln des Priesters, doch er verfiel ihm nicht, hatte er ihn doch als überaus windige Erscheinung in Erinnerung behalten. Dieser Eindruck seines Wesens widersprach indes völlig seinem Äußeren! Als gelte es, ihn zu verwischen, war Tray schon immer recht beleibt gewesen. Ja, Velent schien es sogar so, als hätte der Priester diesbezüglich seit Ausbruch des Krieges noch einmal zugelegt.

„Aber wollen wir uns nicht lieber setzen?“, fuhr der sicher gut 50-Jährige fort. „Wir haben ein Feuer gleich hinter dem Felsen. Vielleicht möchtest Du auch etwas essen.“

„Ein gutes Stichwort!“, erwiderte Velent nickend und wandte sich Lember zu. „Bevor ich es am Ende vergesse: Lass mich Dir danken! Für die Wagen, die Du uns geschickt hast! Du hast uns damit sehr geholfen! Und, ja, ein wenig hungrig bin ich.“

„Ich denke, es war im Sinne der Götter!“, entgegnete der Druide lächelnd. „Hier entlang!“ Er ging voraus und setzte sich an die Spitze der kleinen Mannschaft.

Der Weg um die Felsnadel war nicht weit und der kleine Lagerplatz hinter ihr, zwischen den beiden mächtigsten Erhebungen der Buschsteine, nach wenigen Dutzend Schritten erreicht. In seiner Mitte brannte in einer kleinen Senke ein Feuer. Es wurde von einem Dutzend Felsbrocken gesäumt. Nicht, um es zu begrenzen, sondern um als Sitzgelegenheiten zu dienen. Auf fünf von ihnen lagen Felle.

Velents Gastgeber nickten sich und ihm zu und setzten sich – unter leichten Seufzern, wie es unter älteren Männern wohl überall üblich. Er selbst indes konnte nicht anders, als seinen Blick zunächst die zum Teil recht steilen Felsnadeln hinaufwandern zu lassen. Sie waren sicherlich annähernd 50 Fuß hoch! Hier und da waren sie von Moos überzogen; andernorts hatten sich giftgrüne Farne auf den kleinen Vorsprüngen der Felsen angesiedelt.

Dann indes bat Lember ihn freundlich, ebenfalls Platz zu nehmen und die Unterredung begann.

„Zunächst möchten wir Dir danken, dass Du gekommen bist“, begann Gambar das Gespräch.

„So ist es!“, stimmte ihm Tray zu. Er rieb sich kurz die Hände, als könne ihm dies helfen, die richtigen Worte zu finden. „Ich denke, wir sollten ganz offen reden“, meinte er sodann. „Was wir allerdings nur können, wenn Du uns Dein Stillschweigen versicherst!“

„Keiner weiß, dass wir hier sind. Nicht einmal unsere engsten Vertrauten; und wir würden es ihnen gegenüber auch abstreiten, sollte es nötig sein“, ergänzte Arpar, während Gambar nachschob: „Was wir aber nicht glauben.“

„Also …“, meinte Tray und schaute Velent fragend an. „Wirst Du für Dich behalten, was wir zu sagen haben?“

Velent zögerte kurz. Er schaute die drei Männer der Reihe nach an. Dann nickte er. „Ich weiß zwar noch nicht einmal, um was es geht, aber, trotzdem: Ja. Ich werde nur das weitertragen, was Ihr mir gestattet oder mich heißt.“

„Das sollte ausreichen!“, nickte Gambar zufrieden. Er stand auf und schöpfte eine tiefe Schale Suppe aus einem Kessel am Rande der Glut, um sie sodann an Velent weiterzureichen. Lember nickte zufrieden.

„Möchtest Du beginnen“, ergriff nun Arpar das Wort und wandte sich zugleich an den greisen Druiden. „Dies ist Dein Hain.“

„Nun gut“, nickte der Angesprochene. Er räusperte sich kurz, setzte sich etwas aufrechter hin, suchte und fand Velents Blick und sprach ihn in väterlichem Ton an: „Velent, auch wenn es Dir nicht bewusst gewesen sein mag, ich habe immer auf Dich gehofft und gesetzt. Du weißt, dass ich Dich einst zu mir holen wollte. Du hast Dich dagegen entschieden. Vielleicht war es der Wille der Götter, damit Du Deinen eigenen Weg gehen konntest. Einen Weg, den ich … den wir stets aufmerksam verfolgt haben."

„Und auch den enormen Zuspruch und den Zulauf haben wir zur Kenntnis genommen, der Dir zuteil wurde und wohl noch immer wird", ergänzte Gambar nicht weniger freundlich, während Arpar eher einschränkend meinte: „Mit Interesse und einer gewissen Verwunderung!"

„Sprecht frei heraus! Was wollt Ihr von mir?", entgegnete Velent den vier Männern.

„Unser Volk war einst mächtig und groß", setzte Lember an. „Es ist kein Geheimnis, dass ich die alten Zeiten stets zurückgesehnt habe – Deine Mutter hat mich oft genug dafür getadelt. Sie hatte Recht: Sie sind vergangen! Glaube mir, ich habe hier oben Zeit genug zum Grübeln und bin zu einem Schluss gekommen." Der greise Druide gönnte seiner Ausführung eine kurze Pause, dann fuhr er fort: „Mit den Sueben und Sugambrern mag unser Untergang begonnen haben, aber besiegelt hat ihn letztlich Rom!"

„Wir wären sie gerne allesamt los, aber Rom ist der erste Feind!", bestätigte ihn Arpar, und Tray ergänzte mit einem Nicken: „Der gemeinsame Feind! Unser aller Feind!"

„Das dürfte Rom neu sein", schaute Velent den Matthen selbstbewusst und zugleich fragend an. „Es zwingt Euch niemand, in Mattiacum zu leben."

„Rom ist der Feind!", wiederholte sich Tray. „Auch wenn wir lange Zeit versucht haben, mit den Römern auszukommen. Wir haben sie auf unserem heiligen Feld geduldet. Als unsere Gäste. Doch sie verhalten sich längst nicht mehr so, wie sich Gäste verhalten sollten!"

„Und was habe ich damit zu tun?", wand Velent ein.

„Muss ich Dich wirklich daran erinnern?", fragte Lember. „Rom hat Deinem Volk alles genommen! Und es war ein Römer, der Deine Mutter ermordet hat!"

An Velents sinkendem Blick erkannte der greise Druide, dass nun der richtigen Zeitpunkt gekommen war, ihm zu offenbaren, warum sie ihn zu diesem Treffen gebeten hatten. Er vergewisserte sich nur noch ein letztes Mal der zustimmenden Blicke seiner Mitstreiter und sprach dann erneut mit väterlicher, doch nun zugleich auch beinahe beschwörender Stimme: „Vielleicht würdest Du es in Erwägung ziehen, Rom als den Feind zu sehen, der er Dir und uns immer war, wenn wir Dich zu unserem gemeinsamen Heerkönig ausriefen."

„Ich? Euer König?", platzte es aus Velent heraus. „Ihr scherzt!" Fassungslos blickte er in die Runde.

„Die Sache ist uns leider viel zu ernst, um mit ihr zu scherzen!", entgegnete Arpar. Seine Stimme hatte einen Großteil seiner ohnehin nur bedingt vorhandenen Höflichkeit eingebüßt.

„Wir sind dazu bereit", ergänzte Lember deshalb rasch. „Ich kann Dich zum König der Ubier machen; und die Matthen und Chatten wären ebenfalls bereit, Dich an ihre Spitze zu rufen."

„Vielleicht zum Jul-Fest!", fügte nun wiederum Arpar an. „Dann bliebe genügend Zeit, ein Heer bis zum Beginn des Sommers aufzustellen und auszurüsten! Wobei uns Gambar großzügig unterstützen würde …" Er blickte den reichen Ubier fordernd an und erzwang sich sein Nicken.

Velent nahm es indes kaum wahr. Er war sprachlos; er wusste beim besten Willen nicht, was er sagen sollte.

Dafür ergriff nun Tray das Wort: „Du bist der Richtige, Velent!" Und Gambar ergänzte: „Deine Mutter war eine von uns!"

Lember nickte und pflichtete ihm bei: „Das war sie! Und was Deinen Vater angeht: Sollte es Loynus gewesen sein, war er ebenfalls ein König – wenngleich ein schwacher und verlogener."

„Oder", fiel ihm Tray ins Wort, da der greise Druide kurz die Lippen aufeinanderpresste, „Dein Vater war ein Fürstensohn, solltest Du doch nicht von Loynus, sondern von diesem seltsamen Schmied namens Degenar gezeugt worden sein. Es hätte etwas für sich, denn dann würden Dir vielleicht sogar die Sugambrer folgen!"

„Jene, die sich noch nicht haben vertreiben lassen", fügte Arpar hinzu – wobei seiner Stimme anzuhören war, dass er diesen Stamm nicht gerade schätzte.

„Die Sugambrer?“, wiegelte Velent ab und schüttelte einmal mehr den Kopf. „Sie hätten mich beinahe umgebracht, als ich zuletzt bei ihnen war!“

„Sie sind immer für Überraschungen gut!“, bekräftigte Tray. „Sie folgen seit Kurzem sogar einer Frau!“

„Was ein gutes Stichwort ist“, nahm Arpar diesen Gedanken gerne auf. „Es würde Deine Stellung selbstverständlich festigen, wenn wir Dir eine unserer edelsten Frauen an die Seite stellen würden! Ich wäre bereit, Dir meine Tochter anzubieten!“

Empört sprang Gambar auf und deutete auf den Chatten, der auf der anderen Seite des Feuers saß. „Darüber war das letzte Wort noch nicht gesprochen, wessen Tochter er sich zum Weib nehmen sollte!“, polterte er los. „Ich habe bereits zwei Söhne an Rom verloren. Mir steht es eher zu, einen neuen zu bekommen!“

„Hör nicht auf sie!“, versuchte nun Lember, da auch Arpar selbstbewusst aufgestanden war, zu vermitteln. Er breitete beschwichtigend die Arme aus. „Wir sind uns sicher, dass Dir alle auch ohne eine Heirat folgen würden! Denn Du hast bereits bewiesen, dass Du ein Heer führen kannst!“ Er nickte zunächst Velent aufmunternd zu, um die beiden Streithähne sodann mit einem ungleich strengeren Blick unmissverständlich aufzufordern, sich wieder hinzusetzen. „Ein Heer aus Kriegern zahlreicher Stämme. Auch wenn es nicht so groß war wie jenes, das Dich in unserem Fall sicherlich erwarten würde. Ein Heer ist letztlich ein Heer! Und Du hast das Deine geführt, ohne dass Dir einer der Deinen einen Eid geschworen hätte!“

Erst bei diesem Stichwort fiel Velent das Versprechen wieder ein, dass er Marcus gegeben hatte. „Ich kann Euer Heer nicht führen“, warf er ein. „Ich habe dem Hauptmann Mattiacums mein Versprechen gegeben, mich nicht gegen ihn zu erheben. Und – wie ich gehört habe – wurde ihm nun auch Naoun unterstellt.“

„Ich habe gleich gesagt, dass er nein sagen wird!“, warf Arpar ein und winkte verächtlich ab.

Tray indes versuchte, Velent zu überzeugen. „Nun, ich denke, dass es durchaus lauter ist, einen Betrüger zu betrügen. Und Rom hat sein Wort uns gegenüber immer wieder gebrochen!"

Gambar nickte. „Einem Lügner gegenüber ist keiner von uns verpflichtet! Rom ist dabei, uns auch noch das Letzte zu nehmen!", und auch Lember versuchte, Velent Mut zu machen: „Du kannst das Heer führen!"

Velent zögerte und seufzte. Er rang um eine Antwort.

Arpar sah es und schüttelte missmutig den Kopf. „Die Frage ist, ob er es will!", gab er zu bedenken. „Ob er ein wirklich großes Heer führen *will*! Ich sage: Nein!"

„Ein Heer führen?", wiederholte Velent. „Die Matthen und Ubier haben immer gut daran getan, unnötigen Kämpfen aus dem Weg zu gehen! Über die Chatten aus dem Nordosten weiß ich zu wenig, aber stehen nicht selbst Teile der Cherusker nördlich von Euch auf Roms Seite?"

„Segestes!", zischte Arpar verächtlich und spuckte zu Boden. „Segestes heißt der Verräter, der sie anführt. Er ist nichts wert!"

„Ihr wollt also allen Ernstes gegen Rom kämpfen?", fasste Velent nach einem weiteren Kopfschütteln zusammen und blickte vorwurfsvoll in die Runde.

„Gegen Rom!", bestätigte Arpar. „Und wenn sich die Sueben uns nicht beugen wollen, auch gegen sie!"

Velent konnte es nicht fassen. „Also auch gegen die Sueben!", wiederholte er. „Obwohl auch sie gegen Rom sind?!"

„Ich wiederhole mich: Er ist der Falsche!", rief Arpar, verschränkte die Arme und wandt den Blick kurz ab. Doch nur, um Velent danach umso schärfer zu mustern. „Wir verschwenden unsere Zeit mit ihm!"

Velent indes focht dies nicht an. „Die Chatten haben bewiesen, dass sie kämpfen können", entgegnete er ruhig. „Aber was macht Euch so sicher, die Matthen und Ubier könnten es noch?" Er schaute die Männer herausfordernd an, um für eine letzte Frage noch kurz ins Ubische zu wechseln: „Wie viele sind wir denn überhaupt noch? Außerhalb von Naoun, wo die wenigsten sich noch ihrer Herkunft erinnern?"

„Ein gute Frage“, erwiderte Lember und wandte sich an alle. „Viele sind gegangen. Zu viele! Doch nicht alle haben uns und ihre Heimat vergessen. Und letztlich reichen vielleicht ein paar wie Du und ich, die es in die Berge vertrieben hat.“

„Und die zum größten Teil noch nie gekämpft haben!“, fiel ihm Velent ins Wort.

Zu seiner Verwunderung nickte der alte Druide. „Du hast Recht, Velent!“ Er bückte sich und hob einen Stein vom Boden auf. „Die meisten von uns sind wie dieser Stein. Sie gleichen jenen in den Auen. Ihnen fehlt jede Spitze und Kante. Aber Du weißt, was passieren kann, wenn ein Stein aus den Bergen ins Rollen kommt! Er kann andere Steine mit sich reißen – gleich welcher Art! Er kann einen Schlag auslösen, der alles unter sich begräbt und jene vernichtet, die glaubten, sich seiner entledigen zu können, indem sie ihn beiseite schafften!“

Lembers Augen schienen zu funkeln. Er griff nach einem zweiten Stein, wog den ersten kurz in der Hand und schloss dann, indem er grimmig ergänzte: „Und hart genug, einem jeden Römer den Kopf einzuschlagen, sind diese Steine auch!“

Blitzartig donnerte er den Stein in seiner Rechten auf jenen in seiner Linken. Letztere zerbrach in seiner sich bereits öffnenden Hand, welche die Bruchstücke schließlich achtlos fallen ließ.

Tray und Gambar nickten zufrieden, und Arpar ballte gar die Faust und deutete einen kurzen, harten Schlag an; Velent indes ließ sich nicht beirren. „Was ist mit den Geiseln in Mattiacum?“, wand er ein.

„Sie wären meine geringste Sorge“, winkte Arpar ab. „Die meisten von ihnen sind nur Sueben!“

„Die sich vielleicht auf unsere Seite schlagen würden, wenn wir den Ort in unsere Hand bekämen“, ergänzte Tray, um sodann zu Gambar zu blicken. „Gewisse Zuwendungen aus Naoun könnten sie überzeugen.“

Jener seufzte und nickte, was Velent indes noch immer nicht überzeugte. „Ihr fordert Vielen Vieles ab!“, führte er seine Bedenken weiter aus. „Meine Männer hatten nichts und deshalb auch nichts zu verlieren. Den Chatten mag es ähnlich gehen. Was aber macht Euch so sicher, die Matthen und Ubier, für die Ihr zu sprechen glaubt, würden tatsächlich all das aufgeben, was sie unter Rom gewonnen haben?"

„Vergiss die Freiheit nicht!", mahnte Lember ihn nun, da Tray und Gambar einen Moment zu lange schwiegen. „Was auch immer jene im Einzelnen gewonnen haben mögen, die Freiheit haben sie allesamt verloren! Und das Streben nach Freiheit wird uns verbinden!"

„‚Uns'?", wiederholte Velent verbittert und übertönte das leise, zustimmende Gemurmel von Tray, Arpar und Gambar. „Wer ist denn ‚uns'?" Fragend blickte er in die Runde, die er bei Lember enden ließ. Hatte er sich – wie alle anderen – zuvor überwiegend des Matthischen bedient, sprach er den greisen Druiden nun erneut in ihrer gemeinsamen Muttersprache an. „Wen meinst Du mit ‚uns'? Glaubst Du ernsthaft, die Matthen und Chatten ließen sich ausgerechnet von einem Ubier wieder vereinen?" Dann wechselte er zurück ins Matthische. „Ich bin unter Matthen und Chatten aufgewachsen und habe alles getan, damit sie mich annehmen. Aber ich habe vergeblich darauf gewartet! Sie haben es nicht!"

„Heute würden sie es!", warf Tray ein, doch Velent ließ sich nicht beirren.

„Aber wisst Ihr", fuhr er fort, „wem es noch am ehesten gleich war, woher ich kam und wer ich bin? Den Römern, unter denen ich gelebt habe!"

„Jedes weitere Wort wäre zuviel!", schnaubte Arpar und stand auf.

Lember indes sprach unbeirrt weiter. „Und doch bist Du kein Römer!", wand er ein. „Und würdest es niemals sein, selbst wenn es irgendwann auf irgendeiner Tafel niedergeschrieben wäre. Oder irre ich mich?"

Velent konnte dem greisen Druiden nicht widersprechen.

„Was ist mit meinen Männern?", fragte er nach einem Moment, den er gebraucht hatte, um seine Gedanken zu ordnen. „Was ist mit ihnen? Unter ihnen sind auch Sueben und Hermunduren. Sogar Römer! Bei manchen weiß ich noch nicht einmal, woher sie kommen. Was ist mit ihnen? Wie stellt

Ihr Euch das eigentlich vor? Ich kann doch nicht heute für und morgen gegen sie sein!“

Nun schwiegen die vier Männer leicht verlegen, bis Tray erwiderte: „Denk an Marbod! Wie man hört, soll es ihm weitgehend gleich sein, wer ihm folgt! Angeblich nimmt er sich jedem an, der sich bewährt und bereit ist, ihm die Treue zu schwören.“

„Was kein gutes Ende nehmen muss!“, wand Arpar ein. „Man hat zu rasch ein vermeintlich befreundetes Messer im Rücken.“ Er blickte Tray prüfend, ja, beinahe herausfordernd an, doch der Priester ging lächelnd darüber hinweg.

Velent sah beides und es bestärkte ihn in seinem Gefühl, beiden Männern zu misstrauen.

Lember wiederum erahnte Velents Bedenken. „Der Drang nach Freiheit wird uns alle verbinden!“, versuchte der greise Druide erneut zu vermitteln. „Es ist an der Zeit, uns von Roms Joch zu befreien!“

„Mit oder ohne Dich!“, ergänzte Arpar.

Velent aber schüttelte erneut den Kopf. „Ich weiß nicht, wer von Euch schon einmal am Rhenus war“, warf er ein. „Aber wer einmal dort war, weiß eigentlich, wie überlegen uns Rom ist!“

„Er ist der Falsche!“, wiederholte sich Arpar und verschränkte die Arme vor der Brust. Sein Urteil über Velent war gefallen!

„Nein“, widersprach Gambar. Auch der reiche Salzhändler erhob sich nun wieder. „Wenn Ihr mich fragt, ist er genau der richtige Mann! Denn Hitzköpfe haben wir selbst genug! Ich kann mich da nicht einmal ausnehmen …“

Er nickte Lember zu, der sich wiederum kurz der Zustimmung Arpars und Trays versicherte. Er erhielt sie – wenngleich sich Arpar einen Moment länger Zeit damit ließ. Zielstrebig schritt der oberste Druide der Ubier auf einen größeren Felsbrocken zu und zog einen prachtvollen Schild hinter ihm hervor. Er war nicht übermäßig groß, dafür umso aufwendiger gearbeitet. Lember nahm ihn in beide Hände, kam zurück und reichte ihn Velent, der nicht anders konnte als ebenfalls aufzustehen.

„Nicht einmal Loynus habe ich diesen Schild gegeben“, führte Lember feierlich aus. „Aber Du sollst ihn führen. Führ uns an!“

„Führ uns zusammen!“, ergänzte Gambar, während Arpar meinte: „Und gegen Rom!“

„Und welches Weib Du Dir letztlich wählst“, schob Lember noch kurz und unwidersprochen nach, „sei Dir überlassen!“

Velent hatte aufgehört, den Kopf zu schütteln. Erst jetzt, da das Wort „Weib“ nun erneut gefallen war, fiel ihm Gaela wieder ein. Er hatte sie doch tatsächlich für einen Moment vergessen, nicht an sie gedacht! Wie hatte er sie nur vergessen können?, warf er sich vor: Wie konntest Du sie nur vergessen!

„Ich habe ein Weib!“, stellte er unmissverständlich klar.

„Sicher!“, beschwichtigte ihn Tray, während Lember den Schild seufzend und allmählich ungehalten auf Velents Sitzstein absetzte und wenig später auch ablegte. Sein Blick war eindeutig, wie auch die Blicke der anderen Männer keinen Zweifel mehr zuließen: Sie hatten alles gesagt und erwarteten nun eine Entscheidung.

Velent atmete durch. Für einen Moment blickte er zur Seite und versuchte, in sich hineinzuhorchen. Er hatte sich stets gut beraten gefühlt, bei wichtigen Entscheidungen seinem Gefühl zu vertrauen. Es ließ ihm keinen Zweifel. Er misstraute der Runde. Nicht Lember; und auch nicht unbedingt Arpar. Der Chatte hatte zweifelsfrei Vorbehalte gegen ihn, aber seine Haltung schien ihm noch zumindest aufrecht zu sein. Er hatte zumindest angedeutet, was er sich von Gambar erhoffte: Ein Heer aufzustellen kostete Geld, und Gambar hatte es. Warum Arpar indes bereit zu sein schien, Tray zu vertrauen, blieb ihm ein Rätsel. Genauso wie die Beweggründe des Priesters, auf einmal die Seiten zu wechseln. Bei Gambar fiel ihm dies leichter, war ihm doch zu Ohren gekommen, dass Rom seine Verluste, die es durch den Krieg zu verkraften hatte, auch dadurch wettzumachen versuchte, indem es etliche Ubier aus Naoun in Misskredit brachte, anklagte, enteignete oder verdrängte. Das mochte aus Sicht des ubischen Händlers das Fass zum Überlaufen gebracht haben. Doch was Tray dazu bewegen sollte, seine sichere Stellung in Mattiacum aufzugeben, lag für Velent im Dunkeln.

Er vermied es indes, ihn darauf anzusprechen, hegte er doch den Verdacht, dass Tray sich diesbezüglich auch seinen Mitstreitern noch nicht offenbart hatte.

„Ich weiß nicht, wie es Euch Chatten flussaufwärts ergangen ist", meinte er stattdessen und sprach zunächst Arpar an. Dann wandte er sich zu Gambar. „Und sicher ging es Euch in Naoun schon besser. Aber ich bleibe dabei: Ich kann mir kaum vorstellen, dass die Mehrheit der Ubier aus Naoun und die der Matthen aus Mattiacum tatsächlich bereit sein sollte, das, was sie sich aufgebaut haben oder was ihnen geblieben ist, wieder aufzugeben, um ein solches Wagnis einzugehen."

„Du hast ganz Recht", bestätigte ihn Gambar – indes in beinahe abfälligem Tonfall. „Uns Ubiern in Naoun ging es schon besser! Rom hat alles an sich gerissen! Weißt Du, was meiner Sippe geblieben ist? So gut wie nichts! Das Salz dürfen wir ihnen noch sieden. Das war es. Doch selbst den Preis dafür diktiert Rom! Es ist eine Schande!"

„In Mattiacum mag es noch anders sein", warf Tray ein, „doch Matthen und Chatten entstammen einem Volk. Noch kann es uns gelingen, die Gräben zwischen unseren Sippen zuzuschütten. Es ist nicht zuletzt unser Glaube, der uns erneut zusammenführen kann. Vergiss die Gräber nicht, Velent!"

Arpar nickte. „Die Römer haben unsere Heiligen lange genug entehrt!"

„Und die Götter Deines Volkes auch, Velent!", stimmte ihm Lember zu. „Wir müssen die Menschen wachrütteln! Ihnen die Augen öffnen! Sie klammern sich blind an das, was sie haben. Wir müssen es ihnen nehmen! Und dürfen ihnen keine Wahl mehr lassen! Dann werden sie den rechten Weg wiederfinden!"

„Was soll das heißen?", hakte Velent verwundert nach. „Was willst Du ihnen nehmen?"

„Zunächst einmal Mattiacum", entgegnete Lember.

Velent schaute Arpar prüfend an. „Würdest Du Mattiacum angreifen? Das hieße, Waffen auf dem heiligen Feld zu führen …“

„Es gibt andere Wege“, entgegnete Arpar und blickte zu Tray.

„Tray ist bereit, den Markt niederzubrennen“, erläuterte Lember. „Bevor er ihn mit den Seinen verlässt!“

Nun wurde Velent zumindest klar, warum Arpar auf Tray setzte. Er blickte den Matthen an und erzwang sich nun doch ein offenes Wort.

„Unser Kampf müsste nicht ewig dauern. Ein paar gezielte, weitere Schläge könnten den Ausschlag dafür geben, dass sich Rom hinter die großen Flüsse zurückzieht.“

Was Rom demnach bereits abwägt, schloss Velent. Tray hatte also Angst, ihm könnten die Felle davonschwimmen. Deshalb verhandelte er mit Arpar! Um letztlich nicht alleine dazustehen.

„Womit Du nun mehr weißt als Du wissen solltest!“, ergänzte Arpar und riss Velent damit aus seinen Gedanken. Die Worte des Chatten hatten nun alles Wohlwollende verloren. Sie klangen beinahe drohend.

Velent überlegte erneut einen Moment. Nun, um die richtigen Worte für das zu finden, was er zu sagen gedachte.

„Ich kann Euch verstehen“, begann er in ruhigem Ton. „Vielleicht ist es sogar richtig, was Ihr Euch wünscht, und ich danke Euch für das Vertrauen, dass Ihr mir entgegengebracht habt. Es ehrt mich sehr. Aber ich bin nicht der Richtige für das, was Euch da vorschwebt.“

„Das ist Dein letztes Wort?“, hakte Tray nach. Nicht anders als Arpars Stimme zuvor, klang nun auch die seine überaus kühl, um nicht zu sagen: feindselig. Er schien keinen Zweifel zu haben, was Velent antworten würde.

Gambar indes wagte einen letzten Vorstoß. „Lasst ihm Zeit, seine Entscheidung zu finden!“, bat er die beiden.

„Gambar hat Recht“, stimmte ihm Lember zu. „Wir haben ihn überrascht!“

Velent warf dem greisen Druiden einen dankbaren Blick zu. Dass Arpar unterdessen ein Messer zog, blieb ihm deshalb verborgen.

Lember indes sah es noch rechtzeitig. „Leg das Messer hin!“, forderte er den Chatten unmissverständlich auf. „Sofort! Dies ist ein heiliger Ort und niemand trägt hier eine Waffe! Niemand, hörst Du! Gib es mir!“

Widerwillig händigte Arpar sein Messer aus.

„Und Dir, Tray“, warnte Lember nun den Matthen, „rate ich das Gleiche, solltest auch Du ein Messer bei Dir tragen!“

Tray mied Lembers Blick, doch er hatte offensichtlich verstanden.

„Wir hätten uns doch für Ulfur entscheiden sollen!“, legte Arpar unterdessen nach. „Er ist weit weniger zögerlich!“

„Kein Ubier wäre ihm gefolgt!“, widersprach Gambar.

„Nicht schon wieder!“, erstickte Lember den aufkommenden Streit im Keim. Dann wandte er sich erneut Velent zu. „Überlege es Dir! Wäge sorgfältig ab“, sprach er ihn an. „Wäge ab, mit welcher Entscheidung Du mehr Menschen helfen kannst! Denn ich bin mir sicher, dass es Dir letztlich nur darum geht. Du suchst nicht nach Deinem eigenen Vorteil. Gerade deshalb bist Du unser Mann!“ Er griff erneut nach dem Schild und reichte ihn Velent. „Und wenn er nicht als Zeichen dafür dienen sollte, dass Du uns führst“, sprach er ihn an, „soll er Dir doch zumindest unsere Anerkennung versichern. Im Besonderen die Deines Volkes!“

*

Velent nahm den Schild, doch sollte es letztlich bereuen.
Gaela fand ihn im Winter und sollte sich schließlich nicht scheuen,
Ihn im Lager zu zeigen. Offen vor jedem und allen.
Velent wollte der Jubel der Seinen gar nicht gefallen.

Gaela rügte er. Sie aber sollte ihm Widerwort geben:
„Dieser Schild ermöglicht es Dir, nach allem zu streben,
Was Dir gut und wichtig ist! Lass Dich zum Heerkönig küren,
Um die Menschen hier in eine bessere Zukunft zu führen!“

Velent lehnte es ab. Doch die Mär, er führe den Bunde,
Machte im weiten Umland unwidersprochen die Runde.
Lember, der Druide, und Arpar, der Chatte, taten das Ihre,
Nun die Gunst der Stunde zu nutzen. Dass er sich ziere,
Könne und würde einzig an seiner Bescheidenheit liegen.
Wenn sein Heer ihn erst riefe, würde er kommen und siegen!

Beide verfolgten die Absicht, ihn in die Enge zu treiben.
Wie auch all jene, die sich entschieden, bei ihm zu bleiben.
Um ihn – und sie waren sich sicher, es würde gelingen –,
Samt seines Anhangs auf ihre, die rechte Seite zu zwingen.

Gleichzeitig drängten sie Gambar – was er auch tat –, ihnen endlich
Geld für den Kampf zu geben. Doch war es überaus schändlich,
Was darauf folgte: Kaum hatte Arpar das Geld in den Händen,
Sollte der Fürst den Bund mit Gambar heimlich beenden.
Ohne dass die äußeren Umstände ihn dazu zwangen.
Letztlich war ihm dann doch das Vertrauen verloren gegangen.

So wie auch Tray – um auch ihn, den Priester, noch kurz zu erwähnen.
Er nämlich zählte – wie viele der Matthen – seit jeher zu jenen,
Welche sich zierten und scheuten, zu früh in Erscheinung zu treten.
Fromm wie ein Lämmchen zog er hinaus zu den Gräbern zum Beten.

Statt wie geplant auf Gambars Flucht aus Naoun zu warten,
Schwärzten ihn beide an und sollten ihn damit verraten.

Hals über Kopf hatte jener nunmehr aus Naoun zu fliehen,
Um mit den Seinen – wo sollten sie sonst hin? – zum Taunus zu ziehen.

Sicher war dies kein geeigneter Ort, um sich zu verstecken,
Doch Artaun vermochte gewisse Hoffnung zu wecken.
War dieser Ort ihrem Stamm doch ein Sinnbild vergangener Größe.
Außerdem gaben die Wälle der Feste sich kaum eine Blöße.
Weitere Ubier stießen dazu. Im Großen und Ganzen
Sollten sich dort etwa zweihundertfünfzig Männer verschanzen.

Hoffend und glaubend, Arpars Heer würde zu ihnen stoßen,
So, wie auch Velents Gefolge. Er konnte sich ihrer großen
Sache, dem hären Kampf für die Freiheit, nicht länger verweigern!
Doch ihre Zuversicht hörte rasch auf, sich noch weiter zu steigern.
Niemand kam. Anfangs zumindest. Dann indes unsere Truppen.
Damit sollte Artaun sich wieder als Falle entpuppen.

Denn – und dies sollte die Hoffnung der Ubier nachhaltig dämpfen:
Nicht mal ein Drittel von ihnen verstand sich tatsächlich aufs Kämpfen.
Mehrheitlich hatten die Händler, Sieder, Knechte und Bauern
Nicht einmal Waffen. Letztlich waren sie fast zu bedauern.

Niemand hinderte Marcus daran, den Berg zu umstellen.
Niemand daran, über sie ein hartes Urteil zu fällen.

*

Nebel scheint so leicht und flüchtig; aus der Entfernung glaubt man, ihn einfach zur Seite wischen oder wegwedeln zu können. Doch er ist hinterhältig. Man kommt ihm nicht bei und nicht nahe. Er hält Abstand. Selbst wenn man mitten in ihm steht, ist er doch nie zu greifen. Und vor allem bietet er keinerlei Halt. Manchmal aber brauchen wir Halt.

Damals in Rom begann ich, mich an neuen Briefen festzuhalten, die Marcus mir sandte. Sie erreichten mich nun häufiger als zuvor. Und in jedem einzelnen hoffte ich auf ein Lebenszeichen von Dir. Aber Marcus erwähnte Dich mit keinem Wort. Stattdessen schrieb er mir, wie schwer das Leben für ihn geworden sei. Und schließlich auch, dass er sich gezwungen sähe, einen Aufstand der Ubier aus Naoun niederzuschlagen.

**

Marcus war bislang noch jedem Kampf aus dem Wege gegangen.
Nun indes, da die gegebenen Umstände ihn dazu zwangen,
Durfte er nicht mehr zögern! Er hatte sich zu beweisen!
Nicht zuletzt, um mit Wind im Rücken zum Moenus zu reisen.

Dorthin war er befohlen. Das konnte nichts Gutes bedeuten.
Dass es im Stab des Statthalters längst schon viele bereuten,
Märkte und Höfe zu stützen, die keine Erträge erbrachten –
Oder zumindest seit langem geringre als viele einst dachten –,
War ihm bewusst. Tiberius hatte den Krieg zu beenden.
Sieg oder Rückzug! Rom war es leid, sein Geld zu verschwenden.

Noch etwas trieb indes Marcus dazu, nun endlich zu handeln.
Auch für Luna war er bereit, sich zum Feldherrn zu wandeln.
Hatte er anfangs geschwärmt, so glaubte er längst, sie zu lieben.
Und er hatte ihr dies zuletzt auch recht offen geschrieben.

Er würde dies auch für mich tun, schrieb er. Und warb einmal mehr um mich. Er hatte es schon in einigen Briefen zuvor getan, mit immer deutlicheren Worten.

Sie verstörten mich. Anfangs zumindest. Doch sie rührten mich auch. Und da ich mit ihm zu fühlen vermochte, lehnte ich sein Werben vielleicht nicht strikt genug ab. Stattdessen ließ ich mich, da ich, so sehr ich mich auch danach sehnte, nichts von Dir oder über Dich hörte, ein zweites Mal darauf ein, meine Einsamkeit mit ihm zu teilen. Und, ja, ich hatte ihm einmal geschrieben, dass mich allein der Wille meines Onkels in Rom hielt.

Luna war ihrem Mann mehr ein Beiwerk, mit dem er sich schmückte.
Ihm war es viel eher recht, wenn ein Knabe sich vor ihm bückte.
Ja, je mehr sie als Frau zur vollen Reife erblühte,
Desto seltener wurde es, dass er sich um sie bemühte.

Doch ich wusste nicht, dass Marcus ihm gegenüber so tat, als sei er der Grund dafür. Und ich hätte es nicht für möglich gehalten, dass er der Versuchung erliegen könnte, sich auf Kosten anderer zu bereichern, um meinen Onkel in der einzigen Sprache, die er verstand, zu überzeugen, mich ihm zu überlassen.

Deshalb entschied sich Marcus, niemand am Taunus zu schonen.
Denn ein Angriff gegen die Ubier versprach, sich zu lohnen.
Schließlich waren viele der Händler vermögende Leute.
Kurz: Er hoffte am Taunus auf reiche und lohnende Beute.

Und dennoch gebe ich mir einen Teil der Schuld für das, was Deinen Landsleuten am Taunus widerfahren sollte!
Hatte Marcus Artaun zunächst nur umstellt und belagert, so stürmte er die Feste, wie ich hörte, nur wenige Tage, nachdem ihn mein Brief erreichte, in

dem ich ihm schließlich doch unmissverständlich zu verstehen gab, dass Du allein es warst, an dem mein Herz hing.
Auch Dein Todesurteil hätte ich damit um ein Haar gefällt!

Lunas gerade gelesenen Brief in zitternden Händen,
Ward Marcus klar: Es war nun an ihm, sein Schicksal zu wenden.

Venus und Amor ziehen scheinbar gern Parallelen.
Hießen sie Marcus doch auch, zwischen Freundschaft und Liebe zu wählen.
Doch während Velent – zugegeben wesentlich später –
Loszog, den Freund zu erretten, ward Marcus an ihm zum Verräter.

Luna verband sie, doch Treue zum Freund unterschied diese beiden.
Marcus sah es nicht ein, wegen Velent noch länger zu leiden!
Um sich indes nicht selbst die Hände schmutzig zu machen,
Schickte er Gaius, den Hauptmann Naouns, zum Berge des Drachen.

„Leider“, ließ er ihn wissen, „sei es zwingend vonnöten,
Nun einmal Härte zu zeigen und alle Verräter zu töten.“

**

Bild VI

5 Jahre vor Lunas Brief an Velent – am Drachenstein, nordwestlich von Mattiacum

„Sie kommen! Sie haben den oberen Weg gewählt! Keine zwei Stunden mehr und sie sind hier!"

Rutger deutete mit einer seiner Krücken ins Tal hinab. Im Südosten, entlang des Weges von der Furt durch die Dylle hinauf auf den Drachenstein, gab es ein paar Lichtungen im dichten, grünen Wald. Über eine schob sich der Lindwurm der Legionäre – aus der Entfernung lautlos und schimmernd.

„Wie eine Schlange!", meinte Guntar, der gleich neben Rutger stand.

Velent nickte. „Der Drache kehrt heim", entgegnete er leise.

Den Weg, den er genommen hatte, ließen dunkle Rauchwolken erahnen. Jeden Hof zwischen Mattiacum und dem Drachenstein, der auch nur im Verdacht stand, chattisch zu sein oder den Aufständischen Unterkunft oder Verpflegung gewährt zu haben, hatte sein feuriger Atem versengt. Er gab sich so wenig Mühe, sein Kommen zu verheimlichen, dass es der warnenden Signalfeuer auf den umliegenden Höhen gar nicht bedurft hätte. Trotzdem mochte Velent kaum glauben, was er sah.

„Vielleicht sollte ich ihnen entgegenreiten", meinte Velent. „Wir haben uns nicht gegen Rom erhoben!" Doch sehr entschlossen klang er nicht.

Das dumpfe Geräusch eines galoppierenden Pferdes ließ die drei Wartenden auf den Waldrand jenseits der kleinen Lichtung, auf der sie standen, blicken. Ein Reiter schoss auf sie zu.

„Baldur!", rief Guntar erfreut. Er deutete unbeholfen auf den Chatten, der nun bereits über die halbe Wiese zu ihnen geprescht war.

„Es sind ganz sicher mehrere Hundert!", bestätigte er bald darauf Velents schlimmste Vermutungen und ergänzte, noch immer außer Atem: „Sie marschieren in Viererreihen! In vollen Waffen!"

„Ja, das haben wir auch gerade gesehen“, erwiderte Velent und ergänzte in banger Erwartung: „Hast Du ihren Anführer erkennen können?“ Doch Baldurs Antwort, „Nein! Er trug eine Maske!“, vermochte nicht, ihm seine Anspannung zu nehmen. War es Marcus, der sie angriff? Er konnte es nicht sein! Er hatte ihm gleich mehrere Botschaften zukommen lassen, sich nicht an die Spitze der Chatten und Ubier gesetzt zu haben. Aber wer außer ihm sollte es sein?

Rutger indes ließ ihm nicht viel Zeit zum Grübeln. „Was sollen wir tun?“, fragte der Suebe, gleichwohl es offensichtlich war, was sie zu tun hatten. Ihr Lager war keine Festung, der Drachenstein nicht zu halten. Im Kampf Mann gegen Mann hatten sie nicht die geringste Chance. Der Einbeinige schaute sich um. Im Schatten des dunklen Felsens, keine 50 Schritte entfernt, warteten die Ihren. Die meisten hatten ihre Habseligkeiten längst zusammengerafft, viele deuteten mit bangen Gesten ins Tal. Auch Gaela erkannte er dort und war für einen Moment versucht, kurz die Hand zu heben; doch sah er davon ab. Vielleicht auch, weil sie selbst sich soeben auf den Weg zu ihnen gemacht hatte. Schließlich gefolgt von all den anderen, die nicht mehr länger zu warten vermochten, was Velent mit Blick ins Tal hinab entschied.

„Sie sind zu Fuß! Bis auf ein paar wenige Offiziere! Ich habe keine Reiterei gesehen! Wir haben Pferde!“, wies Baldur trotzig auf ihren einzigen Trumpf hin. „Wenn die Römer aus dem Wald kommen, bevor sie sich formiert haben, könnten wir sie –“

„Nein!“, unterbrach ihn Velent. „Wir werden sie nicht angreifen! Zumindest ich stehe zu meinem Wort! Und vielleicht ziehen sie ja doch noch an uns vorbei …“

„Du weißt, dass sie es nicht tun werden“, entgegnete Rutger. „Ihr Weg führt sie direkt den Berg hinauf.“

Velent widersprach ihm nicht.

Kurz darauf hatte Gaela die kleine Gruppe bereits erreicht.

„Velent! Folg dem Ruf unseres Volkes!“, versuchte sie noch einmal, ihn zu beschwören. „Und dem der Chatten! Setz Dich an ihre Spitze! Lass uns nach

Artaun ziehen! Wenn die Römer hier sind, können sie nicht gleichzeitig dort sein!“

Aber Velent schüttelte kurz und entschieden den Kopf. „Nein!“

„Wohin dann?“, drang Gaela auf ihn ein. Ihre Hände hatten längst seine Arme ergriffen. „Wohin willst Du fliehen? Und wie lange, Velent? Wie lange? Was soll aus uns werden? – Zieh nach Artaun!“

Aber Velent ließ sich nicht beirren. „Wenn wir uns beeilen“, entgegnete er in ruhigem, aber entschlossenem Ton, „bleibt uns noch Zeit, einem Kampf aus dem Weg zu gehen.“

Er ließ seinen Blick kurz über die Gesichter all derer wandern, die ihm am nächsten standen. Dann schaute er auf jene, die nun – ihre Bündel auf den Rücken und unter den Armen – nach und nach zu ihnen stießen. Doch Hoffnung las er in keinem Gesicht. Nur Guntar trug sein nimmermüdes, doch zugleich kaum ernst zu nehmendes Lächeln. Velent seufzte. Dann hob er Kopf und Stimme und rief: „Wir müssen uns verbergen! Zu unserer aller Sicherheit! In den Wald! Nach Westen! Rasch!“

„Sie werden uns folgen!“, warf Rutger ein.

Velent nickte, doch zugleich widersprach er: „Ja, das werden sie, aber nur, wenn wir zusammenbleiben. Wenn wir uns aufteilen, können sie es nicht! Denn sie werden auf jeden Fall zusammenbleiben! Da bin ich mir sicher!“ Seine nächsten Worte richtete er erneut an alle: „Wenn wir die Senke erreicht haben, teilen wir uns auf! Baldur spricht mit Euch auf dem Weg dorthin ab, wer wohin geht. Unser Ziel muss es sein, möglichst viele Höfe und Dörfer im Norden und Westen zu warnen! Wenn es irgendwie geht noch vor der Nacht! Vielleicht wissen noch nicht alle um die Gefahr, in der sie schweben, oder schätzen sie falsch ein! – Beeilt Euch!“

Nur wenige murrten; doch selbst sie schienen beinahe erleichtert, dass das Warten ein Ende hatte und eine Entscheidung gefallen war – gleichwohl diese bedeutete, dass sie den Drachenstein aufzugeben und sich in eine ungewisse Zukunft aufzumachen hatten. Doch damit schienen die meisten ohnehin gerechnet zu haben.

Sie eilten nach Westen. Ein jeder so schnell er es konnte, doch niemand für sich. Wer Hilfe brauchte, erhielt sie. Auch Gaela. Denn da Velent sah, dass sie Tränen in den Augen hatte, ahnte er, dass sie nicht nur den Sorgen geschuldet waren, die alle umtrieben, sondern womöglich auch dem Umstand, dass er sich in seiner Sorge um das Wohl all der anderen zu wenig um sie gekümmert hatte. Er ging auf sie zu und legte seinen Arm um sie.

Dankbar vergrub sie sich in seiner Seite. „Was wird aus uns?", schluchzte sie.

Velent seufzte und war fast dankbar, dass sie nach ein paar Schritten des gemeinsamen Schweigens eine weitere Frage stellte: „Wo sollen wir hin? Wir können doch nicht ewig fliehen!"

„Gaela hat Recht", meinte Rutger. Der einbeinige Suebe hatte anfangs kurz mit Baldur gesprochen, sich dann aber einmal mehr an Velents Seite gehalten. Doch in dieser schwierigen Lage vielleicht auch Gaelas Nähe gesucht. „Alle zu warnen ist richtig, aber was ist danach? Wo sammeln wir uns wieder?"

„An den Buschsteinen!", entgegnete Velent und holte tief Luft. Sie hatten die Senke erreicht. Als Letzte. Weil Velent hatte sichergehen wollen, dass niemand schutzlos zurückblieb. Er schaute in wartende Gesichter.

„Es sind alle hier!", gab Baldur Meldung. „Und jeder weiß, was er zu tun hat. Aber alle fragen sich, was danach ist."

„Wir treffen uns an den Buschsteinen!", rief Velent, sodass ihn alle hören konnten. „In spätestens zwei Tagen!"

„An den Buschsteinen?" – Velent schaute in überraschte Gesichter.

„Ja, an den Buschsteinen!", wiederholte er. „Man wird uns dort nicht vermuten."

„Weil der Wald dort voller Bären und Wölfe ist!", „Und voller Geister!", wanden bange Stimmen ein, während Baldur Velent an etwas Anderes erinnerte: „Dort ist es verboten, Waffen zu tragen!"

„Da hast Du Recht, Baldur“, stimmte er dem Chatten zu. „Deshalb legen wir sie ab. Wir vergraben sie! Am Rande des Hains! Das könnte unser bester Schutz sein! Wehrlose werden sie auf keinen Fall angreifen!“

Gaela hatte sich längst schon aus Velents Arm gelöst. Nun schaute sie ihn fassungslos an. „Die Waffen ablegen?“, fragte sie ungläubig. „Velent! Das ist Wahnsinn!“

„Nein“, widersprach er ihr. „Es ist vermutlich unsere einzige Möglichkeit, am Leben zu bleiben!“

„Und wenn sie uns doch angreifen?“, wand Baldur ein.

Velent zögerte. „Ich weiß nicht“, entgegnete er leise. „Wenn Ihr glaubt, dass es besser ist, wenn wir uns nicht wieder sammeln, dann sagt es.“

Das Schweigen und die zu Boden gerichteten Blicke der Menschen um ihn herum waren eine eindeutige Antwort. Auch Baldur las sie. „Wir teilen uns auf!“, rief er den Anderen zu und wiederholte zugleich Velents Entscheidung. „Wir warnen die Höfe und Weiler im Norden und Westen! Und treffen uns in zwei Tagen wieder! An den Buschsteinen! Jeder von Euch weiß, wo der Hain beginnt und wird eine geeignete Stelle finden, um Schwerter, Äxte und Messer zu verbergen! Aber prägt sie Euch gut ein, sollten wir sie doch wieder brauchen!“

„Was ist mit den Frauen und Kindern?“, sprach Rutger Velent an und deutete auf diejenigen, auf die er schon so oft ein Auge geworfen hatte, wenn es die „schwarzen Reiter“ vom Drachenstein hinab in die Täler gezogen hatte. „Ich habe kurz mit Baldur darüber gesprochen und ihm vorgeschlagen, dass ich sie direkt zu den Buschsteinen führe.“

Velent nickte. „Ja, tu das! Wähle Dir zwei Dutzend Männer und dann führe die Frauen und Kinder nach Süden! In den Rücken des Feindes. Quert hinter ihm die Dylle und dann versucht, in weitem Bogen den Hain zu erreichen! Und nun rasch!“

*

Velents Gefolge gelang es zu fliehen. So wie vereinbart. In mehreren Gruppen. Alles ging rasch, sodass Gaius Asinus nur ein verlassenes Lager vorfand. Was brennbar war, hatte sich in sein Schicksal zu fügen. Drohend und mahnend thronte schon bald ein tiefgrauer Turm am Himmel.

Viele im Umland hatten ihr Hab und Gut schon längst zusammengerafft, als Velents Männer sie schließlich erreichten. In ihrer Ahnung bestätigt, eilten die meisten der Menschen schließlich bis tief in die Wälder. Nahezu jeder wusste um stille Orte, die niemand kannte.

Velent selbst war zum Steinring geritten. Um das Dorf der Chatten zu warnen. Sah er es doch durch Swidger gefährdet. Swidger war zwar im Norden. Velent ahnte indes, dass etliche längst schon wie Swidger dachten. Und jene blieben auch hart. Die Flucht sei nur eines: feige.

Zwölf griffen an. Im Schutze der Nacht. Und scheiterten kläglich. Wem es misslang zu fliehen, starb oder wurde gefangen. Gaius kannte mit ihnen keinerlei Gnade. Vor aller Augen ließ er die Männer noch in der Nacht und mitten im Lager allesamt grausam richten.

Vorher zwang er sie, ihm zu verraten, welche Ziele die Flüchtenden hatten. Velents Weg beschloss er zu folgen. Dies war die Rettung des Dorfs am Steinring. Lag es doch abseits dieses Weges und wurde deshalb verschont. Doch nicht so der große, heilige Hain der Druiden.

Lember selbst entfachte das Feuer. Ganze Wälle vertrockneter Hecken hatte der Druide im Laufe der Jahre rund um die heiligen Steine aufgeschichtet. Sie brannten alles versengend, denn Lember kannte die Winde in seinem Wald und wusste die Brunst zu lenken.

Annähernd Hundert unserer Männer ließen ihr Leben. Sanken im dichten, beißenden Qualm danieder. Erstickten. Hilflos. Andere wurden Opfer der gierigen Flammen. Fingen Feuer. Im Regen prasselnder Äste. Irrten umher. Als lebende, grelle Fackeln.

Velent aber verschonten die Flammen. Lember wies ihm und seinem Gefolge treu den Weg. Doch er selbst kam zu Tode. Oder suchte der Druide ihn womöglich? Er machte jedenfalls kehrt, um vermisste Kinder zu bergen. Was ihm auch glückte. Jene entkamen. Er nicht.

„Ihr seid die jungen Triebe der Birke!“, habe der Druide sterbend geflüstert. Keines der Kinder verstand dieses Gleichnis. „Sprießet! Und schießet! Und wachset! Treibet aus! Aus dem scheinbar toten Stock! Überdauert! Birken sind zäh! So haltet denn durch! Ich selbst aber muss nun gehen!“

Velent glaubte bei diesen Worten fast, den Druiden vor sich zu sehen. Aber ihm blieb nicht viel Zeit, um zu trauern. Da er alle gerettet wusste, preschte er los. Er barg sein Schwert, um nun doch zum Taunus zu eilen. Er sei am fallen. Dort aber war auch Gaela!

Statt zum heiligen Hain ihres Volks war sie nach Artaun, zu Gambar, geflohen. Hoffend, nun würde Velent schon folgen. Rutger war bei ihr geblieben, sie, die er liebte, zu schützen. Velent ahnte den Grund und fand sie auch beide. Nebeneinander. Endlich vereint im Tode.

Wie sie die Feste erreicht hatten, konnte letztlich niemand mehr sagen. Doch Velent glaubte zu Recht, es sei ganz gewiss des Nachts gelungen. Da keine Wache zurückgeschaut hatte, sondern all ihre Blicke einzig zur steilen Spitze des alten Berges gerichtet waren.

Sie war nun ein Sinnbild des Grauens. Überall lagen Leichen. Die einen durchbohrt von Bolzen – so, wie auch Gaela. Andre – wie Rutger – von scharfen Klingen gleich mehrfach gezeichnet. Wenige lebten. Doch jene rühmten den Sueben. Weil er gut zwanzig Römer erschlagen hätte.

Auf nur einem Bein sei der Krüppel talwärts geflogen. Zwei Schwerter als Krücken. Sei in die Meute der Feinde gesprungen. Wie ein gewaltiger Wirbel. Alles um sich zerfetzend. Selbst im Taumeln und Straucheln habe der Suebe weiter gekämpft, um letztendlich doch zu fallen.

Jeder hatte geglaubt, er sei tot. Er war es auch – so schworen gar viele. Dass er nun nicht mehr am Fuße Artauns lag, sondern gleich neben Gaela, sei das Werk eines Gottes. Velent aber erahnte still und bewundernd Sehnsucht und Schmerz des treuen, nun toten Freundes.

Ihn indes packte nun siedender Zorn. Wie niemals zuvor und auch niemals mehr später. Rache! Er wollte Rache! Nur Rache! Allen, die ihm zu Pferd vom Hain hatten nachfolgen können, dreißig berittenen Männern, hieß er – sein Eisen reckend und lauthals krakeelend –, ihm zu folgen.

Südlich! Hinab ins Tal der Logana! Auch, um nur etwas zu tun und zu handeln. Denn auch Velent fühlte sich schuldig. Tatenlos hatte er zugeschaut. Hatte zu lange gezögert, Gaela und Rutger zu folgen. Nun waren beide nicht mehr am Leben. Tot, so wie all die andren!

Fraglos indes trug Marcus noch mehr Schuld! Gambar hätte bald aufgeben müssen! Bar jeden Nachschubs und zwingend belagert. Schandhaft war es, die Feste nun noch genommen zu haben! Deshalb war es an ihm, den treulosen Marcus für seine feige, ruchlose Tat zu richten!

Dies ward sein Antrieb. Ihn büßen zu lassen, wehrlose Frauen, Kinder und Greise grundlos niedergemetzelt zu haben! Wie er ihn hasste! Für alles, was er ihm und auch andren jemals angetan hatte! Sein Fehler war es – was ihn beschämte –, dies nicht erkannt zu haben!

Umso eiliger trieb es ihn vorwärts! Grimmig und Marcus aufs Schärfste verfluchend. Gambars Worte oft auf den Lippen: „Lügnern ist niemand verpflichtet!“ Marcus Verhalten entband ihn jeden gegebenen Wortes! Jeden Versprechens! Jeden Schwurs. Sein heiliger Eid war nichtig!

Auf einem Acker, kurz vor Mattiacum, stießen Velents fliegende Reiter erstmals auf einige unserer Söldner. Doch die eilig Verschanzten waren lediglich die beim Sturm auf den Taunus Verletzten. Fast schon zu Hause, kamen die meisten auf diesem Feld zu Tode.

Zwei, den Ersten und später den Letzten, tötete Velent, rasend vor Wut. Den Ersten im Anflug auf jenen Tross, den Zweiten aber, da jener – wie auch die andren – schon längst die Waffen gestreckt hatte, wehrlos war wie ein Lamm und Gnade erbat und still auf dem Boden kniete.

Nur, weil er Marcus’ Weg nicht verriet, fand jener sein Ende. Die anderen kuschten. Marcus führe die Truppe nach Naoun. Denn der Ort sei bedroht und Ziel eines plötzlichen Angriffs. Und von der Schutzmacht des Ortes kaum einer übrig. Also rief Velent: „Weiter! Und auf nach Naoun!“

Jeder plagte sein Pferd und trieb es vorwärts! Vorwärts! Weiter nach Süden! Auf nach Naoun! Um Marcus zu stellen! Velent allen voran. Doch er wurde auch zum Geplagten! Was ist nur in Dich gefahren?, schalt sein Gewissen. Was? Es war schändlich, jenen zu töten! Schändlich!

Velent versuchte, dem Bild zu entkommen. Doch es misslang. So schnell er auch ritt. Der Mann sank wieder und wieder zu Boden. Anfangs nur blutend, doch schließlich sah er ihn in seinem Sinken an. Und was Velent verfolgte, was ihn am Ende trieb, waren einzig klagende, starre Augen.

Erst der Salzort vertrieb diesen Albtraum. Doch durch kaum weniger hässliche Bilder. Naoun brannte. Ein Tor war gefallen. Vor ihm tobte der

Kampf. Ein Haufen wilder Germanen, sicherlich mehrere Dutzend brüllende Krieger, rang mit den letzten Resten an wackren Wachen.

Jene wären ganz sicher gefallen. Wie auch der qualmende, wankende Salzort. Dann indes waren Hörner zu hören. Velent schaute nach links und sah, dass Marcus' Soldaten, die er bis dato, mit Blick nach vorn auf das Schlachtfeld, nicht gleich gesehen hatte, nach vorne stürmten.

Sicher auch wegen der zahlreichen Hütten vor der hohen Umwehrung des Ortes waren sie Velent verborgen geblieben. Mit ihnen waren die Würfel plötzlich aufs Neue geworfen. Marcus griff die Germanen an, die gerade noch ihrem Sieg so nahe gewesen waren.

Aber auch Velent zögerte nicht und jagte nun mit den Seinen aufs Schlachtfeld. Und erst jetzt erkannte er endlich, wem er zu Hilfe kam. Seya führte ihre Sugambrer! Aber neben und mit ihr, Seite an Seite, kämpfte ein Rotschopf. Neben ihr kämpfte Swidger!

Swidger war jenseits der Berge gewesen. Hatte Seya daran erinnert, dass sie im Wort stand, mit ihm zu kämpfen, nun, da sie allen Sugambrern jenes Landstriches vorstand. Grimmig hatte die neue Hauptfrau genickt und Neunzig geheißen, sich für den Kampf zu rüsten.

Dies sei der größte Teil ihrer Krieger. Alle übrigen würden gebraucht, ihr Dorf und die Weiler des Umlands zu schützen. Swidger war sprachlos gewesen! Annähernd einhundert Krieger hatte er niemals erwartet! Einhundert waren fast schon ein Heer und mehr als er jemals hatte!

Selbst die Gräber der heiligen Frauen könnten sie möglicherweise befreien, hatte Swidger zunächst noch gehofft. Weil Seya doch nie – so wie er – den Eid hatte ablegen müssen, mit dem Schandfleck Mattiacum jenen noch immer schmerzenden Dorn im Fleisch seines Stamms zu schonen.

Erst auf dem Marsch hatte Swidger erfahren, dass zumindest ein Teil seines Anhangs tot war. Ein Dutzend Männer vom Steinring hatte der Drache gerissen! Dies war der Grund, sich noch weiter südwärts gen Naoun gewandt zu haben: die feige Bluttat mit seinem eigenen Schwert zu sühnen.

Dies hatte Swidger getan und vor Naoun äußerst blutige Rache genommen. Nun indes schien für einen Moment sein eigenes Ende gekommen. Denn er sah sich und die Seinen arg bedrängt und umzingelt. Etliche starben, wurden erschlagen. Dann aber sah er Velent!

Swidger traute kaum seinen Augen! Velent! Velent! Er war es tatsächlich! Wie ein Sturmwind stoben des Ubiers Reiter tief in die Reihen jener, die sie bedrängten. Dies waren unsere Männer. Marcus' Soldaten. Jegliche Ordnung fehlte und viele fielen.

Andren gelang im Gewimmel der Durchbruch. Hin zu den tapfer sich wehrenden Wachen. Um sich mit ihnen neu zu formieren. Plötzlich stand Marcus alleine. Er war verwundet und wehrlos. Velent stellte den Hauptmann. Aber der Mut, den einstigen Freund zur Strecke zu bringen, fehlte.

Da Marcus kniete, wie Stunden zuvor der arme Tropf vor Mattiacum, vermochte Velent es nicht. Anstatt ihn zu töten, nahm er Marcus gefangen. Still und Tadel erwartend. Tadel von Swidger und Seya. Doch Velent irrte. Da sie es sahen, sollten sie beide jubeln!

Ihren Angriff brachen sie ab. Zu hoch war längst schon der blutige Zoll. Und Rache hatten sie reichlich genommen. Außerdem hatten sie Marcus! Sein Tod würde so schwer wie zwanzig weitere wiegen! Ihn zu erschlagen sei nicht genug! Sie wollten ihn leiden sehen!

An den Gräbern der heiligen Frauen würden sie Marcus gemeinsam die Kehle durchschneiden. Langsam, ganz langsam und quälend. Um den geschundenen Körper, Caesars blutiges Morden sühnend, den Göttern zu opfern. Sie schon jetzt preisend, planten sie beide, ihn in den Fluss zu werfen.

Feiernd zog das siegreiche Heer der Sugambrer und Chatten
Nordwärts. Doch einer bereute, was sie uns angetan hatten.

*

Du hast Marcus' Angriff überlebt und Rache genommen. Warst in Deinem Zorn ein andrer, wie Du mir sagtest. Sicher war es nicht richtig, was Du getan hast, Andere, Unschuldige für etwas büßen zu lassen, wofür sie nichts konnten. Aber Menschen machen Fehler, Velent. Und in Dir wuchs zumindest der Wunsch, diesem einen nicht noch weitere folgen zu lassen.

**

Bild VII

5 Jahre vor Lunas Brief an Velent – zwischen Naoun und Mattiacum

„Du und ich, Velent! Bis in den Tod!“

Swidgers Zunge war schwer. Doch noch war der Geist des Chatten nicht bereit, sich der Wirkung des Bieres zu beugen, dem jener seit ihrem Aufbruch in Naoun bereits reichlich zugesprochen hatte. Wenn sie auch davon abgesehen hatten, den Versuch zu unternehmen, den brennenden Ort zu erobern und zu plündern, so hatten sie doch in den Hütten vor seiner Umwehrung etwas Beute gemacht und auf Karren geladen. Und wenn es nur hier und da ein Fass Bier war, das sie nun unterwegs leerten.

Swidger setzte seinen Trinkschlauch erneut an den Hals und gönnte sich einen weiteren kräftigen Schluck. „Bis in den Tod!“

Velent nickte stumm und versuchte, den tiefen Seufzer zu verbergen, der sich seiner zu bemächtigen versuchte.

Er selbst hatte so gut wie nichts getrunken, gleichwohl auch ihm danach war. Er wusste, was es Swidger bedeutete, dass sie endlich Seite an Seite gekämpft hatten – jener hatte es ihm mittlerweile oft genug gesagt. Doch da er selbst aus dem Rausch erwacht war, in den er sich in den vergangenen, langen Stunden zwischen Artaun und Naoun hineingesteigert hatte, war es ihm mehr als nur schwer gefallen, die Begeisterung des Freundes zu teilen. Indes auch Swidger schien ihm mittlerweile ein wenig verändert. Er musterte den Chatten.

Fast missmutig hängte jener den Beutel zurück an seinen Sattel. Auch er ritt nun eines der Pferde aus Velents Gefolge, dessen Reiter vor Naoun gefallen war. Das breite Tier trottete brav im Tross der siegreichen Krieger, an dessen Spitze sich – auf einem erbeuteten Pferd aus dem Vorlande Naouns – Seya gesetzt hatte.

„Nun müsst Ihr es richten!“, fuhr Swidger fort und deutete mit einer Kopfbewegung auf die stolze Sugambrerin.

„Richten?“, fragte Velent. „Seya und ich? Was sollen wir richten?“

„Es ist an Euch beiden“, erklärte sich Swidger, „die Reihen zu füllen und Mattiacum anzugreifen! Ich sage es Dir, wie es ist: Ich war überrascht, als ich davon gehört habe, dass man Dich zu unserem Heerführer machen wollte! Vielleicht habe ich sogar gehofft, dass man mich fragen würde. Aber ich hatte die alte Fehde vergessen, wegen der mein Vater einst an den Steinring gezogen war. Und letztlich muss ich sagen: Man hat eine gute Wahl getroffen! Auch mit Blick auf Mattiacum. Denn mir sind ja leider die Hände gebunden! Ach, ich verfluche den Tag, da ich mein Wort gab, diesen Schandfleck zu schonen! Ich verfluche ihn!“

Velent stoben die Gedanken nur so durch den Kopf. Musste er Swidger nicht sagen, dass er die Heerführerschaft stets abgelehnt hatte und auch jetzt nicht bereit war, sie anzunehmen? Sollte er, ja, musste er ihm nicht endlich sagen, was damals in Mattiacum geschehen war, am Tag, als Bernulf ums Leben gekommen war? Dass ihn die Menge in Marcus' Schwert geschoben hatte? Und sollte er Swidger nicht sagen, dass auch er selbst im Wort stand, Mattiacum zu schonen? Dass er es aber noch vor Stunden dennoch getan hätte, wenn er nur Marcus dort gewusst hätte? Dass ihm aber mittlerweile klar geworden war, dass er zu viele Menschen dort kannte, die sich nichts hatten zu Schulden kommen lassen? Dass sein Zorn fast gänzlich verflogen war? Ja, dass er sich schämte, gekämpft und getötet zu haben? Er konnte es nicht.

Stattdessen wich er aus und meinte: „Und Seya darf es? Sie darf Mattiacum angreifen, was heißt, das heilige Feld mit Waffen zu betreten? Verbietet der Brauch es nicht allen Stämmen, dort Waffen zu führen?“

„Rom missachtet unsere Sitten seit Jahren!“, brauste Swidger erwartungsgemäß auf. „Und schändet die Gräber damit!“ Er holte kurz Luft und wurde dann leiser. „Außerdem kann man Mattiacum auch aus der Ferne in Schutt und Asche legen! Naoun hat es erlebt! Und nun bist Du sogar bei uns! Dich bremst kein Brauch!“

Seya war es, die Velent aus der Verlegenheit half, etwas antworten zu müssen. Sie hatte ihr Pferd gewendet und ritt, entgegen der Marschrichtung des Trosses, zu ihnen.

„Ich habe Dich verkannt, Velent!", sprach sie ihn an. „Was für eine weise Entscheidung, Dich damals in meinem Dorf am Leben zu lassen! Ich danke den Göttern dafür! Und Dir, Swidger, danke ich dafür, dass Du Dich für ihn verbürgt hast!" Ihre Zunge war schwer, nicht weniger schwer als Swidgers. Und nicht weniger schwer als ihre Lider. Umso aufrechter versuchte die strohblonde Hauptfrau der südlichen Sugambrer sich indes auf ihrem Pferd zu halten. In der Rechten hielt sie ein Horn, das sie nun zunächst kurz in die Höhe reckte, um es sodann zu leeren – Velent konnte nur ahnen, zum wievielten Male!

Er nickte nur kurz und war geradezu froh, als sie sich nach einem stieren Blick in ihr Trinkgefäß entschloss, weiter zum Ende des Trosses zu reiten, an dem der Karren mit den erbeuteten Bierfässern rollte.

„Ich werde Dir ein Horn mitbringen!", fügte sie noch an, da sie ihr Pferd bereits in einen leichten Trab befohlen hatte. „Du trinkst zu wenig! – Im Gegensatz zu Swidger!"

„Pah!", entgegnete der Angesprochene und griff – ohne sich groß nach Seya umzudrehen – trotzig nach seinem Bierschlauch. Er gönnte sich einen weiteren kräftigen Schluck.

Velent blickte Seya hinterher. Bald hatte sie besagten Karren erreicht. Er schleifte eine Bahre hinter sich her. Auf sie hatte man Marcus gebunden. Wäre es bei den Verletzungen geblieben, die er vor Naoun davongetragen hatte, hätte er vielleicht laufen können – so, wie es einige der Germanen auch taten –, jene indes hatten es sich nicht nehmen lassen, den Hauptmann – gleichsam als Vorgeschmack auf das, was ihn vor Mattiacum erwarten würde – schon einmal leiden zu lassen. Sie hatten ihn übel zusammengeschlagen.

Und auch Seya ließ es sich nicht nehmen, an der Bahre vorbeizureiten, um zumindest auf Marcus zu spucken. Velent nahm es kopfschüttelnd zur Kenntnis.

*

Wenig später sollte der Tross Mattiacum erreichen.
Um eben dort eine uralte Rechnung mit uns zu begleichen.
Zahlreiche Posten wurden entsandt, den Ort zu umstellen.
Außerdem Scheite errichtet, sein Vorfeld auch nachts zu erhellen.
Niemand sollte und durfte hier seinem Schicksal entgehen!
Und was am anderen Ufer geschah, sollte auch jeder sehen.

Unweit der Furt durch den Fluss ward ein großes Lager errichtet.
Brandpfeile wurden gefertigt und aufeinander geschichtet.
Mit dem Beschuss Mattiacums indes beschloss man zu warten.
Erst sollte Marcus sterben und dann der Brandangriff starten.

Selbst die Hinrichtung wurde indes noch zweimal verschoben.
So viele strömten herbei, die heiligen Frauen zu loben –
Wie auch die siegreichen Kämpfer von Naoun – und uns zu verdammen.
Hunderte kamen im Lauf eines einzigen Tages zusammen.

Jeder, der nah genug war, versuchte es möglich zu machen,
Es mit eigenen Augen zu sehen: Das Ende des Drachen.
Einige wollten nur gaffen; andere hofften auf Beute.
Velent sah es mit Sorgen, weil er dies alles bereute.
Selbst den Umstand, dass man ihn pries und dass man ihn lobte.
Niemand wusste, wie sehr es in seinem Inneren tobte!

Jeder glaubte, er würde nun nach dem Königsamt streben.
Deshalb hatten die Seinen ihm auch seinen Schild übergeben.
Von den Buschsteinen war sein Gefolge nach Süden gekommen.
Viele hatten längst Kenntnis vom Kampf um Naoun genommen.

So auch Ulfur. Er hatte die Hoffnung in sich getragen,
Man würde ihm, ob seiner Erfolge, das Recht übertragen,
Kurzfristig oder auch länger, den Stamm der Chatten zu führen.
Er war der Ansicht, dies würde nur einem Chatten gebühren.

Arpar aber hatte sich anfangs anders entschieden.
Dann jedoch – nach Velents Zögern – den äußerst perfiden
Plan verwirklicht, sich zwar das Geld der Ubier zu schnappen,
Doch – wie Du weißt – den geschlossenen Bund mit ihnen zu kappen.

Zeitgleich war Ulfur auf Beute gegangen, besonders auf Waffen,
Um seine Schlagkraft nochmals zu stärken und Fakten zu schaffen.
Dadurch hatte er sich seinem Ziel schon recht nahe gesehen,
König zu werden. Doch nun schien der Wind sich aufs Neue zu drehen.

Velent hatte vor Naoun gekämpft und dort Traute bewiesen.
Und weit mehr noch würde der Ubier dafür gepriesen,
Wenn es ihm als Nächstes gelänge, Mattiacum zu schleifen.
Dies würde jeder, auch Arpar, als Tat eines Helden begreifen.

Deshalb war er zur Logana gekommen, um mit den Seinen
Velent zuvorzukommen. Dann würde es niemand verneinen,
Dass nicht Velent, sondern er der Richtige wäre.
Er würde Heerführer sein! Nur ihm gebührte die Ehre!

Dieses Verständnis, man habe ihn zum König zu küren,
Ließ er Velent schon mit seiner Ankunft am Flussufer spüren.
Dass er gewillt war, den Angriff so früh wie nur möglich zu starten,
Blieb indes sein Geheimnis. Doch spielte es ihm in die Karten,
Dass der Ubier sich zierte, selbst nach dem Amte zu greifen.
Seine Entscheidung schien Zeit zu benötigen, weiter zu reifen.

Doch Ulfur irrte. Eigentlich hatte sich Velent entschieden.
Und gerade deshalb die Seinen – wenn möglich – gemieden.
Es wäre falsch, ja, vielleicht sogar Unrecht, wenn ich es tue,
Sagte er sich und kam drum auch nächtens kaum mehr zur Ruhe.

*

Und deshalb war es richtig, was Du getan hast, Velent. Wir wären wohl niemals zusammengekommen, wenn Du dem erneuten Ruf der Feinde Roms gefolgt wärst, Dich zu ihrem Heerkönig zu machen.

**

Bild VIII

5 Jahre vor Lunas Brief an Velent – unweit der Gräber der Valkyrjen

Velent flüsterte nur: „Ich weiß nicht, ob Du mich hörst. Ich weiß noch nicht einmal, ob es Dich gibt. Doch meine Mutter glaubte an Dich und drum übergebe ich Dir und Deinem Wasser den Schild, den ich nie hätte annehmen dürfen. Hüte ihn gut, Logana! Hüte ihn gut!"

Es war dunkle Nacht. Nur die halbe Sichel des fahlen Mondes spiegelte sich im ruhigen Wasser des seichten Flusses. Zum Teil nur milchig, wandten sich doch etliche träge Nebelschleier über ihm. Müde wie das riesige, doch nicht gänzlich stille Lager in seinem Rücken.

Velent stand knietief im kalten Wasser, ein gutes Stück vom Ufer entfernt. In seinen Händen hielt er den Schild der Ubier. Nun bückte er sich und tauchte ihn ins Wasser, um ihn sodann – jedes unnötige Geräusch vermeidend – im grobsandigen Grund des Flusses zu verscharren.

Da er das runde Blech schließlich nicht mehr tiefer ins dichte Geröll zu schieben vermochte, erhob er sich wieder und watete langsam zurück ans Ufer. Er folgte dabei – wie bereits auf dem Weg in den Fluss hinein – ein klein wenig der Strömung, um nur möglichst wenig Geräusche zu erzeugen, sodass er nun etwas weiter westlich an Land ging.

Vorsichtig blickte er sich hier um und atmete schließlich erleichtert auf. Trotz der zahlreichen Feuerstellen im Lager hatte anscheinend niemand sein Tun bemerkt. Das stimmte. Er selbst indes sollte bald entdeckt werden. Bereits nach wenigen Schritten stellte ihn eine Stimme.

„Wer ist da?", rief sie schneidend und fordernd.

Velent fuhr kurz zusammen. Stocksteif stand er da und sah einen Mann zwei, drei Schritte auf sich zukommen. In der einen Hand trug er eine Fackel, in der anderen ein Schwert. Velent überlegte, davonzulaufen. Doch er entschied sich dagegen. Die Wache hätte ganz sicher Alarm ausgelöst.

„Ich, … Velent!“, gab er deshalb zur Antwort und bemühte sich darum, möglichst selbstbewusst zu klingen.

„Velent?“, entgegnete die Wache. Der Mann blieb stehen und ließ sein Schwert sinken. „Was streunst Du hier herum, mitten in der Nacht? Traust Du uns Sugambrern nicht zu, Deinen Gefangenen gut zu bewachen?“

Eine zweite Stimme entband Velent einer Antwort. Es war Marcus’ Stimme. „Velent?“, stöhnte sie mehr, als dass sie rief – offenbar hatte man Marcus weiter geschlagen. „Bist Du es wirklich?“

Velent blickte in Richtung der Stimme. Im Schein eines winzigen Feuers erkannte er Marcus. Er saß an einen Pfahl gefesselt am Boden. Seine Augen waren geschwollen; Nase und Mund blutverschmiert. Schon hatte die Wache ihn wieder erreicht.

„Schweig!“, fuhr der Sugambrer den Gefangenen an. „Sonst stopfe ich Dir Dein Maul!“ Mit dem Knauf seines Schwertes verpasste er Marcus einen ordentlichen Schlag. Schmerzverzerrt schrie der Getroffene auf.

„Was soll das?“, wies Velent den Sugambrer zurecht und lief sogleich zu ihm. „Lass es!“

„Keine Angst!“, erwiderte die Wache. „Bis morgen hält er schon durch! Und dann ist es ohnehin gleich! Er sollte um jeden Schritt dankbar sein, den man ihn vorab seinem Ende näher bringt!“

„Velent!“, richtete nun erneut Marcus das Wort an ihn. Seine Stimme klang nahezu flehend. „Dich schicken die Götter! Geh nicht weiter! Bleib! Bitte!“

Velent seufzte kurz. Bereits mit sich hadernd, näher gekommen zu sein, entgegnete er: „Warum sollte ich?“

Fieberhaft überlegte Marcus, wie es ihm gelingen konnte, Velent zu halten, versprach ihm dessen Gegenwart doch zumindest, nicht noch weiter geschlagen zu werden. „Weil, … weil“, stammelte er zunächst noch, dann indes fiel ihm etwas ein. „Weil ich noch etwas für Dich habe!“

„*Was* hast Du für mich?“, entgegnete Velent ungehalten. Er schien die Gefahr bereits zu spüren, in die er sich brachte, wenn er sich auf ein Gespräch mit Marcus einließ.

„Vielleicht möchtest Du wissen, wie es um Luna steht", erwiderte jener leise.

Wohl kein anderer Satz hätte bei Velent eine größere Wirkung erzielt. „Lass uns kurz alleine!", hieß er die Wache mit knappen Worten. „Hol Dir etwas zu essen und zu trinken!"

Unschlüssig wandt sich der Mann, hatte ihn doch Seya persönlich auf seinen Posten befohlen. „Ich ..."

Deshalb erinnerte Velent ihn mit deutlichen Worten: „Er ist *mein* Gefangener!"

„Also gut", stimmte der Sugambrer schließlich brummend zu und trollte sich in Richtung des nächsten größeren Feuers. „Aber lass Dich nicht von ihm austricksen!"

Wortlos schaute Velent dem Mann hinterher. Dann war es Marcus, der die Stille brach. „Velent! Ich bin froh, dass wir uns noch einmal sehen", setzte er an – und erneut war zu hören, wie angeschlagen er war. „Ich hatte gehofft, Du hättest schon früher den Weg zu mir gefunden. Vor Naoun hast Du kein Wort mit mir gesprochen! Und doch danke ich Dir dafür, dass Du mich verschont hast!"

„Du wirst trotzdem sterben", hielt Velent kurz angebunden dagegen. „Morgen. Und Du hast es sogar verdient!"

„Ich?", gab sich Marcus erstaunt. „Wer hat denn unsere Abmachung gebrochen und sich zum Heerführer ausrufen lassen?"

„Es geschah gegen meinen Willen", zischte Velent, „und ich habe die Wahl nie angenommen!"

„Pah!", entgegnete Marcus. „Ich habe sie Dir zujubeln sehen. Gestern!"

„Ich habe sie nicht dazu ermutigt!", erwiderte Velent.

Marcus rang sich ein gequältes Lachen ab. „Und was ist mit Naoun?"

„Naoun hat mich angegriffen!", entgegnete Velent aufgebracht. „Mein Lager! Auf dem Drachenstein! Und an den Buschsteinen erneut! Und Du hast Artaun gestürmt!"

„Was hat Artaun mit Dir zu tun?“, wand Marcus nüchtern ein. Umgekehrt schöpfte etwas tief in ihm ein wenig Hoffnung, dass seine Worte Velent aufzuwühlen vermochten. „Was?“

„Mehr als Du denkst!“, versuchte Velent auszuweichen und ging mit seinen Worten zugleich doch weiter auf Marcus zu.

„Warst Du also doch mit den Verrätern im Bunde?“, folgerte jener und forderte damit Velent nächste Antwort heraus.

„Das war ich nicht!“, entgegnete er entschieden. „Aber ich kannte einige derer, die Du dort grundlos niedergemacht hast! Sie traf keinerlei Schuld!“

Marcus senkte die Stimme. „Dann weißt Du ja jetzt, wie das ist!“, gestand er schuldbewusst ein und klagte Velent zugleich geschickt an. „Ich habe ihnen aber zumindest ein Angebot unterbreitet, sich zu ergeben. Kannst Du das von Dir auch behaupten? Wie viele habt Ihr, wie viele hast *Du* vor Naoun erschlagen?“

Damit hatte Marcus erneut einen wunden Punkt getroffen. Was ihm auch nicht verborgen blieb. „Und nun willst Du mich sterben sehen …“, fuhr er fort.

Velent zögerte kurz. „Gründe genug gäbe es wohl“, erwiderte er schließlich leise.

„Ich habe Dir mehr als nur einmal geholfen!“, wand Marcus ein.

„Und mich mehr als nur einmal verraten!“, fiel ihm Velent umgehend ins Wort. „Dort drüben begann es!“ Er deutete in Richtung des eingekesselten Mattiacums. „Keinen Finger hast Du gerührt, mich zu befreien, als man mich dort zu Beginn des Krieges festgehalten hat!“

„Ich habe zu spät davon erfahren!“, entgegnete Marcus und versuchte, Velents Anschuldigung zu entkräften. „Ich war am Rhenus!“

Es schien ihm zumindest ein wenig gelungen zu sein, denn Velent schwieg für einen Moment. Dann aber besann er sich der Worte, die ihn in dieses Gespräch hineingezogen hatten. „Wie geht es Luna?“, fragte er mit leiser, fast brüchiger Stimme. „Wo ist sie? Was weißt Du von ihr?“

„Sie hat mir oft geschrieben“, gab Marcus zur Antwort und musste dabei nicht einmal lügen. „Aus Rom. Ich trage einen Brief von ihr bei mir. In meinem Gürtel. Nun weiß ich, warum die Götter entschieden haben, dass die Sugambrer ihn mir ließen!“

Velent zögerte erneut. Lunas Namen auszusprechen hatte bereits genügt, um ihn völlig aus dem Gleichgewicht zu bringen. Er hatte sie drei Jahre lang nicht mehr gesehen und sie dennoch nie vergessen können – selbst in jener Zeit an Gaelas Seite nicht. Hilflos hing Velents Seele zwischen beiden Frauen. Noch immer schien ihm der Gedanke fremd, dass Gaela tot war. Er fühlte sich falsch an. Und gleichwohl es ihm schäbig und Gaela unwürdig vorkam, konnte sich Velent dennoch nicht dagegen wehren, dass er sich zumindest seiner tiefen Sehnsucht nach Luna wieder zu erinnern begann.

„Du kannst den Brief lesen, wenn Du es möchtest!“, warf Marcus seinen Köder aus, kannte er doch den Inhalt jenes Schreibens nur zu gut. „Lunas Urteil solltest Du vertrauen! Sie hält mich für einen ehrlichen, aufrechten Menschen!“

Velent vermochte zunächst kaum, sich zu bewegen. Dann gelang es ihm aber doch noch. Er ging auf Marcus zu und löste dessen Gürtel.

Marcus hatte nicht gelogen. In der Innentasche des Gürtels fand er Lunas Brief.

Was er in ihm zu lesen hatte, erfüllte ihn mit einer solchen Traurigkeit, dass er blind dafür wurde, zu erkennen, wie viel von Lunas Liebe ihm gegenüber zwischen den Zeilen dieses Briefes zu finden gewesen wäre, er indes vermochte nur ihre Worte zu lesen.

Mit ihnen bedankte sie sich herzlich für Marcus’ Briefe, nannte ihn einen der liebenswertesten und aufrichtigsten Menschen, denen sie je begegnet sei und gab ihrer Hoffnung Ausdruck, ihn vielleicht einmal irgendwann wiedersehen zu können. Abschließend ging sie sogar kurz auf einen Antrag ein, den er ihr gemacht hatte. Sie lehnte ihn mit kurzen, tröstenden Worten ab, indem sie tugendhaft darauf verwies, eine verheiratete Frau zu sein, dankte ihm aber zugleich und ließ ihn wissen, wie sehr sie sein beständiges

Werben ehre und schmeichle; ja, sie mochte noch nicht einmal ausschließen, dass sie vielleicht eines Tages, unter anderen Umständen und wenn es die Götter denn so für sie vorherbestimmt hätten, zu ihm ‚ja' sagen könnte. Velent, so schrieb sie, wolle sie, auch wenn es ihr schwerfalle, versuchen zu vergessen.

Wenn jemand damals einen Fehler gemacht hat, dann war ich das. Verzeih mir, Velent, aber in jener Zeit fehlte mir wohl die nötige Zuversicht, Du könntest noch leben. Meine Hoffnung zog sich zurück, wohl weil sie fürchtete, sterben zu müssen, wenn sie denn standhaft bliebe.

Die Leere in Velent war so groß, dass sie ihn sogar ein paar möglicherweise erlösender Tränen beraubte.

„Ich weiß, was Du für Luna empfindest", brach Marcus schließlich die Stille. Er sprach mit behutsamer, nein, vielmehr beschwörender Stimme, wie ein Mann, der ein Tier mit bloßen Händen zu fangen gedenkt. „Und wenn Deine Liebe für sie wahre Größe besitzt, dann solltest Du bereit sein, das zu tun, was *sie* glücklich machen würde. Glaubst Du, nachdem, was Du gerade gelesen hast, es würde Luna glücklich stimmen, wenn sie von meinem Tod erführe? Glaubst Du das? Und wenn sie am Ende sogar erfahren würde, dass Du nichts unternommen hast, ihn zu verhindern?

Hast Du nicht schon zu viele Menschen auf dem Gewissen, Velent? Ich erkenne Dich ja kaum wieder! Wo ist der Mann, für den Gerechtigkeit und Barmherzigkeit das Wichtigste waren, und wo der Mann, der Luna liebte und alles für sie getan hätte, wenn es nur zu ihrem Besten war?"

*

Sag etwas!, mahnte sich Velent. Doch wollte es ihm nicht gelingen.
Kurz und heftig rang er mit sich und verlor dieses Ringen.

Überall Schnarchen und Schnaufen. Das Lager schien vollends zu dösen.
So entschied er sich schließlich, Marcus die Fesseln zu lösen.
Schweigend und ohne noch einmal den Blick des Praefekten zu suchen,
Ließ er ihn laufen. Und wusste: Man würde ihn dafür verfluchen!

Mehr noch: Seya hätte Velent am liebsten erschlagen,
Da sie von seinem Frevel erfuhr. „Wie kannst Du es wagen!“,
Fuhr sie ihn an, und selbst Swidger sollte sofort mit ihm brechen.
Grimmig stimmte er zu, sich nun an Velent zu rächen!

Er, der Verräter, ward nun an Armen und Beinen gebunden.
Einige schlugen und traten ihn auch und mit etlichen Wunden
Lag er danieder, um stumm auf sein baldiges Ende zu warten.
Nickend den wenigen dankend, die Gnade für ihn erbaten.

Keiner indes vermochte sein Todesurteil zu mildern.
Bis schließlich Lykke eintraf. Aufgewühlt ließ sie sich schildern,
Was man Velent vorwarf, was er getan haben sollte.
Abstreiten sollte er nichts. Indes, weil Lykke nicht wollte,
Dass man ihn richtete, gab sie nicht auf, einen Ausweg zu finden.

Und sie fand ihn. „Es war nicht rechtens, Velent zu schinden!“,
Ließ sie Swidger und Seya schließlich selbstbewusst wissen.
Swidger war sprachlos. Sein Weib ließ jeden Anstand vermissen!
Kurz davor, ihr ihr Recht auf ein weiteres Wort zu verwehren,
Zischte Seya, das müsse sie bitte näher erklären!

„Ja“, entgegnete Lykke, „falsch war es – gar keine Frage –,
Was er getan hat! Und doch ist es richtig, wenn ich Euch sage,
Dass er das Recht dazu hatte, Marcus gehen zu lassen!
Strafen dürft Ihr ihn nicht! Doch steht es Euch frei, ihn zu hassen!

Velent hat Marcus in offener Schlacht gefangen genommen –
So habe ich es zumindest aus Euren Mündern vernommen.
Wenn dies so war, dann konnte er mit dem Gefangenen machen,
Was er wollte! Er zählte zu seinem Besitz! Seinen Sachen!
Er war gleichsam sein Sklave! Und hätte er ihn erschlagen,
Hätte er es ebenso tun dürfen – ohne zu fragen!
Dies war sein Recht! Und hier, wo wir der Valkyrjen gedenken,
Ist den alten Rechten besondre Beachtung zu schenken!“

Seya schrie und tobte. Swidger nicht minder. Er kochte!
Weil er erkannte, dass er nichts einzuwenden vermochte!
„Jeden einzelnen Tag mit Dir will ich hiermit verfluchen!“,
Fauchte er grimmig. „Und rate Dir eins nur: Das Weite zu suchen!“

Lykke zitterte. Tränen rannen ihr über die Wangen.
Aber, so tief verletzend Swidgers Worte auch klangen,
Blieb sie doch standhaft stehen. Und dies, obgleich sie nicht wusste,
Welche Folgen dies haben würde. Sie tat, was sie musste.

Wenn er betrunken war, hatte Swidger sie oft schon geschlagen –
Ohne Grund. Mit der Faust. Ins Gesicht. Die Seite. Den Magen –,
Nun aber – nicht im Hagel von Schlägen, sondern von Blicken,
War der Schmerz kaum geringer. Sie glaubte, an ihm zu ersticken!

Wenn man so will, dann sollte sich Lykkes Mut dennoch lohnen.
Denn – wenngleich zeternd und drohend – man sollte Velent verschonen.
Keiner der Seinen wagte es aber, mit ihm zu gehen.
Fort schien sein Heil; fast niemand schien es mehr in ihm zu sehen.

Also ritt er allein los. Zunächst zu jenen, die starben.
Gaela und Rutger vor allem. Sie lagen gemeinsam begraben.
Velent selbst hatte dazu am Taunus die Order gegeben.
Traurig weilte er an ihrem Grab. Was hielt ihn im Leben?

Nichts! Ihm schien alles verloren! Ohne Antrieb zu gehen,
Blieb er dort liegen, um nachts indes seine Mutter zu sehen.

Leeren Blickes sah er sie an, um sie schließlich – inmitten
All der Gräber um ihn herum – fast flehend zu bitten,
Ihm den Weg zu ihr und den anderen Toten zu zeigen.
„Mutter, hilf mir, hinab ins Reich der Schatten zu steigen!“
Leise raunend – „Das, was Du brauchst, sollst Du finden!“,
Stand sie auf einmal in einem Bach, um mit ihm zu verschwinden.

Dieser Traum sollte Velent Kopfzerbrechen bereiten,
Aber dann brach er auf, um in Richtung des Steinrings zu reiten.

Nördlich des Rings war ein Bach. Sein Lauf sollte urplötzlich enden.
Östlich der Schwinde fiel das Gelände in felsigen Wänden
Senkrecht ab. Diese Schlucht zu betreten war nicht verboten,
Trotzdem mied ein jeder sie tunlichst. Aus Angst vor den Toten.

Sie – war Velent sich sicher – schien seine Mutter zu meinen.
Hierhin ritt er und hier sollte sie ihm wieder erscheinen.
Aus dem hier neu entspringenden Bachlauf sah er sie steigen.
Feinem Nebel gleich stieg sie auf, um bachaufwärts zu zeigen.

Velent versuchte vergeblich, Adlan dorthin zu lenken.
Deshalb besann er sich schließlich, ihm die Freiheit zu schenken.
„Recht hast Du! Lauf, alter Freund! Warum solltest Du mit mir sterben?“
Aber Adlan lief nicht davon. Als wolle das Tier um ihn werben,
Tänzelte es auf der Stelle, hob und senkte das Haupte,
Wieherte dunkel, prustete wild. Es scharrte und schnaubte.

Velent nickte. „Dir mag der Tod bedrohlich erscheinen!
Mir aber nicht!“, sprach er leise und beinahe musste er weinen.

Dann ging er los und sah den Bach bald der Felswand entspringen.
Totenstille. Nicht einmal Vögel hörte er singen.
Nur das tosende Rauschen des Baches schien ihn zu rufen.
Adlan war ihm gefolgt und scharrte erneut mit den Hufen.

Velent zögerte. Irgendetwas schien Adlan zu wittern.
Doch es war schon zu spät. Denn alles begann nun zu zittern.
Selbst die Felswand! Einzelne Brocken sollten sich lösen!
Regneten polternd herab, unter donnerndem Grollen und Tösen.

Adlan ging durch – selbst das treueste Pferd hätte dies nicht ertragen.
Velent aber blieb stehen. Und wurde doch nicht erschlagen.
Jene grausame, steinerne Felswand ließ ihn am Leben.
Seufzend sank er zu Boden. Nun war sein Körper am beben.

Falls Du Dich fragst, warum sein Todesgott Velent verschonte:
Nun, weil Logana ihn mit weit reicherer Ernte belohnte!

Dort hatten unsere Feinde entschieden, nicht noch länger auf Rache
zu warten. Zügig hatten sie damit begonnen, unseren Ort zu beschießen.
Hatten die Bögen gespannt und zahlreiche Pfeile geschossen.
Doch die Entfernung war groß. Es brannte am Ende kaum ein Gebäude
jenseits von Wall und Mauer.

Deshalb war Ulfur vorwärts gestürmt. Aufs heilige Feld vor den Toren
Mattiacums. Um den Zielen näher zu kommen. Alle Sitten missachtend.
Aber nahezu zeitgleich war der ruhende Boden plötzlich auch hier
von mehreren, starken Stößen erschüttert worden.

Dies indes kostete niemand das Leben. Dafür die blutige Schlacht,
die nun folgte. Hauptsächlich aber auf Seiten des Feindes! Denn Mattiacum

fiel nicht! Die Götter schonten den Ort. Sie sandten Tiberius' Truppen.
Wer es erwog, sich ihnen zu stellen, hatte im Kampf zu sterben.

Schwer war es nicht, die Lage zu lesen. Sicher ein Dutzend Mal
überlegen, griff Tiberius unsere Feinde gleich von drei Seiten an.
Er kesselte Lager und Vorfeld schon im Vorrücken ein. Mit mehreren
Reihen. Dadurch gelang es kaum einem Feind zu fliehen.

Ulfur fiel mit seinem Gefolge. Denn er war nicht bereit, sich zu ergeben.
Deshalb hatten sie alle zu sterben. Fielen unseren Bolzen, Lanzen und
Schwertern zum Opfer. Damit hatte das Feld der heiligen Frauen erstmalig
Blut in größerem Maß zu trinken.

Auch im Lager jenseits des Flusses gab es leider zahlreiche Tote.
Denn wer sich wehrte, wurde erschlagen. Nur bei Kindern und Frauen
hielt man es anders. Denn jene ließ man gnädig am Leben. Ja, sogar dann,
wenn sie – wie zum Beispiel Seya – zum Schwerte griffen.

Sie ward von zahlreichen Schilden umringt und schließlich zu Boden
gedrückt und entwaffnet. Außerdem nahm man die Hauptfrau gefangen.
Anfangs noch zeternd und schreiend, gab sie bald auf, sich zu wehren.
Schweigend und letztlich wohl glaubend, Beben und Ankunft
unserer Truppen seien ein Wink der Götter.

Mehr noch als Seya glaubte dies Swidger. Nördlich Mattiacums war er
gewesen. Um den Ort auch von hier zu beschießen. Was geschehen war,
war ganz sicher ein göttliches Zeichen! Wer wie Ulfur das Feld der
heiligen Frauen schamlos entehrte, kam auf ihm selbst zu Tode!

Dieses Urteil war hart. Doch damit konnte er leben.
Trotzdem schien es für Swidger keinerlei Sinn zu ergeben.

Selbst den verhassten Marktort schienen die Götter zu schützen!
Daraus schloss der Chatte: Zu kämpfen würde nichts nützen.
Deshalb machte er kehrt und suchte verzweifelt das Weite.
Mit seinem Schicksal hadernd und über Jahre im Streite.

Velent sollte es nördlich des Steinrings noch schlimmer ergehen.
Weil er es nicht vermochte, noch Sinn im Leben zu sehen!
Wie schon zuvor am Taunus, lag er wieder danieder.
Fast wie gelähmt und doch zitterten Velent sämtliche Glieder.

Über dies Zittern warf schließlich die Nacht ihre einsamen Schatten.
Einsam wie Velent, denn Adlan, sein Pferd, war längst bei den Chatten.
Pferde, die durchgehen, pflegen nicht selten, nach Hause zu laufen.

Swidger – erst Stunden daheim – entschied, nur kurz zu verschnaufen.
Denn sein Verlangen nach Rache ließ den Chatten nicht rasten.
Nichts – schon gar nicht Lykkes Geschwätz – konnte Velent entlasten!
Velent war ein Verräter! Und tausendfach schuldig geworden!
Ja, womöglich hatte gar er den römischen Horden
Zeitig den letztlich für viele tödlichen Hinweis gegeben!
Wer aber so etwas tat, verwirkte sein Recht noch zu leben!

Aber Velent würde seinen Verrat noch bereuen!
Deshalb hetzte der Chatte mit seinen letzten Getreuen
Bald Adlans Spur hinterher. Begleitet von mehreren Hunden.
Bis hin zur Schlucht des Todes. In ihr war er also verschwunden!

Velents schändliche Tat hatte ihn in den Freitod getrieben!
Nun, dann war ihm zumindest ein Rest an Ehre geblieben.

*

Nicht nur Velents Leben und Weg indes schienen zu Ende.
Bald auch der Krieg. Tiberius' Vormarsch brachte die Wende.
Mehr als drei Jahre hatte Pax den Norden gemieden!
Nun aber half er dem späteren Caesar, das Land zu befrieden.
Mars musste gehen. Sein Scheiden kam rasch. Es war blutig und hässlich.
Doch des Statthalters Handeln danach war gerecht und verlässlich.

Marcus sollte er übrigens an den Moenus beordern.
Er begünstigte ihn und sollte ihn gleichzeitig fordern.
Denn Marcus' Vater war ja – Du konntest dies bereits lesen –
Einst sein bester Gardist und treuester Diener gewesen.

Einen wie Lupus würde es sicher kein zweites Mal geben.
Marcus ihm anzugleichen blieb dennoch sein Wunsch und Bestreben.
Irgendwie hatte er immerhin diesen Marktort gehalten!
Und er verstand sich – wie sich nun zeigte – recht gut aufs Verwalten.

Dies war ein weiterer Grund, warum er sich um ihn bemühte.
Weil der Norden nun wegen Männern wie Marcus erblühte.
Krieger waren zwar weiter vonnöten, doch mehr noch Verwalter,
Fleißige Planer, Steuereintreiber und gute Gestalter!

Oben auf, begann Marcus auch wieder, um Luna zu werben.
Sie indes schrieb zunächst nicht zurück. Denn auch sie wollte sterben.
Ähnlich wie Velent sah auch sie keinen Sinn mehr im Leben.
Mehr denn je schien der Prunk in Rom ihr nichts mehr zu geben.

Die Leere in mir wurde damals so groß, dass ich der Falschheit und Wucht dieser Stadt schließlich nichts mehr entgegenzusetzen hatte. Nichts schien mehr einen Sinn zu haben.
Auch mit Livia verband mich fast nichts mehr. Und doch brach ich dem Irrsinn nahe zusammen, als mir Menelaos eines Tages erzählte, dass man sie tot

im Haus des Senators Caius Secundus aufgefunden habe. Einen Becher mit Gift neben ihr auf dem Boden. Auch ich hatte einen solchen Becher schon mehr als nur einmal in meinen zittrigen Händen gehalten, aber letztlich doch nie den Mut gefunden, ihn zum Munde zu führen.
Rückblickend scheint mich wohl etwas gehalten zu haben. Warst Du es? Oder der letzte verborgene Funken Hoffnung, Du könntest doch noch leben?

*

Velent lebte. Gleich nach dem Beben, am kommenden Morgen,
Hatte er eine Höhle entdeckt und sich in ihr verborgen.
Fliegenden Mäusen folgend, war er in die Felswand gestiegen,
Hatte den Eingang entdeckt und war zunächst in ihm geblieben.

Denn im vermeintlichen Glauben, das Beben nun zu verstehen,
Hatte ihm anfangs der Mut gefehlt, noch weiterzugehen.
Jene Steine hatten ihm keine tödlichen Wunden
Zufügen sollen! Nein, durch sie hatte er ihn gefunden:
Dieser Gang würde ihn direkt ins Totenreich bringen!
Ja, er hatte zumindest gehofft, dies könnte gelingen.

Seine letzten Zweifel, das Leben würde hier enden,
Hatte er schließlich verloren, als er den zerklüfteten Wänden
Folgend – im Schein noch rasch gefertigter Fackeln – Gebeine
Tief im Berg entdeckt hatte. Mächtige, bleiche Gesteine
Hatten die Knochen eingerahmt. Scharfe und spitze Gebilde.
Viele hatten ihn an Zähne erinnert. Doch wilde
Trolle und Geister hatte er auch in ihnen gesehen.
Aber nicht sie hatten ihn geheißen, nicht weiterzugehen.
Nein, er wäre sicher tapfer weitergegangen,
Doch sein letztes Licht war erloschen und Velent gefangen. –

Deshalb hatten übrigens die ihn suchenden Chatten
Ihn in der Schlucht nicht gesehen, obgleich sie hineingelugt hatten!

Mehrere Stunden lang hatte er in dem Hohlraum gekauert.
Bange wartend auf ein Zeichen gehofft und gelauert.
Oder darauf gesetzt, dass die Toten ihn irgendwann fänden –
Vollkommen sicher, sein sinnloses Leben würde hier enden.

Aber nichts war geschehen, und über sein endloses Warten
War er deshalb irgendwann schließlich ins Grübeln geraten.
Was, wenn man ihm den Zutritt ins Reich der Toten verwehrte?
War sein Entschluss zu gehen, vielleicht nicht doch der verkehrte?
Zusätzlich hatte der Hunger begonnen, Velent zu plagen.
So verzweifelt und traurig er war, ihm knurrte der Magen!

Durst und Hunger haben schon manchen am Leben erhalten!
Also hatte Velent sich aufgerafft, um der kalten
Höhle den Rücken zu kehren. Doch den Ausgang zu finden
Hatte schließlich Tage gedauert! Kaum spürbaren Winden
Hatte er es zu verdanken, wieder ins Freie zu kommen.
Halb verhungert, verdurstet, zerschürft und völlig benommen.
Aber willens zu leben! Und jetzt erst, im Lichte des Tages,
War seine Mutter, Belana, ihm wieder erschienen. „Ich sag es
Jetzt erst, denn jetzt erst ist es Dir möglich, mich zu verstehen:
Velent, es ist noch zu früh, um ins Reich der Toten zu gehen!

Jedem, auch Dir, vermag seine Zeit noch etwas zu geben.
Find Deinen Frieden, dann findest Du auch wieder ins Leben!
Degenar hat ihn gefunden. Du ähnelst ihm. In den Bergen
Hoch im Norden lebt er sein Leben. Bei schmiedenden Zwergen.
Lerne von ihnen noch besser zu schmieden, und lerne verzeihen!
Dann, mein Sohn, wird die Freude in Dir aufs Neue gedeihen!“

Also war Velent aufgebrochen, die Zwerge zu finden,
Um erneut durch das Schmieden Halt im Leben zu finden.

Und noch etwas ließ mich schließlich wieder ins Leben zurückfinden: Es war der Entschluss, Menelaos die Freiheit zu schenken. Ich hätte es viel früher tun sollen! Aber vermutlich hatte ich Angst vor der Einsamkeit, wenn er denn ginge, und hatte es deshalb stets vermieden, Septimus darum zu bitten, ihn mir zu überlassen. Als ich hörte, dass der Krieg in Germanien endlich vorbei war und die Sehnsucht in Menelaos' Augen erkannte, konnte ich aber einfach nicht länger warten. Ich fragte Septimus. Einmal nur. Und er sagte sofort „Ja"! Einfach „Ja"! Seine Stimme verriet ihn. Es ging ihm nicht mal darum, mir eine Freude zu machen; es war ihm einfach völlig gleich.

Luna ahnte: Wenn der Grieche erst einmal wüsste,
Dass er frei war, würde er bleiben – gleichwohl er nicht müsste!
Nein, wollte sie ihm erfüllen, was er sich so innig ersehnte,
Heim in den Norden zu kehren – auch wenn er es niemals erwähnte –,
Musste sie – die Einsicht sollte rechtzeitig reifen –
Ihn überlisten und wohl oder übel zur Notlüge greifen.

Und trotzdem wäre Menelaos wohl niemals gegangen. So sehr er sich in den üppigsten Feldern, die Rom seinem wachen Geist bot, doch nach der einfachen Scholle jenes Gartens im hohen Norden gesehnt haben mag, die er einst selbst bestellt hatte.

Luna entschied, seine Freilassung lediglich niederzuschreiben,
Bat ihn – ebenfalls schriftlich –, in Mattiacum zu bleiben,

Um ihn sodann als verlässlichen Boten dorthin zu entsenden.
Fest darauf hoffend, sein Schicksal damit zum Guten zu wenden.

*

Oh, wie bitterlich sollte der treue Menelaos weinen,
Als er den wahren Grund seiner Reise erfuhr. Doch verneinen
Konnte der weit Gereiste es nicht, wie sehr er sich freute
Wieder im Norden zu sein. Zu Hause. Dass er sich scheute,
Lunas Wunsch auch Folge zu leisten, entsprach seinem Wesen.
Aber er sollte ihn schließlich doch achten und an ihm genesen.

Marcus hatte Luna die Lage stets anders geschildert!
Er wurde dringend gebraucht! Sein „Garten“ war völlig verwildert!
So, als hätte er ausschließlich Winter und Stürme gesehen.
Ja, es schmerzte ihn regelrecht, durch diese Brache zu gehen!

Mars hatte Hass gesät und die Saat schien wohl zu gedeihen!
Frieden herrschte, ja, doch niemand schien sich zu verzeihen.
Kurz gesagt: Die Rückkehr des Griechen war wie ein Segen.
Er war dem kleinen Mattiacum bald wieder Sonne und Regen.

Gleichzeitig war ein Teil von ihm bei Luna geblieben.
Ihn hatte sie es stets wissen lassen, nur Velent zu lieben.
War er tot, wie man sagte? Oder doch nur verschwunden?
Seine Leiche zumindest, erfuhr er, ward niemals gefunden.

Was war wahr, von dem, was man sich über Velent erzählte?
Was konnte er den Menschen hier glauben? Niemand verhehlte,
Velent zu hassen. Er habe sie schließlich alle verraten!
Ja, selbst Marcus gehörte zu jenen, die darauf beharrten.

Nur Menelaos tat sich schwer, diesen Worten zu glauben.
Schließlich begann er, seine Sachen zusammenzuklauben.
Wenn überhaupt, so dachte er sich, wirst Du dort mehr erfahren,
Wo er gestorben sein soll. Also brach er an einem klaren
Morgen auf. Nach Norden. In Richtung des Dorfes der Chatten.

An einem Waldsee noch fern der Häuser hielt er im Schatten.
Um ein wenig zu rasten und sollte zu seinem Erschrecken,
Dort im Wasser, den blassen Leichnam Lykkes entdecken.

Fast hätte er das Weib nicht erkannt. Ihr Haar war geschoren.
Struppig und kurz. Hatte sie vor sich selbst die Achtung verloren?
Oder hatte sich Swidger gegen Lykke gewendet?
Ihr die Haare genommen, sie gestraft und geschändet?

Aufgedunsen lag sie im Wasser. Dem Leben entrissen.
Sicher schon längere Zeit. Man schien sie nicht zu vermissen.

Ihm war es trotzdem nicht möglich, sie einfach liegen zu lassen.
Seufzend stieg er ins Wasser, bekam ihren Rocksaum zu fassen,
Zog sie ans Ufer und hob sie auf seines Lasttieres Rücken. –
Weil sie glitschig war, sollte es nicht beim ersten Mal glücken.
Doch es gelang. Er zog los. Von Fliegen und Mücken umgeben.
Hundertfach schienen sie schließlich an Lykkes Leichnam zu kleben.
Denn sein Umhang vermochte ihn nicht ganz zu verdecken.
Und ihm selbst gelang es nicht mal im Ansatz, die kecken
Tiere auf Abstand zu halten. Er hatte sie zu erdulden,
Wollte er Lykke heimbringen. Was er der Armen zu schulden
Glaubte. War sie doch einsam oder gewaltsam gestorben. –
Nicht mal die Jahre in Rom hatten diesen Griechen verdorben!

Swidger blickte teilnahmslos, da er Lykke erkannte.
Es sei rechtens gewesen, dass er die Hure verbannte.
Schwankend stand er vor seinem Hause. Völlig betrunken.
Um ihn ein neues, halbnacktes Weib und seine Halunken.
Drohend und grimmig. Was habe der Grieche bei ihnen zu suchen?,
Pöbelten sie, um ihn und Lykke und uns zu verfluchen.
Hämisch wollten sie wissen, wie sehr er am Leben denn hinge.
Dann aber folgten sie Swidger – unverrichteter Dinge.

Er ging wieder ins Haus. Von der Scham und vom Durste getrieben.
Andere gingen auch, doch es gab auch welche, die blieben.
Jene getraute sich Menelaos schließlich zu fragen,
Was mit Velent sei. Es schien ihnen nicht zu behagen!
Mehr noch: Der Schrecken steckte den meisten tief in den Gliedern.

Schließlich sollte ihm aber doch eine Alte erwidern,
Sie habe Velents Pferd dereinst am Steinring gefunden.
Monate sei dies schon her. Doch dann sei es leider verschwunden.

Ihre zögernde Art ließ den Griechen hellhörig werden.
„Deine Sippe versteht sich doch auf den Umgang mit Pferden …",
Warb er ohne jeden Vorwurf um ihr Vertrauen.
Da endlich wagte die Alte es, ihm in die Augen zu schauen.

„Velent", raunte sie, „ist mit den bösen Geistern im Bunde!
Er ist tot und doch ging er um zur nächtlichen Stunde!
Er hat Adlan gerufen! Mir schlottern noch heute die Knochen!
Auf und davon ist das Pferd! Es hat unser Gatter durchbrochen!"

Dieser Punkt war Menelaos neu. Sein Innerstes bebte.
Was, wenn Velent nicht tot war? Was, wenn Velent noch lebte?

Aber bevor er die Weiber so gründlich wie möglich befragte,
Wo man Velent vermutet hatte, um die besagte
Schlucht und in ihr nach einem Hinweis auf Velent zu suchen,
Galt es, Lykke noch zu bestatten. Scheite von Buchen,
Eichen, Birken und Linden wurden zusammengetragen.
Dann die Leiche verbrannt, um die Asche nach anderthalb Tagen
Nahe des Steinrings ihren Göttern anzuvertrauen.
Nun erst zog er los, um nach Spuren von Velent zu schauen.

Dass er schon bald versucht hatte, Dich dort zu finden, hat er mir erst sehr viel später offenbart. Was hätte er mir auch schreiben sollen? Dass er Dich nicht gefunden hatte? Dass Dich jeder für tot hielt – so wie er letztlich auch? Und dass einige gar glaubten, Dein Geist ginge um? Er hatte nicht den geringsten Hinweis darauf gefunden, dass Du noch am Leben warst! Und doch schenkt mir heute, da ich erneut um Dich bange, nichts mehr Hoffnung als das Wissen darum, dass Du es noch warst!

*

Adlan hatte Velent treu in die Berge getragen.
Hoch im Norden hatten sie beide – nach endlosen Tagen –
Schließlich die Höhlen der Zwerge entdeckt. Und Du magst es vermuten:
Zwischen Velent und Degenar fügte sich alles zum Guten.

Monat um Monat schmiedeten beide gemeinsam ihr Eisen.
Velent konnte es noch. Das sollte sich zügig erweisen.
Kraft und Zuversicht kehrten zurück und vertrieben die Schatten,
Die sich im Laufe der Zeit auf sein darbendes Herz gelegt hatten.

Was auch immer sie brauchten, erhielten sie von den Zwergen.
Alle mochten den „Neuen“. Dies konnte keiner verbergen.

Ihre Art sollte Velent zuweilen regelrecht rühren.
Etwa, wenn sie sich darum balgten, sein Feuer zu schüren.

Scheinbar ahnungslos standen sie dann an der Esse und blickten,
Kleinen Kindern gleich, auf das, was er tat. Und doch nickten
Sie an der richtigen Stelle oder neigten zum Brummen,
Bis er das Richtige tat, um sodann wieder brav zu verstummen.

Degenar hielt sich dann stets zurück und ließ sie gewähren.
Denn auch sein Wissen konnten die kleinen Meister noch mehren.
Velent war es indes in besonderer Weise gegeben,
Rasch zu begreifen und mutig nach neuem Wissen zu streben.

Dies sollte Henar, den ältesten Zwerg, den Velent schon kannte,
Ganz besonders erfreuen. Denn das schon länger Bekannte
Reizte auch ihn kaum. Zumindest im Hinblick aufs tägliche Schmieden.
Erst, wenn er etwas Neues entdeckte, war er zufrieden.

Vieles hatte er im Laufe der Jahre ergründet.
Aber, wenn mehrere frei zusammen denken, dann mündet
Dieses scheinbare Chaos häufig in neuen Ideen.
Und eben dies sollte auch im Fall dieser drei nun geschehen.

Sieh mir nach, wenn ich hierauf nun einige Zeilen verschwende.
Aber trifft das Folgende zu, dann sollten es Bände
Sein, die man noch dazu schreibt! Vielleicht ich, an anderer Stelle.
Hier indes fass ich mich kurz und beschreib alles nur auf die Schnelle:

Eines Abends besprachen die drei das Härten von Eisen.
Degenar flachste, Pisse, das sei er bereit zu beweisen,
Sei mit deutlichem Abstand das Beste und unübertroffen.
Henar hielt lachend dagegen. Er meinte, er könne nur hoffen,

Degenar habe genug getrunken. Wenn sie im Stande
Seien, den alten Kessel der Zwerge fast bis zum Rande
Vollzubekommen, könnten sie augenblicklich beginnen.

Alle bemühten sich redlich. Stunden sollten verrinnen.
Krug um Krug ward geleert. Sie ließen sich Dutzende bringen.
Aber den Kessel zu füllen, sollte dennoch misslingen.

Was ihre Stimmung nicht trübte. Jeder feixte und lachte.
Bis schließlich Velent jenes seltsamen Kessels gedachte,
Den er einst mit Swidger vom Drachenstein mitgebracht hatte.

Er beschrieb ihn. Worauf sich nun eine lange Debatte
Anschloss. War es tatsächlich der Kot der Adler gewesen,
Der sein Metall verändert hatte? Etliche Thesen
Wurden aufgestellt. Bis sie schließlich gemeinsam entschieden,
Diesen Fall zu ergründen und etliche Barren zu schmieden,
Die sie gezielt dem Dung von Tieren aussetzen wollten.

So geschah es und gleich die ersten Ergebnisse sollten
Sie im Glauben bestärken, sich richtig entschieden zu haben.
Denn die Barren, die sie dem Dung gefangener Raben
Ausgesetzt hatten, trugen bald darauf ganz leichte Schatten.
Erst nachdem sie die Quader zu gründlich rein gemacht hatten,
Waren sie fort. Indes, es reizte sie nun zu beweisen:
Wie und warum auch immer. Vogeldung wirkte auf Eisen!

Sie begannen damit, ihm deutlich mehr Zeit zu gewähren.
Was bereits Wirkung zeigte. Nun galt es nur noch zu klären,
Ob und wie es möglich war, sie nochmals zu steigern.
Etwa mit schärferem Futter. Doch sollten die Raben sich weigern,

Alles zu fressen. Hühner hingegen galten als gierig,
Wussten sie alle. Und dank ihrer Schmiedekunst war es nicht schwierig,
Einige Dutzend einzutauschen. – Selbst dort im Norden
Waren die nützlichen Tiere schon vielerorts heimisch geworden.

Und tatsächlich: Was immer sie ihrem Federvieh gaben,
Alles wurde verspeist. Es schien die Tiere zu laben.
Selbst unser Eisen würden die Hühner vermutlich verschlingen!,
Dachte sich Velent schließlich beim Füttern. Sie dazu zu bringen,
War vielleicht gar keine schlechte Idee! Denn in ihren Gedärmen
Wartete frischester Dung, und diesen leicht zu erwärmen,
Hatte sich in den vergangenen Wochen als nützlich erwiesen.

Henar und Degenar fanden den Vorschlag gut. Und so ließen
Sie den Großteil der Tiere ein paar Tage darben. Derweilen
Machten sie selbst sich daran, die Baren zu Spänen zu feilen.
Diese mischten sie schließlich mit Brotkrumen, Körnern und Butter.
Um die Späne zu binden. Und dieses vorzügliche Futter
Teilten sie aus. Es wurde verschlungen! Mitsamt aller Späne.
Aber – es ist fast müßig, dass ich es gesondert erwähne –
Es gelang ihnen leicht, die meisten erneut zu gewinnen.

Sie verbrannten den Dung und sollten von vorne beginnen:
Schmieden von einzelnen Barren. Gefolgt von mühsamem Feilen.
Mischen des Talgs für die Tiere und dann das Futter verteilen.
Nicht, weil die Wirkung ausblieb. Im Gegenteil: Rasch war zu merken,
Mehrere Durchläufe konnten sie deutlich spürbar verstärken.

All das auf diese Weise gewonnene Eisen war härter
Als das gewöhnliche. Die aus ihm geschmiedeten Schwerter
Gelten Vielen bis heute als Wunder. Denn ihre Klingen
Waren – und dies sollte bislang nicht allzu häufig gelingen –

Nicht nur scharf und leicht; sie waren geschmeidig wie Äste.
Außerdem faulten sie nicht. Und das war sicher das Beste.

Wenn es der Wahrheit entspricht. Ich selbst versteh nichts von Eisen.
Aber ich hörte im Norden davon. Auf mehreren Reisen.
Bislang habe ich leider versäumt, ein paar Schmiede zu finden,
Es zu erproben. Es könnte sich lohnen, sich etwas zu schinden!

Mehr aber kann und will ich fürs Erste nicht dazu sagen.
Denn unsre Bauern im Norden begannen schon wieder zu klagen.
Abseits der Berge hatte die Lage sich leider gewandelt.
Einige Führer des Nordens hatten mit Marbod verhandelt.

Jener König im Osten war ein Gewinner des Krieges.
Seine Macht war stetig gewachsen – bar jeden Sieges.
Unstrittig war, um was seine Stammesbrüder ihn baten.
Uns indes ließ er tolldreist auf seinen Treueschwur warten.

Dieses Verhalten sollte nicht nur zum Ärgernis werden,
Nein, es sollte den Frieden im Norden ernsthaft gefährden.
Denn das Hoffen auf Marbod sollte Unruhe stiften.
Schließlich reichte sein Name schon aus, um die Luft zu vergiften.
Um Germanien insgesamt nachhaltig Frieden zu bringen,
War es dringend geboten, nun auch noch ihn zu bezwingen.

Sämtliche Truppen wurden dafür zusammengezogen.
Einmal mehr indes waren die Götter Marbod gewogen.
Nach den Germanen sollten sich nun die Pannonier erheben.
Und Augustus entschied, zunächst hier nach Frieden zu streben.

Marbod wurde noch eilig zum Freund des Reiches erhoben.
Dann aber wurde das Heer sofort nach Südosten verschoben.

Mars hatte damit ein neues, fruchtbares Schlachtfeld gefunden.
Pax überließ er den Norden und dieser sollte gesunden.

Hierdurch ermutigt, sollte es Amor nochmals versuchen,
Velent und Luna zu treffen. Vulcanus[1] sollte zwar fluchen,
War aber machtlos. Velent kam ihm nun wieder abhanden.
Amor tat alles, dass Luna und Velent sich bald darauf fanden.

**

Dann kehrte ich selbst zurück in den Norden. Nach Septimus' Tod. Ich zögerte nicht, gleichwohl der Winter schon nahte.
Nichts hielt mich in Rom. In Mattiacum würde zumindest die Erinnerung auf mich warten. Und, ich gebe es zu: Vielleicht hoffte etwas in mir auch auf einen neuen Anfang.
Nicht nur, weil Marcus sich weiterhin um mich bemüht hatte. Nein, dadurch, dass Tiberius ihm, dem Sohn seines ehemaligen Gardisten, nahezu jeden Wunsch erfüllt hatte, strahlten seine Briefe etwas aus, das mir nicht weniger fehlte als dem Dürstenden das Wasser: Zuversicht.
Aber als ich ihn schließlich in Mogontiacum traf, brachte ich es doch nicht übers Herz, ihm mein Jawort für die Zeit nach meinem Trauerjahr zu geben. Er ahnte warum. Zu oft nahm ich die Kette in die Hand, die Du mir einst gegeben hattest. Schließlich nahm er sie mir sogar – ohne dass ich es wusste. Ich glaubte für Jahre, ich hätte sie auf dem Weg nach Mattiacum verloren. Dorthin zog es mich bald schon. Und nicht nur, um Menelaos wiederzusehen. Auch deshalb sorgte Marcus sicher dafür, mich begleiten zu dürfen.
Doch so sehr ich mich auch freute, den alten Griechen wieder in die Arme zu schließen, schlug mir mein Herz doch erst in jenem Moment bis zum Halse, da uns ein Händler erzählte, er habe hoch in den Bergen im Norden von drei

1 **Vulcanus** – römischer Gott der Schmiede

Schmieden gehört, die wahre Wunderdinge vollbrächten: ein Zwerg, ein Riese und ihr gelehriger Schüler. Letztere hier aus dem Süden.
Nicht einmal mein Onkel oder Marcus vermochten mich aufzuhalten. Ich floh mit Menelaos im Schutze der Nacht. Nicht ahnend, dass ich sein Leben aufs Spiel setzen sollte. Und das meine dazu.

Bald erkrankte Menelaos. Schon nach wenigen Tagen.
Was auch immer der Grund war. Ihn plagten Krämpfe im Magen.
Dann auch ein Fieber, das sich zum Leid des Magens gesellte.
Sicher der Mühsal der Reise geschuldet. Oder der Kälte.

Schließlich konnte er seine Schwäche nicht mehr verbergen.
Tragischerweise keine zwei Stunden entfernt von den Zwergen
Bat er Luna zu halten, um sich zur Ruhe zu betten.
Also hielten sie an. – Was sie andernfalls nicht getan hätten.

Luna machte ein Feuer und auf ihrem Karren ein Lager.
Nun erst fiel es ihr auf: Der Grieche war fürchterlich mager!
Ihre Sorgen erkennend, bemühte er sich zu lachen.
Trotzdem sollte sich Luna bittere Vorwürfe machen.

Ich sehe ihn noch heute auf unserem Karren liegen. Schlafend, in Felle und Decken und Planen gehüllt. Mal schien er zu frieren, dann wieder zu glühen – trotz der eisigen Kälte, die uns bereits weit vor den Bergen heimgesucht hatte. Ich fürchtete gar, ihn zu verlieren.
Und trotzdem zog ich los. Denn es hatte leicht zu schneien begonnen. Wenn es in diesen Bergen überhaupt ein paar heilende Kräuter gab, die den Frost halbwegs unbeschadet überstanden hatten, dann hieß es, sie nun rasch zu finden.
Es war seltsam. Denn je weiter ich mich von unserem Karren entfernte, desto näher glaubte ich mich mit einem Mal Dir!

*

Wo nur soll ich beginnen, was nun geschah zu erzählen?
Degenar hatte Velent gebeten, sich zu vermählen.
Wie bereits Henar – Jahre zuvor – hatte er ihn gebeten,
Seya zu wählen und ihr recht bald zur Seite zu treten.

Sicher, er wisse, er und Seya seien verschieden.
Aber sein Stamm der Sugambrer fände nur dann seinen Frieden,
Wenn sich Seyas Gegner und Anhänger wieder vertrügen.
Etliche Fehden bestünden bereits. Doch es könnte genügen,
Gendars Sohn, also ihn, an ihre Seite zu stellen.
Dann würden Viele ein anderes Urteil über sie fällen.
Seya sei ja nicht dumm. Vielleicht würde sie sich kurz zieren,
Dann aber zustimmen. Um ihre Vormacht nicht zu verlieren.

So hatte Degenar seine Bitte an Velent begründet.
Seinen Wunsch, denn noch nichts sei versprochen, nichts sei verkündet.

Dafür hatte ihm Velent gedankt. Und war doch gleich verschwunden.
Luna war fern. Das wusste er. Doch in den folgenden Stunden
Zählte dies nichts! Wie konnte das sein? Er schien sie zu spüren!
So, als sei es ganz leicht, sie im nächsten Moment zu berühren.

Dieses so lange vermisste Gefühl nahm ihn völlig gefangen.
Velent war längst unterwegs, da ward aus dem Hoffen ein Bangen.

Dann sah ich den Elch. Er schaute mich an. Mit riesigen Augen. Ich weiß nicht warum, doch war ich mir sicher, dass er mich zu Dir führen würde. Also versuchte ich, ihm zu folgen. Doch im nun tiefer werdenden Schnee kam er weit besser voran als ich selbst. Ich weiß noch, dass ich mich deshalb dafür entschied, den Weg abzukürzen und quer über ein Feld zu laufen, das er umgangen hatte. Dann brach ich wohl ein, und aus dem lichten Graublau um mich herum wurde ein nasses Schwarz; und fast zeitgleich ein eisiges Nichts.

Velent hörte den Schrei. Dann aber – zu seinem Erschrecken –
Nichts mehr! Nur Stille. Das reichte, um all seine Sinne zu wecken!
Vor dem Schrei war ein Bersten gewesen! Was war geschehen?
Hatte er Luna gehört? Es gab hier mehrere Seen!

Eilig vorbei an der Hecke! Dort um die felsige Kante!
Endlich sah er den See! Hinunter von Adlan! Er rannte
Über das Feld und dann auf den See. Es ächzte und krachte.
Dass das Eis nicht sehr dick war, war klar, aber langsam und sachte
Konnte Velent nicht laufen, lag doch die offene Stelle
Kaum mehr zehn Schritte entfernt. Da brach das Eis. Eine Welle
Eisigen Wassers verschlang ihn und war im Begriff, ihn zu lähmen.
Taubheit machte sich breit. Doch Velent ließ sich nicht zähmen!

Da! Ein Schatten! Gleich vor ihm! Er bekam ihn zu greifen.
Grund finden! Abstoßen! Rauf zum letzten, verbliebenen Streifen
Dämmrigen Lichtes! Rasch und ohne nur einmal zu denken.
So, als hätten die Götter beschlossen, sein Handeln zu lenken.

So gelang es dem Furchtlosen auch, seine Luna zu bergen.
Durch und über das Eis. Als er selbst indes von den Zwergen
Kurz darauf aufgespürt wurde – eiskalt und nicht mehr bei Sinnen –
Lag er alleine bei Adlan. Er sollte dem Tode entrinnen,
Aber der Kampf mit dem Fieber sollte Monate währen.
Und so versuchte auch niemand, Lunas Verschwinden zu klären.

Als ich schließlich wieder zu Sinnen kam, sah ich Marcus' Gesicht. Er war da, Du nicht. Obwohl ich Dich doch zu sehen geglaubt hatte, in jenem Licht dicht hinter dem leeren Nichts, das langsam verblasste. Ich lag in seinem Zelt, da ich erwachte, in seinem Haus, da ich gesundete, und schließlich – Du weißt es – auch in seinem Arm.

Marcus war Luna gefolgt. Getrieben von ernsthaften Sorgen.
Doch hätte er sie wie Velent auch aus dem Weiher geborgen?

Niemand vermag es zu sagen. Doch ließ er sie in dem Glauben,
Es sei sein Verdienst gewesen, ihren schon tauben
Körper dem See entrissen zu haben. Dies war eine Lüge.
Aber er sagte sich sicher: „Nur, wenn ich sie betrüge,
Wird sie die meine! Sie wurde mir in die Hände gegeben!
Also bin ich von den Göttern erwählt, mit Luna zu leben!"

Ich kann ihn nicht mehr fragen, ob er dort am Ufer dieses Sees geglaubt haben mag, dass Du bereits erfroren warst, da er uns fand. Nah an Adlan, doch mehr noch aneinander geschmiegt. Unter der Decke des Hengstes. Du warst es nicht!
Dass ich auf meiner nackten Haut Deine Kette trug, die Du mir mit letzter Kraft umgehängt haben musst, sollte ich auch erst Jahre später erfahren. Marcus war klug genug, mir nach der meinen auch die Deine zu nehmen. So ahnte ich nichts und kann nur sagen, dass er sich rührend um mich bemühte – zumindest anfangs – und ich mich ihm verpflichtet fühlte.

**

Luna versprach sich Marcus. Ich seufze – ein Glas in den Händen.
Langsam wird es schon dunkel. Lass mich mein Tagwerk beenden.
Morgen schließ ich es ab. Ich hoffe, es wird mir gelingen.
Nichts indes lässt sich gegen den Willen der Götter erzwingen.

Fern ruht der Berg. Sein Anblick hat mich gefangen genommen.
Rufus, mein Nachbar – Du kennst ihn –, ist eben noch zu mir gekommen.
Ähnlich wie Silas am Morgen wusste auch er zu berichten,
Ungemach drohe! Die Zeichen würden sich leider verdichten.

Beispiele gäbe es mittlerweile leider zuhaufe.
Kein wildes Tier mehr. Alles, was krieche, was fliege und laufe,
Habe längst schon das Weite gesucht. Sei eiligst geflohen.
Fast als würde Diana[2] sie mit dem Tode bedrohen.
Vögel und Echsen. Wölfe. Widder. Selbst Ratten und Hasen.
Außerdem röche es mancherorts plötzlich deutlich nach Gasen.
Fauliger Mief. Gefährliche, beißende, üble Gerüche.
Schweflige Schwaden. Als stünde Pluto[3] selbst in der Küche.

Nun, es liegt mir nicht, bloßen Gerüchten Glauben zu schenken,
Doch in der Summe gibt mir dies alles ein wenig zu denken.
Hoffentlich wird es meinen noch säumigen Spähern gelingen,
Bald – am besten schon morgen – Licht ins Dunkel zu bringen.

***

2 **Diana** – römische Göttin der Jagd
3 **Pluto** – römischer Gott der Unterwelt

Band IV

Was ich nun, da es hell wird, erblicke, mag ich kaum glauben.
Dieser Anblick ist angetan, jedem den Atem zu rauben!
Jedermann steht, auf dass er einen Blick auf das Schauspiel erhasche,
Vor seinem Haus und starrt auf den Berg und die Säule aus Asche.

Tief in der Nacht war es so, dass wir alle ein Zittern verspürten.
Noch aber ahnte hier niemand, woher diese Erdstöße rührten.
Ist es nicht seltsam: Gestern beschrieb ich ein ähnliches Beben.
Um es nur wenige Stunden darauf gleichsam selbst zu erleben.

Dass der Boden hier wackelt und zittert, geschieht zwar recht häufig –
Manchmal mehrmals pro Jahr und jedem ist dies geläufig –,
Doch dass der Berg erwacht, scheint selbst den ältesten Greisen
Neu. Drum reizt es mich sehr, die Bucht schon bald zu bereisen.

Aber: eins nach dem andern. Vorher gilt es dies Schreiben
Noch in Ruhe zu Ende zu bringen. Drum will ich noch bleiben.

Wo waren wir gestern stehengeblieben? Lass mich rasch schauen.
Luna hatte sich Marcus versprochen. Im blinden Vertrauen,
Er und nicht Velent habe sie aus dem Eissee gerettet.
Argwohn und List hatten siegreich gegen die Liebe gewettet.

Ich kann es nicht mehr ändern. Ich wurde Opfer eines falschen Bildes, das sich für mich ergab, und Opfer meines damals mangelnden Mutes, meiner mangelnden Zuversicht.
Auch jetzt scheinen mir beide endlich. Eines nur nährt sie: das Wissen, dass wir uns doch wiederfanden.

Venus indes ist zäh. Sie gab sich noch längst nicht geschlagen,
Hatte die Zwerge geschickt, um Velent nach Hause zu tragen,
Heim in die Höhle, um ihn dort treu und lang zu umsorgen,
Und ihn selbst durch die Nächte getragen, sodass er am Morgen –
Jeden Morgen seiner langen Genesung – erwachte,
Und am Ende nichts anderes tat, als Luna gedachte.

Nur ganz spärliche Bilder vom See waren Velent geblieben,
Dafür das sich're Gefühl, seine Luna ehern zu lieben.

Weil seine Träume ihm zusätzlich weitere Hinweise gaben,
Glaubte und hoffte er schließlich, sie auch gerettet zu haben.
Ja, so war es – war er sich sicher. Aber den Zwergen
War es nicht möglich, ihre Zweifel daran zu verbergen.

Hatten sie doch – und sollten dies auch offen bekunden –,
Draußen am Eissee keinerlei Spuren von Luna gefunden.

Velent entgegnete trotzig, es habe doch Neuschnee gegeben.
Wo sie hin sei, das wisse er nicht. Doch sie sei noch am Leben!
Sicherlich hätten die Götter entschieden, ihm Luna zu rauben!
Doch auch diese Geschichte wollten die Zwerge nicht glauben.

Noch nicht völlig genesen, entschied er, nicht länger zu streiten.
Nein, er brach einfach auf, um heimlich nach Süden zu reiten.

* *

Bild I

2 Jahre vor Lunas Brief an Velent – im Wald nördlich von Mattiacum

Velent hörte die Horde Männer lange bevor er sie sah. Die grobschlächtigen Gestalten gaben sich aber auch nicht die geringste Mühe, unentdeckt zu bleiben. Die eisenbeschlagenen Räder ihrer schweren Wagen rumpelten über Stock und Stein, um sich im nächsten Moment wieder in einem tiefen Schlammloch festzufahren; die Ochsen, die sie zogen, schrien unter den Mühen und den Schlägen, denen sie sich ausgesetzt sahen. Auch einige der Männer konnte Velent hören. Ihre Stimmen klangen müde und gereizt zugleich. Wenn sie ihre Zugtiere nicht anbrüllten, schienen sie zu streiten oder sich lauthals zu beklagen. Velent konnte kaum etwas verstehen, noch war er zu weit entfernt, doch schien es ihm auch, als ob sie sich zum Teil fremder Sprachen bedienten, denen er nicht mächtig war. Hier und da glaubte er jedoch auch das eine oder andere Wort Latein aufschnappen zu können.

Es fiel ihm nicht schwer, den langsamen Tross zu überholen. Er ritt einen weiten Bogen um ihn herum, um sich an einer geeigneten Stelle im dichten Unterholz des Waldes zu verbergen. Von hier aus wollte er den Zug an sich vorbeiziehen lassen, um sich einen genaueren Eindruck verschaffen zu können, mit wem er es zu tun hatte.

Velent zählte elf Männer. Es waren jedoch keine Legionäre, wie er zunächst vermutet hatte. Einige von ihnen trugen zwar ein paar entsprechende Ausrüstungsteile, die darauf hindeuteten, dass sie zumindest einmal als Hilfssoldaten gedient haben mochten, aber ansonsten schienen ihre Kleidung und ihre Waffen recht wahllos zusammengestellt. Trotzdem musste Velent nicht lange überlegen, um zu erkennen, wer da – so, wie er auch – Richtung Mattiacum unterwegs war. Die ungewöhnliche Fracht, die die Männer auf ihren schweren Wagen mit sich führten, verriet sie. Es waren weder Soldaten noch Jäger, denn ihre Beute lebte noch; es waren Tierfänger. Ihren verärgerten Reaktionen zufolge wären sie wohl gerne ein paar wilderer Kreaturen habhaft geworden als lediglich einem Eber und einem Elch – wobei beide Tiere recht stattliche Exemplare waren und der Elch sogar so groß war, dass sie ihm seine langen Beine unter den Leib hatten binden müssen, um ihn überhaupt in einen der großen, hölzernen Käfige hineinzubekommen.

Obwohl Velent lange Zeit allein in den Wäldern gehaust hatte, hatte er dabei höchst selten einen Elch gesehen. Doch wenn, war es ihm so ergangen, wie es ihm auch in diesem Moment erging: Er musste an seine Mutter denken und daran, dass sie ihm erzählt hatte, dass ein Elch am Tag seiner Geburt am Steinring gesehen worden war. Er nahm sich vor, sich vorzusehen, um nicht schon bald wie dieser Elch in Gefangenschaft zu geraten.

Doch gerade deshalb schien es ihm ratsam, sich den Männern nun zu zeigen, denn in ihrem Tross war es vermutlich wesentlich leichter, unbemerkt an den Torwachen Mattiacums vorbeizukommen, als wenn er es allein versucht hätte. Ein Risiko blieb, aber Luna – so viel stand fest – war es allemal wert, es einzugehen.

Als das Ende des Trosses seine Höhe erreicht hatte, ließ er Adlan aus dem Unterholz auf den Weg treten.

„Wolltet Ihr Bären fangen?“, rief er und ritt – in langsamem Trab und vorbei an den hintersten Männern – in Richtung der Spitze des Zuges. „Es gibt hier seit Jahren keine mehr. Im Krieg war der Hunger zu groß.“

Alle Hälse reckten sich nach ihm und seinem riesigen Pferd, auch der eines bulligen Südländers, den Velent als den Anführer der Tierfänger ausgemacht hatte, war jener doch der Einzige, der wie er selbst auch auf einem Pferd saß. „Wenn Ihr auf dem Weg nach Mattiacum seid, würde ich mich Euch gerne anschließen.“

„Dann sind wir also auf dem richtigen Weg dorthin! Immerhin etwas!“, konterte der Mann, der ähnlich müde wirkte wie die Männer, die ihm folgten. Ja, schwer wie ihm die Worte über die Lippen kamen, glaubte Velent sogar herauszuhören, dass er am Abend zuvor wohl etwas zu viel getrunken hatte. So rot unterlaufen und trüb wie die Augen des Mannes aussahen, ging er sogar davon aus, dass dies regelmäßig der Fall war.

„Du scheinst Dich ja hier auszukennen. Das kann nie schaden!", ergänzte der Mann, ohne Velents Frage damit eindeutig beantwortet zu haben.

Überhaupt schien ihn der Fremde nicht weiter zu interessieren. Er schaute sich auch noch nicht einmal um, ob er womöglich nur Teil eines Ablenkungsmanövers war und ihnen ein Überfall von einer anderen Seite drohte, zu groß schien sein Vertrauen in die Schwerter, Bögen, Lanzen und Netze seiner Männer – oder zu schwer sein Kopf. Stattdessen fragte er gähnend: „Wie weit ist es denn noch?"

„Nicht sehr weit! Zwei, drei Hügel noch, dann könnt Ihr die Stadt schon sehen."

„*Stadt*? Pah!", blaffte der Mann zurück. „Damit steht fest, dass Du hier aus den Wäldern kommst und noch nichts von der Welt gesehen hast! Alles, was wir bislang gehört haben, deutet doch viel eher darauf hin, dass es sich bei dieser *Stadt*", er verdrehte für einen Moment die Augen, um sodann etwas lauter zu werden, „um ein kleines, verlaustes Drecksnest handelt! Aber: Was soll's!" Ein Handzeichen genügte und der zwischenzeitlich kurz zum Stehen gekommene Zug setzte sich wieder in Bewegung.

Velent verzichtete darauf, ein weiteres Mal um Erlaubnis zu fragen und schloss sich dem Tross einfach an. Schweigend ritt er eine Weile neben dem Anführer her, dann fragte er: „Wo kommt Ihr her?"

„Von überall und nirgendwo! Zuletzt aus Mogontiacum, wenn Dir das etwas sagt", erwiderte der Mann. Seine Stimme klang gelangweilt und überheblich zugleich.

„Mogontiacum?", wunderte sich Velent. „Dann seid Ihr an Mattiacum doch längst vorbei gekommen."

„*Vorbei* ist genau das richtige Wort. Wir haben einen großen Bogen um Deine *Stadt* gemacht, um diese Mistviecher zu fangen." Er deutete mit dem Kopf kurz zurück auf die Wagen.

„Ihr seid also Tierfänger?“, sah sich Velent in seiner Vermutung bestätigt.

„Vorgestern, ja; und gestern auch noch!“, lachte der Mann verbittert. „Ab morgen dürfen diese armen Tölpel dann allerdings wieder Gladiatoren spielen. Und so tun, als wären sie ausgeruhte Kämpfer! Pah! In Wirklichkeit hat kaum einer von uns ein Auge zugemacht! Ich hätte mir auch den Magen in Mogontiacum verderben sollen, dann hätte ich jetzt auch frei!“

„Gladiatoren?“ Velent konnte seine Verwunderung nicht verbergen. Er schaute sich um. Gladiatoren hatte er sich etwas anders vorgestellt. Größer, muskulöser, irgendwie glorreicher und verwegener. So hatte man sie ihm zumindest geschildert.

„Wir sind die Unbezwingbaren!“, warf sich der Anführer stolz ins Kreuz.

Velent bemerkte sehr wohl, dass er den Mann mit seiner Reaktion beleidigt hatte. In seinen eigentlich so trüben Augen glaubte er einen Moment lang ein gefährliches Blitzen erkannt zu haben. Deshalb sagte er erstmal nichts mehr. Stattdessen überlegte er, da sie nun den schützenden Wald bald verlassen und zwei Meilen später ins Blickfeld Mattiacums geraten würden, wie er sich verhalten sollte. Auf Adlan weiterzureiten, verbat sich eigentlich. Er schaute sich unauffällig um, ob er unter den Männern vielleicht einen ausmachen konnte, der humpelte und dem er, ohne dass es jemandem allzu seltsam vorkommen musste, sein Pferd anbieten konnte; doch ihm fiel niemand auf. Langsam ritt er weiter. Der Wald wurde im gleichen Maße lichter, wie sich die Zahl der gefällten Baumstämme am Wegesrand erhöhte. Doch kein Arbeiter war zu sehen, kein Baumfäller, keine Fuhrwerke, nichts. Da es noch nicht allzu spät am Tage war, konnte dies eigentlich nur eines bedeuten: In Mattiacum feierte man wohl ein größeres Fest; die Arbeit ruhte.

Luna mochte Feste. Ob sie in Mattiacum war? Wie oft hatte er sich diese Frage in den vergangenen Tagen nicht schon gestellt? Er musste es herausfinden! Und wenn sie dort war, musste er sie einfach sehen! Auch wenn er noch immer keine Idee hatte, wie es ihm gelingen sollte, ohne dass man ihn erkannte.

Mittlerweile konnte man jenseits der frisch gerodeten Flächen erste Felder erkennen. Da es jedoch noch früh im Jahr war, ließen ihre tiefbraunen Furchen schließlich auch im Vorbeireiten noch nicht erkennen, welche Früchte sie im späten Sommer tragen sollten. Doch Velent nahm die Felder ohnehin erst in dem Moment wahr, da ein schriller Ruf seinen Blick auf sie lenkte.

„Hey!“ Ein kleiner Mann in leuchtend blauer Tunika ritt auf sie zu. „Hey! Maximus! Das wurde aber auch Zeit!“

In vollem Galopp kam der Mann auf seinem stämmigen Pferd näher; schnell hatte er sie erreicht. Er mochte um die vierzig Jahre alt sein, trug seine dunklen, im Ansatz gekräuselten Haare sehr kurz, hatte eine auffallend spitze Nase und einen stechenden Blick. Es war nicht zu übersehen, wie verärgert er war. „Was soll das?“ Er deutete mit einer missmutigen Bewegung in Richtung der Käfige. „Zwei Bären hatte ich Euch zu fangen befohlen! Oder wenigstens einen Wisentbullen!“

„Dann zieh doch nächstens selbst los und such sie Dir! Glaubst Du, die laufen einem hier einfach so über den Weg?“, verteidigte sich der Angesprochene, von dem Velent nun wusste, dass er Maximus genannt wurde, was aufgrund seiner Körperfülle nicht unberechtigt schien. „Sei froh, dass wir die hier fangen konnten“, redete sich der Bulle in Rage. „Es war schwierig genug!“

„Hüte Deine Zunge!“, fuhr ihn der kleine Mann an. „Sonst …“

„Sonst was?“, ließ sich Maximus nicht einschüchtern. „Deinen Sklaven magst Du Befehle erteilen, mir nicht! Hörst Du! Ich kann auch anders!“

„So, was willst Du denn tun? Schau Dich doch an! Welche Truppe nimmt Dich denn noch? Du bist doch überall hochkant rausgeflogen!“

„Ich bin Maximus! Ich habe keinen Kampf verloren! Nicht einen!“

„Irgendwann glaubst Du Deinen Lügen noch selbst! Vielleicht warst Du ja tatsächlich mal ein großer Kämpfer, aber heute bist Du vor allem ein großer Maulheld und ein noch viel größerer Säufer!“

Velent wunderte sich sehr, dass dieser kleine Mann es wagte, einen solchen Ton anzuschlagen, war ihm Maximus doch körperlich weit überlegen. Doch der Bulle griff nicht zum Schwert; laut wurde er indes: „In Mogontiacum hat man mir zwei Angebote gemacht! Hörst Du! Als Leibwächter!"

„So? Du kannst ja dorthin zurückgehen, wenn Du Deine Schulden endlich bezahlt hast! Du säufst für zehn!"

„Einen Kampf noch, Valerius! Einen einzigen! Dann bist Du mich los!"

„Was glaubst Du eigentlich, wie viel wir in Mattiacum verdienen werden? He? Vergiss es! Bis zu den Saturnalien brauchst Du mal mindestens, bis alles bezahlt ist! Und das auch nur, wenn ich Dir bis dahin kein neues Geld mehr leihen muss! Was ich ganz sicher auch nicht tun werde! – Und nun beeilt Euch! Es gibt viel zu tun! Die haben scheinbar noch nie eine Tribüne gebaut in dieser Stadt!"

Maximus hob mürrisch die Hand und wies den Tross an, weiterzuziehen. Langsam setzte er sich in Bewegung.

Da Valerius ihm den Weg versperrte, schickte Velent sich bereits an, Adlan zur Seite zu lenken, doch da Valerius es sah, sprach er ihn an: „Und Du? Wer bist Du? He?" Er musterte Velents schlanke, hoch aufgeschossene Figur. Zwar hatten seine Muskeln über den Winter erheblich gelitten, doch ihre Ansätze konnten dem sachkundigen Blick eines Mannes, der mit Gladiatoren sein Geld verdiente, nicht verborgen bleiben.

„Ein Schmied!", hielt sich Velent bedeckt.

„So? Ein Schmied. Das würde schon mal erklären, wie Du zu diesem Schwert kommst", er deutete auf die Waffe an Velents Gürtel, „aber ich kenne nicht einen Schmied Deines Alters, der sich ein derart teures Pferd leisten könnte …"

„Ich habe es mir nur geborgt!"

„Ah! So nennt man das hier! Aber ich will Dir mal glauben. Weil es besser für mich wäre, wenn es stimmt, was Du sagst! Darf ich also davon ausgehen, dass Du kein Pferd besitzt?"

Velent nickte; er hatte keine Ahnung, auf was der Mann hinaus wollte.

„Ja, ein Pferd ist teuer!“, holte sein Gegenüber aus und seufzte. „Da kann ein wenig schnell und einfach verdientes Geld sicher nicht schaden …!“

„Ihr wollt mir ein Angebot machen?“

„Kräftig, jung und klug! Beste Voraussetzungen!“

„Wofür? Für was?“

„Wir brauchen immer Nachwuchs! Was meinst Du? Gutes Essen, gute Bezahlung; und meist nur vier, fünf Kämpfe pro Jahr …“

„Ihr wollt mich … anwerben? Als Gladiator? Ihr kennt mich nicht einmal!“

Valerius blickte den beiden Männern hinterher, die den Abschluss des Trosses bildeten. Sie trotteten so aufreizend langsam hinter dem letzten Wagen her, dass es offensichtlich war, dass sie nur eins im Schilde führten: Sie wollten lauschen.

„Was glotzt Ihr so, he? Bezahl ich Euch fürs Glotzen?“, rief der kleine Mann mit der spitzen Nase nun, um sich, da die Männer ihren Blick eilig wieder nach vorne gerichtet und ihren Schritt deutlich beschleunigt hatten, wieder Velent zuzuwenden. „Glaubst Du, ich würde irgendeinen von denen genau kennen?“, fuhr er leise fort. „Ich weiß nur grob, dass sie irgendwann irgendwo irgendwen erschlagen oder beraubt haben sollen. Aber es interessiert mich auch nicht, verstehst Du? Ich leiste sie mir, weil sie gute Kämpfer sind. Und Du siehst aus, als könntest Du auch ein guter Kämpfer werden! Oder am Ende bist Du es sogar bereits!“

„Nein, das ist nichts für mich!“, entschied Velent und drückte Adlan die Schenkel in die Seite. Scheinbar mühelos drückte sein treues Tier Valerius’ Pferd aus dem Weg.

„Im Vertrauen“, nahm Valerius die Zügel sofort wieder auf und folgte Velent, der seinen Weg Richtung Mattiacum langsam fortgesetzt hatte. Er sprach nun noch etwas leiser und zunächst nicht mehr ganz so bestimmt: „Wir haben da im Moment einen bedauerlichen Engpass. Der Pöbel in Mogontiacum, dieses verlauste Drecksgesindel, hat doch tatsächlich gleich dreimal den Tod gefordert! Drei meiner besten Männer! Tot! In acht Kämpfen!

Das hat es noch nie gegeben!“, ereiferte er sich. „Das müsste verboten werden! Und zwei weitere haben sich die Mägen verdorben, an den Scheiß-Austern, die es auf dem Bankett gab! Und dann noch die Tiere! Ein Löwe, zwei Bären – wir konnten sie gar nicht mehr trennen! Es war fürchterlich! Nur das Nashorn ist uns geblieben!“

Velent schwieg.

„Nicht, dass Du Angst haben müsstest!“, wiegelte Valerius ab. „Im gesamten letzten Jahr hatten wir nur einen einzigen Mann zu ersetzen und nun gleich drei oder besser fünf! Das hat es wirklich noch nie gegeben, beim Mars! Und das konnte ich doch auch nicht wissen, als ich im Winter noch zugesagt hatte, für ein paar schöne Kämpfe zum Abschluss der Quinquatrus, hier in Mattiacum. – Also, was sagst Du?“

„Ihr werdet in Mattiacum bessere Männer als mich finden!“

„Mag sein, aber das Problem ist –“ Er unterbrach sich selbst, blickte kurz auf seine Männer und bat Velent dann: „Lass uns über das Feld reiten, da kommen wir schneller voran!“ Er lenkte sein Pferd vom Weg auf die braune, tiefe Erde und Velent tat ihm den Gefallen, ihm zu folgen.

„Das Problem ist“, setzte Valerius neu an: „Mein Auftraggeber hat bereits bezahlt, verstehst Du?! Er hat bezahlt, für drei Hetzen, zwei Jagden und zwölf Kämpfer. Du hast vielleicht selbst gesehen, dass mir einer fehlt, selbst wenn ich meine beiden Venatoren dazu zähle. Ich kann hier nicht einfach durch die Stadt laufen und mir irgendjemanden aussuchen. Hinterher, ja, gerne. Aber für morgen brauche ich einen wie Dich, der aussieht, als wäre er schon immer bei uns gewesen. Und Du siehst doch fast so aus – gut, ein wenig dünn vielleicht, aber die Muskeln … Das könnte reichen – zumindest, um einen meiner Tierhetzer zu spielen. Zumindest für einen Tag, wenn Du schon nicht länger bei uns bleiben willst. Was ich, nebenbei gesagt, nicht verstehen könnte! Frag ruhig die anderen, sie sind alle zufrieden! Du könntest es kaum besser treffen! Gladiatoren sind die Helden unserer Zeit! Bejubelt und verehrt. Ein Sinnbild all dessen, für das Rom steht: Mut, Siegeswillen, Männlichkeit!“

Je länger Valerius redete, desto mehr verfiel er in die Rolle eines Marktschreiers, eine Rolle, die ihm nicht fremd war, musste er doch ein guter Händler sein, wenn er ein Gastspiel seiner Truppe zu verkaufen und die Konditionen mit den jeweiligen Veranstaltern auszuhandeln hatte.

Velent kam ins Grübeln. Vielleicht konnte ihm dieser Mann ja irgendwie behilflich sein, Luna näherzukommen, wenn sie denn tatsächlich in der Stadt war. „Und wer ist Euer Auftraggeber?“, fragte er.

„Einer der beiden Männer, die in diesem Ort das Sagen haben! Ein gewisser Quirin“, entgegnete Valerius, ohne zu wissen, von welch ausschlaggebender Bedeutung diese Botschaft für Velent war.

„Wann sollen die Kämpfe stattfinden?“, hakte er nach und versuchte, sich nicht anmerken zu lassen, wie aufgeregt er war.

„Morgen!“, sah sich Valerius deshalb seinem Ziel bereits nahe und bedrängte Velent: „Das heißt, Du bist dabei! Abgemacht?!“

„Nehmt mich mit in die Stadt und ich überlege es mir“, ließ Velent eine abschließende Antwort offen. Sie hatten das westliche Tor der Stadt fast erreicht. Velent zog seinen Mantel hoch über den Kopf. „Auf freiem Feld ist es doch kälter als im Wald!“, erklärte er sich.

„Sicher!“, grinste Valerius.

Bild II

2 Jahre vor Lunas Brief an Velent – in Mattiacum an der Logana

„Valerius, der Eigentümer der unbezwingbaren Gladiatoren, mit einem seiner Kämpfer! Der Rest folgt gleich mit zwei Wagen!“, rief Valerius mit durchdringender Stimme, da er das westliche Tor Mattiacums erreicht hatte. Die Wachen nickten und winkten die beiden Männer durch – wobei sie Adlan dabei noch die meiste Beachtung schenkten.

Velent klopfte das Herz bis zum Hals, als sie das Tor passierten. Vor ihm lag Mattiacum. Wie lange war er nicht mehr hier gewesen? Er konnte es nicht einmal mehr sagen. Es waren gewiss vier, nein, eher noch fünf lange Jahre! Der Ort hatte sich verändert. Etliche Gebäude kannte er noch gar nicht; andere schienen zu fehlen. Doch ließ er seinen Blick nicht allzu lange umherschweifen. Er galt alleine der breiten Hauptstraße. Jeden Moment hoffte er, im Gedränge der Menschen Luna zu entdecken, und zugleich befürchtete er, selbst von irgendjemandem erkannt zu werden. Erste Kinder deuteten erstaunt auf sein Pferd. Adlan! Er hatte im Durcheinander seiner Gedanken erneut nicht an Adlan gedacht! Wenn nicht ihn selbst, so würde womöglich jemand sein Pferd erkennen! Wie hatte er aufs Neue so leichtsinnig und dumm sein können!

Wir fanden uns wieder, weil Du den Glauben an uns schließlich nicht mehr verloren und ihn eisern verteidigt hast. Weil Du in der Stille der Höhle der Zwerge fähig und willens warst, das Flüstern der Stimme der Liebe zu hören und mutig genug, ihrem Ruf zu folgen.
Auch deshalb bin ich mit Menelaos hierher nach Mattiacum zurückgekommen. Weil Du auch damals hierher kamst, auf den vagen Verdacht hin, ich

könnte hier sein. Der Gefahr, in die Du Dich damit begabst, wie so oft schon, zum Trotz.

Doch genauso wenig wie Velent Luna entdeckte, sollte irgendjemand ihn oder sein Pferd erkennen, was nicht zuletzt aber auch daran gelegen haben mag, dass Valerius sein eigenes Pferd schon dicht hinter dem Stadttor nach links lenkte, zwischen ein paar – wie Velent sich recht sicher wahr – neu errichteten Häusern an der Hauptstraße hindurch, in das Viertel der Stadt, das nach wie vor am meisten Platz bot.

Hier hatte die Gladiatoren ihr Lager aufgeschlagen. Velent zählte, da sie es bald darauf erreichten, fünf große Zelte, die sich in einem Halbkreis um einen runden, mit Stroh ausgestreuten Platz gruppierten. In seinem Boden steckten drei mannshohe Pfähle. Vervollständigt wurde der Kreis durch etliche Karren und Wagen, die dort bereits standen und wenig später durch jene der frisch gefangenen Tiere ergänzt wurden. Auch sie sollten mit Tüchern vor neugierigen Blicken abgeschirmt werden, so, wie auch der Wagen, der Velents Blick am längsten gefangen halten sollte.

Durch ein zur Seite geschlagenes Tuch erkannte er ein ihm völlig fremdes, riesiges Tier. Es hatte einen massigen, gedrungenen Körper, mit langem Kopf, aus dem ein großes Horn entwuchs. Zwei Männer schoben gerade einige Köpfe Salat, Obst und Gemüse durch die Gitterstäbe des Wagens. Sie bannten Velents Blick schließlich nicht weniger als das Tier. Es waren Zwerge, die im Gegensatz zu jenen in den Bergen, aus denen Velent gerade kam, diesen Namen auch wirklich verdienten. Henar und die Seinen waren auch klein, jedoch im Allgemeinen. Bei diesen Männern war es anders. Ihre Köpfe und Hände und selbst ihre Rümpfe schienen eine normale Größe zu haben. Ihre Arme und Beine waren im Verhältnis aber deutlich zu kurz geraten. Das ließ ihre Bewegung tapsig und drollig erscheinen. Jeder Schausteller weiß darum. Bei Valerius war es nicht anders.“

„Gleich kommt Maximus!“, rief er den Zwergen zu, da sie sich gerade auf eine Kiste gesetzt hatten, um sich eine kurze Pause zu gönnen. „Seine Tiere müssen auch versorgt werden! Holt schon einmal Wasser und Heu! Die Zugtiere schafft ins Gatter und kümmert Euch dort um sie! Und lasst Euch die Waffen der Männer wiedergeben! Und schließt sie weg! – Hier!“

Er warf ihnen einen Schlüsselbund zu, den der vorderste Zwerg unterwürfig nickend vom Boden auflas.

Velent wunderte sich ein wenig, wie gehorsam die grobschlächtigen Männer, da sie bald darauf eintrafen und ihre Wagen an die richtige Stelle gezogen hatten, den Zwergen ihre Waffen auslieferten – sie schienen es gewohnt zu sein und zugleich die Strafen zu kennen, die ihnen drohten, wenn sie sich widersetzen.

Sie maulten auch nur kurz auf, da Valerius sie, gerade da sie ihren Eintopf aus Bohnen und Gerste gekocht und heruntergeschlungen hatten, schon wieder aufscheuchte, um beim Bau der Tribüne zu helfen, die nicht weit von ihrem Lagerplatz entfernt, auf halbem Weg zu Basilika und Forum, aufgeschlagen worden war.

„Die Bande der Arena ist noch zu niedrig! Bis hinauf zu den ersten Plätzen, hatte ich gesagt! Besorgt noch mehr Bretter! Und Stroh und Sand für den Kampfplatz! Beeilt Euch, bis heute Abend muss alles fertig sein!“, rief er ihnen ungehalten hinterher, um sich selbst im Folgenden um Velent zu kümmern, der sich mittlerweile von Adlans Rücken geschwungen und sein Pferd an einen nahen kleinen Haufen Heu geführt hatte.

„Die Arena hat genau diese Abmessungen“, deutete Valerius auf den Übungsplatz, ging aber gleichzeitig zu einem der Karren, um dessen Abdeckung zurückzuschlagen und eine Lanze zu ziehen. „Unsere Venatoren tragen nur eine Lanze. Mehr nicht. Mann gegen Tier! Du kannst doch gegen einen Eber kämpfen, oder?“

Velent nickte, konnte jedoch nicht anders, als gleichzeitig an seine Kette zu denken. Ob Luna die ihre noch trug? Ob sie noch lebte? Und wie es Swidger wohl ging?

„Du scheuchst das Tier, stellst es, hetzt es, reizt es, spielst mit ihm. Es geht nicht darum, es schnell zu töten, verstehst Du? Wir wollen die Leute unterhalten. Zieh das Ganze ruhig ein wenig in die Länge, wir haben ohnehin recht wenig Programm. – Zieh Dein Hemd mal aus!“

„Mein Hemd?“

„Ja! Nun mach schon!“

Velent folgte der Anweisung.

„Ein wenig dünn vielleicht“, konnte Valerius seine Enttäuschung nicht ganz verbergen, dann jedoch meinte er. „Am besten, wir malen Dir ein paar lange Narben auf und machen den Leuten weis, Du hättest ein Jahr lang mit dem Tod gerungen. Das mögen sie sicher auch.“

„Ich habe noch nicht einmal ‚ja‘ gesagt!“, entgegnete Velent, ohne dass sein Gesicht seinem Gegenüber verraten hätte, wie nah er der Wahrheit gekommen war.

„Ich kann auch ein paar Legionäre herbeirufen“, entgegnete Valerius ungehalten, „und sie fragen, ob sie sich für einen jungen Mann interessieren, der nicht erkannt werden wollte, als er in ihre Stadt hineinkam.“

Velent ließ sich von dieser Drohung jedoch nicht beeindrucken.

„Und ich könnte zu Quirin gehen und ihm sagen, dass es da einen Mann gibt, dem er zu viel Geld bezahlt hat, weil jener gedenkt, ihn bei der Anzahl seiner ‚unbezwingbaren‘ Gladiatoren übers Ohr zu hauen! Wenn Quirin noch der Geizhals und Hitzkopf ist, der er einmal war, wird eine saftige Rückzahlung noch das Geringste sein, was Euch erwartet!“

Valerius schnaubte vor Wut, doch fiel ihm spontan nichts ein, was er Velents Worten hätte entgegensetzen können, also lenkte er ein und meinte, so freundlich es ihm in diesem Moment möglich war: „Ich habe nicht behauptet, dass Du ‚ja‘ gesagt hast. Ich wollte Dir nur Deine mögliche Rolle erklären und Dir zeigen, wie einfach sie ist.“

„Was ist mit den Helmen?“, deutete Velent auf den Rest der Ausrüstung, die auf dem Karren lag.

„Venatoren tragen keine Helme“, schüttelte Valerius den Kopf.

Velent überlegte einen Moment, dann meinte er. „Ich will aber einen Helm. Mit Helm bin ich Euer Mann, ohne nicht.“

„So?“, bekam Valerius wieder Oberwasser. „Also auch in der Arena mag der junge Mann nicht erkannt werden. Da hätte ich selbstverständlich auch alleine drauf kommen können. Was machen wir denn da?“

„Ihr gebt mir einfach einen Helm!“

„Venatoren tragen aber keinen Helm“, wiederholte sich Valerius, wobei Velent nicht ahnen konnte, in welche Richtung die Gedanken des kleinen Mannes abzudriften begannen.

„Siehst Du, das war mir auch gerade eingefallen!“, säuselte er. „Nur leider ist es so, dass es hier feste Regeln gibt, die selbst ich nicht brechen darf, so leid es mir tut. Wenn Du einen Helm möchtest, bitte! Werde ein Gladiator! Nur zu gerne. Doch geht das nicht für einen Tag. Dann müsstest Du schon mindestens bis zum Ende des Jahres bei uns bleiben. Du bist zwar, wie gesagt, ein wenig dünn, aber in Anbetracht der Umstände … Du musst ja nicht gleich einen Samniten spielen, ein Thraker reicht ja völlig. – Du hast keine Ahnung, wovon ich spreche, richtig?“

Velent hatte keine Ahnung. Er hatte nie zuvor einen Gladiatorenkampf gesehen. Keine dieser meist armseligen, zum Teil auch geradezu lächerlichen Possen in der Provinz und schon gar nicht eine der großartigen Inszenierungen in Rom. Er wusste nicht, was ein Samniter, Thraker oder Secutor war; er wusste nicht, wie ein Murmillo ausgestattet war oder wie ein Retiarier zu kämpfen pflegte; er wusste nichts von den klassischen Paarungen der Kämpfer, nichts über den Aufbau oder Ablauf eines Wettkampftages und nichts von dem Kampf selbst, der ihm bevorstehen würde; doch immerhin war sein Verstand wach genug, dass er aus dem, was er bereits erfahren hatte, schließen konnte, dass dieser Kampf tödlich enden konnte, gleichwohl ihm Valerius in süßen Worten das Gegenteil zu versprechen versuchte.

Nicht nur deshalb schloss es Velent in jenem Moment aus, Valerius’ Angebot anzunehmen. Er sah jedoch davon ab, ihm dies sogleich mitzuteilen, schien ihm das abgeschottete Lager der Gladiatoren doch der beste Ort in dieser Stadt zu sein, um nicht erkannt zu werden. Vielleicht, so hoffte Velent, konnte es ihm ja am späten Abend oder in der Nacht gelingen, Luna zu finden, mit ihr zu sprechen, ja, vielleicht gar gemeinsam mit ihr die Stadt zu verlassen. Seine Gedanken gingen auf die Reise.

Dafür danke ich Dir, Velent. Und den Göttern, gleich, welche uns gnädig waren. Denn bin ich heute von Nebel umgeben, so war es damals gewissermaßen nicht anders.

Valerius war kein Menschenfreund, wohl aber ein Menschenkenner. Und als solcher verstand er es, Velents sehnsuchtsvollen Blick zu lesen; und er schien zugleich zu ahnen, dass er diesen jungen Mann nur zu schnell wieder verlieren konnte.

„Ich brauche Klarheit!“, sprach er ihn an. „Du hast gesagt: Mit Helm wärst Du mein Mann! Darf ich das als ein ‚Ja‘ verstehen?“

Velent seufzte; und beging zugleich den Fehler, seinen Blick noch einmal kurz über das Lager schweifen zu lassen.

„Sag ‚ja‘ und Du kannst hier bleiben“, versuchte Valerius ihn zu locken, ergänzte jedoch auch ebenso unmissverständlich: „Oder sag ‚nein‘, dann muss ich Dich allerdings bitten, zu gehen! Dieser Platz ist allein meiner Truppe vorbehalten. – In der ich Dich, ich betone es noch einmal, nur zu gerne sehen würde! Als was auch immer! Also, was ist? Wie entscheidest Du Dich?“

Velent blickte für einen Moment unter sich, dann nickte er.

„Bestens!“, triumphierte Valerius, „bestens!“, und sah anscheinend nicht den geringsten Anlass, noch mehr Zeit zu verlieren. „Pulcher! Auf die Beine!“, rief er nach Titus, einem seiner Gladiatoren, die sich in Mogontiacum den Magen verdorben hatten. „Wenn Du schon nicht kämpfen kannst, dann weise zumindest Deinen Ersatzmann ein! – Ach, eines noch“, wendete er sich, da er Bewegung in Titus’ Zelt kommen sah, noch einmal an Velent. „Du wirst es vorhin ja mitbekommen haben: Es ist meinen Männern verboten, Waffen in der Stadt zu tragen. Eine reine Vorsichtsmaßnahme. Na ja, bei der

Vergangenheit des einen oder anderen vielleicht nicht ganz unberechtigt. Du bist ganz sicher ein friedlicher, ehrlicher Kerl, aber trotzdem …“ Seine Hand deutete fordernd auf Velents Schwert. „Du bekommst es selbstverständlich zurück. Schon für den Kampf in der Arena, wenn Du möchtest.“

Velent zögerte einen Moment, doch schien es keinen anderen Weg zu geben. Also übergab er Valerius schließlich sein Schwert.

„Deinen Sold erhältst Du übrigens erst am Ende des Kampftages, so, wie es üblich ist!“, fügte Valerius hinzu und wiegte zugleich bewundernd Velents Schwert in den Händen. „Eine ganz hervorragende Arbeit, wie mir scheint. Wo hast Du es her?“

„Wie gesagt“, erwiderte Velent. „Ich bin ein Schmied.“

Ein seufzendes Stöhnen ließ beide aufblicken. Titus kam auf sie zu, gebeugten Schrittes.

„Aah, da kommt er ja, der schöne Titus!“, machte sich Valerius über ihn lustig und wendete sich zugleich an Velent. „Aber nenn ihn Pulcher. Das machen alle so.“

Dann hieß er die Zwerge, Velents Schwert zu verwahren. Dies gab Velent Gelegenheit, sich Titus genauer anzuschauen. Er schien in etwa sein Alter zu haben, war ein großer Kerl und hatte zudem ein so auffallend fein geschnittenes Gesicht, dass es kaum zu seinem massigen Körper passen wollte. Sicher hatte er unbändige Kräfte!

In diesem Punkt hatte Velent Recht, Titus' Wesen war jedoch – wie Velent in den kommenden Stunden ein wenig überrascht feststellen sollte – ein eher sanftes. Wie mochte es diesen einfachen Bauernsohn, der dafür geschaffen schien, ein Feld zu bestellen und Rinder zu züchten, in eine über Land ziehende Gladiatorentruppe verschlagen haben?

„Genug gefaulenzt!“, trieb Valerius ihn an. „Tu endlich wieder etwas für Dein Geld und weis ihn ein! – Ich muss noch zur Basilika!“ Er war bereits ein paar Schritte davongeeilt, da drehte er sich noch einmal um und rief zu Velent hinüber: „Wie heißt Du eigentlich?“, und ergänzte, da Velent ein wenig zu lange überlegte: „Oder wie sollen wir Dich nennen?“

„Das steht Euch frei!“, gab Velent zur Antwort.

„Gut!“, erwiderte Valerius. „Wie wäre es mit Burrus?“

„Burrus war kleiner!“, mischte sich Titus ungefragt ein. Da er sich offenbar noch zu schwach fühlte, um lange zu stehen oder zumindest diesen Anschein erwecken wollte, lehnte er sich rückwärts an das Ende des Karrens und stützte sich zugleich mit beiden Händen auf ihm ab.

„Was soll's?!“, wischte Valerius den Einwand beiseite. „Wir bleiben bei Burrus!“ Er nickte Velent kurz zu, um Titus, bevor er dann seines Weges zog, noch einmal kurz an seine Aufgabe zu erinnern, die er ihm zugewiesen hatte: „Und Du, Unnützer, zeig ihm endlich alles, was er braucht! Als Venator. Oder besser gleich als Thraker! Wenn er so sehr darauf erpicht ist, mal einen Helm zu tragen. Und Du bleibst bei ihm, hörst Du! Nicht, dass er uns verloren geht! Ich hoffe, wir haben uns verstanden?!“

Titus nickte und tat wie ihm geheißen. Mit leiser, matter Stimme erklärte er Velent in der kommenden halben Stunde, welche Waffen, welches Schild, welcher Helm und welche Arm- und Bein-Schienen zu einem Thraker gehörten. Er wies ihn auch an, wie er sie anzulegen hatte und berichtigte schließlich, mittlerweile auf dem Karren kauernd, auch Velents erste, zögerliche Angriffsschläge mit den für ihn ungewohnten Rüstungsteilen und Waffen.

Velent hatte sie gegen den ihm am nächsten stehenden Pfahl zu führen und stellte sich zu Titus' Verwunderung dabei bereits nach kurzer Zeit recht geschickt an.

„Deine Schläge sind gut!“, lobte er ihn. „Aber noch wichtiger wird es sein, dass Du weißt, wie Du die Schläge Deines Gegenübers abzuwehren hast! Aber dafür bedarf es wohl eines Gegners.“

Unter einem tiefen Seufzer raffte sich Titus auf und kroch von seinem Lager. Dann schnappte er sich eines der hölzernen Übungsschwerter und deutete mit ihm ein ums andere Mal die Hiebe an, die Velent von einem Secutor oder Murmillo zu erwarten hatte.

„Ich denke, das reicht!“, meinte er kurz darauf. „Du machst das wirklich erstaunlich gut! Hat er Dir schon gesagt, gegen wen Du kämpfen wirst?“

Velent schüttelte den Kopf.

„Es sollte Dir aber nicht egal sein!“, warnte ihn Titus.

„Ich habe ihm bislang nur meine Zusage als Tierhetzer gegeben!“, wand Velent ein, was Titus jedoch nicht gelten ließ. Er suchte erneut den Halt des Karrens und lehnte sich erschöpft an ihn.

„Glaub mir“, entgegnete er, während er sich nun eine Hand auf den Magen hielt, „er hat noch jeden bekommen, den er wollte.“ Dann zog er schleichenden Schrittes los und war bereits kurz hinter seinem Zelt verschwunden, als er noch einmal für einen Moment hinter ihm hervorlugte: „Mach mir keinen Ärger und bleib, wo Du bist! Verstanden?!“

Velent nickte. Er hätte sich einfach davon machen können, doch verrieten ihm seine Ohren, dass die Straßen und Gassen der Stadt noch viel zu belebt waren. Außerdem wollte er sich nicht vorwerfen lassen müssen, dass Valerius Titus womöglich seinetwegen bestraft hätte.

Er folgte ihm sogar in sein Zelt, da dieser ihn fragte, ob er nicht auch müde sei. Velent war müde, doch fand er keinen Schlaf. Luna ging ihm nicht aus dem Kopf.

Dieses Gefühl, das Marcus mir gab, das Gefühl, geliebt und gebraucht zu werden, schmeichelte mir; es trug mich und täuschte mich zugleich. Denn es ließ mich zu lange vergessen, dass es auf Dauer, um glücklich zu werden, zu sein und zu bleiben, nicht ausreicht, nur geliebt zu werden, ohne selbst zu lieben.

*

Endlich wurde es Abend. Endlich! Die Sonne ging unter.
Stunden hatten die Gladiatoren gearbeitet. Munter
Waren sie dennoch. Weil sie des großen Festmahls gedachten,
Das nun bevorstand. Die meisten von ihnen sangen und lachten.

Völlig hemmungslos saufen und völlig hemmungslos prassen.
Danach gierten sie. Und danach, sich bewundern zu lassen.
Denn zu Empfängen wie diesem kamen meist zahlreiche Frauen.
Manche würden sich zieren. Andre sich sicher getrauen,
Ihnen näherzukommen! Männern, die bald um ihr Leben
Kämpften, waren jene oft willig, mehr als ein Lächeln zu geben.

Velent ging nicht mit. Gleichwohl man ihm sagte, es würde sich lohnen.
Viele lachten sogar, als er meinte, er müsse sich schonen.
Aber erst als die Kranken und Zwerge tief und fest schliefen,
Konnte Velent das Lager verlassen. Hier und da liefen
Noch ein paar Menschen umher. Nicht wenige waren betrunken.
Aber er nahm sie kaum wahr. Denn er war in Gedanken versunken.

Luna! Er fand das Haus ihres Onkels sicher verschlossen.
Wächter und Hunde im Hof. Und hinter den Läden und Sprossen
Keinerlei Licht. Vielleicht war sie dort! Dort hinter der Mauer!
Sehnsüchtig hoffend legte sich Velent kurz auf die Lauer.

Aber nichts tat sich. Also entschied er sich, weiterzugehen.
Erstmal zum „Schwan". Es war seltsam, die Schenke wieder zu sehen.
Vieles war ihm vertraut – die Tische und Bänke und Lichter –,
Aber Luna war nicht dort. Er schaute in fremde Gesichter.

Dort hatte Luna gestanden und hier hatte er sie gehalten.
Nun aber war er allein. Umgeben von finstren Gestalten.
Niemand sang. Auch an Gaela musste Velent kurz denken,
Um seine Schritte sodann verbittert zum Forum zu lenken.

Aber die Hoffnung kam wieder. Sie spann sich eilig den Faden,
Selbstverständlich war auch Luna zum Festmahl geladen!

War er denn völlig blind gewesen, dies nicht zu erkennen?
Velent ging schneller und schneller. Bald schon sollte er rennen.

Hin zum Forum, das etliche Feuerkörbe erhellten.
Um die herum sich mehr Personen als üblich gesellten.
Einfache Leute, die nicht erpicht darauf waren zu frieren.
Und darauf setzten, man könnte ihnen hier etwas spendieren.
Brot oder Bier etwa. Oder sie gar mit Wein überraschen!
Und einen Blick auf die Kämpfer wollten sie auch gern erhaschen!

Allen war es vergönnt, denn das Dutzend der Gladiatoren
Fühlte sich in der Basilika offensichtlich verloren.
Nicht einmal dreißig Gäste waren zum Festmahl erschienen.
Frauen fehlten fast gänzlich! Was man recht deutlich den Mienen
Aller Beteiligten ansehen konnte. Sie wirkten betroffen.
Oder beleidigt. Nun aber, da die Türen weit offen
Standen, genossen zumindest die Kämpfer ihr Bad in der Menge.
Wer indes teuer bezahlt hatte, stürzte sich nicht ins Gedränge.

Wo war sie, die er niemals aufgehört hatte zu lieben?
Lebte sie? War sie auch hier? Oder zu Hause geblieben?
Velents Blick suchte Luna vergeblich, so sehr er sich streckte.
Nein, sie war nicht dort, in jener Halle. Doch dafür entdeckte
Velent zwei andre: Quirin und Marcus. Sie standen zusammen.
Nichts hielt ihn davon ab, sie beide sogleich zu verdammen.

Bis zum Halse schlug ihm sein Herz! Die beiden zu fragen,
Wo Luna war, war genauso verlockend, wie sie zu erschlagen!
Doch er sah davon ab und blieb im Schatten verborgen.
Schließlich ging er zurück; doch schlief er kaum bis zum Morgen.

Es oblag der kleinen Zwergenschar, alle zu wecken.
Was sie nur zu gern tat. Mit Stöcken auf Bleche und Becken
Schlagend begann sie, sich ihren Weg durch das Lager zu bahnen.
Außerdem rief sie dabei – und das dicht an den öligen Planen.

*

„Wacht auf, Ihr dem Tode Geweihten!"

„Schaut Euch an, wie die Sonne aufgeht! Vielleicht seht Ihr es nie wieder!"

Die Rufe der Zwerge klangen geübt – es waren Morgen für Morgen die gleichen. Und doch genossen die verwachsenen Männer das kleine Stückchen Macht, das ihr Herr ihnen übertragen hatte.

„Wacht auf, Ihr dem Tode Geweihten!"

„Schaut Euch an, wie die Sonne aufgeht! Vielleicht seht Ihr es nie wieder!"

Allmählich kam Leben in die Zelte, nicht selten von Flüchen und beständig von Murren begleitet.

„Diese Zwerge müssen sich nicht wundern, wenn ihnen irgendwann irgendwer den Hals umdreht!" Der Grimm in Titus' Stimme war nicht zu überhören. So gutmütig der Koloss in seinem Innersten auch war, unsanft geweckt zu werden schmeckte ihm überhaupt nicht.

Er rollte sich missmutig auf den Rücken und rieb sich den Schlaf aus den Augen. Dann wandte er sich an den Mann neben ihm, dessen nächtlicher Streifzug ihm völlig entgangen war.

Velent hatte sich längst eine unverfängliche Antwort zurechtgelegt. Er sei doch noch auf ein Bier losgezogen. In eine der Tavernen. Titus indes wollte nur wissen, ob er schon wach war.

Er war es, und nutzte – da Titus es nun offenbar auch war – nun seinerseits die Möglichkeit, seinen Zeltnachbarn zu fragen, was ihn selbst umtrieb: „Wo finde ich Valerius?"

„Valerius?", entgegnete Titus unbedarft. „Im größten Zelt. Halt Dich rechts! Du kannst es nicht verfehlen. – Aber warte lieber, bis er von sich aus herauskommt. Er lässt sich nicht gerne stören."

Velent indes hatte sich bereits unter seiner Frage aufgemacht, sich seiner Decken zu entledigen und aus dem kleinen Zelt hinaus ins Freie zu krabbeln.

Die Zwerge empfingen ihn mit großem Hallo.

„Ah, schaut Euch an, wer den Anfang macht!", rief der Erste laut und hämisch. „Der Neue! Er hat vermutlich kein Auge zugemacht, so aufgeregt ist er vor seinem ersten Kampf!"

„… der auch sein letzter sein könnte!", ergänzte der Zweite gehässig, schlug sodann erneut auf sein Blech und rief – eher noch lauter als zuvor: „Schaut Euch die aufgehende Sonne an! Vielleicht zum letzten Mal!"

Die Stimme seines Herrn bremste ihn indes umgehend aus. „Es reicht nun!", hieß ihn Valerius in barschem Ton. Er hatte soeben die Plane seines Zeltes zurückgeschlagen, trat nun ins Freie, reckte sich kurz, suchte vergeblich die Sonne am grauen Himmel, um sodann zielstrebig zu einem der Wagen zu schreiten und sich an einem seiner Räder zu erleichtern. Dabei seufzte er zunächst tief, um sich schließlich jedoch wieder umzuwenden und laut und unmissverständlich zu rufen: „Schürt das Feuer und rührt den Brei an!"

Velent war dem Zirkusbesitzer längst entgegengekommen, hatte jedoch gewartet, ihn anzusprechen. „Valerius! Auf ein Wort!"

„Ah! Burrus!", entgegnete Valerius. „Zu Dir wollte ich als Nächstes! Hör zu, Du machst den Tierhetzer! Ich brauche keinen zusätzlichen Thraker! Dieser windige Quirinus bekommt von mir nichts geschenkt! Keinen Kampf und keinen Mann zu viel!"

Damit schien das Gespräch für ihn beendet, denn er setzte bereits an, an Velent vorbei zu seinem Zelt zurückzugehen. Velent indes machte einen Schritt zur Seite und versperrte ihm damit den Weg.

„Ihr habt mir die Wahl gelassen!“, entgegnete er. „Und ich habe mich für den Thraker entschieden!“

Valerius schaute Velent überrascht an. Zum einen, weil er Widerworte in seinem Lager nicht gewohnt war. Und zum anderen, weil er Velents Wahl nicht nachvollziehen konnte. „Die Rolle als Venatorius ist viel leichter!“, tat er sie kopfschüttelnd ab. „Und mehr Sold bekommst Du auch nicht als Thraker! Also machst Du den Tierhetzer!“

„Ein Wort ist ein Wort!“, widersprach Velent. „Ihr habt mir die Wahl gelassen!“

Valerius vermochte kaum, seinen Unmut über Velents dreiste Antwort zu verbergen, doch beugte er sich schließlich. „Also gut! Thraker!“, meinte er barsch. „Wenn Du es so willst! Und jetzt geh und iss etwas! Du wirst Deine Kraft brauchen!“ Seine Hand deutete unmissverständlich auf das Feuer des Lagers, in dessen Kessel die Zwerge gerade – wie ihnen geheißen worden war – den Morgenbrei anrührten.

Velent aber folgte nicht. Stattdessen stellte er unbeirrt eine Frage: „Schauen sich auch Frauen die Kämpfe an?“

„Was?“

„Sitzen auch Frauen auf der Tribüne?“, fasste Velent seine Frage in andere Worte.

Valerius schüttelte den Kopf. „Warum willst Du das wissen?“

„Weil es mir wichtig ist“, entgegnete Velent kurz und knapp.

Valerius zögerte kurz, überrumpelt von Velents Hartnäckigkeit. „Ein paar werden sicher dabei sein“, gab er schließlich zur Antwort, um seinem Unmut sodann in seinen nächsten Worten freien Lauf zu lassen. „Falls ihre Männer sie nicht erneut zu Hause lassen!“

Velent wusste, was Valerius meinte. Der Empfang war nicht in seinem Sinne verlaufen. Aber ihm war Anderes wichtig. „Habt Ihr eine Liste bekommen? Oder wurde darüber gestern gesprochen? Auf dem Empfang? Wer genau kommt?“, hakte er nach.

„Nein!“ Valerius schüttelte erneut den Kopf. „Warum willst Du das alles wissen?“

Velent zögerte kurz, doch sein Wissensdurst, irgendetwas über Luna zu erfahren, obsiegte über das Gefühl, Valerius zu viel preiszugeben.

„Quirin hat ein Mündel“, führte er kurz angebunden aus. „Eine junge Frau. Sie heißt Luna. Habt Ihr von ihr gehört? Wird sie da sein?“

„Luna?“, wiederholte Valerius erneut überrascht. „Ja, ich glaube, er hat ihren Namen kurz erwähnt.“

Nun war es Velent kaum mehr möglich, seine Aufregung zu verbergen. „Dann lebt sie?!“, brach es beinahe aus ihm heraus.

„Davon gehe ich dann mal aus!“, nickte Valerius.

„Thraker! Für einen Tag! Mit meinem Schwert!“, fasste Velent eilig zusammen. „Das ist mein Angebot an Euch. Nehmt es an oder schlagt es aus!“

In Valerius brodelte es, ob der Dreistigkeit seines jungen Gegenübers. Seine Zustimmung hatte er indes bereits gegeben. Seine missliche Lage hatte ihm keine andere Wahl gelassen. „Thraker!“, bestätigte er deshalb kurz und knapp, um nach einer kleinen Pause drei weitere Worte zu ergänzen: „Für *einen* Tag!“

Wie drohend sie klangen, überhörte Velent gänzlich, hingen doch seine Gedanken allein an Luna.

Heute weiß ich es: Wir müssen selbst lieben.
Und heute weiß ich: Ich liebe Dich. Und nur Dich.

Luna lebte! Sie lebte! Und: Er würde sie sehen!
Doch – jeder kennt solche Fälle – die Zeit schien nicht zu vergehen!
Schlimmer noch: Ungewissheit kam auf und sollte ihn plagen.
Velent fehlten Antworten auf gleich mehrere Fragen:

Wie sollte sie ihn erkennen? Zu grüßen, würde das reichen?
Gab es nicht irgendein passendes Wort, eine Geste, ein Zeichen?
Außer der Kette – und jene hatte er ihr schon gegeben –
Fiel ihm nichts ein. Doch es war ja nur wichtig: Sie war noch am Leben!
Und sie war hier! Er musste und würde zu ihr gelangen!
Oh, wie sehnte er sich doch nach ihren Lippen und Wangen!

Ungeduldig beschloss er, nah der Tribüne zu warten.
Dann sogar unter ihr, damit jene, die sie betraten,
Ihn nicht erkannten. Weit über einhundert Gäste erschienen.
Luna indes – musste Velent erkennen – war nicht unter ihnen.

Dafür sah er dort aber schließlich zu seinem Erstaunen
Seya und weitere Häuptlinge. Es erhob sich ein Raunen.
Bald indes folgten höhnische Sprüche und spöttisches Nicken.
Weil man verstand, es galt, den bezwungenen Feind zu erblicken!
Niemand gedachte, den unlängst Besiegten die Hände zu reichen!
Rom drohte keine Gefahr mehr! Das allein war das Zeichen!

Da er dies sah, hatte Velent erneut an Swidger zu denken.
Hatte er wieder versucht, seine Schritte nach Osten zu lenken?
Hin zu Marbod? Sollte er froh sein, ihn hier nicht zu sehen?
Hoffte er weiter, der Wind vermöchte sich nochmals zu drehen?

„Hier hast Du Dich verkrochen!“, flüsterte Titus und krabbelte zu Velent unter die Tribüne. „Also weißt Du es schon!“

„Was?“, fragte Velent, ohne sich groß umzudrehen. „Dass die Ränge sich füllen?“

„Das tun sie!“, entgegnete Titus. „Nachdem, was die anderen von gestern Abend erzählt haben, hätte ich das nicht unbedingt gedacht. Aber, das meine ich nicht.“

Die kurze Pause, die Titus seiner Ausführung gönnte, verfehlte ihre Wirkung nicht. Velent drehte sich zu ihm um und fragte: „Was meinst Du dann? Was weiß ich noch nicht?"

„Er lässt Dich gegen Maximus kämpfen!", erwiderte Titus. „Aber, es kommt noch schlimmer: Wenn es stimmt, was ich gehört habe, lässt er ihm völlig freie Hand. Das heißt: Du bist so gut wie tot! – Und jetzt komm!"

Mit einer klaren Geste hieß Titus Velent, ihm zu folgen. Tief gebückt, ja, anfangs sogar auf allen vieren, krochen sie unter der Tribüne hervor. Hinter ihr und um sie herum, jenseits des Zugangs zum Lager, hatten sich bereits zahlreiche Kinder und Arme eingefunden, für die ein Sitzplatz auf der Tribüne ein Wunschtraum bleiben musste. Sie versuchten, sich einen Platz zu sichern, der ihnen durch eine Ritze zwischen zwei Brettern zumindest einen kleinen Einblick in die Arena ermöglichte. Velent und Titus hatten indes kaum ein Auge für sie.

„Tot? Warum sollte er?", hakte Velent unbedarft nach. Er klang noch nicht übermäßig beunruhigt.

Gerade das veranlasste Titus indes, den Kopf zu schütteln. „Weil man ihn dafür feiern wird!", stellte er klar. „Stell Dir vor: Selbst der neue Statthalter ist wohl auf dem Weg hierher! So erzählt man es sich zumindest." Er hielt erneut kurz inne, um dann eher nachdenklich und einschränkend zu ergänzen: „Wobei Maximus diesen Varus in Mogontiacum auch nicht nachhaltig zu beeindrucken vermochte." Dieses kurze Zögern hielt indes nicht lange an. Mit einer forschen Handbewegung wusch Titus seine Bedenken zur Seite. „Aber ein toter Gegner", führte er stattdessen aus, „mehrt auf jeden Fall seinen Ruhm und treibt den Preis in die Höhe, den er in Zukunft verlangen kann! Und für Valerius lohnt es sich auch! Er spart Deinen Sold und verliert doch keinen Mann seiner Truppe! Und ihn verpfeifen könntest Du auch nicht mehr!"

Nun verstand Velent, was Titus meinte. „Also Maximus ...", entgegnete er besorgt. „Was schlägst Du vor? Hat er Schwächen?"

„Allenfalls seine Überheblichkeit“, erwiderte Titus. „Sonst fällt mir leider wirklich nichts ein. Schon gar nicht, wenn er vor dem Statthalter kämpfen darf.“

Ein paar Hörner unterbrachen ihn. Sie riefen die Letzten zur Arena.

„Beeil Dich!“, schloss Titus und eilte voran, dem Lager der Gladiatoren entgegen.

Velent folgte ihm. Er verstand Titus’ Eile nicht. „Ich dachte, das Fest beginnt mit ein paar Opfern ...“, wand er ein.

Die anderen Gladiatoren kamen ihnen bereits im Pulk entgegen. Ein jeder in seiner Rolle gewandet. Nur ihre Helme trugen jene, bei denen sie zur Ausrüstung gehörten, noch unter dem Arm.

„Das Fest beginnt mit den Opfern!“, zischte Titus. „Das stimmt! Aber wir haben uns auch zu zeigen. Hat Dir das niemand gesagt?“

Velent schüttelte den Kopf. „Valerius nicht und Du aber auch nicht.“ Er hatte nun deutlich leiser gesprochen, hatten die Anderen doch fast schon ihre Höhe erreicht. Maximus führte sie an. Er grinste höhnisch und meinte mit Blick auf den Weg, den Titus und Velent einschlugen: „Na, noch mal kurz und gemeinsam den Dünnschiss loswerden?“

Die beiden Angesprochenen beließen es bei einem Kopfschütteln.

Kurz darauf hatten sie das Lager und in ihm den Wagen mit ihren Ausrüstungsgegenständen ereicht, der von einem letzten Zwerg bewacht wurde – die anderen sorgten bereits in der Arena für den einen oder anderen Lacher. Da erklangen die Hörner zum zweiten Mal.

Velent griff zum Helm. „Ich setz’ ihn schon mal auf!“, meinte er. „Dann habe ich die Hände frei für die Schienen!“

„Zieh Dein Hemd vorher aus!“, mahnte ihn Titus. Zugleich nickte er zustimmend – gleichwohl ihn Velents Verhalten ein wenig wunderte. Eilig rieb er ihn noch mit etwas Öl ein, reichte ihm seine Waffe und schickte ihn sodann – dem dritten und letzten Ruf der Hörner folgend – zum Kampfplatz. Er selbst folgte, so schnell es seine Verfassung eben schon zuließ.

Als die Hörner verstummten, begrüßte Quirin seine Gäste.
Er erbat den Segen der Götter und wünschte Augustus das Beste.
Dann jedoch holte er aus, um lang und breit zu erwähnen,
Wem man dies Fest hier verdanke. Die Ersten begannen zu gähnen.

Aber Valerius fiel es nicht schwer, die Stimmung zu retten.
Er verstand sich aufs Reden und bot zudem ein paar Wetten
An. Die Gewinnspanne, rief er lauthals, sei nicht zu missachten.
Deshalb lohne es sich, seine Kämpfer genau zu betrachten.

Dies war das Stichwort für die wartenden Gladiatoren.
Keiner, fügte Valerius an, habe jemals verloren!
Jubel brandete auf und wollte gar nicht mehr enden.
Wie die Gockel sollten die Kämpfer sich drehen und wenden.
Selten zuvor sah man dort wohl so ölig triefende Leiber.
Jedermann grölte und schrie auf den Rängen – besonders die Weiber.

Ihr Arenabesuch widersprach zwar sämtlichen Sitten,
Ging es ums Geld, ließ Quirin sich indes nicht allzu lang bitten.
Unter dem Vorwand, es gelte vor allem Augustus zu ehren,
Hatte er vorab entschieden, dies jeder Frau zu gewähren.
Diese Gunst ließ Quirin sich freilich bestens bezahlen,
Doch zurück zu den Kämpfern, ihrem Gehabe und Prahlen.

Velents thrakischer Helm hatte schmale, längliche Schlitze.
Um etwas sehen zu können – etwa die Zuschauersitze –
Hatte auch er sich, den anderen gleich, beständig zu drehen.
Doch so sehr er sich mühte, er konnte Luna nicht sehen.
Allerdings neben Quirin – und sie war seine engste Verwandte –
Gab es noch vier freie Plätze, wenn er es richtig erkannte.

Ich weiß oder ahne, dass es Dir mit Gaela ähnlich erging.
Und dann kam dieser seltsame Tag. Völlig unverhofft. Jener Tag, den Mattiacum so lange und ich nicht im Geringsten erwartet hatte: das Gastspiel der Gladiatoren. Nur, weil es der Anstand gebot, ging ich schließlich zur Arena. Und konnte am Ende nicht weiter; machte kehrt.

„Seht sie Euch an, meine weit gereisten, oft bestaunten, nie besiegten, mutigen, tapferen, furchtlosen Gladiatoren!“ Valerius pries die Mitglieder seiner Truppe mit lauter, geübter Stimme. „Ich werde sie Euch noch vorstellen! Jeden Einzelnen! Damit Ihr wisst, auf wen es sich zu wetten lohnt! Die Entscheidung würde allerdings selbst mir schwerfallen! Einen indes“, hob er nun die Hand, „muss ich herausgreifen, denn viele von Euch sind, wie ich weiß, nur wegen ihm hier.“ Langsam ließ er sie wieder sinken und deutete nun auf Maximus. „Mein Größter, mein Bester! Dem selbst der Erhabene im fernen Rom schon mehr als nur einmal zugejubelt hat! Dem die Frauen zu Füßen lagen! Wie auch seine Gegner!“ Er lachte kurz über seinen eingeübten Witz, dann überschlug sich seine Stimme beinahe, so viel Inbrunst legte er in Maximus' Namen: „Begrüßt den unbezwingbaren Maximus! Maximus! Maximus!“

In den Beifall, den er damit gleichsam erzwang, mischten sich allerdings auch einige hämische Rufe. Vor allem von weit gereisten Legionären und Veteranen, die durchaus erkannten, dass jener Maximus, der ihnen hier präsentiert wurde, wohl kaum noch etwas mit dem gefeierten Gladiator vergangener Tage zu tun hatte, wenn er es denn überhaupt war.

Maximus blieb ihr Spott nicht verborgen und er versuchte sich die Gesichter derer, die ihn verhöhnten, genauestens einzuprägen, und während Valerius weitersprach, malte er sich aus, was er mit jedem Einzelnen von ihnen anstellen wollte, sollten ihm die Götter die Gunst erweisen, sie ihm in die Hände fallen zu lassen.

Valerius versuchte die Lage zu retten. Sie war ihm nicht ganz neu, wusste er doch selbst am besten, dass Maximus nur mehr ein Schatten vergangener Tage war. Gerade deshalb entließ er seine Kämpfer alsbald aus dem Rund des Kampfplatzes und sprach sodann unbeirrt weiter: „Bevor wir nun gleich die Götter mit ein paar Opfern ehren und Ihr ein paar sehr wundersame und folgsame Tiere zu sehen bekommt, ist es mir ein besonderes Vergnügen, nein, es ist auch mir eine Ehre, dass einer Eurer Edelsten sich mit einem meiner Besten messen wird! Sie treten in einem Schaukampf gegeneinander an: Einer aus Euren Reihen, um sein großes, weit über die Mauern Mattiacums hinaus bekanntes kämpferisches Können unter Beweis zu stellen. Heil Dir, Jupiter, heil Deinem stolzen Sohn, Augustus, und heil jenem Mann, der über viele Jahre Caesars verlängerter Arm in dieser wunderschönen Stadt war: Legat Marcus Primus! Gleich ist er hier!“

Auch der folgende Beifall entsprach nicht ganz seinen Erwartungen, was ihn in diesem Fall aber deutlich mehr erstaunte. Ja, er sah sich seinem Auftraggeber gegenüber sogar verpflichtet, die Menge auf den Rängen zurechtzuweisen.

„Ich denke“, ermahnte er sie, „Ihr solltet einem Ritter des Reiches, der Euch alle, wie ich gehört habe, während des Krieges vor dem Schlimmsten bewahrt hat, etwas mehr Respekt erweisen!“

Marcus dankte es ihm mit einem kurzen Nicken. Und in der Tat rühmten ihn nun ein paar Stimmen mehr. Die Rom preisenden Rufe wurde indes auch deshalb lauter, weil sich nur einen Augenblick später zwei Männer neben Quirin gesellten.

„Schau Dir diese Toga an!“, „Das ist Purpur!“, tuschelten die nahen Gäste entzückt. „Das muss der neue Statthalter sein! Dieser Varus …“

„Statthalter!“, sprach Quirin seinen wichtigsten Gast an. Er selbst war kurz nach dem Ende des Krieges aus der Stadt der Ubier am Rhenus an die Logana zurückgekehrt. Eine Gelegenheit, Mogontiacum einen Besuch abzustatten, hatte sich seitdem noch nicht ergeben. Aber er wusste ja auch, dass er darauf hoffen konnte, den Statthalter gleichsam in seinem eigenen Zuhause begrüßen zu dürfen. „Ich grüße Euch! Wie schade, dass es Euch gestern zu spät war, mit uns ein wenig zu feiern! Ich hoffe, Ihr habt Euch gut erholt! Mein Name ist Quirin. Ich –"

„Ah – ich habe von Euch gehört!", entgegnete Varus höflich, erwiderte den Gruß seines Gegenübers, um sich sodann mit kurzer, wohlwollender Geste der Menge zu präsentieren.

„Und Ihr seid nicht allein!", ergänzte Quirin und blickte auf Varus' Begleitung, einen blonden, gut gebauten Mann in Ausgehuniform. „Wie schön! Dann müsst Ihr Arminius sein! Seid mir gegrüßt!"

Ohne Argwohn begrüßte Quirin den spätren Verräter.
Jenen, der uns wie kein Zweiter betrog. Doch mehr dazu später.

„Ave, Quirin!", erwiderte Arminius. „Und entschuldigt die Verspätung. Der Weg war ein wenig länger als gedacht."

„Wem sagt Ihr das?!", witzelte Quirin unter einem nur zum Teil gespielten Seufzer.

Valerius war mittlerweile nahe an die Ehrenplätze in der ersten Reihe herangetreten. „Heil Dir, Statthalter Varus!", rief er zu ihnen ehrfürchtig empor. „Welch eine Freude, Euch so rasch wiederzusehen!"

Er breitete die Arme aus und wandt sich den anderen Besuchern zu – wissend darum und dankbar dafür, dass sie sich nun nicht weiter verweigern konnten und durften. „Begrüßt ihn", fuhr er fort, „den Mann, der angetreten ist, aus der Brache Germanien eine blühende Provinz unseres glorreichen Reiches zu machen! Statthalter Varus!"

Valerius hatte sich nicht geirrt. Erstmals brandete lauter, ehrlicher Jubel auf. Er versuchte, ihn weiter zu nutzen. „Und begrüßt nun auch noch einmal seinen treuen Tribun! Hier kommt er! Als ein Retiarier[4] gekleidet! Mit Fischnetz und Dreizack! Begrüßt und feiert: Marcus Primus!"

---

4 **Retiarier** – eine von vielen normierten Gladiatoren-Rollen

Tatsächlich war die Zustimmung nun etwas größer. Marcus nahm sie mit erhobener Hand ab und trat in die Mitte des Kampfplatzes, an Valerius' Seite.

Jener empfing ihn mit leisen, höflichen Worten. „Ich grüße Euch, Marcus. Ich betone noch einmal: Es ist nur ein Schaukampf! Ihr habt nichts zu befürchten! Und nehmt auch selbst ein wenig Rücksicht auf meinen Kämpfer, wenn ich untertänigst darum bitten dürfte."

„Sicher!", bestätigte Marcus noch einmal, was sie bereits am Vorabend im Rahmen des Empfangs in der nahen Basilika abgesprochen hatten.

Valerius dankte es ihm mit einem Nicken, um sich sodann aufs Neue der Menge zuzuwenden. „Aber gegen wen tritt er an?", fragte er lauthals und mit großer Geste. „Wer ist sein Gegner?"

„Maximus!", rief ihm eine rundliche Zuschauerin entgegen. Valerius hatte Quirin pflichtbewusst darauf hingewiesen, dass Frauen eigentlich nichts auf den Rängen verloren hatten. Aber ihm zugleich – da er zu wissen glaubte, an wen er geraten war – durchaus zu verstehen gegeben, dass er es andernorts gewiss nicht für erwähnenswert halten würde, sollte dies hier in Mattiacum aus gutem Grund anders gehandhabt werden.

Immerhin hatte sich auch bis zu ihm herumgesprochen, dass Frauen hier im Norden sogar zu Häuptlingen aufsteigen konnten.

Eine von ihnen saß – mehr widerwillig – auf einem der oberen Ränge, seitlich versetzt zu Quirin, neben weiteren Häuptern bezwungener Stämme. Er kannte ihren Namen nicht – es war Seya – und kümmerte sich auch nicht weiter um sie. Stattdessen nahm er den Zuruf auf und wiederholte ihn: „Maximus! Ein guter Vorschlag! Aber ich möchte einen anderen gegen ihn antreten lassen! Einen Mann, den unser Statthalter noch nicht kennt, weil er bei unserem Gastspiel in seiner prächtigen Stadt am Moenus noch seine Verletzungen auszukurieren hatte, die er sich bei einem seiner vielen mit viel Mut und noch mehr Herzblut errungenen Siege zugezogen hat! Hier kommt er: Der aufgehende Stern meiner Truppe, der in siebzehn Kämpfen unbesiegte, unbezwingbare, von den Göttern geliebte Thraker Burrus!"

Das Tor zum Kampfplatz öffnete sich, hinein in die erwartungsfrohen Rufe von den Rängen; der angekündigte Kämpfer indes zeigte sich zunächst nicht.

„Burrus, komm zu mir!“, beorderte ihn Valerius zu sich und entschuldigte sich zugleich bei den Zuschauern. „Er weiß noch gar nichts von der Ehre, die ihm zuteil wird! – Burrus, lass Deine Bewunderer nicht zu lange warten.“

„Burrus!“, wiederholte Titus abseits des Gatters Valerius Worte. „Du bist gemeint!“ Er stieß Velent leicht in die Seite.

„Was? Ich?“, fragte Velent erstaunt. Zwar hatte er die Arena so gut es ging im Auge behalten, aber doch mehr, um zu sehen, ob sich Luna nicht endlich zeigte.

„Er ziert sich noch.“, „Ja, er muss sich wohl *schonen* …“, zogen ihn die anderen Gladiatoren auf, da er nun an ihnen vorbeischritt. Titus folgte ihm.

„Halt! Warte! Nicht mit Deinem Schwert! Gib es mir! Nimm das hier!“ Er bückte sich und zog ein Holzschwert aus einem Korb neben dem Gatter.

„Aber tu’ Dir nicht weh!“, „Es ist ein sehr spitzes Holzschwert!“, ergänzten die Anderen und lachten erneut. Maximus abermals am lautesten.

„Da ist er ja! Burrus!“, empfing Valerius seinen Kämpfer. Seine Stimme klang freundlich; sein Blick schien Velent dafür umso mehr zu tadeln.

Kurz darauf begann der Schaukampf. Die beiden Gegner näherten sich einander an und entfernten sich wieder, deuteten Schläge an und setzten auch den einen oder anderen, indes nie mit voller Wucht.

Im Bewusstsein, dass die meisten der Zuschauer noch nie einem Gladiatorenkampf beigewohnt hatten, beschrieb Valerius derweil noch einmal, wen die Kämpfer verkörperten, wie oft und lange gute Gladiatoren sich täglich zu schulen hätten und wie bedroht ihr Leben dennoch ständig sei. Durch einen einzigen falschen Schlag oder einen einzigen falschen Schritt.

Velent empfand diese Worte als überaus quälend und lange.
Doch sie waren es höchstens bedingt. Ihm selbst war nur bange.
Marcus indes hatte kaum eine Möglichkeit, ihn zu erkennen.
Bis sie Valerius dankend bat, sich in Freundschaft zu trennen.

Rückblickend war es für Velent gar gut, ein wenig zu proben.
Weil zum Beispiel die Schienen im Kampf sich gerne verschoben.
Nach dem Mittag bat er Titus, sie fester zu schnüren,
Doch die Zeitspanne vor ihm sollte den Göttern gebühren.

Artige Tiere wurden gezeigt und Opfer gegeben.
Kälber, Kaninchen, Lämmer und Zicklein ließen ihr Leben.
Tierkämpfe folgten. Aber ohne Löwen und Tiger.
Einfache Hunde zerfleischten ein Schaf. Den bissigen Siegern
Machte der Eber den Garaus. Gleich in der folgenden Runde.
Um sodann, im weiteren Verlauf der kommenden Stunde, –
Wacker sich haltend; er sollte sich wie ein Untier gebärden –
Selbst von den Pfeilen und Lanzen der Zwerge getötet zu werden.

Anschließend wurden Verbrecher und Diebe in die Arena geführt und
gezüchtigt. Immerhin ließ man sie alle am Leben. Anders als jenen,
der folgte. Velent erkannte Arpar. Ihn nämlich peitschte man aus
und ließ ihn sodann von mehreren starken Ochsen in Stücke reißen.

Viele schrien. Jubelnd. Oder aus blankem Entsetzen.
Spätestens, da man entschied, einen Wolf auf den Leichnam zu hetzen.

Gleich darauf sollten Hörner den Morgen des Kampftags beenden.
Jeder freute sich nun auf sein Essen. Doch vor den Ständen
Rund um den Kampfplatz sollte die fröhliche Stimmung rasch kippen.
Vielen dort kamen Worte wie „Wucher“ über die Lippen.

Alle Getränke und Speisen waren total überteuert!
Auf Quirins Verfügung hin ward alles fünffach besteuert!
Einige konnten sich selbst den einfachen Eintopf nicht leisten.
Selbst etwas Reichere ärgerte dies – zumindest die meisten.

Viele begannen, lauthals zu pfeifen; sie maulten und buhten.
Andere riefen nach Aulus, auf dem ihre Hoffnungen ruhten.
Letztlich ließ sich der reichste Römer im Ort auch nicht lumpen.
Jeder, der wollte, erhielt seinen Brei und auch einen Humpen.

Aulus selbst gehörte zur Schar der geladenen Gäste,
Welche gutes Essen bekam. Wenngleich es nur Reste
Waren. Vom Vorabend. Was aber niemandem aufstoßen sollte,
Weil ein jeder Gast nur eines ersehnte und wollte:
Varus nahe zu sein und seinen Worten zu lauschen.
Oder, wenn möglich, mit ihm – so wie Marcus – ein wenig zu plauschen.

Ich erinnere mich, dass Marcus nach mir rufen ließ. Zum Essen. Wohl um sich mit mir zu schmücken.
Doch ich gab seinem Boten zu verstehen, dass mein Kopf zu sehr schmerze.
Indes: Es war nicht der Schmerz, der mich quälte.

Bild III

2 Jahre vor Lunas Brief an Velent – in der Basilika Mattiacums

„Ich hätte Dich sicher auch gut in Mogontiacum gebrauchen können!“ Varus’ Stimme hatte etwas Wohlwollendes, zugleich klang sie aber – wie so oft – auch etwas herablassend. Er stand Marcus gegenüber, schaute ihn aber, da er mit ihm sprach, nur selten an. Viel eher schien er Gefallen an der jungen Matthin gefunden zu haben, deren Lyra-Spiel sich sanft über das Gemurmel der geladenen Gäste in der Basilika legte. „Tiberius hat mir nur Gutes über Dich berichtet. Aber je länger ich nun hier in Mattiacum bin, desto mehr bin ich davon überzeugt, dass es die richtige Entscheidung war, Dich hierher zurückzuschicken!“

Marcus nickte dankend, um sich sodann ohne größere Not nach jenem Manne zu erkundigen, den er in den Wochen zuvor als seinen ärgsten Mitbewerber um den Posten ausgemacht hatte: „Ich habe gehört, Ihr hattet auch überlegt, Lucius Caedius mit dieser Aufgabe zu betrauen.“

Varus blickte Marcus für einen Moment prüfend an. Die Art, mit der der junge Ritter nachhakte, verwunderte ihn ein wenig. Sie war unverblümt, ja, fast ein wenig dreist, aber zugleich nicht zu forsch. Dieses Gleichgewicht vermochten nicht viele zu halten. Umso mehr sah er sich in seiner Entscheidung bestätigt, Marcus nach Mattiacum entsandt und Lucius mit einer anderen Aufgabe betraut zu haben.

„Seine harte Hand ist in Alisum gefragt“, erläuterte er seine Wahl. „Mattiacum scheint mir ein ruhigerer Ort zu sein. Ein Ort, der mehr Gewinn verspricht. Wenn man es richtig anstellt. Hier ist ein zuverlässiger und besonnener Planer gefragt. Mehr ein Geschäftsmann, denn ein Feldherr.“

„Ich danke Euch für Euer Vertrauen!“, entgegnete Marcus freundlich, gleichwohl er nicht überhörte, dass Varus ihm letztere Fähigkeit damit ein wenig absprach. Doch das tat er ja sogar selbst. Er war kein Feldherr und heilfroh, dass der Krieg endlich vorbei war.

„Wobei nicht jedem hier daran gelegen zu sein scheint, dass wir den Ort zur Stadt erheben“, führte der Statthalter weiter aus und verlieh seiner Stimme dabei ein klein wenig mehr Druck, damit auch Quirin ihn verstand, der neben Aulus auf der anderen Seite des Feuerkorbes stand, um den herum sich das Quartett gesellt hatte.

„Nun“, erwiderte der Angesprochene sich leicht windend, „die Vor- und Nachteile sind genauestens abzuwägen. Aber letztlich sprecht selbstverständlich Ihr die entsprechende Empfehlung aus.“

„Oder Ihr lasst es bleiben“, ergänzte Aulus eher ungehobelt und mit noch halbvollem Mund. Er hielt eine große Gänsekeule in der einen und einen Becher Wein in der anderen Hand.

Viele Gespräche der Umstehenden erstarben. Sie wurden von leisem Getuschel abgelöst oder machten gespannter Stille Platz. Wie würde Varus auf Aulus’ unverfrorenen Einwand reagieren?

Er tat es mit größtmöglicher Gelassenheit. „Ich schätze ein offenes Wort!“, gab er sich großzügig, und nur eine leicht nach oben gezogene Braue deutete dem geübten Auge seine Überraschung an, von einem Mann angesprochen zu werden, der ihm erst am Morgen auf der Tribüne vorgestellt worden war, dessen Namen er aber – wie Quirin nicht verborgen blieb – längst wieder entfallen war.

„… Aulus!“, half der Marktherr nach. „Er handelt mit Sklaven.“

„Ich denke, es steht mir zu, frei zu sprechen!“, konterte Aulus die Verwunderung der Traube um ihn herum. „Ich bin ein freier Mann und zahle ganz nebenbei die meisten Steuern hier!“

„Und was ist Eure Meinung?“, fragte Varus nicht uninteressiert nach.

Ungeniert biss Aulus zunächst noch einmal zu, bevor er damit begann, die Frage des Statthalters in aller Seelenruhe und mit selbstbewussten Worten zu beantworten. „Eure Erlasse begrüße ich!“, legte er los, gönnte sich dann aber zunächst auch noch einen weiteren Schluck Wein, bevor er fortfuhr. „Fast ausnahmslos! Vor allem, dass Ihr den Germanen das Tragen von Waffen endlich gänzlich verboten habt! Das ist ganz in meinem Sinne! Und jedes Vergehen hart zu ahnden, kann auch nur richtig sein!"

„Aber …", entgegnete Varus – den Widerspruch ahnend, den Aulus auf der Zunge trug.

„Aber Mattiacum zur Stadt zu machen, sehe ich als überflüssig an!", bestätigte ihn der Angesprochene in seiner Vermutung. „Wir haben hier alles im Griff. Was sollen wir unnötig wählen gehen? Lasst uns genügend Legionäre hier, die den Markt bewachen, dann ist uns allen gedient."

Varus nickte beeindruckt, um sich sodann Arminius zuzuwenden, der sich mittlerweile zu ihnen gesellt hatte. „Was meinst Du, Arminius?"

„Ich kenne die Verhältnisse hier zu wenig", wich der junge Ritter gewandt aus.

Dafür sprang Quirin in die Presche und nutzte die Gelegenheit, Werbung für seinen Standpunkt zu machen.

„Ich stimme Aulus zu", meinte er. „Zumindest in dem Punkt, dass wir alle, die wir schon etwas länger hier sind, eindringlich davor warnen, die Zahl der Legionäre wieder zu verringern."

„Ja, das wünscht sich wohl jeder", erwiderte Varus spöttisch. „Jeder, der irgendwo ein paar Tavernen und einen kleinen Markt betreibt!"

„Es geht", schränkte Marcus ein und entschuldigte sich zugleich zunächst dafür, das Wort unaufgefordert ergriffen zu haben, „nicht nur um den Markt. Ihr solltet bedenken, Varus, dass Ihr das Gebiet, das Steuern zu entrichten hat, stark vergrößert habt. Die Legionäre könnten also tatsächlich gut dabei helfen, das Geld, das Rom zusteht, auch überall einzutreiben."

Diesen Einwand ließ Varus zu; doch nur bedingt. „Eine große Aufgabe, fürwahr! Aber eine lohnende! Solange der Einsatz nicht zu hoch ist, den man zu zahlen hat. Ich verlasse mich da ganz auf Euch!", erwiderte er zunächst, um daraus indes einen anderen Schluss als die Einheimischen abzuleiten. „Hebt Hilfstruppen aus, wenn Ihr Unterstützung braucht!", entschied er – seine begrenzten Mittel und Truppen schonend. „Wir könnten es auch gleich hier gemeinsam in die Wege leiten! Wie ich sehe, ist ein Großteil der Häuptlinge ohnehin hier. Gut so! Sie sollen sich an Recht und Ordnung gewöhnen!" Unter seinen letzten Worten hatte seine Stimme bereits zunehmend an Kraft und Schärfe gewonnen, nun wurde sie nochmals lauter, da er verkündete: „Jeder Stamm stellt vorerst eine weitere Hundertschaft! Spätestens bis Mitte des Jahres! Die Männer haben sich im nächstgelegenen Lager zu melden. Dort verbleibt jeweils ein Viertel. Auch hier. Den Rest schickt nach Mogontiacum!"

Erneut erhob sich ein Geraune – erneut überrascht, aber mehrheitlich durchaus erfreut und zufrieden.

„Das ist sehr großzügig", fasste Marcus die Meinung der meisten zusammen. Und Quirin ergänzte dankend: „Ihr werdet keinen Grund zur Klage haben."

In der kleinen Gruppe der Häuptlinge, der es wohl nie eingefallen wäre, sich zusammenzurotten, wenn nicht wir als ihr gemeinsamer Feind sie gleichsam dazu genötigt hätten, brauchte es einen Moment, bis man die Worte des Statthalters und die Tragweite seiner Entscheidung verstanden hatte.

„Sie wollen noch mehr unserer Krieger!", zischte Seya hasserfüllt.

„Dann hat uns Tiberius belogen!", schloss Asgard, ein Häuptling der Hermunduren.

Seya nickte grimmig, doch zugleich raunte sie: „Tiberius ist nicht mehr da! Verdammt sei dieser Varus! Und mit ihm alle Römer! Tyr, schenk mir ein Schwert und ich erschlage ihn auf der Stelle!"

Doch durchaus nicht alle Germanen verurteilten Varus' Entscheidung. Segestes etwa, der Suebenfürst, den Du bereits kennst, nahm sie wie das meiste im Leben scheinbar klaglos hin und suchte wie immer seinen Vorteil. Und der konnte nur heißen, sich gut mit dem neuen Statthalter zu stellen.

„Sagt, Varus", trat er nun deshalb vor und sprach ihn höflich an, „ist es in Palästina tatsächlich so heiß wie man sagt?"

„Das ist es …", bestätigte der Angesprochene, dem der Fürst am Morgen gemeinsam mit Aulus vorgestellt worden war, mit dessen Namen er sich zunächst aber ebenfalls schwertat.

„… Segestes“, half Segestes selbst aus, von einem ergebenen Senken des Hauptes begleitet.

Varus nahm es wohlwollend ab. „Zuweilen ist es nur schwer zu ertragen“, fiel er sogar ins leichte Plaudern. „Hier wiederum finde ich es recht frisch …“ Er rieb sich die Hände und streckte sie schließlich den lichter werdenden Flammen entgegen.

„Bringt Holz!“, reagierte Quirin sofort und hieß damit ein paar Sklaven, für Abhilfe zu sorgen, was jene auch umgehend taten.

„Sehr aufmerksam“, entgegnete Varus mit aufgesetzter Dankbarkeit.

Quirin dankte sie ihm dennoch und bot ihm, bevor jener sich auch noch beschwerte, nicht satt geworden zu sein, nochmals ein paar der Speisen an, die andere Sklaven bedächtig durch die Menge trugen. Er winkte sie zu sich und deutete sodann auf ihre Bretter und Platten. „Nehmt auch noch etwas Käse! Mit Lachs und Pflaumen! Die Nüsse sind von hier. Der Honig auch. Selbst die Rosinen. Die Rüben –“

„Ich weiß“, hob Varus die Hand und unterbrach seinen Gastgeber, „dass der Markt hier mittlerweile wieder gut läuft. Ich kenne die Zahlen. Um offen zu sein, auch deshalb bin ich hier: Ich hatte mir Euren Marktflecken etwas – wie soll ich sagen? – ausgebauter vorgestellt. Handel zu treiben ist gut und wichtig, aber nicht alles. Wenn Ihr Euch im Fluss waschen wollt und auf eine ordentliche Therme verzichtet, ist das Eure Sache, aber die Götter gilt es in jedem Falle zu ehren …“

Quirin war ein wenig überrascht. „Nun, das würde ich gerne. Doch Euer Vorgänger“, wand er unterwürfig ein, „hatte seinerzeit Anderes verfügt.“

„Vielleicht habt Ihr die Gräber vor dem östlichen Tor gesehen“, ergänzte Marcus und bat mit einer einladenden Handbewegung zugleich Tray, der in zweiter Reihe stand, ein wenig näher zu kommen. „Tray wird Euch den Zusammenhang erläutern können. Er ist der Priester der hiesigen Matthen und war uns stets ein verlässlicher Partner.“

Tray nickte und trat wie erwünscht nach vorne. „Ich grüße Euch, Varus!“, setzte er an, wartete des Statthalters Nicken ab, um sodann zu erklären:

„Marcus hat Recht! Dort liegen drei friedfertige Frauen begraben! Ihre Ruhestätte ist allen Stämmen hier heilig. So zerstritten und wankelmütig sie oft sind, geht es um die Gräber, ziehen sie alle an einem Strang. Es wäre – wie soll ich sagen? – gefährlich, ihren Rang zu beschneiden. Die Unversehrtheit dieser Gräber ist gleichsam der Garant dafür, dass es hier ruhig bleibt. Tiberius hatte deshalb angeordnet, dass keine weiteren Tempel gebaut werden sollen. Und gut damit getan."

„Mag sein", entgegnete Varus selbstsicher. „Vielleicht war dies die rechte Entscheidung. Damals. Vielleicht aber auch nicht." Erneut hob er seine Stimme und drehte sich erneut ein wenig der kleinen Schar der widerspenstigen Häuptlinge entgegen. „Denn erhoben haben sich die Barbaren, wie wir ja alle wissen, trotzdem."

„Nicht alle", warf Tray unterwürfig in des Statthalters gewandt gesetzte Pause ein. „Wenn ich dies anmerken darf."

„Das dürft Ihr!", gestand ihm Varus großmütig zu, dann indes wurde er wieder lauter, indem er unmissverständlich fortfuhr: „Aber meine Aufgabe ist und bleibt es, hier für Recht und Ordnung zu sorgen! Und unser auf dem ganzen Erdkreis hoch geachtetes, römisches Recht sieht vor, dass ein jeder seinen Glauben frei leben darf! Ein JEDER! Wir lassen Euch Eure Götter – was wir nicht einmal müssten –, aber wir werden die unseren nicht weiter verstecken! Das sind wir ihnen und allen wahren Römern unter uns schuldig!" Er gönnte seiner kurzen Rede eine erneute Pause, um sie in das erneut auflebende Getuschel und Geraune hinein schließlich in Quirins und Marcus' Richtung mit leisen, aber eindringlichen Worten zu beenden: „Ich hoffe, wir haben uns verstanden!"

„Sicher!", entgegnete Quirin unter einem leichten Seufzer. „Ich lasse nach drei Priesterinnen schicken. Ich habe sie in der Stadt der Ubier am Rhenus kennengelernt. Sie werden einen guten Standort für den Tempel finden!"

„Er wird schön, der Tempel!", brachte sich Aulus erneut ungefragt ins Gespräch ein. „Verlasst Euch drauf! Ich bezahle ihn! Um Juno zu ehren!"

„Eine gute Wahl", entgegnete Varus wohlwollend, band aber zugleich seinen Ritter mit ein, um nicht Gefahr zu laufen, mit dem bulligen, dreisten Sklavenhändler in ein Gespräch verwickelt zu werden. „Nicht wahr, Arminius?"

„Gewiss", erwiderte jener leise. „Es geht nichts über die Familie!"

Varus überhörte die leichte Nachdenklichkeit, die in Arminius' Worten mitschwang, wie er auch die gelegentliche Sehnsucht in dessen Blicken übersehen hatte, die im gleichen Maße stärker zu werden schien, je weiter sie in diesem Landstrich nach Norden hin vorstießen.

Stattdessen rief der Statthalter die Schar der Gäste auf, Quirins Einladung zu folgen und sich noch ein wenig zu stärken.

In gebührendem Abstand hatte auch ein Trio Frauen die vorangegangenen Wortwechsel verfolgt. Es bestand aus Aulus' neuer Gattin Lucia und ihren Freundinnen Claudia und Thusnelda. Letztere waren einst gemeinsam als Geiseln nach Mattiacum gekommen, doch hatte Claudia diesen Status nach dem Tod ihres Vaters Bandomir und einer Heirat mit einem unserer Händler längst ablegen können.

„Schau Dir Thusnelda an!", flüsterte sie in Lucias Ohr. „Ihr fallen ja beinahe die Augen aus dem Kopf!"

„Du solltest endlich Römerin werden und Dir einen Mann suchen!", sprach Aulus' Frau Thusnelda glucksend an.

„Was?", erwiderte die junge blonde Suebin überrascht.

„Meine Güte!", kicherte Claudia. „Lucia meint Arminius! Vielleicht steht er ja auf blonde Dummchen mit großen Kulleraugen!" Seufzend blickte sie auf den Becher Wasser mit stark verdünntem Bier in ihrer Hand. „Wie soll man dieses Theater hier nur nüchtern ertragen? Und ich soll nichts trinken!"

„Severinus wird es Dir nicht ohne Grund empfohlen haben!", wies Lucia sie zurecht. „Du hast bereits zwei Kinder verloren."

„Ich weiß", entgegnete Claudia leicht schnippig. Dann indes lenkte sie ein. „Ist noch was von den sauren Rüben da?"

„Gaius“, sprach Aulus aus Varus’ Gruppe heraus den etwas stilleren der beiden erfolgreichen Viehhändler in Mattiacum an, der einen Feuerkorb weiter stand. „Wo hast Du eigentlich Deinen Bruder gelassen? Ich kann mich nicht erinnern, wann ich Euch das letzte Mal zusammen gesehen habe! Hast Du Angst, er könnte Dich erschlagen? Wie Seth den armen Osiris?“

Leises Gelächter machte sich breit, wurde der Kult um Isis in jenem Landstrich zu jener Zeit doch noch eher belächelt.

„Solange ich jeden Morgen wieder auferstehe, soll es mir recht sein!“, rief Gaius kaum beleidigt zurück. Auch er kannte Aulus’ Art und war als Viehhändler zudem einen noch weit derberen Umgangston gewohnt.

„Lasst uns den nächsten Becher auf Isis leeren!“, ergriff nun Valerius das Wort. Er hatte sich zunächst noch kurz mit seinen Gladiatoren besprochen und ausgiebig erleichtert, bevor er sich nun ebenfalls unter die Gäste in der schlichten Basilika gemischt hatte. Als weit gereistem Römer war ihm die aufstrebende Göttin selbstverständlich nicht fremd. „Möge sie den Kämpfern am Nachmittag und uns allen hold sein!“

„Gut gesprochen, Valerius!“, schloss sich Varus an. „Auf Isis! Auf die Sonne!“

„Auf Isis! Auf die Sonne!“, wiederholte die Menge artig des Statthalters Trinkspruch. Andere ließen indes auch Augustus, Varus selbst oder ein paar der germanischen Götter, wie etwa Odin und Freyja, hochleben.

Aulus hatte als einer der Ersten seinen Becher geleert. „Wo wir gerade bei der Sonne sind“, sprach er Marcus an. „Ich vermisse Deine Luna. Auch vorhin schon. Wollte sie Dich nicht kämpfen sehen?“

„Gut, dass Du mich daran erinnerst“, erwiderte Marcus. Zu Aulus’ Überraschung klang die Stimme des jungen Offiziers fast grimmig. „Denn ich ahne“, fuhr jener fort, „wer dahinter steckt, dass sie es sich anders überlegt hat! – Menelaos!“, rief er laut und hieß den Griechen, der in Gaius’ Gruppe stand, damit gleichsam zu sich. „Komm doch zu uns! – Wenn Du den Kämpfen schon fern bleibst! – Lass uns an Deinem geschulten Geist teilhaben! Was denkst Du, hilft es eigentlich, wenn wir Juno einen Tempel bauen und auf die gute Isis trinken? Sind es die Götter, die unseren Weg bestimmen, oder haben wir unser Schicksal nicht doch selbst in der Hand?"

Augenblicklich wurde es stiller im Raum. Der nahezu feindselige Ton des eher unbeliebten Kommandanten war nicht zu überhören gewesen. Zugleich hatte er dem ehemaligen Sklaven eine überaus schwierige Frage gestellt. Eine Frage, auf die es kaum eine Antwort zu geben schien, die man ihm nicht zugleich vorwerfen konnte.

Das war auch Aulus nicht verborgen geblieben. Doch anders als die meisten Gäste, die den Griechen kannten und mochten, sorgte er sich nicht um ihn. Er freute sich vielmehr auf den Streit, den Marcus offensichtlich vom Zaun zu brechen beabsichtigte.

„Eine sehr gute Frage!", rief er deshalb. „Quirin, hör gut zu, am Ende könntest Du noch etwas sparen, falls Dein ehemaliger Sklave der Meinung sein sollte, dass Opfer überflüssig sind und Du seinem Ratschlag mal wieder folgen würdest."

Einige lachten, galt Quirin doch als Geizhals. Noch dazu als einer, von dem allgemein bekannt war, dass er ohne den Griechen in früheren Jahren wohl kaum zu Vermögen gekommen wäre.

„Ja, lacht Ihr nur auf meine Kosten!", entgegnete Quirin und machte – was blieb ihm auch anderes übrig – gute Miene zum bösen Spiel. „Aber an Opfern habe ich nie gespart. Denkt an vorhin! Ist nicht reichlich Blut zu Ehren der Götter geflossen?"

„Sie werden es Euch ganz sicher danken!", warf Valerius ein.

Und auch Aulus lenkte rasch ein. „Schon gut!", rief er beschwichtigend, war ihm doch weniger daran gelegen, Quirin als Menelaos bloßzustellen. Schließlich besaß der Grieche etwas, dass er mit all seinem Geld nicht kaufen konnte: Klugheit. Doch auch jene hatte sicher ihre Grenzen! „Wir wollten Menelaos' Meinung erfahren", fuhr er deshalb fort. „Also, weiser Grieche: Ist jeder seines Glückes Schmied? Oder bestimmen die Götter unseren Weg?"

Das Gelächter wich erneut gespannter Stille.

Menelaos zögerte. Er war ein Mann des Geistes. Aber gerade deshalb wusste er, dass es Fragen gab – und dies war eine solche Frage –, bei deren Beantwortung der Geist an seine Grenzen stieß. Wenn er dies indes einfach zugab, mochte es in den Ohren einfacher Menschen wie Aulus wie ein Zugeständnis klingen, dass man letztlich nicht sehr weit kam, wenn man sich auf seinen Verstand verließ. Und das wollte er nicht. Was aber sollte er sagen? Das wusste er auch nicht und entschied sich, da letztlich keine Zeit mehr blieb, für einen Weg, den weise Männer gerne wählen, wenn ihnen die rechten Worte fehlen: Er bewies zumindest einen gewissen Sinn für Humor. Denn er meinte feinsinnig: „Das vermag niemand zu sagen! Aber es steht einem jeden von uns frei, es zu erproben!"

Doch seine vage Hoffnung, Aulus könne diese Antwort genügen, zerschlug sich umgehend. „Er redet sich heraus, der alte Grieche!", entgegnete jener.

Und Marcus sprang ihm nur zu gerne zur Seite: „Das solltest Du nicht unwidersprochen lassen! Glaubst Du an das Schicksal oder nicht?"

Menelaos seufzte. „Ich glaube", erwiderte er, „dass ein jeder von uns die Hoffnung, die Einsicht oder auch die Angst in sich trägt, dass noch nicht bis ins Letzte entschieden ist, was die Zukunft uns bringt. Was sonst triebe uns letztlich in Tempel oder an Gräber, was sonst ließe uns preisen und bitten und beten, was opfern, was beschwören, was die Priester und Priesterinnen um Rat und die Auguren um ein Deuten der Zeichen bitten?"

„Wer hätte das gedacht", warf Varus beeindruckt ein. „Ein Philosoph, so weit im Norden! Das ist ein Mann nach Deinem Geschmack, oder Arminius? Was sagst Du?"

Arminius musste nicht lange überlegen. So kurze Zeit er den Griechen erst kannte, so sicher war er sich doch, ihn zu mögen. Was er indes überhaupt nicht mochte, war Ungerechtigkeit. Und als solche empfand er Aulus' und Marcus' Vorstoß, den Griechen bloßzustellen. „Ich sage", erwiderte er deshalb laut und deutlich. „Er hat Recht!"

„Schau Dir an, wie sie ihn ansieht!", gluckste Claudia in Lucias Ohr. „Thusnelda fallen gleich die blauen Kulleraugen aus dem Kopf!" Sie kicherte kurz, indes nur, um sodann überaus schmachtend in Worte zu kleiden, was ihre Freundin wohl gerade dachte: „Was für ein mutiger Mann!"

„Gleichwohl es wohl einfacher wäre, wenn er im Unrecht wäre", fuhr Arminius fort und setzte damit an, seine Meinung zu erläutern.

„Hört, hört!", warf Aulus ein; und Marcus forderte ihn auf, zu erklären, wie er das meine.

Menelaos indes kam dem Ritter zuvor. „Er meint", ergriff der Grieche das Wort, „dass es leichter wäre. Dass wir uns sicherer fühlen würden und vielleicht auch glücklicher, aber auf jeden Fall befreiter, wenn wir die Last nicht zu tragen hätten, uns falsch entscheiden zu können! Nicht wahr?"

„So ist es wohl!", stimmte ihm Arminius zu und sah sich in seinem Urteil über die erhabene Lauterkeit des Griechen bestätigt. „Wir alle haben ständig Entscheidungen zu treffen. In der Familie. Auch ihr Frauen dort hinten …" Mit dem Anflug eines Lächelns deutete er auf Thusnelda, Claudia und Lucia.

„Er schaut Dich an, Thusnelda!", kicherte Letztere.

„… und auch in unseren Geschäften …" Nun wies er auf Aulus.

„Wohl wahr!", meinte jener.

„Ja, manche von uns", fuhr Arminius fort, „tragen gar die Verantwortung für eine ganze Region und damit für das Wohl Tausender Menschen!" Mit nur ein, zwei kleinen Schritten hatte er sich und seiner Rede Platz geschaffen – oder hatten jene, die um ihn herumstanden, ihm diesen unbewusst eingeräumt? Und mit wenigen Gesten, einer klaren Haltung und einer klaren Stimme war er dabei, alle für sich zu gewinnen. Selbst den eher mürrischen Quirin, dem er sich nun zuwandte. „Dass sie und ihre Kinder in Frieden leben können, darum geht es!“ Er wartete des Marktherrn Nicken ab, bevor er seinen Becher hob und – letztlich wieder alle einbeziehend – schloss: „Und auf sie möchte ich trinken! Auf unseren Gastgeber! Unseren Statthalter! Den Caesar in Rom! Auf Euch alle hier! Und auf alle Götter, die uns wohlgesonnen sind!“

Die Menge stimmte ihm beeindruckt zu: „Auf Quirin!“, „Und auf Aulus!“, „Auf Augustus!“ „Auf Jupiter, Neptun und Minerva!“

„Gut gesprochen, Arminius!“, gab auch Marcus unumwunden zu. „Der Frieden ist ein hohes Gut!“

„Und dafür sind wir hier!“, holte sich Varus mit deutlichen Worten die Aufmerksamkeit zurück. „Ihn zu verteidigen! Und es wird das Recht sein, unser römisches Recht, das ihn auch hier sichert!“ Abermals wurde er lauter und sprach die Stammesführer an: „Soll ich es in Eure Sprache übersetzen lassen oder habt Ihr mich verstanden? Es gilt nun hier des Friedens und der Freiheit willen das römische Recht!“

„Wessen Freiheit meint er?“, zischte Seya erbost.

Varus sah es mehr, als dass er es hörte – verstanden hätte er ihre Worte aber ohnehin nicht. Vermutlich noch nicht einmal dann, wenn er schon Jahre im Norden zugebracht hätte. Es gehörte zu seinem Selbstverständnis, dass ein Herr und nicht ein Knecht die Sprache in seinem Hause vorgab. „Und ich werde diesem Recht Geltung verschaffen!“, stellte er deshalb noch einmal unmissverständlich klar.

Seyas Augen schienen Funken zu sprühen. Nur mit größter Mühe gelang es ihr, sich im Zaume zu halten. „Ein Schwert!“, entfuhr es ihr dennoch und diesmal hörbar lauter. „Ihr Götter, gebt mir ein Schwert!“

Varus Antwort war hart und drohend – und an alle gerichtet: „Wer sich an Recht und Ordnung hält, wer fleißig arbeitet und pünktlich seine Steuern zahlt, genießt den vollen Schutz des Reiches und führt ein gutes Leben!

Wer aber meint, das Recht brechen zu können, wird es zu spüren bekommen! Wer sich mit einer Waffe in der Öffentlichkeit zeigt, wird ausgepeitscht! Wer sich gegen Rom verschwört, stirbt! Wie jener Chatte, den wir vorhin zu richten hatten! Auch Fehde und Blutzahlung sind fortan verboten! Es gilt allein das römische Recht! Vor ihm ist jeder gleich! Und jeder tritt selbst für seine Schuld ein! Tragt es weiter in Eure dunklen Häuser! Damit sich niemand beschwert, es nicht gewusst zu haben!"

Damit war das Fass für Seya übergelaufen. Mutig trat die junge Hauptfrau einen Schritt nach vorn. „Das nennt Ihr Freiheit?", warf sie dem Statthalter in gebrochenem Latein vor.

Varus indes wandte sich sogleich von ihr ab. „Erklär Du es ihr, Arminius", hieß er seinen Offizier. „Du sprichst ihre Sprache. Und sag es laut genug, damit es alle hören: Bürgt das römische Recht für die Freiheit?"

Arminius seufzte. Er schien einen Moment um die rechten Worte zu ringen, dann indes hoffte er, sie gefunden zu haben. „Was ist Freiheit?", holte er aus. „Unser Freund Menelaos", deutete er auf den Griechen, „könnte es sicherlich besser in Worte kleiden, aber ich will es versuchen. Was bedeutet Freiheit? Freiheit bedeutet, über sein Leben selbst bestimmen zu können! Zu entscheiden, wann man morgens aufsteht, wann man ein Feld bestellt, wohin man geht, mit wem man trinkt und zu welchen Göttern man betet. Und dass man sicher und in Frieden lebt. Auch das bedeutet Freiheit. Und das römische Recht sichert die Ordnung, die dafür nötig ist, wie kein zweites!"

„Du bist eine Schande für Dein Volk und Deinen Vater!", entfuhr es Seya. Es fehlte nicht viel und sie hätte vor dem jungen Cheruskerfürsten auf den Boden gespuckt.

„Hüte Deine Zunge, Weib!", warnte Varus sie ein letztes Mal mit schneidender Stimme.

Menelaos hörte es und versuchte – wie es seine Art war – zu schlichten. „Arminius hat Recht!", meinte der Grieche und hob beschwichtigend die Arme. „Der Frieden steht über allem. Ich selbst war ein Sklave. Ich genieße die Freiheit, die mir geschenkt wurde, ja, aber mehr noch genieße ich den Frieden. Denn Mars nimmt jeden als Geisel!"

„Auf Pax! Und Fortuna!“, ergänzte Valerius, dem nicht daran gelegen war, dass außerhalb seiner Arena Blut floss und seine Spiele womöglich durch Tumulte in schlechter Erinnerung blieben. „Dies ist ein Tag zum Feiern!“

„Recht hat der Zirkusmann!“, pflichtete ihm sogar Aulus bei. „Lasst und auf den Frieden trinken! Und die Freiheit, die er uns bringt!“

„Auf Pax! Und Fortuna!“, stimmte die Menge zu. „Auf Pax!“

Die Becher wurden gehoben, geleert und aufs Neue befüllt. In der leichten Bewegung der Menge nutzte Menelaos die Möglichkeit, an Arminius’ Seite zu treten. „Ich danke Euch für Eure Unterstützung“, sprach er ihn freundlich an.

„Das war doch selbstverständlich“, erwiderte jener.

„Das war es nicht!“, widersprach der Grieche und hatte auch bereits eine Idee, wie er seinen Dank über seine Worte hinaus zum Ausdruck bringen konnte. „Wenn Ihr erlaubt, würde ich Euch gerne jemanden vorstellen. Sie selbst scheint sich nicht zu trauen, Euch anzusprechen …“ Seine Hand wies in Richtung der drei Frauen. Dem wachen Auge des Griechen waren weder die schmachtenden Blicke Thusneldas, noch jene des Offiziers verborgen geblieben, die zumindest nicht abgeneigt schienen, die Geisel näher kennenzulernen.

Claudia sah die beiden Männer als Erste auf sie zukommen. „Thusnelda, Menelaos bringt Arminius her!”, flüsterte sie. „Sie wollen zu Dir!“

„Ach, Unsinn!“, erwiderte Thusnelda und blickte auf. Fast gleichzeitig stieg ihr das Blut in die Wangen. Claudia hatte Recht! Schon hatten der Grieche und Arminius sie erreicht.

„Thusnelda!“, sprach Menelaos sie freundlich an. „Darf ich Dir Arminius vorstellen. Er ist aus dem Stab des Statthalters.“

„Ich … weiß“, gab die Angesprochene schüchtern und eher unbeholfen zur Antwort. Kaum getraute sie sich, des Ritters Blick zu suchen. Dann indes tat sie es doch, begleitet vom leisen Kichern ihrer Freundinnen.

Arminius lächelte sie freundlich an und ergänzte: „Zuvor war ich in Rom.“

„Als eine Geisel des Reichs", erläuterte der Grieche. „Um den Frieden zu sichern. So wie Du hier. Ihr habt also etwas gemeinsam …"

„Daran hab ich noch gar nicht gedacht", gab die junge Suebin zur Antwort. Wobei man ihre Herkunft höchstens aus ihren blonden Haaren schließen konnte. Sie war wie jede junge Römerin aus gutem Hause gewandet und sprach fließend Latein.

„Ich, ehrlich gesagt, auch nicht", erwiderte Arminius, „aber Menelaos hat Recht."

„Und?", sprach Menelaos Thusnelda an, da die beiden jungen Leute sich einen Moment verlegen anschwiegen. „Was würdest Du sagen? Arminius hat gerade so trefflich über die Freiheit gesprochen. Du hattest ein Stück davon zu opfern, und hast es noch immer. Um dem Frieden zu dienen. Wie geht es Dir dabei? Wärst Du gerne freier? – Du wirst es ohnehin bald sein …"

Doch schlug des Griechen Plan, die Suebin zum Reden zu bringen, fehl.

„Ich … ich weiß nicht", entgegnete sie hörbar unsicher. „Mein Leben ist wie es ist. Ich kenne es nicht anders."

Claudia kicherte erneut; Arminius indes war hingerissen. „Wer würde glauben, dass es keine Götter gibt", flüsterte er, „wenn er der Schönheit gegenübertritt?"

Es waren Quirins laute Worte, die dafür sorgten, dass das ersts Treffen jener beiden, die später ein Paar werden sollten, schneller zu Ende ging, als es beiden recht war. „Sollten die Kämpfe nun nicht weitergehen?", rief der Marktherr von seinem Feuerkorb aus.

„Das heißt wohl", übersetzte Aulus, „Quirins Fässer und Töpfe sind leer! Wir sollten gehen! – Und heute Abend lade ich Euch ein!"

Erfreut und erheitert stimmte die Menge zu. Nur Valerius schien das rasche Ende der Pause nicht zu gefallen.

„Ihr müsst Euch nicht hetzen!", rief der Leiter der Spiele. „Es ist durchaus noch Zeit!"

Doch Varus überstimmte ihn. „Nein, lasst uns gehen!“, entschied er. „Die frische Luft wird uns allen guttun!“

*

Damit, mit des Varus’ Wort, war die Pause zu Ende.
Schade!, befand Valerius. Seufzend hob er die Hände.
Denn sein Programm war recht kurz. Er musste es wieder mal strecken.
Aber mit Umsicht, um keine Begehrlichkeiten zu wecken.

Seinen Kämpfern musste er dies nicht weiter erklären.
Jeder nickte schon, da er nur ansetzte, sie zu belehren.
Ihnen oblag es, nun etwas Zeit bei den Kämpfen zu schinden;
Ihm, zuvor vor der Menge, recht blumige Worte zu finden.

Was ihm nicht schwerfiel. Er wusste die Spannung der Menge zu steigern.
Kämpfe konnte er ihr dennoch bald nicht mehr verweigern.
Seine erste Paarung, schloss er deshalb im Gehen,
Hätten selbst weit Gereiste noch nie und nirgends gesehen.
Diesen Zweikampf habe es sicher noch niemals gegeben:
Wahre Riesen kämpften nun um Tod oder Leben.

Dann verließ er den Kampfplatz unter dem Johlen der Menge.
Stille. Dann lauter werdendes Rattern. Bis durch die enge
Öffnung der Bande schließlich zwei Wagen mit Käfigen rollten.
Jetzt nämlich wurde es laut. Denn während die Zwerge sich trollten,
Die die Wagen geschoben und dann die vergitterten Türen
Aufgemacht hatten, sollte den Insassen Jubel gebühren.

Elch und Nashorn stoben ins Freie. Aus Jubel ward Raunen.
Denn in der Tat sind solche Vergleiche nicht oft zu bestaunen.

Unverhofft spielten die Tiere Valerius dann in die Karten.
Denn auf den Kampf ließen beide die Zuschauer lange Zeit warten.
Beide beließen es anfangs dabei, sich nur zu beäugen.
Bis der Koloss sich entschied, seinen Schädel doch noch zu beugen.
Niemand glaubte, der Elch könne sich noch in Sicherheit bringen.
Doch er entkam. Es gelang ihm, über die Bande zu springen.

Statthalter Varus war einer der ersten, der laut schallend lachte.
Was er in späterer Zeit – wie man weiß – eher seltener machte.

„Du hast gesagt", flüsterte Velent in Titus Richtung, „der Elch könne diesen Kampf gar nicht überleben ..." Beide hatten ihn von jenseits des Gatters aus verfolgt, umgeben von den anderen wartenden Gladiatoren.

„Ach, und jetzt denkst Du wohl", erwiderte Titus leise, „‚was dieser Elch kann, das kann ich auch?'" Er schüttelte kurz den Kopf. „Du kennst Maximus nicht!"

Im nächsten Moment gab Valerius die Anweisung, das Gatter zu öffnen, und die Kämpfer schlüpften, wie vorher vereinbart, durch den Spalt, um das bullige Tier mit wilden Gesten, ausgestreckten Lanzen und wildem Gebrüll zurück in seinen Käfigwagen zu treiben, der zeitgleich von den Zwergen in die passgenaue Lücke des zur Gänze geöffnete Gatters geschoben wurde.

Valerius indes war zuvor noch durch die Öffnung geschritten. „Das Einverständnis unseres ehrwürdigen Statthalters vorausgesetzt", ergriff er sogleich das Wort, „erkläre ich das Nashorn zum Sieger! Und verbanne den Elch aus diesem aufblühenden Fleckchen Erde! Er darf Mattiacum nie wieder betreten!"

Erfreut nahm er das Gelächter der Zuschauer ab und wartete aus sicherer Entfernung, bis es seinen Kämpfern gelungen war, den vierbeinigen Koloss zurück in seinen Käfig zu treiben. Es dauerte seine Zeit – ganz wie von ihm erhofft und zuvor von seinen Kämpfern eingefordert.

Dann hatte er die Arena wieder für sich und sprach sein Publikum erneut mit großer Geste und zugleich mit düsterer Stimmlage an: „Von den nächsten beiden wird indes keiner entfliehen! Das verspreche ich Euch! Gerüstet wie sie sind, vermögen weder Thraker noch Samnit so hoch zu springen!"

„Thraker und Samnit?", wiederholte Titus bestürzt, der mit Velent erneut auf ihren Platz hinter dem Gatter zurückgekehrt war. „Er zieht Euren Kampf vor!"

„Freut Euch mit mir auf einen Höhepunkt dieses Festtages!", hob Valerius in der Arena erneut die Stimme.

„Mach Dich bereit!", trieb Titus Velent zur Eile. Er klang beinahe bestürzt. „Die Götter seien mit Dir!"

„Auf den vielleicht letzten Kampf einer Legende!", ergänzte Valerius.

„Warte!", hielt Titus Velent noch einen Moment zurück. „Ich zieh die Riemen noch ein wenig nach!" Doch zugleich entfuhr ihm ein Seufzer, der nicht verheimlichen konnte, was er dachte: Helfen wird es trotzdem nichts!

„Begrüßt noch einmal", wurde Valerius' Stimme noch ein wenig lauter, ja, sie überschlug sich beinahe in ihrem Übereifer, da er voller Inbrunst fortfuhr, „den bislang unbesiegten, den unbezwingbaren, einzigartigen Maximus!" Zumindest ein paar mehr zustimmende Rufe als am Vormittag vermochte er der Menge damit zu entlocken.

Maximus hatte auf einer Kiste unweit des Gatters gesessen und dort in Ruhe darauf gewartet, in die Arena gerufen zu werden. Da er diesem Aufruf nun folgte, würdigte er Velent im Vorbeigehen keines Blickes. Stattdessen rempelte er ihn kurz an und hieß ihn mit einem kurzen „Ich zuerst!" zu warten. „Hier bin ich!", brüllte er, da er den Kampfplatz betrat und schlug sich mit seinem Schwert auf den Brustpanzer. „Seht Ihr mich?! Seht Ihr mich!"

Valerius wartete das Verebben des flachen Jubels ab, um sodann Maximus' Gegner in die Arena zu rufen. „Auch seinen Gegner kennt Ihr bereits ...", setzte er noch vergleichsweise leise an.

Titus quittierte es mit einem weiteren Seufzer. „Hier ist Dein Schwert!", sprach er Velent erneut an. „Und Dein Schild!"

Velent nahm ihm beides ab; viel wichtiger schien ihm indes etwas Anderes zu sein. „Sind die Plätze neben Quirin und dem Statthalter immer noch frei?", fragte er, da ihm sein Helm einen guten Teil seiner Sicht raubte.

„Deine Sorgen möchte ich haben!", erwiderte Titus, tat ihm aber dennoch den Gefallen, sich kurz umzudrehen und nachzuschauen. „Warte! Ja. Das heißt: Nein!"

„Es ist der Mann", führte Valerius derweil weiter aus, „mit dem sich Marcus Primus vorhin bereits kurz messen durfte."

Velent indes hatte kein Ohr für diese Worte. „Was heißt ‚nein'?", fragte er aufgeregt und versuchte erneut, selbst etwas zu erkennen.

„Bleib stehen!", hieß ihn Titus, ruhig zu bleiben, war er doch noch damit beschäftigt, Velents Riemen ein letztes Mal zu überprüfen. „Ich bin noch nicht fertig!"

„Nun aber", ergänzte Valerius, „tritt er nicht mehr nur in einem Schaukampf an!"

„Marcus ...", entfuhr es Velent enttäuscht, da er erkannt hatte, dass es nicht Luna war, die neben Quirin Platz genommen hatte.

„Nun kämpft er um sein Leben!", rief Valerius. „Der Thraker Burrus!", forderte damit den Jubel der Menge ein weiteres Mal heraus, um sodann mit den Worten zu schließen: „Mögen die Götter beiden gnädig sein! Und der Bessere gewinnen!"

Velent mühte sich redlich. Er wusste sich flink zu bewegen.
Aber das änderte nichts. Sein Gegner war hoch überlegen!
Doch es gefiel ihm anscheinend, ein wenig mit Velent zu spielen.
Maximus sah davon ab, auf Velents Körper zu zielen.

Dann aber reizten ihn gleich mehrere hämische Stimmen.
Er sei zu schwach und könne den Thraker gar nicht vertrimmen!
Dazu sei einer wie er doch schon längst nicht mehr in der Lage!
Plump und lachhaft sei er! Ein Schatten vergangener Tage!

Also schlug er nun zu. Mit unbarmherziger Härte.
Velent taumelte. Nur mit größter Mühe erwehrte
Er sich noch weiterer Schläge. Da sollte Valerius schreien:
„Wartet!“, hieß er die ungleichen Kämpfer, sich zu entzweien.

„Was ist los?“, entfuhr es dem keuchenden Koloss in die enttäuschten Rufe der blutgierigen Menge. „Nur ein letzter Schlag hätte gefehlt!“

Valerius indes überhörte den Einwand seines Kämpfers. Stattdessen rief er lauthals: „Der Samnit richte seine Rüstung!“

„Meine Rüstung sitzt tadellos!“, zischte Maximus erbost; Valerius ließ sich indes nicht erweichen. „Secundus, hilf ihm!“, rief er Unterstützung von jenseits des Gatters hinzu.

Jene eilte auch umgehend herbei und machte sich an der Verschnürung von Maximus' Panzer zu schaffen. „Du hast gesagt, er gehört mir!“, zischte der Koloss weiterhin ungehalten in Valerius' Richtung, und nun, endlich, ließ jener sich zumindest zu einer kurzen Antwort hinreißen.

„Und, dass Du Dir Zeit zu lassen hast!“, erwiderte er. „Das habe ich auch gesagt! Die Pause war zu kurz! Oder habe ich das etwa nicht deutlich genug erwähnt?!“

Titus war an Secundus' Seite auf den Kamplatz geeilt. Unaufgefordert; doch Valerius ließ ihn gewähren. Er half Velent auf die Beine. „Er … schlägt … so … hart!“, vermochte jener kaum zu sprechen.

Maximus nahm Velents Wanken mit siegessicherem Wohlwollen zur Kenntnis. „Hörst Du sie?“, ließ er Secundus einfach stehen und ging auf seinen Gegner zu. „Sie wollen Dein Blut sehen, Burrus – oder wie immer Du tatsächlich heißt!“

„Seine Schienen haben sich gelockert!“, begründete Valerius noch einmal kurz den Grund für die Unterbrechung, während Maximus düster raunend ergänzte: „Und sie werden es bekommen!“

Valerius war der Ausbruch seines Hauptkämpfers nicht weiter unrecht. Er war nach dem Geschmack des Publikums und ließ erneut etwas Zeit verstreichen. Dennoch forderte er ihn alsbald zum zweiten Male auf, seine Riemen nachziehen zu lassen.

„Dann will ich die Zeit nutzen!“, rief Quirin und lenkte die Blicke vom Kampfplatz auf die Ehrentribüne. „Wenn es mir erlaubt ist …“

„Quirinus?!“, erwiderte Valerius erstaunt in Richtung des Marktherrn, der sich sogar erhoben hatte. „Aber gerne! Bitte doch! Nur zu! Es ist Euer Fest!“ Zugleich ließ er die Möglichkeit indes nicht ungenutzt, auch selbst noch etwas Zeit zu schinden. „Oh, ich sehe“, rief er, „der ehrenwerte Marcus Primus ist wieder an Eurer Seite! Das war ein wunderbarer Kampf, vorhin! An Euch, Marcus, ist ohne Frage ein großer Gladiator verloren gegangen! Und eine hübsche Begleitung hat er auch!“

Velent verstand die Anspielung nicht. Sein Kopf schien zu dröhnen.
„Maximus schlägt zu heftig!“, sollte er abermals stöhnen.
Wacklig stand er auf den Beinen, sollte taumeln und wanken.
Während Marcus aufstand, um sich für das Lob zu bedanken.

„Sie war mein Grund“, fügte Quirin, seine kurzen Arme ausbreitend, hinzu und deutete sodann auf Marcus Begleitung. „Ihr kennt mein Mündel Luna!“

Da endlich war er, der Name, der ihn seiner Schmerzen beraubte:
Luna!, Luna! – Von Titus gestützt, hob Velent das Haupte.

Es war ein Gefühl völliger Verunsicherung, das von mir Besitz ergriffen hatte.
Ein Gefühl, wie ich es nie zuvor gespürt hatte und das mich gänzlich überrumpelte.

„Sie ist zurück aus Rom“, ergänzte der Marktherr, „wie viele von Euch ja längst mitbekommen haben. Dort verstarb ihr Mann auf tragische Weise. Vor nun schon fast einem Jahr. Der ehrenwerte Senator Caius Secundus. – Varus hat ihn sicher gekannt …“

„Nur flüchtig, fürchte ich …“, wich der Angesprochene aus.

Luna! Luna! – So viele Jahre waren vergangen!
Aber sie war es! Vorbei war all das Leiden und Bangen!

Beinahe hätte ich selbst Menelaos angelogen, um nicht noch einmal zur Arena und dort nun bis auf meinen Platz auf der Tribüne zu müssen.

„Sie hat lange und aufrichtig um ihn getrauert, wie es die Sitten verlangen!“, fuhr Quirin fort.

Alles um ihn herum schien augenblicklich zu stehen.
Velents Augen schienen nichts außer Luna zu sehen.

Nicht, weil ich wusste, was mein Onkel dort zu verkünden gedachte …

„Nun aber ist es mir eine Ehre“, kam der Marktherr allmählich zum Ende, „Euch in Anwesenheit unseres ehrwürdigen Statthalters verkünden zu dürfen, dass sie sich entschlossen hat, Euren ehemaligen Praefekten, Tribun Marcus Primus, zum Mann zu nehmen!“

Ich hatte Angst vor etwas Anderem.

Verhaltende Zustimmung kam von den Rängen; Velent indes nahm sie nicht wahr.

Marcus? – Hatte er den Namen richtig vernommen?

„Und damit es Varus möglich ist, mit uns zu feiern", schloss Quirin, „wird die Vermählung bereits heute Abend vollzogen!"

Ich hatte Angst, jenes Gefühl des Morgens könne sich meiner nochmals bemächtigen.

Luna war nicht wegen ihm, sie war wegen Marcus gekommen!

„Marcus und Luna!", wiederholte der Marktherr noch einmal den Kern seiner kurzen Ansprache, um etwas mehr Zustimmung zu erhalten. Doch hallte sein Ruf nur sparsam zurück.

Ein Gefühl, für das ich damals kein Wort fand, doch das ich heute und rückblickend Liebe nennen möchte.

Velent war wie gelähmt. Er konnte sich nicht mehr bewegen.

Weshalb er das Paar ein weiteres Mal ausrief: „Marcus und Luna!", was nun endlich von etwas mehr Erfolg gekrönt war.

Nicht zuletzt, da auch Valerius einstimmte: „Marcus und Luna! Ja! Marcus! Und Luna!"

Gerade weil es sich damals für mich wie Verrat anfühlte.
Ja, es war ein Gefühl des Verrats, das sich meiner bemächtigte. Und der Scham.

Schwarze und tiefe Enttäuschung sollte sich über ihn legen!

Und da selbst Varus sich schließlich gleichsam in der Pflicht sah, zu nicken und zuzustimmen, fehlte es auch im weiten Rund nicht mehr am erhofften Zuspruch.

Valerius wartete ihn ab, vergewisserte sich mit einem Blick Richtung Ehrentribüne, dass keiner der Gäste dort noch etwas ergänzen wollte, dann fuhr er fort: „Ah – und ich sehe, Maximus ist wieder bereit! Und Burrus … na ja!“ Er seufzte kurz und aufgesetzt. „Mögen die Götter beiden gnädig sein! Und der Bessere gewinnen!“

Dieses Wort musste nicht wiederholt werden, um Zustimmung zu erlangen. Die Menge brach in erwartungsfrohen Jubel aus. Nur Luna saß wie versteinert auf ihrem Platz.

Weil ich mir einzugestehen hatte, dass die Liebe mich wieder entdeckt hatte, doch dass sie nicht dem galt, dem ich mein ‚Ja‘ gegeben hatte. Doch wem sie galt, ließ sie mich auch nicht erkennen.

Luna hatte sich fahrig gefühlt. Ja, beinahe benommen.
Deshalb war sie am Morgen zu spät zur Arena gekommen.
Durch einen Spalt der Tribüne hatte sie Marcus gesehen.
In seinem Schaukampf. Indes – es war seltsam und nicht zu verstehen –
Nicht an ihm, an Marcus, den sie doch glaubte zu lieben,
Waren die Augen der jungen Römerin hängen geblieben.

Sie ließ mich nur einen jungen Kämpfer in der Arena sehen. Den ich am Morgen bereits erblickt hatte und bei dessen Anblick mich jenes seltsame Gefühl ergriffen hatte. Jenes Gefühl, das nun wieder da war: ein Gefühl der tiefen Vertrautheit und Sehnsucht.
Aber, glaub mir, auch dann, in Deinem scheinbar aussichtslosen Kampf gegen Maximus, habe ich Dich nicht erkannt! Wie hätte ich auch? Dein Gesicht war verborgen.
Ja, vielleicht habe ich gelächelt, als mein Onkel Marcus und mich überraschte und den Zeitpunkt unserer Vermählung um mehr als einen Monat vorverlegte. Aber wenn es so war, dann tat ich es sicher nur, um meine Unsicherheit zu überspielen. Und die Leere in mir, die mich in jenem Moment für einen Augenblick überrascht haben mag; vielleicht, ich möchte es glauben, rief mir dabei auch eine innere Stimme zu: „Er dort unten ist es!“ Doch wenn es so war, dann hörte ich sie wohl nicht. Im Lärm um uns herum, dem Durcheinander in meinem Kopf und dem, was nun vor meinen Augen geschah.

Marcus und Luna! Nicht der geringste Zweifel blieb offen.
Mittig wie einst am Rhenus fühlte sich Velent getroffen.

Damals hatte er fortlaufen können. Nun aber hatte Velent zu bleiben. Wut und Zorn sollten ihn übermannen. Maximus’ höhnisches Lachen tat ein Übriges. Velent ließ seinen Schild einfach fallen, griff nun mit beiden Händen zum Schwert und kämpfte wie fast von Sinnen.

Die Menge johlte.

Dann kam der Schlag, der alle erstaunte. Velent holte weit aus. Ja, beinahe streifte die Spitze des eigenen Schwertes hinter ihm schon den Boden. Aber dann schnellte es vor und traf nun fester denn je die Klinge des Gegners. Maximus hielt nicht mehr als sein Heft in Händen.

Und sie schrie, da Maximus starb.

Ungläubig hielt er den Stumpf seines Schwertes. Suchte mit Blicken
verzweifelt den Rest. Da hörte er seinen Panzer zerspringen.
Dann seine Rippen zerbrechen. Spürte, dass ihn etwas Kaltes,
Glattes traf und durchfuhr. Er sah noch kurz auf, ins Licht.
Aber dann ward alles schon schwarz und dunkel.

Du schautest nicht einmal mehr auf zu mir. Und ich kann es sogar verstehen.

Auch Valerius starb noch am Abend. Maximus gleich von Velent
erschlagen. Dass er versucht hatte, Velent an sich zu binden, mag man
verstehen. Doch Valerius' Ansatz, Velent erpressen zu wollen,
da er sich zierte, war zu gewagt und kostete ihn das Leben.

Keiner der Gladiatoren versuchte, Velent zu halten.
Denn sie glaubten, sein Schwert sei verzaubert. Außerdem galten
Ihre Gedanken nun ihrem Sold! Die Kasse zu finden
War das Gebot. Sie mussten den Streit ums Geld unterbinden!
Trug doch jeder Bedenken, der andere könne ihn prellen!
Nein, es war die Sache der Wachen, den Fremden zu stellen!
Jene hatten die Zwerge noch während des Streites verständigt.
Sie aber brachten Pferd und Reiter auch nicht gebändigt!

Schließlich war er nicht zu Fuß wie sie selbst! Nein, er war beritten!
Und sein Pferd war so groß! Es stieg! Aus Angst vor den Tritten
Wichen sie lieber zurück. So gelang es Velent zu fliehen.
Unbemerkt aber vermochte er nicht in den Norden zu ziehen.

Nicht ganz freiwillig hatte Seya Mattiacum betreten.
Varus hatte sie darum, sagen wir, freundlich gebeten.
Wie auch die anderen Häupter der Treverer, Sueben und Chatten,
Die – zum Schutz ihres Stamms – ihren Treueschwur abgelegt hatten.

Dennoch war sie nicht länger als unbedingt nötig geblieben.
Auf der Tribüne zumindest. Von einer Ahnung getrieben
War sie ins nahe Lager der Gladiatoren geschlichen,
Und dort dem seltsamen Thraker nicht von der Seite gewichen.
Wer nur war dieser Mann? Hatte er seine Klinge erschaffen?
Oder ein andrer? Und gab es im Lager noch mehr dieser Waffen?

Dann hatte jener – endlich! – den Helm vom Haupte genommen.
Velent! Sie hatte ihn töten gesehen und schließlich entkommen.

Spuren gab es zwar keine – längst war es dunkel geworden –,
Doch seinen Weg erahnend, ritt sie wie Velent nach Norden.

Nahe des Drachensteins fand sie ihn. Traurig saß er am Feuer.
Adlan warnte ihn noch. Doch sein Leben war ihm nicht mehr teuer.
Schon hatte sie ihn von hinten umklammert, ihr Messer
An seinen Hals gedrückt und leise geraunt: „Es ist besser,
Du verrätst, wo Dein Schwert ist! Ich kann es leider nicht sehen.
Aber ich hätte es gerne. Das wirst Du sicher verstehen!"

Velent aber blieb ruhig: „Nimm mir lieber mein Leben!",
Gab er zur Antwort. „Mein Schwert indes hab ich den Göttern gegeben."

Seya ballte die Faust. Es fehlte nicht viel, dass sie tobte.
Aber sie glaubte ihm schließlich, als er gleichsam gelobte:
„Damit haben es jene wieder, die es mir gaben.
Ich bereue zutiefst, diese Klinge geschmiedet zu haben."

„Du bist ein seltsamer Mann! Welcher andre würde sich schämen,
Solch ein Schwert zu erschaffen?“, gab Seya zur Antwort. „Und grämen
Musst Du Dich auch nicht! Dieses Schwert wollte Dir etwas sagen:
Du bist ein Krieger! Ein solches Los sollte niemand beklagen!“

Seufzend ließ sie von ihm ab. Ihr Messer verließ seine Kehle.
Sieh es mir nach, wenn ich hier nicht länger als nötig erzähle,
Was mit den beiden geschah. Im Schein der wärmenden Flammen.
Mit einem Mann war Seya später auch nie mehr zusammen,
Aber sie spürte bei ihm auch nichts von männlicher Härte.
Er wiederum war so einsam, dass er sich ihr nicht erwehrte.

Also bekam Marcus mein Wort, nach dem er sich sehnte. Und ich wähnte mich sogar im Glück.
Und doch lag ich wach in jener ersten Nacht an seiner Seite. Und dachte an Dich. Heute weiß ich, dass es Dir nicht anders erging.

*

Schon am kommenden Morgen war jeglicher Zauber verflogen.
Velent fühlte sich schäbig. Als hätte er Luna betrogen.
Sie war es, der er im eiligen Aufbruch einsam gedachte.
Längst war er auf und davon, als Seya schließlich erwachte.

Eine Stunde lang hoffte sie noch, er sei vielleicht jagen.
Gleichzeitig wuchs schon ihr Zorn! Wie konnte er es nur wagen!

Er hatte ihr in der Nacht ein Schwert wie das Seine versprochen!
Doch sein Wort, wie es schien, wie so häufig schon schändlich gebrochen!
Jede Fehde, ja, selbst die Vormacht Roms zu beenden,
Wäre wohl möglich gewesen, mit solch einem Schwert in den Händen!

Selbst der Gedanke, Odurns Enkel zum Manne zu nehmen,
War ihr näher gekommen. Doch er schien sich ihrer zu schämen!

Seya schrie vor Wut. Diese Schmach war kaum zu ertragen!
Hätte sie ihn, anstatt bei ihm zu liegen, doch einfach erschlagen!
Rasch brach sie auf, um Velent, den elenden Heuchler, zu finden.
Um ihn sodann bis zum sicheren Tode qualvoll zu schinden!

Luna indes sollte friedlich an Marcus' Seite erwachen.
Liebe vermochte er zwar nicht in ihr zu entfachen,
Aber er war ihr – zumindest anfangs – ein zärtlicher Gatte.
Rückblickend sicher mit Abstand der Beste der drei, die sie hatte.

Ganz allmählich veränderte sich indes sein Verhalten.
Marcus' Liebe zu Luna sollte bald schon erkalten.
Hatte er sie in der ersten Nacht noch auf Händen getragen –
Ungläubig staunend, dass die Götter sie ihm wirklich gaben –,
Sich auch – weil es ihm schien, es würde ihm nicht gebühren –
Kaum getraut, sie mehr als nur tastend und sanft zu berühren,
Ward er – der Wind vermag sich zuweilen sehr rasch zu drehen –,
Da er gewiss war, nicht irgendein Trugbild vor sich zu sehen,
Schließlich umso mehr seinem bloßen Verlangen erlegen.
Marcus ward Luna häufig gleich mehrmals am Tage zugegen.

Was sie fühlte und dachte und welche Sorgen sie trieben,
Wurde ihm gleich. Es reichte ihm, ihren Körper zu lieben.
Auch seine Sanftheit ging ihm dabei allmählich verloren;
Er behandelte Luna, als sei sie für ihn nur geboren.
Da ihn dies nicht erfüllte, versandete seine Begierde.
Letztlich trug er sie bald schon nur wie ein Schmuckstück zur Zierde.

Luna erduldete es und sollte sich stillschweigend fügen.
Auch wenn dies hieß, sich selbst ein gutes Stück zu betrügen.

Es wäre nicht recht, ja, vielleicht sogar schäbig, das Leben, das ich an Marcus' Seite führen durfte, zu verdammen. Es war frei vieler Sorgen und sicherlich glücklicher als jenes in Rom. Und doch ertappte ich mich damals immer häufiger dabei, mich an Deine Seite zu wünschen. Oh, hätte ich doch nur gewusst, wo du warst!

Dafür hätte auch Seya nahezu alles gegeben!
Tief gekränkt bestimmte fast nur mehr die Rache ihr Leben.
Lange hatte sie Velent gesucht, aber nirgends gefunden.
Schließlich fehlte die Zeit. Sie war im Stamme gebunden.

Gegen Varus' Entscheidung, weitere Truppen zu stellen,
War sie zwar machtlos, doch ihr oblag es, das Urteil zu fällen,
Welche Sippe welches Opfer aufbringen sollte.
Dadurch ward sie gestärkt. Weil jeder tat, was sie wollte.

Doch weil sie nicht bereit war, ihr Leid mit Andren zu teilen,
Sollte die Zeit ihre immer noch offene Wunde nicht heilen.
Ihre Gefühle flossen nicht ab. Sie sollten sich stauen.
Nur weil sie davon absah, sich Andren anzuvertrauen.

So war es Seya unmöglich, Velents Verrat zu vergessen.
Letztlich machte der Wunsch, sich zu rächen, sie fast schon besessen.
Manchmal hieß er sie gar, sich furiengleich zu gebärden.
Launisch – wie einst schon ihr Vater – sollte sie ohnehin werden.
Velent hatte zu sterben! Sie musste das Urteil vollstrecken!
Irgendwo war er! Irgendwo musste er sich verstecken!

Wo hatte er sein Schwert geschmiedet? – Vielleicht bei den Zwergen!
Henar, der sie besuchte, bestritt zwar, ihn zu verbergen,
Doch sie war nicht in der Lage, dem Greise Glauben zu schenken.
Also folgte sie ihm – entgegen aller Bedenken
Jener Schar Krieger, der sie auftrug, mit ihr zu reiten.
Dreizehn Männer mit Hunden sollten sie schließlich begleiten.

*

Vor seinen Höhlen trat Henar Seya gelassen entgegen.
Hatte er sie erwartet? Er grüßte und fragte, weswegen
Sie denn gekommen sei. Sie schrie, er habe gelogen!
Velent sei in den Höhlen! Er habe sie schändlich betrogen!

Henar verneinte. Mehr als geduldig. Seya aber machte dies rasend.
Noch bevor auch nur einer der Zwerge Henar beistehen konnte,
sprang sie tobend vom Pferde, riss ihr Schwert aus der Scheide,
um es dem greisen, wackeren Zwerge wütend ins Herz zu rammen.

Degenar schrie. Der Schmied war nicht fern und doch nicht nah genug,
um zu helfen. Henar starb wie einst schon Belana. Nun aber wehrte er
sich! Er zog das eigene Schwert und Seya begann zu zittern. Sah sie doch
bange, dass er die gleiche Klinge wie Velent führte.

Ihre letzte Hoffnung erstarb, da Degenar sich seinen Weg zu ihr bahnte.
Durch den Wald der sie schützenden Schwerter senste sein silbernes Eisen.
Seya sah es mit Schrecken. Sah es die anderen teilen. Sah es sie wütend
fällen und sah es schließlich auch ihr Schwert suchen.

Es war sinnlos. Aber sie reckte ihres dem seinen dennoch entgegen.
Mehr aus Gewohnheit, denn trotzig. Es zerbrach wie die andern.

Seya hielt noch das Heft in Händen, da Degenars Klinge eilig zurückkam.
Surrend, nein, singend krachte sie ihr ins Haupte.

Wer nun noch lebte aus Seyas Gefolge, ward von den Zwergen
gefangen genommen. Traurig saßen sie schließlich beisammen,
Recht über jene zu sprechen. Niemand, da war man sich einig,
durfte die Höhlen verraten. Keiner von ihnen! Deshalb beschloss
man letztlich, die Schar zu blenden.

Doch alleine Degenars wegen blieb ihr ihr Leben.
Seine Fürsprache hatte am Ende den Ausschlag gegeben.
Er hatte mit zu Gericht gesessen und Gnade erbeten.
Deshalb bat sie ihn auch bald, an Seyas Stelle zu treten.

Degenars Antwort indes ließ lange Zeit auf sich warten!
Was, so fragte der Schmied sich, würde Belana Dir raten?
Stimmte er zu, die Sugambrer trotz seines Alters zu führen,
Würde das Anrecht auch ihrem Sohn, auch Velent gebühren.

Deshalb bat er Belana – als sei sie noch immer am Leben –,
Ihm einen Ratschlag oder zumindest ein Zeichen zu geben.
Welcher Weg war für ihn, seinen Stamm und Velent der rechte?
Wenn er noch lebte. Degenar wartete mehrere Nächte.

Doch weder sie noch irgendein Zeichen ließen sich sehen.
Deshalb ließ er die Wartenden wissen, er habe zu gehen,
Um eine Antwort zu finden. Er suche den Rat einer Weisen.
Über das Fest der Toten wolle er deshalb verreisen.

Leicht war es nicht für ihn, den Zwergen den Rücken zu kehren.
Auch, weil sie weinerlich klagten: Er sei nicht zu entbehren!
Henar sei tot; und auch ihnen damit das Haupte genommen!
Sein Stamm sei schuld! Allein wegen ihm sei es dazu gekommen!
Daraus erwachse für ihn beinahe die Pflicht, dass er bliebe!
Nein, er dürfe nicht fort! Und wen er denn eigentlich liebe?

„Ja, auch darum geht es", erwiderte Degenar leise,
Trug noch Henar zu Grabe und machte sich dann auf die Reise.

*

Was machte Velent inzwischen?, magst Du Dich sicher längst fragen.
Nun, ich vermag es leider nicht, mit Gewissheit zu sagen.
Aber ich glaube, er ließ sich mehrere Monate treiben.
Ohne die Ruhe zu finden, irgendwo länger zu bleiben,
Lebte er – wie ich annehme – tief in verschwiegenen Hainen,
Doch ein Beleg dafür fehlt – wahrscheinlich gibt es auch keinen.

Jener Sommer scheint ohnehin im Dunkeln zu liegen.
Eines nur ist bekannt: Ihre Neigung, sich zu bekriegen,
Ging den meisten germanischen Stämmen allmählich verloren.
Auch dank Arminius ward ein Gefühl der Gemeinschaft geboren.

Niemand weiß wie. Indes Arminius schaffte es binnen
Weniger Monate, Häuptling um Häuptling für sich zu gewinnen.
Unklar bleibt zwar, warum er sich von uns abwenden sollte,
Doch ich vermute, weil er die Seinen beeindrucken wollte.

Sicher nur nach Hause geritten, um sie zu besuchen,
Hörte er dort vielleicht seinen Vater uns Römer verfluchen.

Oder er sah diesen Häuptling, den man Segimer nannte,
Weinen, weil er seinen ältesten Sohn zunächst nicht erkannte.

Vieles ist denkbar. Zum Beispiel auch, dass Segimer weinte,
Weil sein Sohn ein Römer zu sein schien. Was dieser verneinte.
Dies vermut' ich zumindest und könnte es ihm nicht verübeln.
In vergleichbarer Lage käme wohl jeder ins Grübeln.

Doch womöglich brachte den Stein auch Varus ins Rollen.
Sicher können und dürfen Besiegte nicht tun, was sie wollen,
Aber Varus' Gesetze kränkten die nordischen Seelen.
Bis sie nicht mehr bereit waren, ihren Zorn zu verhehlen.

Varus' Antwort darauf war stets nur noch größere Härte.
Weil dieser Weg sich, so war er sich sicher, auf Dauer bewährte.

*

Stattdessen warst Du fort, einmal mehr. Dieses Mal sogar, ohne dass ich wusste, dass Du überhaupt in meiner Nähe gewesen warst.
Doch nicht nur über mich fiel ein bleigrauer Schatten, sondern gleichsam über das ganze Land.

**

Bild IV

im Jahr vor Lunas Brief an Velent – auf dem Forum Mattiacums

„Was ist da los?“, entfuhr es Luna. Angsterfüllte Schreie hatten sie aufs Forum gerufen, unterlegt vom dunklen Raunen einer aufgebrachten Menge und durchwirkt von schneidendem Knallen, die sie sich erst jetzt, da sie das Tor durchschritten hatte, zu erklären vermochte.

Auf dem von drei Mauern und der Basilika eingefassten Marktplatz Mattiacums war kaum ein Durchkommen mehr. Es war weit voller als an einem gewöhnlichen Markttag. Und dennoch hatte Lunas Blick, da sie sich nun anschickte, sich langsam links und rechts der ungezählten, losen Grüppchen durch die Menge hindurchzuschlängeln, nicht lange zu suchen, bis sie den kleinen, geschundenen Körper entdeckte, aus dem diese jämmerlich Schreie herausgepeitscht wurden.

Damit ihn ein jeder erkennen konnte, hatten seine Peiniger ihn an das Standbild des Imperators gehängt. An langen, gebundenen Armen baumelte er vom Hals seines vergoldeten Pferdes herab. Den entblößten und bereits von ersten tiefroten Striemen gezeichneten Rücken der Menge zugewandt. Die kleinen, nackten Füße des Kindes fanden nicht einmal Halt auf dem Sockel der Statue.

Hatte der Knabe anfangs vielleicht noch versucht, trotzig und mutig zu schweigen, so hatte er diesen hoffnungslosen Vorsatz längst aufgegeben. Er wimmerte, winselte, weinte und schrie.

Fassungslos blieb die junge Frau stehen. „Was ist hier los?“, wiederholte sie stammelnd. Doch die Menschen um sie herum hatten nur Augen für das, was vor der Basilika geschah.

„Wie viele unserer Kinder wollt Ihr uns noch nehmen?“, rief ein älteres Weib direkt neben ihr in Richtung der langen Kette der Legionäre, die das

Standbild und damit den Richtplatz abzuschirmen versuchten. „Wann hat das alles ein Ende?"

„Was ist geschehen? Was hat der Junge denn getan?", hakte Luna noch immer zutiefst bestürzt nach und sprach nun direkt eine matthische Magd an, deren Gesicht ihr vertraut vorkam.

„Er hat Augustus bespuckt!", sah sich jene offenbar genötigt, Auskunft zu geben. Denn ihre Antwort klang eher ungehalten.

„Er hat was?", konnte es Luna kaum glauben, dass ihr Onkel ein Kind dafür auspeitschen ließ. Nun sah sie auch ihn.

Quirin saß auf seinem leicht erhöhten Gerichtsstuhl, links des Standbildes. Mit stolzem Blick in die Menge. Den von ihm verurteilten Knaben sah er indes nicht an. Sein Schreien hatte, da ihn soeben die nächste Salve verknoteter Bänder getroffen hatte, längst nichts Menschliches mehr. Doch Quirin tat, als höre er es nicht. Ebenso wenig schien er Tray, den Priester, der mit versteinertem Blick neben ihm stand, noch die Legionäre vor sich zu beachten; er schien gleichsam durch sie hindurchzuschauen.

„Man sollte diesen selbstgefälligen Fettsack auspeitschen! Nicht den Jungen!", hörte Luna einen Mann dicht hinter sich rufen.

„Hüte Deine Zunge!", wies ihn eine der Wachen zurecht, von denen zwei im Wechseldienst gewöhnlich das Tor flankierten, die an diesem Tag aber offensichtlich geheißen worden waren, in mehreren Paaren direkt in der Menge für Ruhe und Ordnung zu sorgen. „Er handelt auf Varus' Order hin!"

Der Matthe drehte sich um. Er war ein stämmiger Kerl und sicher fast doppelt so alt wie der junge Hilfslegionär. „Der Junge hat doch gar nichts gemacht!", ließ er sich nicht den Mund verbieten.

„Er hat auf das Standbild gespuckt!", entgegnete die zweite Wache, was Luna bereits wusste.

„Mattiacum war einmal ein friedlicher Ort!", beschwerte sich ein zweites Weib links neben Luna; doch auch sie ward zurechtgewiesen. „Wir sorgen nur dafür, dass dies auch so bleibt!"

„Indem Ihr Kinder auspeitscht?", entfuhr es dem stämmigen Matthen.

Und das Weib neben Luna sah sogar Unheil auf den Ort zukommen. „Die Götter werden uns zürnen!“, orakelte sie und deutete zum Himmel. „Schaut, wie tief die Schwalben fliegen!“

Luna unterließ es, wie einige andere um sie herum, der Geste der Matthin zu folgen und nach oben zu schauen. Stattdessen hielt sie weiter verzweifelt Ausschau nach Menelaos. Sein Wort hatte doch Gewicht! Doch ihre suchenden Blicke fanden ihn nicht.

„Er soll vom Steinring sein …“, meinte das Weib eines Händlers in der nächsten größeren Gruppe. „Dann ist er ein Chatte!“, nahm ein anderes ihren Faden auf und der Mann neben ihr ergänzte in abfälligem Tonfall: „Um die ist es nicht schade! Man sollte sie alle aufknüpfen! Jeden Einzelnen von ihnen! Und wenn es 100 sind!“

„In Alisum sollen sie 100 Sugambrer gekreuzigt haben!“, warf nun ein weiterer Händler dicht neben ihm ein.

„Gekreuzigt? – Was heißt das?“, fragte das Weib des zweiten zurück.

„Man hat sie an Balken gebunden!“, erläuterte der Händler nur zu gerne. „Mit weit ausgebreiteten Armen! Und diese Balken dann auf riesige Pfähle im Boden gesteckt!“

„Davon stirbt man doch nicht!“, wand der erste Händler nun ein, doch der offenbar am weitesten Gereiste widersprach: „Du vergisst die hungrigen Raben! Die Augen nehmen sie sich als Erstes!“ Beide lachten, während das Weib des ersten eher dümmlich ergänzte, wer sich denn so etwas ausdächte!

Da endlich hatte Luna Menelaos entdeckt. Er stand noch ein gutes Stück vor ihr. „Lasst mich durch!“, rief sie flehend und kämpfte sich in der immer dichter stehenden Menge weiter nach vorn. „Menelaos!“

Nach ihrem zweiten oder dritten Ruf hatte der Grieche sie endlich gehört und drehte sich um. „Luna!“, erkannte er die junge Frau und nahm die Schluchzende schließlich, da sie ihn erreicht hatte, fürsorglich in den Arm.

Dankbar flüchtete sie sich an seine Brust und vergrub sie sich im Stoff seiner Tunika. Den nächsten Hieb hörte sie trotzdem.

„Wie viele?“, flüsterte sie bang.

Menelaos kannte die Zahl der Schläge, die Quirin verhängt hatte, doch verheimlichte er sie der jungen Frau. Stattdessen flüsterte er: „Du solltest Dir so etwas nicht ansehen!“

„Drei Dutzend Schläge hält der nie im Leben aus!“, hörte Luna eine weitere Stimme, da die kläglichen Laute des Knaben nur kaum mehr etwas Menschliches hatten.

Sie wandt ihren Kopf nach rechts. Nur ein paar Schritte weiter stand Aulus. Von einigen seiner Sklaven umringt. Anders als die meisten anderen auf dem Forum klang der Sklavenhändler nicht etwa entrüstet oder besorgt, nein, vielmehr so, als habe er vorab einen Betrag auf die Richtigkeit seiner Annahme gesetzt. „Das ist die einzige Sprache, die diese Barbaren verstehen!“, ergänzte er achselzuckend, da ihn nun einige strafende Blicke trafen. „Seht Ihr? Kaum einer muckt mehr auf!“ Ja, er sprach sogar Luna an, da er gewahr wurde, dass sie in seine Richtung schaute: „Dein Onkel tut gut daran, es mit Varus zu halten!“

Luna drehte den Kopf zur anderen Seite, weiter dicht an Menelaos gelehnt und hoffend, er könnte und würde etwas entgegnen oder – besser noch – etwas tun; doch er konnte es nicht.

Wie versteinert blickte der Grieche nach vorne. Er hatte geglaubt, die Schreie des Knaben zu hören sei das Schlimmste gewesen, was dieser Tag von ihnen allen abverlangte. Doch wie er nun erkennen musste, hatte er sich geirrt. Da die Laute des Knaben unter dem nächsten Schlag plötzlich versiegten und sein geschundener Leib unter dem folgenden nur mehr stumm hin und her baumelte, blutrot wie ein geschlachtetes Tier, dem man gerade die Haut vom Körper gezogen hatte, schien der Schmerz gleichsam auch ihn zu übermannen.

„Er schreit nicht mehr“, schluchzte Luna.

„Er ist ohnmächtig geworden", entgegnete Menelaos leise, gleichwohl er ahnte, dass ihn nur eine schwache Hoffnung zu dieser Antwort verleitet hatte. Vermutlich war der Junge tot und mit ihm – auch diese Ahnung griff rasend schnell Raum – auch sein eigener Traum eines friedlichen, die Völker einigenden Mattiacums.

„Nun habt doch Erbarmen!", rief ein Weib, in dem offensichtlich unbeirrt Hoffnung keimte, der Knabe könne noch leben. „Er ist doch höchstens zehn Jahre alt!"

„Zehn Jahre zuviel!", entgegnete Aulus' vorlautester Sklave, doch statt eines Trittes erntete er ein Lachen seines Herrn.

Menelaos hatte genug gehört. In den nächsten Peitschenknall hinein schob er Luna zurück in Richtung des Tores. „Ich bring Dich hier weg!", meinte er leise.

„Und der Junge?", sorgte sich Luna mit zitternder Stimme.

„Ich denke, er hat es jetzt überstanden", meinte der Grieche leise seufzend und ergänzte schließlich, da ihn einige traurige Blicke zu tadeln schienen, nichts gegen diese Gräueltat unternommen zu haben: „Glaubt mir: Auf Arminius hätte Quirin vielleicht gehört! Auf mich in diesem Falle nicht! Ich habe es versucht!" Er seufzte erneut und ergänzte mehr zu sich: „Ich wünsche ihm und Thusnelda alles Gute! Wenngleich es mir davor graut, was passieren könnte, wenn man im Norden erfährt, was hier geschieht …"

„Sie hat gesagt, er käme vom Steinring …", flüsterte Luna, da sie des Marktweibes gewahr wurde, die dies gemutmaßt hatte.

„Ja", bestätigte der Grieche. „Das ist keine gute Nachricht! – Wann kommt Marcus zurück?" Er wusste, dass Lunas Mann nach Mogontiacum gerufen worden war.

„Marcus?", erwiderte die Angesprochene überrascht und ließ sich etwas ablenken. „Ich weiß es nicht. In den nächsten Tagen."

Menelaos erkannte, dass die Leere längst wieder begonnen hatte, sich meiner zu bemächtigen. Doch den Grund dafür ahnte er nicht.
Es gehöre zur Natur des Glücks, sagte er, dass es launig und flüchtig sei. Und es sei normal, wenn ich eine gewisse Traurigkeit in mir trüge, so oft wie ich von Marcus getrennt sei.

Luna lief weinend auf und davon. Sie rannte und rannte.
Bis hinab zur Logana, die ihre Lage erkannte.

Gnädig schenkte die Göttin ihr Ruhe. Die Tränen versiegten.
Luna war bald, als ob die Weiden am Ufer sie wiegten.
Alles ward still. Ihr zuvor noch rasender Atem verflachte.
Velent – und nicht etwa Marcus – war es, dem sie gedachte.

Dass die Wolken am Himmel sich längst schon aufgetürmt hatten,
Ward ihr nicht mal bewusst, da Apollo mit gelblichem Schatten
Alles um sie verhüllte. Die eilig verlassenen Felder –
Blassgrün lagen sie brach –, die den Sturm schon erwartenden Wälder.
Alle dem wachen Auge nahen Dinge versanken
In diesem Lichte, während die fernen in ihm ertranken.

Schließlich gefiel es Apollo gar, mehr als nur Farbe zu stehlen.
Allem, was Gelb trank, schien jegliche räumliche Tiefe zu fehlen.
Alles schwieg, war still. Nicht der Hauch eines leisesten Windes.
Alles ruhte in Unschuld. Gleich dem Geist eines Kindes.

Niemand kann oder will sich solchen Momenten entziehen.
Weil sie beseelt sind und wahr und so schön, um niederzuknien.

Du warst es doch, nach dem ich mich sehnte! Du, Velent. Du. Ich wusste es nie mehr als in jenem Augenblick.

Doch – ich muss diesen Umstand wohl kaum besonders erwähnen –,
Selbst Apollo darf die Zeit nicht ungestraft dehnen.
So, als wolle ihn Jupiter dafür nun tadelnd verdammen,
Jagte er Blitz und Donner vom Himmel, und gleichsam zusammen
Fielen bleischwere Tropfen, gefolgt von prasselndem Regen.
Luna ward überrascht. Sie konnte sich kaum mehr bewegen.

Eben ruhte der Fluss noch; nun aber schien er zu sieden.
Erde, Luft und Wasser schienen sich nun zu bekriegen.

Doch mir war, als wolle mich Jupiter dafür strafen, nicht tugendhaft zu Marcus zu stehen. Und auch ich selbst warf es mir vor.

Mit dem Gewitter ging auch der Sturm. Kein Wind sollte wehen.
Lunas Tugend obsiegte. Sie zwang sich, zu Marcus zu stehen.
Schon am folgenden Tage sollte er heim zu ihr kehren.
Aber dabei die Logana zur falschen Zeit überqueren.

Pfeile und Lanzen regneten nieder. Wie aus dem Nichts. Aus heiterem Himmel. Schreie. Getroffene, sinkende Leiber. Kaum gelang es den Männern seines Gefolges nach ihren Schilden zu greifen, da stürzte sich eine Horde wilder Gestalten brüllend ins seichte Flussbett.

Fünfzehn bis zwanzig furchtlose Männer. Ihre Oberkörper entblößt. Die Hälfte ohne Helme und Schilde. Blindlings stürmten sie vorwärts. Ohne jegliche Ordnung. Dafür schienen sie aber in ihren hellen, grimmigen Augen umso mehr Hass zu tragen.

Außer Marcus war niemand zu Pferde. Aber das seine bäumte sich auf.
Es scheute. Mit aufgerissenen Augen stieg es. Marcus vermochte nicht,
sich zu halten. Er kam ins Rutschen. Glitt aus dem Sattel.
Weil er indes die Zügel nicht losließ, riss er den Rappen mit sich.

Er überschlug sich wiehernd und stürzte auf seinen Reiter.
Begrub ihn im kalten Nass und brach ihm – gleichwohl er nur einen
Augenblick auf ihm zum Liegen kam – gleich mehrere Rippen.
Marcus spürte den Schmerz. Er krümmte sich stöhnend.
Dann aber zwang ihn Carna[5] nach Luft zu schnappen.

Doch Logana barg noch sein Haupte. Ihr gefiel, was sie sah.
Aber schließlich gab sie ihn frei. Sie ließ Marcus gehen. Prustend riss
er den Kopf nach oben – hinaus aus dem Wasser! –, doch überhörte
aus diesem Grunde der Göttin mahnenden Rat, nun schleunigst sein
Schwert zu ziehen.

Schon stand der Erste der zürnenden Chatten über ihm. Zitternd
erkannte er Swidger. Blickte hinunter an seinem nackten Leibe. Sah seine
bleichen Schultern und dunkle, sich immer tiefer windende Sicheln,
Schlingen und Kreise. Auch einen Drachen sah er am Arme Swidgers.

Er schien züngelnde Flammen zu speien. Sie verloren sich in der Hand
des Chatten, die – geschlossen zur Faust – ein breites, glänzendes Schwert
trug. Swidger hob es empor und griff dabei um, um ihm jenes Eisen
im nächsten Augenblick bis zum Heft in den Leib zu rammen.

Swidger glaubte ganz sicher, Marcus getötet zu haben.
Um den Foltertod des in Mattiacum gerichteten Knaben

5 **Carna** – römische Göttin des Herzens und der inneren Organe

Grausam zu rächen – und nicht wie die Weiber nur zu beweinen –,
War er nachts Richtung Süden gezogen, gefolgt von den Seinen.

Mochte Arminius den Führern der Stämme doch tausendfach raten,
Sich zu gedulden. Die Ehre verbat es, noch länger zu warten!
Sicher: Er hatte Marcus einst das Versprechen gegeben,
Mattiacum zu schonen, doch vor dem Ort und daneben
Galt dieser Eid nicht! Deshalb der Plan, sich ans Ufer zu kauern
Und als einfache Pilger getarnt auf Beute zu lauern.

Unweit der Gräber war immer Betrieb. Sogar schon am Morgen.
Und ihre Waffen hatten die Männer alle verborgen.
So war es schwer für die Wachen gewesen, den Angriff zu ahnen.
Erst die Schreie der Männer im Flussbett sollten sie warnen.

Swidger war klug genug, die neue Lage zu lesen.
Ja, vielleicht war der Rückzug auch Teil seines Planes gewesen.
Was er gewollt hatte, war ihm geglückt: nämlich Rache zu nehmen.
Danach zu fliehen, sieht kein Germane als Grund sich zu schämen!

Dass die Wachen sie laufen ließen und nicht weiter hetzten,
War aber keineswegs feige. Es lag an den vielen Verletzten.
Marcus, sahen sie bang, war mittig im Leibe getroffen.
Selbst die Ärzte gaben rasch auf, auf sein Leben zu hoffen.

Und niemals hätte ich ihm ein solches Ende gewünscht!
Wie sehr er doch am Leben hing, da er erkennen musste, dass es ihn nach Swidgers Überfall zu verlassen gedachte! „Es war Swidger, der Rote!“ – ich habe die Worte der Ärzte, die mich riefen, noch im Ohr. – „Mit seinen Männern! Sie haben Marcus überfallen! Kurz vor den Toren Mattiacums!“

**

Bild V

im Jahr vor Lunas Brief an Velent – in Quirins Haus in Mattiacum

„Severinus! Wie geht es ihm?“ Lunas Stimme klang verzweifelt, da sie den Leibarzt ihres Onkels vor Marcus’ Stube antraf. Er stand vor der geöffneten Türe und brachte soeben Quirin und zwei Offiziere aus Marcus’ Gefolge im Flüsterton auf den neusten Stand der Dinge.

Da er Luna hörte, brach er das Gespräch indes sofort ab. Mit aufeinandergepressten Lippen und ernster Miene kam er Luna entgegen und hielt sie mit ausgebreiteten Armen davon ab, an ihm vorbei zu ihrem Mann zu eilen.

„Er möchte Dich noch mal sehen“, flüsterte er mit ernster Stimme und ergänzte schließlich, bevor er ihr den Weg freigab: „Du musst jetzt tapfer sein!“

„Habt Ihr denn nichts für ihn tun können?“, fragte die junge Frau mit bangem Blick, der das nun folgende Kopfschütteln des Arztes bereits vorausahnte.

„Nein“, entgegnete jener enttäuscht. „Wir haben getan, was wir konnten. – Komm jetzt!“

Sein Arm wies ihr den Weg. Sie folgte ihm. Mit glasigen Augen. Traurig suchte sie ihres Onkels Blick, als hätte er ihr jemals Trost gespendet. Er tat es erneut nicht. „Du bringst den Männern nur Unglück!“, zischte er stattdessen in vorwurfsvollem Ton, doch Severinus wies ihn umgehend zurück. „Das ist wohl kaum der rechte Moment für solche Vorwürfe“, entgegnete er so leise wie nur irgend möglich.

Quirin reckte Kinn und Nase stolz in die Höhe. Sein Finger drohte ihm gar am langen Arm. „Du verbietest mir nicht den Mund, hörst Du!“ Doch ein tiefer und augenscheinlich schmerzhafter Husten hielt ihn davon ab, Severinus noch weiter anzugehen.

Der Arzt schüttelte missmutig den Kopf. Wie schon so oft in den vergangenen Jahren hatte sich Quirins Gesundheitszustand verschlechtert, seit er nach Mattiacum zurückgekehrt war. Und er selbst fand kein geeignetes Gegenmittel, außer ihm in unregelmäßigen Abständen den Rat zu geben, sich möglichst lange in den wärmeren und etwas sonnigeren Landstrichen an Rhenus und Moenus aufzuhalten; am besten sogar regelmäßig die warmen Quellen an letztgenanntem aufzusuchen.

Trotzdem griff seine Hand nun nach des Marktherrn Arm und drückte ihn sachte nach unten. „Lass sie jetzt durch!", mahnte er ihn. „Und lass uns hinausgehen, wenn Du Dich unbedingt mit mir streiten möchtest! – Die frische Luft würde Dir zumindest nicht schaden!"

Luna überhörte das kurze Wortgeplänkel der beiden Männer beinahe. An ihnen vorbei betrat sie den kaum erhellten Raum, in dem Marcus – von etlichen Dienern umringt – aufgebahrt war. Auch Claudius, seinen Vertreter, sah sie an seinem Lager. Er grüßte sie nickend.

„Claudius!", sprach sie ihn an; fast versagte ihr die Stimme. „Wie geht es –?" Dann brach sie ab, da sie die blutgetränkten Verbände erkannte, die um Marcus' Bauch gewickelt waren. Schluchzend sank sie an seinem Lager auf die Knie: „Marcus! Marcus!"

So schlecht es ihm ging, erkannte er sein Weib dennoch. „Luna", flüsterte er und drehte ihr den Kopf leicht entgegen. Und nun, da sie in seine leeren, blassen Augen blickte und er schließlich gar Blut zu spucken begann, schwand ihre letzte Hoffnung, er könnte die Nacht überleben.

Ihre Hände zitterten. „Es tut mir so leid! Es tut mir so leid!"

„Wisch das Blut weg, Weib!", hieß Claudius eine Sklavin, die nickend ein frisches Stück Tuch ergriff und eilig näher trat. Luna indes nahm es ihr aus der Hand. „Ich mach es", flüsterte sie. „Ich mach es!"

Doch da sie ansetzte, Marcus' Kinn und Mund abzuwischen, wich er mit kurzer Bewegung aus. „Luna", sprach er sie flüsternd an, als gelte es, keine Zeit zu verlieren.

„Ja?“, entgegnete sie und ließ Hand und Tuch sinken. Ihr Ohr näherte sich seinem Mund.

„Ich wollte Dir noch etwas sagen“, hauchte Marcus.

„Streng Dich nicht an!“, bat Luna ihren Mann und legte ihm kurz und behutsam die Hand auf den Kopf. „Du brauchst jetzt Ruhe!“

„Ich werde noch lange genug ruhen!“, widersprach er, spuckte erneut etwas Blut und hieß sie sodann: „Gib mir die Nurma[6]!“

„Was?“, erwiderte Luna verwirrt.

„Die Nurma!“, wiederholte Marcus und deutete mit schwacher Geste auf seinen kleinen Hausaltar.

„Hier!“ Claudius hatte die kleine Figur bereits ergriffen und reichte sie seinem Vorgesetzten.

„Soll ich … für Dich beten?“, wollte Luna unsicher wissen.

Marcus schüttelte den Kopf. „Nein.“ Er ließ sich die kleine Statue in die Hand legen und schleuderte sie sodann mit letzter Kraft zu Boden.

Die Nurma zerbrach in gleich mehrere Teile.

Luna starte fassungslos auf den Inhalt, den die tönernen Scherben preisgaben und der nun keine zwei Schritte entfernt von ihr auf dem nackten Boden lag.

„Was ist passiert?“, rief Severinus, den der Krach zurück in den Raum gerufen hatte.

„Er hat die Norma zu Boden geworfen“, gab Claudius wahrheitsgemäß zur Antwort.

„Da liegt etwas!“, ergänzte eine der Sklavinnen. „Sind das Reißzähne?“

„Seid still!“, entgegnete der Arzt den beiden, um Letztere sodann gezielt zu heißen: „Heb es auf, was immer es ist, und gib es ihm!“

Marcus nickte dankbar. Zugleich hauchte er: „Verzeih mir, Luna!“

„Die … Ketten“, entfuhr es der fassungslosen Luna. „Beide.“

---

6 **Nurma** – Abbild einer Gottheit

„Ja, die Ketten", bestätigte Marcus, dem Tod bereits nahe und drückte sie seiner Frau in die Hand. „Du hattest die deine nicht verloren. Ich habe sie Dir genommen. Und auch die seine. Er hatte sie Dir am Eissee um den Hals gehängt."

Luna brauchte einen Augenblick, bis sie verstand, was Marcus ihr damit gesagt hatte. Velent – und nicht Marcus – hatte sie aus dem Eis hoch im Norden gerettet, zwei Jahre zuvor. So, wie es ihr Gefühl ihr immer gesagt hatte, bis sie aufgehört hatte, ihm zu vertrauen.

„Velent? Nicht Du?", fragte sie dennoch nach.

„Ja", entgegnete Marcus und hatte erneut Blut zu husten.

Für Luna brach eine Welt zusammen. Sie schloss die Augen, presste die Lippen aufeinander und konnte nicht anders, als die Hände kurz und unwillkürlich zur Faust zu ballen. „Warum, Marcus? Warum?", entfuhr es ihr flehend und flüsternd.

Marcus zögerte. Sein Blick schweifte kurz durch den Raum. Severinus deutete ihn richtig. „Lasst die beiden kurz allein!", hieß er die Umstehenden und machte sich, da sie seiner Aufforderung umgehend Folge leisteten, bereits auf, ihnen nach draußen zu folgen, da hielt Marcus ihn mit einem kurzen „Bleib!" zurück. „Damit sie nicht alleine mit der Wahrheit bleibt!"

Luna seufzte leise und öffnete ihre Augen. Marcus sah sie schuldbewusst an. Es schien ihn Überwindung zu kosten, sich ihr zu offenbaren, doch letztlich sollte es ihm gelingen. Und so gestand er ihr denn flüsternd, was er über Jahre für sich behalten hatte: „Ich wusste mir keinen anderen Rat. Obwohl ich in seiner Schuld stand. Denn mich hat er auch gerettet. Kurz vor dem Ende des Krieges. Hier vor den Toren der Stadt."

Dann schwieg er erneut, und da er die Augen nun seinerseits langsam schloss und nicht wieder öffnen wollte, schluckte Luna hörbar betroffen. „Severinus, ist er …", begann sie, doch war es ihr nicht möglich, ihre Frage zu vollenden.

Quirin nahm es ihr ab. Im Durchgang stehen geblieben, rief er: „Sie will wissen, ob er tot ist."

Severinus sah ihn tadelnd an, doch zugleich gab er Antwort, indem er das Unausweichliche nun erstmals vor allen Anwesenden aussprach: „Die Götter rufen ihn zu sich!“

„Marcus!“, flüsterte Luna. Doch so flehend ihre zarte Stimme klang, so hart schnitt nun die ihres Onkels durch das Halbdunkel des Raumes.

„Claudius“, rief er den Offizier zu sich, „Du wirst Marcus’ Posten übernehmen, bis Varus ihn neu besetzt hat! Ich rede mit ihm! Ich sehe ihn ja ohnehin in Kürze. Unser Boot liegt längst bereit.“

„Wie kannst Du nur so herzlos sein!“, fuhr Luna ihn an.

„Das bin ich nicht!“, wand ihr Onkel ein. „Aber Marcus ist tot. Daran ist nichts mehr zu ändern. Nur seinen Tod können wir rächen! Und genau das wirst Du tun, Claudius! Dieses Dorf am Steinring ist mir seit Langem ein Dorn im Auge! Seine Steuern zahlt es auch so gut wie nie. Wir sollten uns nehmen, was uns zusteht! Die Schuldner versklaven und ihre Häuser niederbrennen! Oder siehst Du das anders? Varus wird sich gewiss für Deine Entscheidung interessieren …“

Der Angesprochene musste nicht lange überlegen. „Ich sehe es genauso“, erwiderte er. „Wir brechen spätestens übermorgen auf. Aber nicht früher. Denn zunächst gilt es, Marcus alle Ehren zu erweisen.“

„Sicher“, erwiderte Quirin unwirsch und drehte ab. Doch da er es tat, vernahm er – wie alle anderen – doch noch einmal Marcus’ Stimme.

„Luna?“, fragte sie suchend und schwach.

„Er lebt ja doch noch!“, wunderte sich Quirin; mehr überrascht als mitfühlend. Luna indes wandte sich ihrem scheidenden Manne noch einmal dankbar und fürsorglich zu. „Marcus!“

„Verzeihst Du mir, Luna?“, hauchte Marcus. Er schien sie schon nicht mehr zu erkennen.

„Ich …“, stammelte Luna.

„Ich musste es Dir sagen …“, ergänzte Marcus. „Ich musste es!“

Luna brauchte erneut einen Augenblick, bevor es ihr schließlich möglich war, zu nicken. „Und dafür danke ich Dir!“, flüsterte sie und ergriff seine Hand.

Marcus deutete ein kurzes, letztes Nicken an. „Ich habe zu lange mit diesen Lügen gelebt“, fuhr er schließlich fort, sich mit letzter Kraft zu erklären. „Verzeih mir, Luna! Ich bin nicht stolz auf das, was ich getan habe. Aber ich habe keinen anderen Weg zu Dir gesehen als den, schuldig zu werden. Vergib mir! Aber ich wollte lieber mit der Schande leben als ohne Dich.“

Dies war der Satz, den Luna Velent einst vorhalten sollte:
Marcus wählte die Schande. Er tat, was Velent nicht wollte.

Es liegt mir auch heute noch fern, Marcus in Schutz zu nehmen. Aber ich habe seine Worte nie in Zweifel gezogen, dass er keinen anderen Weg zu mir sah, als Dich und letztlich auch mich zu verraten. Ich weiß, es ehrt mich nicht, aber ich habe mir die vergangenen Tage mehr als nur einmal gewünscht, auch Du wärst fähig dazu, einen Freund zu verraten.
Marcus hatte den falschen Weg gewählt. Warum, Velent, hast Du es nicht vermocht, jenen zu wählen, der Dir falsch vorgekommen sein mag, der es Dir aber ermöglicht hätte, bei mir zu bleiben?
Aber mir steht es nicht zu, Dich zu verurteilen. Denn auch ich hatte ja nicht meinem Herzen vertraut und mich schließlich für Marcus entschieden. Nun war er tot, und ich wollte es besser machen! Als nach seiner Totenfeier Claudius' Order erging, umgehend mit einer Hundertschaft gegen den Steinring zu ziehen, brach ich auf, das Dorf zu warnen. Ich hasste Swidger für seine Tat, doch mein Herz verbat es mir, untätig zu bleiben und Unschuldige für seinen Frevel büßen zu lassen. Also stahl ich mich heimlich davon. Ich kannte den Weg ja; doch wie weit er war, wenn man ihn zu laufen hatte!

Luna gab sich keinerlei Mühe, sich groß zu verbergen.
Weit vor dem Steinring rief sie einige chattische Schergen.
Jene hätten sie möglichst rasch zu Swidger zu bringen.

Dass sie sie nicht erschlugen oder sich an ihr vergingen,
Lag allein daran, dass sie ihr glaubten, Swidger zu kennen. –
Immerhin konnte sie seinen verstorbenen Vater benennen!

Swidger lachte, als er erkannte, wen man ihm brachte.
Anfangs glaubte er ihr kein Wort, doch als er bedachte,
Welcher Gefahr sich die junge Römerin ausgesetzt hatte,
Lachte er nicht mehr. Im Gegenteil. Sicherlich hatte der Chatte
Mit einem Angriff gerechnet. Doch mit keinem so nahen!
Dadurch blieb keine Zeit mehr, Verbündete um sich zu scharen!

Ohne Verstärkung, das wusste er, war das Dorf nicht zu halten.
Trotzdem entschied er sich gegen die Frauen, die Kinder und Alten.

Wäre Degenar nicht gewesen, hätte ich meine Entscheidung wohl mit dem Leben bezahlt. Er musste den Steinring offenbar wenige Tage vor mir erreicht haben und hätte ihn vermutlich, da er sich im Dorf der Chatten alles andere als willkommen fühlte, am nächsten Tage, nach dem Totenfeste, auch wieder verlassen.
Niemand zwang ihn, noch einmal ins Dorf zu gehen, doch da er davon hörte, dass man Swidger eine junge Römerin gebracht hatte, tat er es.

**

Bild VI

im Jahr vor Lunas Brief an Velent – in Swidgers Haus im Dorf der Chatten am Steinring

„Luna! Was machst Du hier?“ Gleichwohl Degenar es zumindest für möglich gehalten hatte, dass Luna die junge Römerin sein mochte, von deren Gefangennahme die gutmütige Urda ihm berichtete hatte, war er nun doch erstaunt, sie in Swidgers Haus zu sehen. Beinahe hätte er sie sogar nicht wiedererkannt, so viele Jahre waren vergangenen.

Luna erging es umgekehrt kaum anders. An Füßen und Händen gebunden saß sie auf einem Schemel unweit des Herdfeuers, da der mittlerweile längst graubärtige, riesige Schmied die Türe geöffnet und den großen, hallenartigen Raum betreten hatte.

„Degenar!“, sprach sie ihn aufgeregt an. „Ist Velent bei Dir?“

Kopfschüttelnd kam der Hüne näher. „Velent? Nein. Ich hatte gehofft …“

„Was machst Du hier, Schmied?“, fuhr ihn Levin in diesem Moment an. Swidgers Gefolgsmann hatte Luna gegenüber gesessen, hatte sich aber mit Degenars Erscheinen zornig von seinem Hocker erhoben.

„Lass ihn!“, wies ihn Swidger augenblicklich und barsch zurecht. Er saß als Einziger in einem Lehnstuhl, der beinahe einem Thron glich.

Levin indes widersprach. „Er hat Seya erschlagen! Dass er sich am Steinring rumtreibt“, entgegnete er, „ist schlimm genug, aber hier unten im Dorf hat er nichts verloren!“

„Lass ihn!“, wiederholte Swidger kurz und knapp. Eher ungehalten nahm er dabei zur Kenntnis, dass Degenar auf ihn zukam.

Der Schmied deutete ein dankbares Nicken an, um sich, da er den Rotbart erreicht hatte, sachte zu ihm herabzubeugen und zu flüstern: „Du hast es also nicht vergessen, dass Du dieses Haus ohne mein Geld nicht zurückbekommen hättest …“

„Das habe ich nicht", brummte Swidger – gerade so laut wie nötig. „Aber ich wollte Dir Dein Geld längst zurückgegeben haben! Ich wusste nur nicht, wo Du warst!"

„Und, ob ich noch lebe …", ergänzte der Schmied leise und streckte den Rücken nun wieder durch.

„Das hast Du gesagt", erwiderte der Chatte, da er sah, dass sich Degenar wieder von ihm abwendete, um zu Luna zu gehen.

„Was hast Du mit ihr vor?", fragte jener nun, ohne sich auch nur umzudrehen.

Swidger holte tief Luft und verschränkte die Arme. Was erlaubte der Schmied sich in seinem Hause? „Sie ist meine Gefangene!", stellte der Chatte trotzig klar.

Dann fiel ihm Luna ins Wort. „Degenar!", sprach sie den Schmied erneut an. „Ich bin gekommen, um das Dorf zu warnen!" Ihre Stimme klang gehetzt, so, als ob sie fürchtete, gleich geknebelt zu werden.

„Du redest, wenn Du gefragt wirst!", fuhr Swidger nun auch sie an, und hielt doch Levin, der erneut aufgestanden war, mit knapper Geste davon ab, die Gefangene zu strafen.

Degenar sah es mit Erleichterung. „Warnen? Wovor?", fragte er eilig nach und legte der jungen Frau, da er sie nun erreicht hatte, die Hand auf den Arm.

„Sie behauptet", nahm Swidger ihr die Arbeit ab, „wir würden überfallen."

„Von wem?", erwiderte der Schmied besorgt und wandt sich nun doch wieder kurz dem Chatten zu.

„Rom", warf Levin kurz angebunden ein.

„Warum?"

„Weil wir an den Gräbern waren, um Rache zu nehmen!", erklärte Swidger. „Und mit Hilfe der Götter war es uns auch vergönnt!"

Degenar schaute ihn erstaunt an; dann Luna.

„Marcus fiel durch sein Schwert", bestätigte sie nickend.

„Ich sagte: ‚Schweig!'“, platzte es nun aus Swidger heraus, und erstmals erhob er sich nun für einen Moment.

Doch Luna ließ sich den Mund nicht verbieten. „Und dafür wollen sie Rache nehmen“, fuhr sie unerschrocken fort. „Sie sind gewiss schon auf dem Marsch!“

Degenar nickte. In dunkler Vorahnung, was dies bedeutete, hatte sich auch sein Gesichtsausdruck bereits verfinstert. „Deshalb sind die Männer alle im Dorf unterwegs und nicht hier“, meinte er – mehr zu sich, denn zu Luna, Swidger oder Levin. „Und deshalb die vielen Eimer mit Wasser …“

„Meine Männer haben den Feind längst gesehen“, entgegnete Swidger trotzig. „Uns bleibt noch Zeit bis zum Morgen. Wir werden die verdammten Hundesöhne gebührend empfangen!“

Erneut kam der Hüne auf den Rotbart zu. „Swidger“, sprach er ihn an. „Du wirst das Dorf nicht halten können!“

Doch Swidger blieb scheinbar gelassen. „Es ist keine Schande“, entgegnete er, „für eine gerechte Sache zu sterben!“

„Das magst Du so sehen!“, erwiderte Degenar „Aber was ist mit den Frauen und Kindern? Und was ist mit den Alten? Sie werden alle sterben!“

Swidger hob das Kinn und zuckte zugleich mit den Achseln. „Das liegt allein in der Hand der Götter.“

Degenar holte tief Luft und kam noch einen Schritt näher. Dann versuchte er es erneut, den Chatten wachzurütteln. „Swidger!“, beschwor er ihn nun beinahe. „Das kannst Du nicht machen!“

Swidgers Blick gewann er damit zumindest; seine Zustimmung indes nicht. „Ich führe das Dorf!“, widersprach der Chatte in scharfem Ton. „Wenn es sein muss bis in den Tod!“

Levin nickte. Degenar seufzte; dann entgegnete er – zunächst geradezu verzweifelt: „Glaub mir, ich habe gesehen, wie es ist, wenn Rom ein Dorf niedermacht!“ Um, von den eigenen Erinnerungen eingeholt, schließlich doch noch einen weiteren, letzten Versuch zu wagen, Swidger zum Einlenken zu bringen. „Noch bleibt genügend Zeit, in die Wälder zu fliehen!“

Nun wurde es dem Chatten zu viel. Er stand auf und trat dicht an den mehr als einen Kopf größeren Schmied heran. „Sag mir nur einen Grund“, zischte er, „warum wir es tun sollten!“

„Weil Du ein Mann von Ehre bist“, entgegnete Degenar – ruhig und doch eindringlich. „Weil Du in meiner Schuld stehst! Und, weil ich Dich darum bitte!“

Nun war es der Chatte, der tief Luft holte. Dann indes entgegnete er entschieden: „Ich werde nicht fliehen!“

„Es ist keine Flucht“, widersprach der Hüne und versuchte zugleich, Swidger eine Brücke zu bauen. „Es ist ein Rückzug! Du hältst doch so große Stücke auf Marbod; er hat nichts anderes gemacht!“

Swidger schüttelte selbstbewusst den Kopf. „Wir haben sie“, widersprach er trotzig und deutete auf Luna, „eine römische Geisel! Ich stelle mich vor das Tor und setze ihr mein Messer an den Hals!“

Degenar seufzte erneut. Er wusste, dass Swidger nicht zögern würde, es zu tun. „Es hat den Anschein“, meinte er deshalb, „als hätte sie die Ihren verraten! Würdest Du eine Verräterin schonen?“

Er wartete mehr als nur einen kurzen Moment, doch da Swidger nicht einzulenken schien, wechselte er den Tonfall. „Räum das Dorf!“, hieß er ihn geradezu herrisch.

Swidger schüttelte den Kopf, doch mehr überrascht als entschieden. Beinahe stammelte er, da er schließlich entgegnete: „Das kannst Du nicht ernsthaft von mir verlangen!“

„Oh, doch!“, ließ Degenar nun nicht mehr locker. „Das tue ich!“, raunte er. „Aber nicht um meinetwillen, sondern um das Leben all der anderen zu retten, die Dir nichts wert zu sein scheinen! Du bist mir etwas schuldig und dies ist mein Wunsch: Gib das Dorf auf und flieh mit allem, was Ihr habt, in die Wälder! Auch mit Luna! Sie hat Dir nichts getan! Im Gegenteil, Du müsstest und solltest ihr dankbar sein!“

Swidger hätte den greisen Schmied am liebsten erschlagen.
Doch er war ihm verpflichtet und sollte es deshalb nicht wagen.
Zähneknirschend hatte der zürnende Rotschopf zu kuschen.
Und so begannen schon bald, erste Schatten waldwärts zu huschen.

Wenige murrten. Die Mehrheit war gerne bereit, sich zu fügen.
Wenn auch die Zeit recht knapp war. Nur Stunden mussten genügen.
Hausrat und Vorräte mussten sie packen! Nichts durfte bleiben!
Außerdem galt es, das Vieh des Dorfes zusammenzutreiben!

Jeder trug, was er konnte: jegliche Habseligkeiten.
Karren wurden beladen. Wie seit uralten Zeiten.
Alles so still und so leise wie möglich. Nur wenige riefen.
Falls der Feind doch schon nah war und weil die Kinder noch schliefen.
Jene wurden als Letzte und viele auch weinend geborgen.
Dann begann das Warten im Wald bis zum nahenden Morgen.

Ich ahnte ja nicht, dass Du in der Nähe warst. Oder tat ich es doch?

Menelaos ist wieder erwacht. Er hat mich gebeten, ihm vorzulesen, was ich als Letztes geschrieben habe. Ich kam seinem Wunsch soeben nach. Ihm ist dabei etwas aufgefallen, das dazu angetan sein könnte, mir ein wenig neuen Mut zu schenken.
Er sagt, ich hätte das Dorf am Steinring, da er selbst nicht in Mattiacum war, doch auch durch einen anderen, einen verlässlichen Boten warnen lassen können. Dass ich es nicht tat, sondern selbst dorthin zog, könne doch nur eines bedeuten: Tief in mir sei gewiss noch Hoffnung gewesen. Die Hoff-

nung, Du könntest noch leben. Und jene, dass meine Kette Dich zu jenem Orte rufen könnte, an dem Du sie mir einst geschenkt hattest.

*

Velent sollte am Morgen des Kampftags zum Steinring gelangen.
Adlan hatte das Dorf auf sein Geheiß hin umgangen.
Um seine Mutter zum nahen Totenfeste zu ehren,
War er gekommen und eben dabei, eine Weide zu queren,
Da vernahm er ein leises Geräusch. Ein Scheppern und Klirren.
Noch war es fern. Indes es sollte ihn trotzdem verwirren.
Denn er kannte es gut und wusste es gleich zu benennen:
Römisches Fußvolk! Marschierend! Nun war es klar zu erkennen!

Was aber machte der Tross hier? Es war doch gerade erst Morgen.
Steuereintreiber mieden die Nacht. Er begann sich zu sorgen.
Sollte er rufen? Versuchen, die, die dort schliefen, zu wecken?
Aber gegen den Wind vermochte er nichts zu bezwecken.
Velent blickte zum Dorf. Es schien tatsächlich zu schlafen.
Halt! Warum bellte kein Hund? Und was war mit den Rindern und Schafen?

Da! Nun sah er den Lindwurm, den schimmernden, römischen Drachen.
Sah ihn den Wall des Dorfes umzingeln und Feuer entfachen.

Dann fiel es auch den zahlreichen Angreifern auf, dass die Chatten
Längst nicht mehr dort waren. Dass sie ihr Heil in der Flucht gesucht hatten.
Denn in keinem der Häuser sollte sich Widerstand regen.
Als sie nun vorrückten, alles in Schutt und Asche zu legen.

Es war schrecklich, das Dorf lichterloh brennen sehen zu müssen. Doch nicht weniger schlimm erschien es mir, miterleben zu müssen, dass Swidger nicht müde wurde, Deinen Vater zornig anzuklagen, ihn falsch beraten zu haben. Ich indes bin ihm unendlich dankbar. Denn auch im Wald, in unserem Versteck oberhalb des Dorfes, stellte er sich mit seinem Schwert vor mich. Wäre er nicht gewesen, hätte ich Dich nicht wiedergesehen und dürfte auch nun nicht darauf hoffen, dass es noch einmal geschehen möge!

Velent war sprachlos. Ihm fehlten die Worte. Höher und höher wandt sich die breite Säule aus stinkendem, beißendem Rauch gen Himmel. Stand dort für kurze Zeit, doch nur, um am Ende durch entfesselte Winde fast bis zu ihm und damit auch fast zum Steinring gedrückt zu werden.

Zeternd und weinend sahen die Chatten die lodernden Flammen.
Zigfach sollten die wartenden Opfer uns Römer verdammen.
Wer uns nicht bereits hasste, lernte uns sicher zu hassen.
Swidger sprang sogar mehrfach auf, das Versteck zu verlassen.
Doch des Schmiedes Erinnerung, Swidger sei ihm etwas schuldig,
Hielt ihn jeweils zurück und so blieb er letztlich geduldig.

Aber nicht nur die Chatten im Walde hatten zu warten.
Nein, genauso wie jenen, erging es auch unsren Soldaten.
Glaubte doch Claudius die flüchtigen Dörfler ganz in der Nähe.
Deshalb ließ er die Seinen unnachgiebig und zähe,
Antreten, grüßen und etliche, übliche Stellungen üben.
Jenseits und diesseits des brennenden Dorfes. Hüben wie drüben.
Nichts ließ er unversucht, jene, die sich verbargen, zu reizen.
Auch mit verhöhnenden Gesten sollte die Einheit nicht geizen.

Mehr indes als die Chatten gleichsam zur Weißglut zu bringen,
Sollte unsren Soldaten an jenem Tag nicht gelingen.
Selbst die Finte, abzurücken und unweit zu lauern,
Brachte den Feind letztlich nicht davon ab, in den Wäldern zu kauern.
Solcherlei Spielchen und Tricks erahnen die listigen Chatten.
Und waren froh, dass sie Späher der Einheit nachgesandt hatten.

Erst als jene meinten, der Feind sei tatsächlich gegangen,
Kehrten sie alle schließlich doch heim. Voller Hoffen und Bangen.

Nichts war vom Dorfe übrig geblieben. Nichts, außer schwelender, rauchender Trümmer. Einige konnten nicht einmal weinen. Denn die gespenstische Wüste war nicht nur überlagert, sondern zum Schweigen gezwungen von einem weiten Todestuch feinster, flüchtiger, weißer Asche.

So wie die Chatten hatte auch Velent sich lange verborgen.
Unweit des Steinrings. Staunend, verblüfft und zugleich voller Sorgen.
Wo nur waren all die Bewohner des Dorfes geblieben?
Hatten sich alle versteckt? Oder Rom sie vorab schon vertrieben?

Dann aber – endlich – sah er am Waldrand erste Gestalten.
Einige gingen recht eilig. Andere schlichen verhalten.
Längst nicht alle vermochte Velent gleich zu benennen.
Doch in einem konnte er eindeutig Guntar erkennen.

Niemand außer dem Tölpel machte so tapsige Schritte.
Velent atmete auf. Und wünschte sich so in die Mitte
All der trauernden Menschen dort, um ihr Schicksal zu teilen,
Dass er bald einfach losritt, zu jenen im Talgrund zu eilen.

Alles stand still, da ich Dich sah, im Rauch der Trümmer des Dorfes am Steinring; alles stand still, nur mein Leib bebte und meine Beine zitterten. Der Kummer und die Last all der Jahre, die so sinnlos verstrichen waren, verblassten; sie schienen zu schwinden, leicht wie der flüchtige Rauch, der Dich mir schenkte.
Ich kann Dir gar nicht sagen, wie sehr ich mir wünschte, dieses Wunder möge wieder geschehen, als nun unlängst auch Mattiacum in Flammen aufgegangen war. Doch in seinen Rauchschwaden suchte ich Dich vergebens, wie auch im Nebel, der die Trümmer Mattiacums so beständig verhüllt.
So schwer es mir zuweilen fällt, die Hoffnung nicht zu verlieren, will ich dennoch nicht verzagen, weiß ich doch seit jenem Moment am Steinring, dass es den Göttern zuweilen gefällt, beharrliches Vertrauen letztlich doch zu belohnen.
Wie unendlich lange wir damals getrennt waren!

Wie viele Jahre waren nahezu sinnlos verstrichen!
Nie waren Wehmut und Leid aus ihrem Leben gewichen!
Nahezu endlose Jahre der Trennung, des „Fasts“ und „Beinahes“.
Stets hatten sie sich zu halten gewünscht. Nun endlich geschah es!

Doch jener Moment in den Trümmern des Dorfes am Steinring kannte keine Zeit, kein trauriges, sehnsüchtiges „War“, kein einsames „Ich“; er kannte nur eines: Ein vor Freude überschäumendes, ein alles andere vergessendes, inniges, dankbares „Wir“ und „Jetzt“ und „Ist“.

Dieser Augenblick war es, von dem mir Luna erzählte,
Da ich selbst sie dann fand und ihr hohes Fieber sie quälte.
Luna strahlte vor Glück – gleichwohl sie ihr Todeskampf lähmte.
Doch es lag auch ein Schatten auf ihr. Als ob sie sich schämte,
Was ihr vergönnt war, damals, während die anderen litten.
Als widerspräche ihr Glück im Unglück der andren den Sitten.

Damals indes versank sie in Velents sich öffnenden Armen.
Zitternd und glücklich. Zeigte doch Venus endlich Erbarmen.

Ich weiß nicht einmal mehr, wie sich auch unsere Körper und Lippen fanden, da sich unsere Blicke und Seelen endlich gefunden hatten; ich weiß nur mehr, wie selig ich war. Wie dankbar und froh. Dass ich weinte vor Glück wie niemals zuvor und nie mehr seitdem.

Velent erging es genauso. Er glaubte, vor Glück zu zerspringen.
Letztlich besonders, da sich seine Finger in etwas verfingen.

Ja, es waren die Bänder! Luna trug ihre Kette!
Damit ward endlich ein „Ist“ aus dem „Wäre“ und „Könnte“ und „Hätte“.
Dass sie die ihre trug und die seine aufbewahrt hatte,
Klärte alles! Dies ersparte jede Debatte!

Ich hängte Dir Deine Kette wieder um den Hals, wie Du mir die meine.

Luna und Velent hielten sich innig, bar aller Sorgen.
Bang indes war dem Rest. Vor der Nacht und der Zukunft. Dem Morgen.

Doch war es uns beiden schließlich nicht möglich, unsere Augen vor dem Leid der Menschen um uns herum zu verschließen. Wir versuchten zu helfen und packten mit an, da die Entscheidung gefallen war, dass die Schwangeren und Jüngsten die Nacht in der Schmiede verbringen sollten und die anderen um das Gemäuer herum. Zum Teil in groben Verschlägen, die sich bald an seine Mauern lehnten; zum Teil auf dem blanken Boden.

Wachen wurden benannt, das Lager – wenn nötig – zu schützen.
Auch wenn eigentlich klar war: Sie würden kaum etwas nützen.
Kam der Feind doch noch wieder, würden sie mehrheitlich sterben.
Oder versklavt. Ihr Dorf lag in Trümmern. Ihr Leben in Scherben.

Feuer wurden entzündet. Gleichwohl ihre Flammen das Lager hätten verraten können. Doch die Nacht war kalt und der Hunger längst schon ähnlich groß wie die Verzweiflung und die Wut der Menschen.
Ich erinnere mich der finsteren Blicke und Flüche, mit denen sie mich, die Römerin, straften. Doch mehr noch erinnere ich mich Deiner Arme und unseres wärmenden Feuers, abseits der andren.

Nichts zu haben – außer den andern – ist manchmal das Größte.
Selig lag Luna bei Velent, und da sich die Anspannung löste,
Rannen ihr wieder etliche Tränen über die Wangen.
Rückwärtsgewandt. Mit Blick auf ihr Leid und ihr endloses Bangen.

Und ich weinte erneut, da Du mit einem einzigen Nicken vergabst, was zu vergeben war.

Velent sollte im Lauf dieser Nacht am Feuer erfahren,
Was die Gründe gewesen waren für Lunas Gebaren,
Marcus zu küssen, zum Manne zu nehmen und ihm zu vertrauen.
Niemals mehr durfte ein Mann so tief in ihr Innerstes schauen.

Beide hielten sich innig. Gewiss, sich für immer zu lieben.
Doch den meisten der Chatten war nicht mal die Hoffnung geblieben.
Kaum Nahrung, kein Heu, ja, nicht einmal trockene Balken und Bretter
Hatte man noch. Man war schutzlos. Gegen den Feind und das Wetter.

Auch dem Letzten ward klar: Es half nichts; man hatte zu fliehen.
Deshalb bejahte man Degenars Vorschlag, nach Norden zu ziehen.

Damals, an jenem Morgen nach unserer gemeinsamen Nacht, bist Du bei mir geblieben, hast Dich für mich entschieden. Gegen Degenars Wunsch, der so sehr darauf gehofft hatte, Ihr könntet das Dorf der Sugambrer gemeinsam führen. Und gegen seinen Vorschlag, mich mit dorthin zu nehmen, ahntest Du doch, wie man mich dort behandeln würde.
Und auch gegen Swidger hast Du Dich an jenem Morgen entschieden!

Weißt Du, wovor ich Angst habe, Velent? Nicht nur davor, dass ich Dich niemals wiedersehen könnte, sondern davor, dass Du Swidger finden könntest und er Dir genauso wenig anrechnen könnte, was Du für ihn aufgegeben hast, wie er es mir damals tat.

Swidger misstraute Luna. Velent sei eigentlich redlich,
Raunte er morgens, ihr Einfluss sei indes übel und schädlich!
Sie habe ihm den Verstand und die Sinne geraubt. Schon vor Jahren!
Was für Freunde Velent und er bis dahin doch waren!

Süß sei ihr Gift ganz gewiss. Doch es führe immer zur Lüge.
Eigentlich wäre es rechtens, wenn er sie beide erschlüge!
In Mattiacum habe er beide im Traume gesehen.
Dies sei ihr Plan: Mit ihm zurück nach Mattiacum zu gehen!

Mein Matthisch war zu schlecht, um jedes seiner Worte zu verstehen, doch ich sah Dich Deinen Kopf schütteln, hörte, wie Du ihm Widerwort gabst, wie Du mich in Schutz nahmst und schließlich versprachst, mit mir am Steinring zu bleiben.

Und so kam es ja auch. Ich danke den Göttern für jeden einzelnen Tag, den wir dort verbringen durften. So karg unser Leben auch war, ich habe nie größeres Glück verspürt als in jenen Wochen des vergangenen Winters!

*

Sicherlich wäre es ganz im Sinne der beiden gewesen,
Gäbe es über sie nichts mehr, was wichtig wäre, zu lesen.
Doch ich kann und ich werde an dieser Stelle nicht enden,
Denn ihr gemeinsames Schicksal sollte sich noch einmal wenden.

Über den feuchten Winter sollte Luna erkranken.
Velent grub eifrig nach Wurzeln und machte sich viele Gedanken.
Wäre doch nur seine Mutter noch da und am Leben gewesen!
Oder auch Tankun! Dann wäre Luna sicher genesen!
So indes ward er ratlos. Man sah ihn grübeln und greinen.
Auch des Nachts. Sie konnten ihm nicht mal im Traume erscheinen.

Mehr noch: Lunas Zustand sollte sich weiter verschlimmern.
Deshalb entschied er sich letztlich, ihr einen Schlitten zu zimmern,
Um sie, da dies geschafft war, eilig auf ihn zu betten.
Glaubte er doch, dies sei der einzige Weg, sie zu retten:
Sie auch gegen den Eid, den er gab, nach Mattiacum zu bringen.
Dort gab es Ärzte! Mit Adlan musste es einfach gelingen!

Wann immer ich heute in einer schwachen Stunde an Deiner Liebe zu zweifeln beginne, weil Du glaubtest, Deine Freundschaft zu Swidger über sie stellen zu müssen, rufe ich mir in Erinnerung, welch großes Opfer Du im vergangenen Winter für mich bereit warst zu erbringen.

Jener Tag ward zum längsten in Velents bisherigem Leben,
Weil er einfach nicht aufgab und willens war, alles zu geben.

Sein Leben. Aber auch das seines Pferdes. Beide hingen am seidenen
Faden. Zwar war der Schnee nicht sehr tief, aber dafür völlig harsch.
Und mit jedem Tritt durch die eisige Decke scheuerten winzige Klingen
über die bald schon blutigen Beine seines getreuen Tieres.

Velent versuchte noch, sie zu schützen. Von seinem Mantel riss er
sich Streifen, um sie um Adlans Beine zu wickeln. Doch sie hielten
nie lange. Letztlich blieben nur Fetzen. Ihm erging es kaum anders.
Denn da er abstieg, ward auch er selbst bald blutig an beiden Beinen.

Gleichzeitig fror er nun ohne den Mantel. Doch seine Felle gönnte er
Luna. Leichenblass lag sie auf dem Schlitten. Doch sie lebte. Sie lebte!
Er indes spürte bald nichts mehr. Trotzdem zwang er sich weiter.
Stolpernd und taumelnd. Oft fiel er hin, doch öfter noch ging er weiter.

Völlig entkräftet sollten die drei nach Mattiacum gelangen.
Luna nahm man in Obhut; Velent hingegen gefangen.
Ersteres hatte Velent gehofft. Das Zweite erwartet.
Denn in diesem Bewusstsein war er am Steinring gestartet.

Nun indes, nach den Mühen des Wegs, war er nur noch am Wanken.
Leer war sein Blick. Doch dies täuschte, kreisten doch seine Gedanken
Weiterhin einzig um Luna. Und erst als er sah, dass sie lebte,
Ließ er es zu, dass geschah, was ihm zuvor widerstrebte:
Velent brach einfach zusammen. Stunden sollten verrinnen.
Erst in Ketten war er schließlich wieder bei Sinnen.

Dass man ihn nicht gleich am kommenden Tage hinrichten sollte –
Was ein Teil der Bewohner Mattiacums offenbar wollte –,
War dabei einzig Menelaos' großem Einfluss geschuldet.
Velent hätte, um Luna zu retten, Vieles erduldet,
Deshalb sei man in seinem Falle am besten beraten,
Auf Quirins längst angekündigte Rückkehr zu warten.
Jener hasste zwar Velent. Doch würde er ihn bestechen,
Ließ sich – so seine innige Hoffnung – sein Widerstand brechen.

Münzen hatte er keine, doch dafür ein Landstück erworben.
Etwas flussabwärts. Dessen Besitzer war unlängst gestorben.
Mit diesem Landstück ließen sich hohe Gewinne erzielen.
Denn er hatte dort Steine entdeckt, die Vielen gefielen.

Sauber und gründlich geschliffen, schienen sie Marmor zu gleichen.
Rötlich zwar, und doch wie gemacht für die Häuser der Reichen!

Viel zu spät kam ich in Mattiacum nach meiner Krankheit wieder zu Kräften und selbst dann hatte mein Wort kaum Gewicht. Die wenigsten glaubten mir, was mir Marcus kurz vor seinem Tod gestanden hatte: dass Du nie ein Feind Mattiacums gewesen warst, und dass Du ihm selbst sogar zur Flucht verholfen hattest, vier Jahre zuvor, vor den Toren des Ortes.
Vergeblich durchsuchte ich Marcus' Gepäck nach einem Schriftstück, auf dem er womöglich in einer reuigen Stunde seine Beichte festgehalten hatte – ich fand nur die Briefe, die ich Marcus selbst geschrieben hatte. Vergeblich durchsuchte ich unser Haus, zerschlug alle Statuen auf unserem Altar, und vergeblich schrieb ich Severinus, dem Arzt, der mit mir an Marcus' Totenlager gewacht hatte. Ich schrieb ihm Brief um Brief nach Mogontiacum, auf dass er meine Worte bezeuge, doch erhielt ich keine Antwort. Ich wusste ja nicht, dass mein Onkel ihm in dieser Sache zu schweigen befohlen hatte.
Das Schlimmste jedoch war, dass man mich noch nicht einmal zu Dir ließ. So sehr ich Claudius auch bat, so viel ich den Wachen am Nordturm auch anbieten ließ, sie alle fürchteten den Zorn meines Onkels zu sehr.
Und da er zurückkehrte, war das Urteil gegen Dich rasch gesprochen. Weder Menelaos noch mir gelang es, Quirin umzustimmen. Was auch immer wir ihm anboten. Er ließ sich nicht erweichen.

Tod auf dem Forum! Velent sollte öffentlich sterben!
Um – wie Quirin betonte – für Recht und Ordnung zu werben!
Doch genau genommen ließ er sich nicht mehr erweichen,
Weil er erpicht darauf war, eine Rechnung mit ihm zu begleichen.
Hatte Velent als Knabe doch einst die Frechheit besessen,
Ihn zu verwunden. Das hatte er ihm niemals vergessen!

Auch sein störrisches Pferd hatte jener ihm damals gestohlen.
Drum hatte er ein zweites Urteil gefällt und befohlen,
Dass man den Frevler, den Feind des Reiches, den Dieb und Verräter
Vor seiner Hinrichtung auspeitschen sollte, um ihn dann später
Miterleben zu lassen, wie man ein Opfer erbrachte,
Adlan die Kehle durchschnitt und damit den Göttern gedachte.

*

Ich habe ein Wiehern gehört! Ein helles, fernes Wiehern. Menelaos ist fort. Er hat gesagt, es sei wohl eher ein Wolf gewesen, aber seine Ohren seien nicht mehr so gut wie die meinen. Was, wenn es Adlan war? Was, wenn Du zurück bist und uns suchst, aber nicht findest?
Ich möchte schreien, aber Menelaos rang mir den Schwur ab, es nicht zu tun. Er hat Angst um mich und um uns. Es könnten auch Plünderer sein.

Er ist zurück; Menelaos ist zurück! Er hat Dich nicht gefunden. Ich hörte ihn draußen rufen. Ich glaubte zu träumen. Er rief Degenars Namen.
Er sagt, er habe ihn gesehen. Im Nebel. Auf der Straße. In der Nähe des Brunnens. Noch immer die Lanze in der Hand und an ihrer Spitze seine Trophäe: den Kopf des vergoldeten Pferdes. Er habe ihn in den Brunnen geworfen. Dann habe der Nebel ihn wieder verschluckt. Menelaos sagt, er sei noch hingelaufen, doch habe er nichts und niemanden mehr gefunden. Auch nichts gehört: kein weiteres Wiehern, keine Hufe. Und keine Antwort auf sein verzweifeltes Rufen.

Ihm ist bange; Menelaos ist bange. Er hat Angst. Angst, verrückt zu werden. Oder davor, Mattiacum könne zu einem Ort der Toten geworden sein, zu einer Stadt der Geister.
Haben wir sie am Ende gerufen? Habe ich sie gerufen, indem ich mich an sie erinnere? War doch jener Tag, an dem wir uns endlich wiedersahen,

zugleich auch jener, an dem er starb, gestorben sein muss. Oder hat Degenar ihn tatsächlich überlebt? Je länger ich darüber nachdenke, desto mehr möchte ich es glauben. Du hast ihn doch auch überlebt, gleichwohl es sicher schien, dass Du an ihm sterben würdest! Du hast ihn überlebt, durch ihn. Gleichwohl er wohl eher hierher zurückgekommen war, um den Tod zu bringen.

Bild VII

im Jahr von Lunas Brief an Velent –
auf dem Forum Mattiacums

„Wachen! Zu den Waffen!“

Irgendjemand hatte gerufen. Doch der entsetzte Ruf kam zu spät. Der halbnackte, bärtige Greis auf dem Pferd war längst auf das Forum geritten. Mitten hinein in die Menge. Schreiend wich sie zur Seite. In seiner Rechten trug er ein Schwert! Es schimmerte kalt und hungrig.

Starr war sein Blick, fast wirkte er irre. Sang der Hüne nicht sogar leise? Doch! Er sang! Und mehrheitlich war den Menschen die Weise bekannt. Und dies, obwohl ihm weit öfter Bruchstücke, Fetzen und Wörter, denn ganze Zeilen über die trockenen, rissigen Lippen kamen:

„Drei Frauen mit schönem Gesange. –
Da kam sie: die römische Schlange!“

Kaum ein Mensch erkannte den Hünen. Wie auch? Jahre waren vergangen seit seinem letzten Besuch in Mattiacum. Jedes Haar war ergraut und er zudem hager geworden. Velent aber gelang es mit seinem ersten Blick, und er rief ihn – ungläubig staunend: „Vater!“

„Mürrisch der Wurm. Zu viel Regen! –
Zu lang der Marsch. Überall Matsch auf den Wegen!“

Degenar hielt direkt auf ihn zu. Auf ihn, der – wie Wochen zuvor an derselben Stelle der chattische Knabe – an langen Armen gebunden am Hals des Standbildes hing. Seiner Hiebe harrend. Aber verschont von ihnen schon längst das eigene Haupt nach hinten gewendet hatte.

„Nirgends war Schutz vor dem Drachen! –
Dann riss er ihn auf: seinen riesigen Rachen!“

Degenar war den Winter über im Norden gewesen.
Dorthin gezogen war er – Du konntest Entsprechendes lesen –,
Um den Chatten im Dorf der Sugambrer Obdach zu geben,
Und – dies erleichternd – zudem nach dem Amte des Häuptlings zu streben.

„Und die Logana färbte sich rot! –
So viele Menschen! Allesamt tot!“

Eine Schuld schien damit getilgt – die aus unseren Reihen.
Endlich schien es ihm möglich gewesen, sich selbst zu verzeihen,
Wie viel Leid mit den von ihm geschmiedeten Waffen
Einst gesät worden war. Es schien ihm ein Ausgleich geschaffen.

Doch eine *andre* hatte schon bald umso schwerer gewogen.
Degenar hatte sie lange verdrängt und sich gleichsam belogen,
Niemals den Mut gehabt zu haben, ein andres Verbrechen,
Nämlich den Mord an Belana, der Frau seines Herzens, zu rächen.

„So viele Leben –
zu Unrecht gegeben!“

Immer öfter war sie ihm erschienen. Um doch stets nur aufs Neue zu
sterben. Sinkend, erstochen. Tödlich getroffen. Matter werdende Augen.
Schwache, klagende Lippen. Überall Blut und der Ruf, der bittere, stete:
„Degenar, hilf mir! Degenar, hilf mir! Hilf mir!“

Ausgenutzt hatte er sie, im Stich und alleine gelassen!
Nie war die Angst in ihm größer gewesen, sie könne ihn hassen.
Deutlich erkennbar war er ob dieser Last, dieses Morden
Niemals gesühnt zu haben, vergrämt und älter geworden.

Hatte kaum mehr gegessen und viel zu wenig getrunken.
Degenars Kraft, sein einstiges Feuer war nur mehr ein Funken.
Zunehmend abwesend, in sich gekehrt war der Schmied schließlich binnen
Weniger Monate immer öfter gleichsam von Sinnen.

„Allesamt tot! Allesamt tot! –
So viele Menschen! Allesamt tot!“

Halt hatte ihm am Ende nur Altbekanntes gegeben.
Lieder – so wie das der Valkyrjen – bestimmten sein Leben.

„Auch die Weiber wurden erschlagen! –
Ich habe sie zu Grabe getragen!“

Wahn bedeutet indes, dass sich Grenzen im Geiste verwischen.
Degenar hatte begonnen, zweierlei Leid zu vermischen.
Hier das Leid Belanas, dort das der heiligen Frauen.
Alles schien eins. Und der Wunsch war gewachsen, nach Velent zu schauen.

Nicht am Steinring indes hatte er ihn am Ende gesehen.
Nein, in Mattiacum! Zum Tode verurteilt! Was war geschehen?
Schon war er tot! Verdammt dazu, an der Logana zu wandeln!
Drum war der Schmied nach Süden geritten: um endlich zu handeln!

„Alles hat seine eigene Zeit! –
Hier bin ich. Das Feld ist bereit!"

Ich war wohl ähnlich abwesend wie er selbst. Kaum erinnere ich mich, was genau geschah, betäubt, wie mein Onkel mich hatte aufs Forum tragen lassen, Dich sterben zu sehen. Doch Dir ward kein Haar gekrümmt! Ich bete erneut, die Götter mögen jetzt, wo immer Du bist, erneut ihre schützende Hand über Dich halten. So, wie sie es dort auf dem Forum taten, indem sie Dir Deinen Vater sandten.

Degenar hatte nur Augen für Velent. Wie er dort hing an dem riesigen
Standbild. Reiter und Pferd hielten Velent gefangen! Er hatte beide
vergoldet! Mit seinen eigenen Händen. Doch das zählte nicht länger.
Schon war er dort und holte nun aus, die Treulosen hart zu strafen.

Jene Soldaten, die Velent bewachten, hatte der Hüne gar nicht gesehen.
Nicht sie selbst und nicht ihre Waffen. Auch ihre Hiebe und Stiche
hatte er gar nicht gespürt. Er war einfach weitergeritten.
Durch sie und über jene, die nicht zur Seite gesprungen waren.

Ein Hieb, ein mächtiger Schlag und Augustus' schimmerndem Pferde fehlte das Haupte. Scheppernd war er zu Boden gefallen. Velent war frei, doch der Hüne längst schon weitergeritten, wenige, trippelnde Schritte, an ihm vorbei und hin zu Quirin, auch ihn nun noch rasch zu richten.

Ich weiß sehr wohl, dass vor jenem Tag viel zu viele unschuldige Menschen durch einen falschen Urteilsspruch oder Befehl meines Onkels ihr Leben verloren hatten; ich weiß, wie viel Leid er auch mir selbst beschert hatte, und doch war es schrecklich mit ansehen zu müssen, wie er nun selbst starb, gerichtet durch Degenars Schwert.

Sicherlich sah er nicht sonderlich gut, doch gut genug, die Gefahr zu erkennen. Nur zu gern wäre auch Lunas Onkel rasch noch nach hinten geflohen. In die Basilika. All den Oberen gleich, die versuchten, sie zu erreichen. Aber Quirin stand still und wie starr vor Schrecken.

Sah sogar, dass der Schmied ihn verfehlte. Dass er, weil die Entfernung nicht stimmte, noch einen scharfen Bogen ritt. Um das Standbild. Dass er Augustus – einmal im Schwung und in Rage – auch noch den Kopf abschlug. Jener flog auf ihn zu. Und nun sah er sich das goldene Haupte fangen.

So benommen ich bis zu jenem Moment auch gewesen sein mag – trotz des Geschreis um mich herum, dass nun noch einmal anschwellen sollte –, nun sah ich alles umso klarer: Ich sah die Angst in den Augen meines Onkels und ich sah eine Vorahnung, die in ihnen in wenigen Augenblicken zur Gewissheit reifte.

„Mit Augustus' Kopf in den Händen wirst Du einst sterben!"
So hatte Velents Mutter, Belana, es einstens orakelt. Hier also lag er, der Kopf, in seinen offenen Händen. Bange sah er empor, der singenden, scharfen Klinge entgegen. Plötzlich war alles dunkel.

Hast Du Degenars Ruf gehört, da er meinen Onkel erschlug? Du musst ihn gehört haben! Er rief den Namen der Frau, die er noch immer liebte. Den Namen Deiner Mutter: „Belana!"

Liebst Du mich noch? Warum bist Du nicht bei mir geblieben? –
Doch vielleicht denke ich zu oft an mich.

Panisch schrien die einen; den andren fehlten die Worte. Selbst die Soldaten hielten anfangs noch ehrfürchtig Abstand. Degenar nutzte ihr Zögern, schnappte sich eine der Lanzen, die ihn zaudernd bedrohten, spießte alsbald den Pferdekopf auf und warf dann sein Schwert zu Velent.

Jener fing es und sah nun mit Schrecken, aber auch stolz auf den Mut seines Vaters, wie die Wachen den wehrlosen Hünen auf seiner Flucht attackierten. Bald ward der wackere Reiter eigentlich tödlich getroffen. Doch seine Lanze reckte er dennoch trotzig empor zum Himmel.

Wie mag es Dir ergangen sein, mit ansehen zu müssen, wie oft Dein flüchtender Vater getroffen wurde? Auch sein Pferd kam nicht ungeschoren davon. Und dennoch gelang ihnen beiden die Flucht. Nur die Götter wissen wohl wie.

Dass zunächst niemand Degenar folgte, lag am Tumult, der nun ausbrechen sollte. Denn die Germanen unter den Wachen fühlten sich alle ermutigt. Keiner der römischen Götter war vom Himmel gefahren, jenen zu strafen, der des Augustus' Standbild geschändet hatte!

Deshalb lehnten sich jene rasch auf und warfen sich unsern Getreuen entgegen, machten sie nieder und stürmten dann vor. Zum doppelt kopflosen Standbild. Stürzten Reiter und Pferd vom Sockel und schlugen dann beide – unter nicht enden wollendem Jubel – grölend in tausend Stücke.

Andre Barbaren legten gar Feuer. Schon stiegen etliche Flammen empor, bis endlich die Wachen der Tore den Platz im Handstreich zu nehmen geruhten. Brave und redliche Menschen hatten ihn längst schon verlassen. Vielen Verrätern glückte dies auch, doch meist mit geringer Beute.

Es wäre ein Leichtes für Dich gewesen, in jenem Durcheinander und mit Degenars Schwert in den Händen die Freiheit zu suchen und einfach zu fliehen, Deinem Vater zu folgen. Sicher hast Du mit Dir gerungen, ebendies auch zu tun, in Sorge um ihn, und um nun ihm den Mut zu vergelten, Dich gerettet zu haben.
Doch Deine Wahl fiel auf mich. Du eiltest zu mir. Und Menelaos.
Die Erinnerung daran schenkt mir ein wenig Zuversicht. Wie auch das, was dann geschah.

Velents Wahl ward belohnt. Im Gerangel der Wachen und Schergen
Fiel es Menelaos leicht, ihn im Norden des Orts zu verbergen.
In einem Haus, das einem der reicheren Gerber gehörte,
Konnte er ihn verstecken – schlicht, weil es jenen nicht störte.

Gleichzeitig glückte es Luna, mit Severinus zu sprechen,
Und den Arzt endlich dazu zu bringen, sein Schweigen zu brechen.

Ich rechne es Severinus hoch an, dass er sich nach dem Tod meines Onkels endlich überreden ließ, zu bezeugen, was Marcus mir im Sterben gebeichtet hatte: dass Du weder an ihm, noch an Mattiacum schuldig geworden warst. So wurde zumindest das deshalb gegen Dich verhängte Todesurteil aufgehoben. Doch ein anderes Schwert hing weiterhin über Dir.
Weder Menelaos noch ich konnten verhindern, dass man sich vorbehielt, Deine Rolle während des Kriegs, beim Überfall auf Naoun, klären zu wollen.

Aber zu jener Verhandlung sollte es letztlich nie kommen.
Denn es hieß, zunächst würden Zeugen aus Naoun vernommen.
Doch weil sie Angst davor hatten, die Unruhen könnten sich steigern,
Sollte ein jeder von ihnen sein Kommen beharrlich verweigern.

Immerhin sei ein Großteil der Schutzmacht Mattiacums geflohen.
Folglich könnten die Sitten im Umland noch weiter verrohen.
Was sie – um das Thema zu streifen – letztlich auch taten.
Trotz der Verstärkung, um die unsre Landsleute umgehend baten.
Denn die vom Moenus schließlich nach Norden beorderten Truppen
Rieben sich auf und sollten sich nie als Hilfe entpuppen.

Sicherlich war diese Zeit nicht leicht für Dich. Du durftest Mattiacum nicht verlassen. Gleichzeitig ließen viele Bewohner des Ortes die Angst, die sie umtrieb, an Dir aus.
Dies veränderte Dich auf seltsame Weise.

Schimpfworte, schmähende Blicke. Ohne sich groß zu beklagen,
Sollte Velent sie alle – selbst leichte Prügel – ertragen.

Tage zuvor auf dem Forum war er, seiner Hinrichtung trotzend,
Noch der Sohn seiner Mutter gewesen – vor Mut nur so strotzend.
Nun indes, im geduldigen, steten Ertragen und Weichen,
Schien er erneut seinem Vater vergangener Jahre zu gleichen.

Und mich wohl auch. Diese letzte gemeinsame Zeit, die uns vergönnt war, sollte uns beide verändern.

Endlich wieder vereint. Doch erneut kein Strahlen und Lachen.
Velent erstarrte. Und Luna sollte sich Vorwürfe machen.

Ich hatte Dich in diese Lage gebracht. Und es waren meine Landsleute, die sich Dir gegenüber schändlich verhielten. Da sie sich bedroht sahen, verhiel-

ten sie sich nicht anders als die Chatten oft Dir oder im vergangenen Jahr mir gegenüber.

In welcher Welt, Velent, leben wir? Warum ist es uns nicht gegeben, zu erkennen, dass uns selbst mit dem fremdesten Fremden so viel mehr verbindet als uns von ihm trennt? Welcher Anlass für Kriege bliebe, gelänge uns dies?

Lunas Zeilen sind voller weiser und braver Gedanken.
Doch der Mars in uns allen neigt nun mal leider zum Zanken.

Manchmal indes vermag er im Vorfeld auch Völker zu einen.
An den germanischen Feuern, in ihren Häusern und Hainen,
Sollte bald jeder Degenars Ritt nach Mattiacum besingen,
Und man beschwor sich, furchtlos wie er den Feind zu bezwingen.

Dass man nichts weiter wusste und jede Spur von ihm fehlte,
War ein weiterer Punkt, von dem man sich gerne erzählte.
Insgesamt schloss man, er sei direkt nach Walhalla geritten.
Auch weil es hieß, er habe keinerlei Schmerzen erlitten.

Diese Aussicht war es, die die Menschen verführte.
Die das Feuer im Umland Mattiacums nachhaltig schürte.
Degenars Name ward rasch wie der eines Gottes gepriesen.
Bis schließlich mehr und mehr Männer die heimischen Schollen verließen.

Lanzen, Schwerter, Mistgabeln, Äxte und Knüppel in Händen,
Brachen selbst Bauern auf, die Vorherrschaft Roms zu beenden.
Gleich welchen Stammes marschierten die Männer! Seite an Seite.
Degenars Name erstickte im Keime die üblichen Streite.

Wir indes rutschten hinein in jenen unheilvollen, nächsten Krieg, der so ungewöhnlich spät im Jahr begann und uns bis heute trennen sollte.
Denn nicht anders als im hohen Norden, rotteten sich auch rund um Mattiacum Germanen der unterschiedlichsten Stämme und Sippen zusammen.

Auf zur Logana! Auf zu den Gräbern der heiligen Frauen!
Hunderte lagen dort schließlich, beseelt und im vollen Vertrauen,
Degenar käme vom Himmel gefahren, sie alle zu führen.
Niemandem sonst, befand man, würde dies Vorrecht gebühren.
Er alleine hätte die Kraft, das Heil und den Segen,
Rom, den verhassten, ruchlosen Feind, aus dem Lande zu fegen.

Die Verzweiflung kannte kaum Grenzen. Du hast sie miterlebt. Der Untergang Mattiacums schien beschlossene Sache. Zum einen, weil die Germanen, Degenars Vorbild folgend, nicht länger davor zurückschreckten, ihr heiliges Feld mit Waffen zu betreten. Und zum anderen, weil Mogontiacum offenbar keine Verstärkung entsandt hatte.
Einige versuchten zu fliehen und wurden erschlagen; andere griffen, da sie davon hörten, in ihrer Verzweiflung zum Gift, damit sie selbst oder ihre Frauen und Kinder nicht in die Hände des Feindes fielen.

Und es gab wohl keinen geborenen Römer, der sich in jenen quälend dehnenden Stunden und Tagen nicht mehrfach vor seinen Altar gekniet hätte, um den Beistand der Götter zu erbeten.
Doch zu unser aller Verwunderung taten die Germanen offenbar nichts anderes. Und Du warst der Einzige, der erahnte, was sie zögern ließ, uns anzugreifen: Sie hofften auf Degenars Rückkehr!

Aber trotz der zahlreichen Opfer, Gebete und Lieder,
Degenar blieb, wo immer er war, und kehrte nicht wieder.

Hätte Mattiacum nicht seinen Brunnen gehabt, wir wären wohl alle verdurstet. Sengende Hitze lag über dem Land und die Feinde Roms am kühlenden Wasser.
Und dort war es wohl auch, wo sie sich schließlich darauf verständigten, wer den Sturm auf Mattiacum anführen sollte. Ein Mann, der an Degenars Seite aufgewachsen war. Dessen Vater durch ein römisches Schwert und dessen Dorf durch römisches Feuer gefallen war. Ein Mann, der schon einmal mit einem Heer vor Mattiacum gelegen und der den Hauptmann des Marktortes erschlagen hatte. Und zugleich ein Mann, dem zumindest ein Teil der Chatten und Sugambrer vertraute.
Halb Mattiacum schien bang und das Schlimmste erwartend auf der östlichen Brüstung zu stehen, da Swidger sein Heer auf das Gräberfeld rief. Auch wir standen dort. Doch nur kurz. Denn noch stiller als zuvor führtest Du mich schließlich nach Hause.

Bild VIII

im Jahr von Lunas Brief an Velent – in und schließlich vor Mattiacum

„Swidger führt sie an." Lunas Stimme klang verängstigt; beinahe flüsterte sie. Aber auch Velents Antwort, sein schmales „Ja" war kaum lauter.

„Es sind so viele …", ergänzte die junge Frau, um nur irgendetwas zu sagen. Denn die Stille, die Velent umgab, vermochte sie kaum zu ertragen.

Doch dieses Mal beließ es der Mann, den sie liebte, sogar lediglich bei einem Nicken. Er sah sie dabei nicht einmal an. Stattdessen zog er langsam und doch zielstrebig, ja, beinahe unheilvoll in ihr Schlafgemach. Luna folgte ihm.

„Velent, was ist mit Dir?", fragte sie bang.

„Verzeih mir", entgegnete er, „aber ich muss es tun."

„Was tun?", fragte sie und sah ihn im langsamen Schreiten zugleich etwas aus der Innentasche seines Gürtels fischen. Es war ein Schlüssel. Der einzige, den sie besaßen. Er passte in das Schloss einer schweren Truhe, in der schon ihr Onkel seinen wertvollsten Besitz aufbewahrt hatte.

Velent kniete sich vor ihr nieder, öffnete zunächst das Schloss und dann im Aufstehen ihren Deckel. Er beugte sich über die geöffnete Truhe und barg mit beiden Händen Degenars Schwert.

Luna sah es mit Schrecken.

Die Angst, Velent, hat leichtes Spiel, wenn sie mit uns alleine ist. Ich bin allein; ich habe Angst. Vor dem Tod, dem Schmerz, der Nacht und der Einsamkeit.

„Wo haben wir ein Stück Tuch? In der anderen Truhe?", fragte er und forderte, während er selbst die schwere Truhe, vor der er stand, wieder verschloss, den Stoff zugleich von ihr ein.

Luna holte ihn wortlos, reichte ihn Velent und sah ihn sodann das Schwert seines Vaters in das Tuch wickeln.

„Was hast Du vor?“, flüsterte sie mit zitternder Stimme. Dass er das Schwert genommen hatte, hatte ihr bereits Angst gemacht. Dass er es nun aber verbarg, kam ihr noch unheilvoller vor.

Eine Antwort indes blieb Velent ihr schuldig. Stattdessen legte er Tuch und Schwert kurz auf der schweren Truhe ab und entledigte sich sodann zunächst seines Gürtels und dann der leichten Tunika, die er trug. Beide legte er nacheinander neben das Schwert, so, als läge er sie für immer dort ab. Den Gürtel indes nahm er noch einmal kurz auf und löste das Messer, das in einer ledernen Scheide an ihm hing. „Nimm es!“, bat er sie leise.

Doch da sie es nicht annehmen wollte, legte er es unter einem bedächtigen Seufzer auf seiner Tunika ab. „Nimm es! Später!“, wiederholte er sich. „Vielleicht wirst Du es brauchen.“

„Du machst mir Angst, Velent!“, konnte Luna nicht anders, als das, was sie fühlte, in Worte zu kleiden.

Sie lauert mir auf, die Angst, überfällt mich, nagt an mir; sie frisst mich auf und mit mir meine Zuversicht. Auch deshalb schreibe ich Dir. Weil es nur die Gedanken an Dich vermögen, meine Zuversicht zu nähren und es zumindest zuweilen den Zeilen an Dich gelingt, meine Einsamkeit zu bannen und mit ihr in glücklichen Momenten sogar die Angst.

„Ich muss es tun“, erklärte sich Velent und ergänzte, indem er bereits wieder im Begriff war, den nur spärlich durch seine hohen, schmalen Fenster erhellten Raum zu verlassen: „Ich hole noch Adlan.“

„Und dann?“, entgegnete Luna und streckte den Arm nach ihm aus. „Sieh mich an, Velent. Bitte! – Wir werden sterben, oder?“

Velent blieb stehen. Sein Blick schien am Boden zu kleben. Dann indes hob er ihn kurz und schaute sie mit glasigen Augen an. „Gut möglich, ja.“

„Und Du willst fort?“, schloss Luna, während ihre Hände zunächst kurz seine nackte Brust berührten und dann über seine Oberarme strichen. Nur zu gerne hätte sie Velent in die Arme genommen, sich an ihn geklammert. Doch sie konnte es nicht. Vielleicht hoffte etwas in ihr auch noch, er könne es tun.

Doch Velent nickte nur kurz. „Ja.“

„Sie werden Dich töten!“, goss Luna fast stimmlos ihre Angst in Worte. „Swidger wird Dich töten.“

Und wie sie es befürchtet hatte, widersprach Velent nicht.

Ich weiß nicht, wie gut Du die Angst kennst. Ich weiß nicht, wie oft Du schon Angst um Dich oder mich oder andere verspürt hast. Doch ich weiß, dass es Dir immer wieder gelang, sie zu überwinden. Auch das macht mir Mut. Heute zumindest. Ein wenig. Neulich war es noch anders.

Nur den Ansatz eines Seufzers vernahm Luna und sah sodann mit Schrecken, dass Velent sich von ihr löste. Kaum vermochte sie noch zu sprechen. „Und Du gehst trotzdem?“, stellte sie mehr fest, als dass sie ihn danach fragte.

„Ich muss es versuchen“, bejahte er leise.

„Was, Velent? Was?“, erwiderte Luna und ward nun, indem sie den Kloß in ihrem Hals zu bekämpfen versuchte, erstmals etwas lauter.

Doch auch das hielt Velent nicht auf, und es veränderte auch nicht seine nahezu teilnahmslose Art mit ihr zu sprechen. „Mit ihm zu reden“, gab er in unverändertem Tonfall zur Antwort.

„Warum sollte er mit Dir reden? Warum?“, warf Luna ihm vor. Doch Velent hielt nur für vier kurze Worte inne. „Ich weiß es nicht.“ Dann ging er weiter.

An Lunas Verzweiflung hatte sich nichts geändert, doch brach sie sich nun lauter, flehender und zugleich anklagender Bahn. „Dann bleib hier! Bleib bei mir!“, rief die junge Frau, die nun auch ihre Tränen nicht mehr zurückzuhalten vermochte.

Und tatsächlich rief sie Velent damit auch kurz in ihre Arme. Doch kam er nur zu ihr, um sie ein letztes Mal zu halten und ihr, seine Liebe beteuernd, Lebewohl zu sagen.

Verzeih mir meine Worte, mein Schreien, mein Drohen, mein Weinen. Mir fehlte schlichtweg der Mut, als Du mir sagtest, dass Du hinausreiten würdest aufs Feld der Valkyrjen, um Dich Swidger zu stellen. Ich habe es nicht verstanden, wollte es nicht, konnte es nicht. Ich konnte nur schreien und weinen und flehen.

Schreie. Und Finger, die sich in seinen Unterarm krallten.
Velent schwieg. Er fühlte den Schmerz, doch er ließ sich nicht halten.
Eilte – das Schwert in den Händen – zum Stall, um sich Adlan zu holen.
Ein Dutzend Jahre zuvor hatte er das Tier hier gestohlen.

Nur noch ein Blick zurück! Bei ihm sollte er sich ertappen.
Luna versuchte, ihm schwankend zu folgen. – Hinauf auf den Rappen!
Raus aus dem Stall! Durch das Tor auf der anderen Seite der Halle!
Schluchzen. Tränen. Steine im Magen. Bitterkeit. Galle.

Irgendwie weiter zum Tor. Im Trab. Zu jenem im Osten.
Wie ein Befehl, der Ruf, es zu öffnen. So spurte der Posten.

Dann lief ich zum Tor. Stieg hinauf auf den Wehrgang, wo so viele andre noch standen. Kaum nahm ich wahr, dass die Sonne sich erstmals seit Wochen wieder hinter plötzlich aufgezogenen Wolken versteckte. Suchte mein banger Blick doch nur Dich und fand Dich leider auch leicht.

Velent entschied, sich Degenars Schwert auf die Schenkel zu legen.
Langsam, Schritt für Schritt, ging es vorwärts und Swidger entgegen.
Kaum ein Stück Stoff am Leib und mit ausgebreiteten Armen.
Nicht aber, um um Gnade zu bitten oder Erbarmen,
Sondern um Swidger und allen hinter ihm deutlich zu zeigen,
Dass er sich unterwarf – indes ohne vom Pferde zu steigen.

Bedächtig und doch ohne zu zögern zogst Du auf Adlan hinaus. Aufrecht und schicksalsergeben, beinahe als würde sich eine alte Prophezeiung erfüllen.

Swidger saß ebenso stoisch zu Ross, seine Streitmacht im Rücken.
Zwischen den einzelnen Sippen nur hier und da ein paar Lücken.
Siegesgewiss und zugleich auch verächtlich blickte die Meute
Auf ihre erste, sich offenbar kampflos ergebende Beute.

Dennoch hob Swidger die Armbrust, als wenn ein Kreis sich nun schlösse,
Wenn er den einstigen Freund, der stets nur sein Wort brach, erschösse.

Ich weiß nicht mehr, wie ich es schaffte, auf den Beinen zu bleiben. Ich weiß nur noch, dass ich glaubte, innerlich zu zerreißen. Ich mochte nicht hinsehen, nicht mit ansehen müssen, wie Swidger Dich erschoss.

Gab es nur einen, nur einen einzigen Grund, sich zu zügeln?
Hätte er ihn doch einst gleich erschlagen, statt nur zu verprügeln!
Von ihrem ersten Tag an hatte ihn Velent beleidigt!
Sich überlegen gefühlt. Warum hatte er ihn verteidigt?

Und doch konnte ich nicht anders. Ich wollte, ich musste Dich leben sehen! Ja, mir war, als würde der stetig dünner werdende Faden zwischen uns reißen, wenn ich Dich nun aus den Augen verlöre. Als hättest Du sofort zu sterben, wenn ich es täte. Es war gewiss nicht mein Blick, der Dich schützte. Doch welche Gottheit es auch war, die es tat, ich bete zu ihr und flehe sie an, es auch jetzt, da ich Dich nicht mehr sehe, wieder zu tun. Wie dort vor den Gräbern der heiligen Frauen.

Welch ein Hochmut, dass er – die Waffe im Blick – nicht mal zuckte!
Dass er sich, da er nun über ihn zielte und schoss, nicht mal duckte!
Fort mit der einst erbeuteten Armbrust! Das Schwerte gezogen!
Velent gehörte erschlagen! So oft hatte er ihn belogen!

Vorwärts! Das Schwert in die Luft und dem Reittier die Hacken gegeben!
Aus und vorbei mit der Ruhe! Auf einmal schien Swidger zu beben!

Denn niemand auf der Brüstung gab mehr etwas auf Dich, da Swidger letztlich mit erhobenem Schwert auf Dich zuschoss.

Velent sah Swidger, sein Schwert, seinen Blick, seinen blassgrauen Schimmel.
Sein Pferd hieß er zu halten, seufzte und blickte zum Himmel.
Düstere Wolken. Drückende Hitze. Die Luft schien zu stehen.
Velent nickte. Dies also war der Moment, um zu gehen.

Kurz die Augen geschlossen. Schnauben und prasselnde Hufe.
Swidgers Gebrüll und von hinten Todes verheißende Rufe.

Und doch erschlug er Dich nicht. Er flog, Dich streifend, an Dir vorbei, wendete hart und ritt einen Bogen, um schließlich, Dich grimmig bedrohend, dicht vor Dir Halt zu machen.

„Bist Du bereit, dem Tod ins Angesicht zu schauen?“, schrie der Chatte ihn an. Auch Swidgers Gesicht verriet seinen Zorn. Es war röter noch als sein Haar. „Bist Du bereit dazu, Verräter?“

„Ich bin es“, nickte Velent und sah den Freund seiner Kindheit mit glasigen Augen an. „Aber ich würde Dir zuvor gerne noch etwas sagen.“

„Was?“, giftete Swidger zurück. Jeder Muskel seines Körpers schien gespannt; sein Pferd tänzelte unruhig auf der Stelle.

„Dass es mir leid tut. Ich gab Dir mein Versprechen, nicht nach Mattiacum zurückzukehren, aber es war mir unmöglich, es zu halten. Luna wurde krank. Sie brauchte Hilfe. Ich wollte … ich konnte sie nicht einfach sterben lassen. Du weißt, dass ich sie liebe. Ich habe sie immer geliebt."

„Warum stirbst Du dann nicht an ihrer Seite?"

„Swidger", sprach Velent ruhig weiter, „es sind schon genug Menschen gestorben. Wenn Du Mattiacum willst, dann nimm Dir den Ort. Er hat Euch nicht viel entgegenzusetzen. Aber lass die Menschen gehen. Zumindest die Frauen und Kinder."

„Weißt Du, wie viele derer, die hinter mir stehen, im Laufe der Jahre Frau und Kind verloren haben? Weißt Du das?", schrie Swidger zurück. Er konnte sich kaum mehr beherrschen. „Und schuld ist Rom! Schuld ist Mattiacum! Ein jeder dort hat den Tod verdient!"

Sein Schimmel schien seine wachsende Unruhe zu spüren. Doch zugleich brach er vor dem düsteren Grölen der Germanen und dem Trommeln ihrer wartenden Waffen auf ihre Schilde aus. Nur ein paar Schritte, doch sie missfielen Swidger.

Velent hingegen blieb ruhig. Er wartete, bis Swidger sein Pferd zurück in den Stand gezwungen hatte und sprach dann unbeirrt weiter: „Haben die Valkyrjen je Rache gepredigt, ob ihrer Toten? Sie blieben stumm."

„Sie sind mit uns!", entgegnete Swidger selbstbewusst. „Nicht anders als all unsere Götter! Wir stehen hier! Auf ihrem Feld! Ungestraft unter Waffen!" Er wurde nochmals lauter – „Sie sind mit uns! Das Feld ist bereit!" –, um sich schließlich sogar den Seinen mit erneut stolz emporgerecktem Schwert zuzuwenden: „Das Feld ist bereit!"

Das Gegröle und Getrommel schwoll nochmals an; und gleich mehrfach schallte diese allen bekannte, dem Lied der Valkyrjen entlehnte Zeile auch aus den Reihen seines Heeres zu ihm zurück.

Doch jäh gestoppt, ja, zerrissen und schließlich übertönt wurden jene Rufe nahezu zeitgleich von einem ersten, doch noch nicht allzu nahen Blitz und seinem im üblichen Abstand folgenden Donner.

„Die Götter sind mit uns!“, rief Swidger in das abklingende Grummeln des mächtigen Schlages, doch fiel das eingeforderte Echo nun bereits deutlich kleiner aus. – Nicht alle schienen dies Zeichen in gleicher Weise zu deuten.

Eine einzelne Stimme rief gar Degenars Namen. Und jene fand Antwort, ergänzt durch die Hoffnung, er kehre zurück, sie zu führen.

Swidger nahm diesen Zwischenruf auf. Gleichwohl es ihm nicht leichtfiel, erinnerte er ihn – und alle anderen – doch daran, nur die zweite Wahl als Führer ihres Angriffes zu sein. „Degenar war es, der uns den Weg gewiesen hat!“, sprach er erneut Velent an. „Dein Vater!“ Und fügte – zufrieden mit sich, die rechten Worte gefunden zu haben – erneut so laut wie zuvor und an alle gewandt hinzu: „Er ist es, den wir zu rächen und zu ehren gedenken! Degenar!“

„Wissen jene, wer ich bin?“, hakte Velent seufzend, doch ohne jeden Vorwurf in der Stimme nach.

„Was spielt das für eine Rolle?“, entgegnete der Chatte barsch.

„Dann nimm dieses Schwert!“, erwiderte Velent nickend und reichte Swidger sein Bündel, das der Rotschopf zuvor zwar misstrauisch beäugt, doch noch nicht bewusst angesprochen hatte. „Es ist das Seine. Und bring zu Ende, wozu Du gekommen bist: Degenars Sohn zu töten!“

Swidger nahm das Bündel entgegen, überrascht und ein wenig ungläubig. Als sei es nicht mehr als ein wertloses Stück Holz, ließ er sein eigenes Schwert zu Boden fallen. Ein paar zunächst vorsichtige, dann gieriger werdende Handgriffe und auch das Tuch glitt zu Boden. Dafür hielt Swidger nun Degenars Schwert in den Händen.

Es war lang und schmal und trug nur wenige Verzierungen, die dafür mit größter Sorgfalt ausgeführt worden waren. Insgesamt wirkte es schlichter als es der Chatte erwartet hätte. Umso mehr indes bestaunte er die wenigen, kleinen Scharten der silbrig glänzenden Klinge. Geradezu ehrfürchtig berührten seine Finger jene Male, die doch nur von jenen Streichen herrühren konnten, von denen ein jeder erzählte und die im Verbund mit den übrigen, völlig unversehrt gebliebenen Teilen der Klinge Zeugnis davon ablegten, dass es dem Schmied mit Hilfe der Götter tatsächlich gelungen war, ein wahrhaft magisches Schwert zu erschaffen!

Dann indes riss er es voller Inbrunst gen Himmel! Und da er es unter gleicher Geste sodann auch wieder und wieder seinen Reihen präsentierte und ihnen zugleich zurief, wessen Schwert er da führte, schien der aufbrausende Jubel schier keine Grenze mehr zu kennen. „Degenars Schwert!"

Velent ließ Swidger sein Bad in den preisenden Rufen der Menge. „Es ist nicht allzu lange her", warf er schließlich dennoch mutig und nachdenklich ein, „da hättest Du ihn am liebsten erschlagen ..."

Wenige Augenblicke zuvor hätte Velent einen solchen Satz sogleich mit dem Leben zu büßen gehabt. Sein großes Geschenk hatte Swidger indes ein wenig milde gestimmt.

Dennoch erwiderte er mit deutlich warnendem Unterton, keinen einzigen Schritt weiterzugehen: „Die Götter wussten, warum sie ihre Hand über ihn hielten! Weil sie noch Großes mit ihm vorhatten! Sie ließen ihn den rechten Weg doch noch finden. Und den Mut, ihn zu beschreiten." Zugleich baute er Velent indes eine Brücke und hieß ihn eindringlich, jene zu nutzen, um Degenars Vorbild zu folgen. „Du bist sein Sohn!", sprach er ihn eindringlich an. „Nimm Dir ein Beispiel an ihm! Schließ Dich uns an! Und kämpf auf der rechten Seite!"

„Das kann ich nicht, Swidger", entgegnete Velent und schüttelte langsam den Kopf. Er schloss die Augen und wiederholte leise: „Ich kann es nicht."

Ein letztes Mal streckte Swidger ihm die Hand entgegen, indem er meinte, sie hätten Naoun gemeinsam genommen.

Doch gleichwohl Velent wusste, wie sehr er Swidger damit verletzte, schlug er sie aus. „Damals war ich nicht der, der ich bin", gab er wahrheitsgemäß zur Antwort.

Eiskalt traf ihn der Blick des Chatten. „Nein", erwiderte jener, „Du bist heute nicht der, der Du einmal warst!" Dann hob er Degenars Schwert und wies auf Mattiacum. „Und schuld daran ist sie: Luna!"

„Sie hat das Dorf gerettet", widersprach Velent, ohne sich in Richtung des Marktortes umzudrehen. „Dein Dorf!"

„Sie ist eine Römerin!", entgegnete Swidger gereizt.

Velent nickte. Doch gab er dem Chatten zugleich zu bedenken: „Es sind nicht nur Römer dort in Mattiacum …"

Swidger holte tief Luft, dann meinte er: „Ich frage Dich ein letztes Mal: Auf welcher Seite stehst Du?"

Velent seufzte. Ihm war danach, den Blick zu senken, doch er zwang sich, es nicht zu tun und hielt dem grimmigen des Rotschopfes stand. „Ich bin nicht gegen Dich, Swidger", erwiderte er. „Aber ich kann auch nicht für Dich sein." Dann indes schloss er die Augen sogar. In stiller Erwartung, sie nie mehr zu öffnen.

„Wer nicht für mich ist, ist gegen mich", flüsterte Swidger seinen Urteilsspruch. Seine Stimme klang hart und hohl zugleich. Der Ruf eines Raben hielt ihn indes davon ab, sein Urteil auch zu vollstrecken. Er ließ ihn das leicht abfallende Feld hinunter zum Flussufer schauen. „Schon einmal hast Du Dich gegen mich entschieden", fuhr er in unverändert unheilvollem Tonfall fort. „Hier, an gleicher Stelle! Und für einen Römer!"

Velent nickte erneut. „Ja, vielleicht war es ein Fehler, Marcus laufen zu lassen. Aber ich glaubte, es ihm schuldig zu sein. Denn ich nannte ihn einmal meinen Freund, Swidger. Es tut mir leid. So schwer es Dir fällt zu verzeihen, so schwer fällt es mir zu vergessen, wen ich einst meinen Freund nannte. Vor allem Dich!"

Er öffnete die Augen und sah Swidgers Schwert über sich. Es stand in der Luft.

Ein dicker Tropfen fand das blanke Eisen, ein zweiter Swidgers Gesicht. Des unbeirrt holte der Chatte aus, um Velent nun endlich zu richten. Da zuckte ein zweiter, ungleich näherer Blitz über ihre Köpfe, gefolgt von einem wahrhaft ohrenbetäubenden Donner.

Swidger fuhr zusammen. Nicht anders als sein Pferd und doch nicht mehr so angsterfüllt wie in früheren Jahren. Trotzdem schloss nun er, wie um sich zu beruhigen, die Augen und hielt zugleich inne. „Donar ist Dein Freund", erinnerte er sich ehrfürchtig. „Er war es und ist es."

„So wie ich der Deine bin!", erwiderte Velent versöhnlich. „Ich war es und bin es. ‚Bis in den Tod.' Erinnerst Du Dich? Ich habe diesen Satz vielleicht nie genug geschätzt. Aber vielleicht habe ich ihn auch nie richtig verstanden. Vielleicht haben die Götter ihn genau so gemeint: dass einer von uns des anderen Tod zu sein und ihm hinüber zu helfen hat. Wenn Du es so siehst, dann tu Du es, Swidger. Tu Du es. Jetzt."

Doch Swidger schlug nicht zu. Er verharrte. Stumm. Indes begann seine Hand nun leicht zu zittern. Und mit ihr das Schwert, das sie führte.

„Du hast mir früher oft von dem Drachen erzählt", fuhr Velent nach kurzer Pause fort, „der Dir im Traum erschienen ist. Und von Deinem tiefen Verlangen, ihn zu besiegen. Und Deiner Angst, es nicht zu können. Du kannst es, Swidger! Du hast einen Eber mit einem Holzschwert erlegt, Du kannst auch einen Drachen besiegen."

Nun öffnete der Chatte die Augen. Auch sie hatten – wie Velent erkannte –, begonnen, glasig zu werden.

„Den Drachen in Dir!", sprach er weiter, da Swidger weiterhin schwieg. „Oder jenen vor Dir! Denn heute bin ich der Kopf des Drachen. Und vielleicht war ich auch jener in Deinen Träumen! Jener, der Dich nie ruhen ließ. Wenn dem so ist, dann töte mich, schlag mir den Kopf vom Leib! Aber lass die anderen leben! Der heiligen Frauen zuliebe! Bis in den Tod, Swidger. Bis in den Tod!"

Swidger schluckte und Velent sah, dass er um Worte rang. „Ich träume diesen Traum noch immer", meinte er schließlich annähernd stimmlos. „Und nur einmal konnte ich den Drachen besiegen. Weil Du an meiner Seite warst. Allein ist es mir nie gelungen. Nie."

Du hast mir von Eurer Unterhaltung erzählt und ich ahne, auch wenn ich es damals kaum fassen konnte, warum er Dich letztlich verschonte. Sein Handeln ward seit jeher von starken Gefühlen bestimmt und so war es auch in jenem Augenblick. Ich konnte es selbst aus der Ferne erkennen. Mit gesenktem Haupte drehte er ab und verließ, die eigenen Reihen blicklos kreuzend, das heilige Feld. Sicherlich so, wie es im Sinne der heiligen Frauen gewesen wäre, und doch anders, als es die Seinen oder er selbst erwartet hätten.

So blieb Mattiacum letztlich verschont. Indes in die Quere
Kamen den Angreifern auch die riesigen, göttlichen Wehre.
Denn als sei es beschlossene Sache, sie nie mehr zu schließen,
Fing es an, wie aus Eimern zu regnen, zu schütten, zu gießen.

All das Grün auf dem Feld der Valkyrjen schien zu ertrinken.
Und wer auf abgeerntetem Land stand, im Matsch zu versinken.
Nichts blieb dem Feind andres übrig – denn niemand entkam diesen Schauern –,
Denn sich still oder kleinlaut unter die Schilde zu kauern.

Wer keinen führte, war rasch unter den des Nachbarn gekrochen.
Kaum einer stand noch. Die Reihen des Feinds war'n gelegt und gebrochen.
Schutz bot das heilige Feld in diesem Moment nur für einen:
Swidger. Im Schutt sah niemand sein einsames, bitteres Weinen.

Wir beide haben es nicht gesehen, wandte er uns doch den Rücken zu. Dir auf Adlan und mir, die ich ob des gewaltigen Schauers mittlerweile fast alleine auf dem Wehrgange stand. Und dennoch bin ich mir sicher, dass Swidger bittere Tränen vergoss.

Ich möchte nicht sagen, dass er mich dauerte, doch konnte ich, gewiss nicht anders als Du, zumindest mitfühlen, wie elend es ihm ergangen sein mag. Wir sprachen nicht darüber, gab es für mich doch zunächst nur Dich, da ich

Dich kurz darauf endlich wieder in die Arme schließen konnte. Und nun war ich es, die weinte. Und Du es, der mich hielt. Wohl über Stunden.

Nie fühlte ich mich Dir näher als in jenen kurzen Tagen. Um uns herum schien die Stadt im Regen zu ertrinken, doch wir beide ertranken im Glück. Völlig genesen war ich nicht – und bin es bis jetzt nicht –, doch fühlte ich mich an Deiner Seite so geborgen, dass ich meine Schwäche eher als Leichtigkeit, denn als Krankheit erlebte. Ich fühlte mich leicht wie der Nebel, den Kindern der Götter gleich, von denen ich Dir schrieb. Jene, die sich in die Gestalt der lichten Schwaden und des sanftes Strudels geflüchtet hatten, um in ihrem Liebestreiben nicht entdeckt zu werden.
Doch stirbt jeder Nebel im Wind. Und mich traf gar ein Sturm.

*

Swidger hatte vermutlich schon während des Winters erfahren,
Dass ein Aufstand geplant war und einem Manne in Scharen
Immer mehr Fürsten verfielen. Trotz anfangs arger Bedenken
Hatten es jene gewagt, Arminius Vertrauen zu schenken.
Ihm Verschwiegenheit und zugleich auch die Treue geschworen.
Denn er kannte den Feind und war doch in Germanien geboren.

Ich habe Arminius kennengelernt. Hier in Mattiacum. Als braven, aufrechten und schließlich vermutlich sogar verliebten jungen Ritter des Reiches. Doch obwohl ich um seine Abstammung wusste und schließlich von seinem Schicksal erfuhr, dass in Teilen jenem Degenars so sehr ähnelte und auch das Deine hätte werden können, dass man ihn der Arme seiner Eltern und der Obhut seines Stammes entrissen hatte, hätte ich mir dennoch nicht träumen lassen, dass es ausgerechnet Arminius' Absicht werden könnte, einen Aufstand anzuzetteln. So wortgewandt er auch war.

Doch es hatte auch Männer gegeben, die ihm misstrauten.
Wie etwa Swidger. Die ob seiner Vita erst einmal schauten,
Ob es der römische Sohn der Cherusker, den kaum einer kannte,
Wert war, dass man ihn gleichsam zum Führer des Aufstands ernannte.

Nichts hatte jener bislang getan, denn jedem zu raten,
Mit dem Griff zu den Waffen auf sein Kommando zu warten!
Doch mit dieser Entscheidung, den Auftakt nur zu verschieben,
War er für Swidger den Nachweis lange Zeit schuldig geblieben!

Und da es endlich geheißen hatte, die Zeit sei gekommen,
War der Zug nach Mattiacum gleichsam dazwischen gekommen.
Oder genauer: Nicht der Zug, nein, vielmehr sein Versagen!
War er doch kläglich gescheitert, den Aufstand nach Süden zu tragen!

Dass sich letztlich auch Swidger entschied, Arminius zu folgen, war vermutlich des Chatten vager Hoffnung geschuldet, die Schmach von Mattiacum im Norden sühnen zu können. So tief sie auch saß. Immerhin hielt er nun etwas in Händen, von dem er annehmen durfte, dass es überaus hilfreich sein mochte, Roms Joch zu zerschlagen: Degenars Schwert.
Und da Du es ihm gegeben hattest, fühltest Du Dich letztlich gar doppelt verpflichtet, nordwärts zu ziehen und mich zu verlassen.

Verzeih mir, Velent, für alles, was ich Dir sagte und vorwarf. Doch ich stand hilflos in Deiner Entscheidung. Nackt und bloß.
Und da ich mich zuvor endlich dem währenden Glücke nahe gewähnt hatte, fiel ich doch nun umso tiefer. Und mit mir jede Regung und jedes Gefühl.
Ich taumelte nur mehr taub durch die Tage, konnte nichts essen, nichts trinken, nicht schlafen. Nur aus Erschöpfung schlief ich hier und da ein. Sonst lag ich mit offenen Augen auf meinem Lager, saß mit starrem Blick an einem

Tisch. Mir war, als stünde ich still und alles andere bewegte sich um mich herum. Mehr noch: Als sei ich längst tot und überdies nie gewesen.

Du warst gegangen. Du bist gegangen. Gleichwohl ich Dich beschworen hatte zu bleiben. In meiner Verzweiflung riet ich Dir gar, Dir, falls nötig, Marcus zum Vorbild zu nehmen, hatte er es doch vorgezogen, lieber mit mir und in Schande als ohne mich zu leben.
Ich schäme mich dieser Worte nicht, doch ich weiß, dass Du nicht Marcus bist. Ich weiß es mittlerweile umso mehr, da mir Deine Entscheidung so viel Zeit zum Nachdenken aufgezwungen hat.

**

Velents Wahl war, die Freundschaft über die Liebe zu stellen.
Meinte, Dir seine Entscheidung und das, was ihn trieb, zu erhellen.
Ob dies geglückt ist, kann ich nicht sagen. Ich kann es nur hoffen.
Und auch Dein Urteilsspruch ist, aus meiner Sicht, vollkommen offen.

Nahe liegt es, Velent für das, was er tat, zu verdammen.
War er doch endlich mit Luna, der Frau, die er liebte, zusammen.
Sie zu verlassen. Ohne Zwang. Und einfach zu gehen,
Für einen Freund, der keiner mehr war, ist nur schwer zu verstehen.

Nichts, scheint Venus zu flüstern, darf wichtiger sein, denn die Liebe.
Doch womöglich riet nicht mal sie ihm dazu, dass er bliebe.
Lies, bevor Du Dein Urteil fällst, noch ein kleines Stück weiter.
Lunas folgende Zeilen machen selbst Weise gescheiter.

Mein Blick auf uns hat sich verändert. Mein Blick auf Dich und vielleicht mehr noch auf mich. Ich glaubte noch vor Tagen, nichts wert zu sein. Ebenso wenig wie unsere Liebe. Weil ich glaubte, Du hättest sie und mich verraten.

Ich habe Dich dafür verurteilt, dass Du gegangen bist. Ich habe Dich nicht gehasst, doch würde ich lügen, würde ich behaupten, Dich in jenem Moment von ganzem Herzen geliebt zu haben.
Doch nun, da ich mich dieses Gefühls rückblickend erinnere, wird mir klar, dass Du womöglich fürchtetest, in eben jene Lage zu kommen, in der ich mich unverhofft wiederfand: Dich schuldig und deshalb wertlos zu fühlen.
Und womöglich ließ Dich eben dieses Gefühl erahnen, was mir erst heute klar geworden ist: Dass der, der sich selbst nichts mehr wert ist, andere nicht wirklich lieben kann. Vielleicht vermochtest Du es nicht in Worte zu legen, die sich mir sogleich erschlossen, doch bin ich mir nun sogar sicher, dass Dein wacher Geist und Dein reines Herz zugleich erkannten, dass Du mich ab jenem Moment nicht mehr würdest lieben können, da Du Dir selbst nichts wert sein würdest.

War, das frage ich Dich, ein Gedanke je reiner und klarer?
Waren Erkenntnis und Einsicht selbst größter Gelehrter je wahrer?
Muss man wirklich erst alles verlieren, verzweifeln und bangen,
Um im Nachklang zu solcher Klarheit im Geist zu gelangen?

Letztlich war es Luna unmöglich, Velent zu hassen.
Hatte er sie doch aus wahrhaft hehrem Grunde verlassen:
Weil er erkannte, wäre er sich verleugnend geblieben,
Wäre es ihm nicht möglich gewesen, sie weiter zu lieben.

Velent glaubte, das Starke habe das Schwache zu stützen.
Habe es zwingend und immer und ohne Bedingung zu schützen.

Völlig neu ist dies nicht. Dies Verhalten ist vielerorts Sitte.
Herden und Schwärme nehmen die Schwächsten stets in die Mitte.
Ebenso handeln die meisten Familien. Stämme und Reiche
Aber tun sich recht schwer. Sie tun nur selten das Gleiche.

Trotzdem hat der Gedanke die Macht, die Welt zu verändern!
Würde der Mensch sich nur nach ihm richten, in all ihren Ländern!
Und geläng' es erst Mars und Minerva, entsprechend zu handeln,
Könnte sie sich in Pax' und Levanas[7] Sinne verwandeln!
Dann obsiegten statt Geldgier und Machtstreben Rücksicht und Liebe.

Velent hingegen ritt fort in einen der blutigsten Kriege.

*

Mars hatte oft um Logana geworben. Doch nur äußerst selten erfolgreich.
Und in diesem Fall wieder vergeblich. Möglich, dass ihn dies reizte.
Jeder weiß um das Blutbad hoch im Norden Germaniens. Jenes, das folgte.
Ein Name steht für Tausende Opfer: Varus.

Blindlings lief jener Mann ins Verderben. Weil er etliche Warnungen ausschlug und ihn Arminius vorsätzlich täuschte, bog er am Ende des Sommers, aus der Mitte des Landes kommend und heimwärts zum Rhenus ziehend, als Führer dreier Legionen bald schon vom sicheren Weg ab.

Weil er glaubte, es sei seine Pflicht, noch rasch den vermeintlichen Streit zweier Stämme etwas abseits des Heimwegs zu schlichten. Jeder kennt die Geschichte. Weiß um Varus' Versagen. Weiß um die Falle, als die der Weg sich entpuppte. Ward er doch schmal und schmäler und stetig düstrer.

So zog der Feind unser Heer auseinander. Weiter und weiter. Gleich einem Harz und immer tiefer hinein in die Wälder. Dann folgten Regen und Sturm und fanden kein Ende. Doch dies war rückblickend

7 **Levana** – römische Schutzgöttin des neu geborenen Lebens

nur der Beginn des Grauens und letztlich nichts im Vergleich
zum Albtraum, der nunmehr folgte.

Aus der Deckung erfolgte der Angriff. Vorne und hinten. Dann in der
Mitte. Hänge und Moore versperrten den Fluchtweg. Wie auch den, sich
zu sammeln. Überall wilde Barbaren. Überall surrende Klingen. Fallende
Leiber. Schreie. Indes nicht weniger schlimm: die Stille.

Banges Warten in tiefroten Lachen. Hämmernde Herzen und stöhnende
Freunde. Tote. Verletzte. Wo ist der Feind? Und wo die eigene Führung?
Vorwärts! Nur irgendwie weiter! Hoffen auf bessres Gelände, besseres
Wetter. Hilfe. Verstärkung. Aber die Rettung kam nicht.

Nichts wurde besser. Nichts! Und nichts sollte enden. Weder das Dickicht,
noch Sturm oder Regen. Einzig die Stille, das endlose Warten. Jene fanden
ihr Ende. Gaben auf und verschwanden. Unverhofft. Wieder und wieder.
Wie aus dem Nichts im tiefen Morast: der furchtbare, nächste Angriff.

Stunden vergingen. Vielleicht sogar Tage. Endlose Leiden. Endloses
Sterben. Keine Zeit, die Toten zu bergen. Dann das vage Gerücht,
die schließlich bestätigte Meldung, Varus selbst sei gefallen. Tot.
Durch das eigne Schwert. Im Versuch, das eigne Gesicht zu retten.

Doch den Germanen reichte dies nicht. Dies ahnend, versuchte die Leibwache noch, den Leichnam des Statthalters rasch zu verbrennen. Doch sie
wurde gestört. Ein roter Chatte – so heißt es –, habe sie alle erschlagen.
Tobend und zeternd. Dank eines langen, überaus harten Schwertes.

Weitere Wachen fanden die Toten. Hohe, verdiente Soldaten des Heeres.
Fern der Heimat im Kampfe gefallen. Und ihrer Ehre beraubt, denn allen
fehlten die Häupter. Einige steckten auf Lanzen. Zwischen den Leichen.
Andere fehlten. So auch der Kopf des Varus'.

*

Velent war stetig nach Norden geritten – stramm und verbissen.
Eisern im Blick und im Sattel, doch innerlich völlig zerrissen.
Zweifelnd, sich richtig und hadernd, sich falsch entschieden zu haben.
Und mit den Göttern im Zwist, ob der Lose, die sie ihm gaben.

Wach hatte ihn auch sein Wunsch gehalten, sie zu verdammen.
Weiter! Selbst durch Regen und Sturm, denn sein Herz stand in Flammen.

Adlan hatte ihn treu getragen. Mehrere Tage.
Dann war es ihm nicht mehr möglich gewesen. Nicht in der Lage,
Weiter zu laufen, war er entkräftet stehen geblieben.
Velent hatte zu viel verlangt, ihn zu sehr getrieben.

Flach der Atem, das Fell durchsetzt von salzigen Schlieren,
War der Hengst gar zusammengebrochen. Zitternd. Am Frieren.
Velent war selbst sein eigener Sturz fast gänzlich entgangen.
Einmal im Matsch, war auch er schließlich liegen geblieben. Die Wangen
Braun. Das Herz sogar schwarz. Das Feuer nur mehr ein Klimmen.
Schlafen! Nur Schlafen! Bis er geweckt ward von johlenden Stimmen.

Trunkene Tenkterer, sicher ein Dutzend, alle zu Pferde.
Grölten und rühmten sich selbst und verhöhnten ihn auf der Erde.

Glück habe er, dass ihr Blutdurst vorerst gestillt sei, und Beute
Hätten sie ebenfalls reichlich gemacht, so prahlte die Meute.

Rom, er wisse es sicher, sei vernichtend geschlagen!
Niemals wieder werde der römische Drache es wagen,
Auch nur einen Fuß auf das Land ihrer Väter zu setzen!

Einige seien dabei, die flüchtenden Feinde zu hetzen.
Jene, die spät war'n. Der Ruhm indes bliebe ihnen alleine!,
Prahlten sie weiter und halfen Velent zugleich auf die Beine.

Denn, was immer sein Ziel sei, er habe dies weiterzutragen!
Falls er dies könne. Der Zustand des Pferds dort sei nur zu beklagen!
Ob es das seine sei. – Adlan! Dort stand er! Als sei nichts gewesen!
Hager und fahl, doch in Velents Augen deutlich genesen.

Oh, wie Velent sich freute, ihn auf den Beinen zu sehen!
Ja, es sei sein Pferd, gab er den Männern rasch zu verstehen.
Um sie – sich auf die Früchte stürzend, die sie ihm gaben –,
Gleich nach dem Weg zum Schlachtfeld und auch nach Swidger zu fragen.

Ohne zu zögern begannen jene, den Weg zu erklären.
Zeigten nordwestlich. Nur ein großer Flusslauf sei noch zu queren.
Dann sei die letzte Schneise des Drachen kaum zu verfehlen
– niemand mochte die Freude über sein Ende verhehlen.

Von einem Mann namens Swidger indes sei nichts zu berichten.
Einige Chatten hätten geholfen, den Feind zu vernichten.
Doch der Ruhm, wiederholten sie nochmals, gebühre nur ihnen!
Sie, die Tenkterer, seien bestimmt, den Göttern zu dienen!

Ihnen gelte ihr Dank. Um sie zu ehren und preisen,
Seien sie unterwegs, nun zurück nach Hause zu reisen.

Velent dankte den Männern. Er selbst müsse ebenfalls weiter.
Glücklicherweise würde der Himmel ja zunehmend heiter.
Sicherlich bräuchte sein Hengst noch Zeit, um sich zu erholen.
Denn er sei römisch und schwach. Doch von ihm als Knabe gestohlen.

Wieder lachten die Männer. Sie feixten, grölten und johlten.
Weil doch die Römer selbst sich ähnlich langsam erholten!
Deshalb sei es sein Wunsch, so einer der trunkenen Krieger,
Ihm ein Packpferd zu schenken. Gönnertum ziere den Sieger.

Velent nahm es nur zu gern an. So konnte er reiten.
Was in den Wäldern Germaniens, seinen gewaltigen Weiten,
Immer von Vorteil ist. So sparte er etliche Stunden,
Hatte den Fluss bald erreicht und die Spuren des Drachen gefunden.

Ihnen folgte er. Doch ich vermag nicht zu sagen, wie lange.
Ein, vielleicht auch mehrere Tage. Und zunehmend bange.

Anfangs sah er nur weitere Krieger. Lose Gruppen verschiedener Stämme.
Meist ein wenig abseits des Weges, war doch jener morastig.
Mehrheitlich zogen sie südwärts; einige aber auch nordwärts.
Dann sah er Leichen. Immer mehr Leichen. Etliche ohne Köpfe.

Was er außerdem sah, waren Geier. Zahllose, gierige, menschliche Geier.
Nur gekommen, die Leichen zu schänden. Ihnen alles zu nehmen.

Alles, was sie noch hatten. Manchmal noch Schwerter und Helme.
Oder auch Schilde. Häufiger aber Reste. Gepäck und Kleinkram.

Velent versuchte, das gierige Pack, wenn möglich, zu meiden.
Adlan indes und das Pferd der Tenkterer hatten zu weiden.
Wo aber Lichtungen waren – und davon gab es fast keine –,
War er noch selt'ner allein als im Innern der riesigen Haine.
Weil die Unsren versucht hatten, offenes Land zu erreichen,
Schändeten hier nun entsprechend Viele die zahlreichen Leichen.

Velent konnte die furchtbaren Frevel nicht unterbinden,
Weil er allein war, und weil es sein Ziel war, Swidger zu finden.
Deshalb sah er sich vor, mit wem auch immer, zu streiten.
Nein, er schaute und fragte und zwang sich dann, weiterzureiten.

Doch auch der Größe des Schlachtfelds geschuldet – maß es doch Stunden –,
War bis zur Dämmerung nicht mal ein Hinweis auf Swidger gefunden.

Dann kam die Nacht und alles begann sich ums Feuer zu scharen.
Wegen der Kälte und zur Abwehr diverser Gefahren.

Wohl eher klein war die, von uns überfallen zu werden.
Wer überlebt hatte, war – viel eher zu Fuß denn auf Pferden –
Darauf bedacht, jedem weiteren Kampf aus dem Wege zu gehen.
Rückzug zum Rhenus! – Ich kann die Entscheidung der Männer verstehen.

Nein, die Gefahr für die Sieger entstammte den eigenen Reihen.
Beutestreit konnte schon immer selbst beste Freunde entzweien.
Außerdem ging die berechtigte Angst um vor Räubern und Dieben,
Die im Schutze der Nacht auch hier ihr Unwesen trieben.

Andere wiederum lagen zusammen, um sich zu berauschen.
An erbeutetem Bier oder Wein und um Beute zu tauschen.

Velent zog – immer noch hoffend und bangend – von Feuer zu Feuer.
Sicher die halbe Nacht. War doch Swidger ihm nach wie vor teuer.

*

Etwa zum selben Zeitpunkt – tags zuvor oder später –
Dürften wir Kenntnis davon erlangt haben, dass ein Verräter,
Nämlich Arminius, ein über Jahre verlässlicher Ritter,
Uns um gleich drei Legionen gebracht hatte. Schändlich und bitter,
Traurig und teuer war dies. Und selbst Augustus beklagte
Diesen Verlust, der gleichsam an unseren Grundfesten nagte,
So sehr, dass er – wie ein verlässlicher Zeitzeuge meinte –,
Tagelang nicht mehr gesehen ward und bitterlich weinte.

Vorher indes noch ward längst schon jedwedem römischen Leben
Jenseits von Rhenus und Moenus die Order zum Rückzug gegeben.

Auch Mattiacum an der Logana war davon betroffen,
Gab es doch keinerlei Grund mehr, auf Frieden im Norden zu hoffen.

Niemand war in der Lage, den Ort und die Menschen zu schützen.
Und was wir erbaut hatten, sollte dem Feinde nicht nützen.
Drum die harte Entscheidung, uns möglichst zügig zu trennen,
Rasch noch zu packen und dann die Reste niederzubrennen.

So habe ich mich womöglich letztlich viel zu oft gefragt, warum Du gegangen bist. Viel eher hätte ich mich fragen sollen, warum es mich so gekränkt und verletzt hat.

Luna hatte von Anfang an vor, den Befehl zu missachten,
Aber, weil Wachen zunächst noch die lodernden Flammen bewachten,
Blieb ihr nichts andres übrig, denn brav mit den andren zu gehen –
Ganz gewiss bitterlich weinend, die Heimstatt nun brennen zu sehen.

Schon in der Nacht indes sollte sie ihren Fluchtversuch starten.
Mit Menelaos kehrte sie um, um auf Velent zu warten.

*

Jener war nimmermüde von Feuer zu Feuer geritten,
Um all die, die dort saßen und lagen, um Auskunft zu bitten.

Dass er das rechte noch fand, ist gewiss Fortuna zu danken.
Denn an einem der Feuer sah er zwei Männer sich zanken.

Beide stritten sich arg um ein Schwert, das er nur zu gut kannte.
Degenars Schwert! Und als er sich dann an die Streithähne wandte,
Als er sie inständig bat, ihm zu sagen, woher sie es hätten,
Weil es sein Ziel sei, den Chatten, der es wohl führte, zu retten –
Swidger vom Steinring, der doch wie sie die Römer verfluche.
Rothaarig und eher klein von Gestalt sei der Mann, den er suche,
Meinten sie beide, sie hätten das Schwert einem Römer genommen.
Fast sei der elende Hund mit seinesgleichen entkommen.

Dann kam ihr Häuptling dazu. Ein Fynn, aus dem Stamme der Friesen.
Dicht an der rauen Küste mit ihren salzigen Wiesen
Lebt dieses Volk und war uns, so glaubten wir, friedlich gesonnen.
Doch Arminius hatte auch jene becirct und gewonnen.

Hoffend, sie und die anderen Stämme endlich zu einen.
Doch Erfolg auf lange Sicht hin hatte er keinen.
Jeder Stamm, wie auch Fynn im Gespräch mit Velent betonte,
Machte schon immer nur das, was sich für ihn eben lohnte.

Dies war ein Umstand, den Irmer, wie man Arminius dort nannte,
Durch einen Sieg zu ändern hoffte – oder verkannte.
Gleich nach der Schlacht, da viele noch stolz ihre Helden besangen,
Seien wohl andere – beutebeladen – einfach gegangen.

Irmer habe versucht, diese Stämme und Sippen zu halten,
Um mit allen gemeinsam in Eintracht ihr Land zu gestalten.
Letztlich vergeblich. Drum habe er es als nötig empfunden,
Marbod ein Zeichen zu senden, um ihm seine Gunst zu bekunden.

Hier kam der Friese – aus Velents Sicht endlich – auf Swidger zu sprechen.
Jener habe, gleich nach der Schlacht beim nächtlichen Zechen,
Mehrmals den Kopf eines Römers aus einem Beutel gezogen.
Dies sei Varus! – Das sei nicht wahr. Er habe gelogen,
Hätten die andren entgegnet. Er indes darauf bestanden.

Deshalb sei man zu Irmer. Und gleichgültig, wo sie ihn fanden,
Jener habe dies freudig bestätigt und Swidger gebeten,
Ihm diesen Schädel zu lassen. Nun, eher stolz, denn betreten,
Habe der Chatte darauf gemeint, ihn behalten zu wollen,
Er sei durchaus in der Lage, Marbod Respekt zu bezollen.

Und auch bereit, das Haupt daselbst in den Osten zu bringen.
Dies sei sein Vorschlag. Zu andrem sei er von keinem zu zwingen.

Alles in allem bedenkend, schloss der Häuptling der Friesen,
Habe der Chatte die Kraft seines Schwerts wohl zu Unrecht gepriesen.

Sämtliche Wachen des Varus' habe er damit erschlagen.
Aber warum, würde er sich in diesem Zusammenhang fragen,
Sei er dann ganz offenbar ein paar flüchtenden Römern erlegen?

Velent ward bleich und konnte sich kurzzeitig nicht mehr bewegen.
War doch nun erstmals gesagt, was mit Swidger geschehen sein musste.

Dann aber siegte die Hoffnung. Weil niemand mit Sicherheit wusste,
Was tatsächlich passiert war. Er musste sich selbst überzeugen!
Dieser Wahrheit alleine war er bereit sich zu beugen!

Und ein Teil der ersehnten Wahrheit ließ sich beweisen!
Swidger hatte sein Schwert nicht zu Unrecht gelobt, nein, sein Eisen
War von besonderer Güte! Mit Blick auf die Härte der Klinge!,
Sagte sich Velent. Und wenn ich mich auch in Gefahr damit bringe,
Gilt es, dies richtigzustellen! Velent konnte nicht schweigen.

„Gebt mir das Schwert! Nur kurz! Ich möchte Euch etwas zeigen!",
Bat er die Friesen, ihm die erbeutete Waffe zu reichen.
Dieses Schwert würde nur einem einzigen, weiteren gleichen.
Swidger habe es keinesfalls zu Unrecht gepriesen.
Mit ein paar wenigen Schlägen sei dies belegt und bewiesen.

Doch da sie nicht bereit waren, sich von der Waffe zu trennen,
Sollte Velent den Friesen folgende Aufgaben nennen:
„Schlagt mit ihr zu! Auf ein Holz! Mit der größten, Euch möglichen Härte!
Dann auf ein Blech! Und stutzt Euch zum Abschluss mit ihr noch die Bärte!"

Fynn hob gereizt das Kinn. Er ließ sich nicht gerne verhöhnen.
Wortlos nahm er das Schwert und drosch es mit drohendem Stöhnen
Seitlich hinein in den Stamm einer mehr als nur armdicken Eibe.
Doch seine Klinge suchte sich nicht die erwartete Bleibe.

Statt sich in ihm zu verkeilen, glitt die silberne Waffe
Durch das Hartholz, als sei es aus Talg. Der Männer Gegaffe
Wurde indes noch viel größer. Da der stolpernde Krieger
Nahe des Feuers zuschlug, war sie wieder der Sieger.
Hier aber hieb er die eiserne Pfanne der Männer in Eile
Mit einem einzigen Schlag in zwei etwa gleich große Teile.

Damit hielt Fynn nun inne. Die Prüfung des Schwerts war beendet.
„Gut, vielleicht haben die Römer ihm die Waffe entwendet",
Gab er kurz zu, um dann indes doch noch ergänzend zu fragen:
„Oder glaubt Ihr, sie haben ihn eher im Schlafe erschlagen?"

Velent schluckte. Den andren indes war das Schicksal des Chatten
Gleich. Nur eines zählte: Was für ein Schwert sie da hatten!
Beide riefen erneut, es würde nur ihnen gehören.
Fynn indes meinte, ihr weibisches Plärren würde ihn stören.
Ruhe sollten sie halten! Er ließe die Götter entscheiden,
Wer das Recht dazu hätte, sich an der Klinge zu weiden.
Morgen! Im Hellen! Jetzt aber sollten sie allesamt schweigen!

Trotzdem bat Velent noch rasch, ihm dann auch die Stelle zu zeigen,
Wo sie die feige flüchtenden Römer umgebracht hätten,
Denn es wimmele hier ja vor vielen, sich ähnelnden Stätten.

Grummelnd meinten Fynns Männer, sie könnten sie höchstens umreißen.
Wenigstens das, bat er dann, und sie taten wie ihnen geheißen.

Zweierlei Dinge sollte Velent dadurch erfahren:
Dass die Flüchtenden nicht nach Westen hin ausgebüxt waren.
Sondern nach Osten. Gewiss in der Hoffnung, Zeit zu gewinnen,
Dann die Reihen des Feinds zu umgehen und so zu entrinnen.
Und dass der Kampfplatz recht nah lag. Wohl höchstens dreieinhalb Meilen.

Velents Herz schlug noch schneller. Er durfte nicht länger verweilen!
Doch der Wald und die tiefschwarze Nacht sollten ihn dazu zwingen.
War doch gewiss: Eine Suche im Dunkeln konnte nichts bringen.

Ja, er wusste: Vermutlich war Swidger nicht mehr am Leben.
Doch ein „Vermutlich“ hätte sich Velent wohl niemals vergeben!
Also saß er am Feuer. Bangend, ob Swidger noch lebte.
Hoffend und doch voller Angst. Und gleichwohl es ihm widerstrebte,
Stellte sich Velent die Frage, ob und wie er ihn fände.
Mehr als die Nächte zuvor. Und auch deshalb nahm jene kein Ende.

Sicherlich bat er die Friesen dabei, ihm noch mehr zu verraten,
Bis sie sich weitere Fragen schließlich energisch verbaten.
Doch da sich jene – bis auf die Wachen – bald allesamt ruhten,
Ward es noch schlimmer. Velents Herz begann gleichsam zu bluten.
War es doch Luna, der er nun einsam und traurig gedachte.
Doch der Grund dafür, dass er sich mehr denn je Vorwürfe machte,
Sie für diese wohl nutzlose Suche verlassen zu haben,
War ein plötzliches Omen, das seine Götter ihm gaben.

Ja, ich fürchte, er sollte sich starren Blickes verdammen.
Ob ihres Loses, das er erkannte. Vor sich. In den Flammen.
Nicht etwa Luna selbst sah er dort, nein, vielmehr ihr Leiden.
Und er sah einen düsteren Schatten sich daran weiden.

Dann indes waren all jene Schemen wieder verschwunden.
Wie verscheucht durch das zeitgleiche Bellen von mehreren Hunden.

Nun hieß es, weiter und bang auf das Schwinden der Schwärze zu warten.
Bis ein Anflug von Grau es endlich erlaubte zu starten.

*

Bis in die Dämm'rung des Abends hinein sollte Velent sich schinden.
Letztlich indes gelang es wohl Adlan, Swidger zu finden.

Unverhofft stand er, hielt inne und schnaubte kurz durch die Nüstern.
Dann erst sah Velent den wehrlosen Schatten und hörte sein Flüstern.

Kraftlos bat seine Stimme, ihm etwas Wasser zu reichen.
Regungslos lag er am Fuße zweier sich stützender Eichen.
Lehnte an einem der Stämme. Bedeckt mit dem Laub ihrer Kronen –
Selbst auf dem Haupte beliebten ein paar der Blätter zu thronen.
So war der Freund vergangener Tage kaum zu erkennen.

Dann indes war vom Pferde zu springen und zu ihm zu rennen
Eins für den stolpernden, „Swidger!" flüsternden, schreienden Velent.
Sah er doch nun den siechenden Freund in all seinem Elend.

Kalter Schweiß auf der schmutzigen Stirne. Wie in Höhlen liegende Augen.
Matt und ohne jegliches Funkeln. Blutverkrustete Lippen. Schmale,
hängende Schultern. Kaum ein erkennbares Auf und Ab seiner Brust.
Nur Reste von Leben wohnten dem Chatten mehr inne.

Velent flüsterte stammelnd und bange: „Was ist geschehen?"
Dann indes, da er näher kam, war das Unheil zu sehen.

Dort, auf dem Laub, auf dem Magen des Chatten, ruhten Dutzende
hässliche Fliegen. Fette, lästige, schwarze Geschöpfe. Anfangs kaum zu
erkennen, stoben jene nun auf. Und ließen Velent erschaudern.
Zwischen den Blättern krochen, sich windend, Hunderte fette Maden.

„Velent!“ – es war nur ein Hauchen, da Swidger Velent erkannte.
Anfangs sank jener noch sprachlos danieder, dann übermannte
Ihn, was er sah, was er hörte, fühlte, ahnte und spürte:
Dass der Weg des Freunds seiner Kindheit ins Schattenreich führte.

„Velent!”, drang es erneut an sein Ohr – etwas stimmlos und kehlig,
Müde und leidend, indes zugleich auch dankbar und selig.
„Swidger!“, erwiderte Velent kaum lauter. Und dass sich Tränen
Seiner bemächtigten, muss ich wohl kaum gesondert erwähnen.

Bleischwere Ohnmacht lag auf ihm und schien ihn fast zu erdrücken.
Kein Versuch, dem Freunde zu helfen, würde mehr glücken.
Swidger starb. Indes froh, ihn noch atmend gefunden zu haben,
Holte er rasch einen Schlauch, den scheidenden Chatten zu laben.

Viel half es nicht. Er konnte kaum schlucken. Außerdem spie er für einen Schluck Wasser, welcher den Weg seine Kehle hinabfand, einen Schluck der so lange sehnlich erwarteten Labsal – kläglich prustend – gewiss die doppelte Menge tiefdunklen Bluts und eitriger, heller Galle.

Velents letzte Zweifel verflogen. Dass der Freund seiner Kindheit nach all den Tagen, die er vermutlich hier lag, mit dieser Verletzung, so tief und mittig im Leibe getroffen, blutend, fiebernd und wehrlos, immer noch lebte, glich einem Wunder. Swidger war nicht zu retten.

Velent brach es das Herz. Doch zugleich war er stolz auf den Chatten.
Da er ihn wusch, gedachte er auch der Zeit, die sie hatten.
Jener glücklichen Tage zu Hause, zu zweit in den Wäldern.
Spielen, Jagen und später auch Reiten auf Wiesen und Feldern.

Niemand hatte wie Swidger mit Pfeil und Bogen geschossen.
Nun lag er hier. Dem Tode geweiht; die Augen geschlossen.

Alles war still. Schon taub und kalt die vergessenen Glieder,
Öffnete jener zu Velents Freude noch einmal die Lider.

**

Bild IX

im Jahr von Lunas Brief an Velent –
unweit des Varus-Schlachtfeldes,
hoch im Norden Germaniens

„Hugin und Munin. Sie schweigen."

„Ja, Swidger. Sie schweigen.", erwiderte Velent gerührt und kämpfte erneut mit den Tränen. „Sie wollten Dich nicht wecken."

„Gibst Du mir eine Flöte?"

„Deine … Flöte?", entgegnete Velent überrascht. „Ich … ich fürchte, Du hast Deinen Gürtel verloren."

Nickend schloss der Freund erneut die Augen, dann aber meinte er: „Schnitzt Du mir eine neue?"

„Ich …", begann Velent leicht stammelnd. „Ich weiß nicht. Ich muss schauen, ob ich hier eine Weide oder einen Holunderbusch finde."

Nun war es Swidger, der ein wenig überrascht klang. „Hinter Degenars Schmiede …", belehrte er den Freund mit gütiger Stimme.

„Sicher", nickte jener.

Also stand Velent auf, um im Zwielicht unter den Buchen,
Eichen, Eiben und Kiefern, rasch nach Holunder zu suchen.
Vorher noch schnell seinen Mantel über den Leib und die Wunden
Swidgers geworfen, war bald auch ein Busch jener Sorte gefunden.

„Hier ist das Stück, das ich brauche", meinte Velent etwas außer Atem, da er den Sterbenden wieder erreicht hatte. Nur mit Mühe vermochte er noch zu erkennen, dass jener noch lebte, so dunkel war es mittlerweile geworden.

Deshalb sah er auch davon ab, sich zu setzen und mit dem Schnitzen zu beginnen. Stattdessen meinte er kurz: „Ich mache uns ein Feuer. Ich sehe ja kaum noch etwas.“ Und zog erneut los, noch rasch ein paar dürre Äste und Zunder zu sammeln.

Das Feuer war rasch gemacht, doch auch die Handgriffe, eine Flöte zu schnitzen, waren Velent noch vertraut. Er hatte sie nicht verlernt. Ja, das Schnitzen spendete ihm sogar etwas Trost, war es doch besser als nur tatenlos darauf zu warten, dass ihn Swidger verließ.

Ab und an blickte er dennoch auf, zu sehen, ob die Brust des Freundes seiner Kindheit sich noch hob und senkte. Einmal war ihm dabei, als täte sie es nicht mehr. Drum kam er ihm näher und flüsterte beinahe ängstlich: „Schläfst Du, Swidger?“

Doch Swidger war noch bei ihm. „Trägst Du die Kette noch? Die mit dem Hauer?“, erwiderte der Chatte flüsternd.

„Ja“, gab Velent zur Antwort, kaum lauter und hörbar bewegt. „Und Luna die andre.“

Es tat mir nicht deshalb so weh, weil ich Dich so sehr liebe und nur vielleicht, weil ich fürchtete, Du würdest mich nicht genug lieben. Nein, es traf mich vermutlich vor allem deshalb ins Mark, weil ich mich selbst nicht genug geliebt habe.

Velent schloss die Augen. Er konnte nicht anders. Er war froh, an Swidgers Seite zu sein, dankbar, ihn noch gefunden zu haben, doch zugleich zutiefst verzweifelt. Er hatte Luna verlassen, um Swidger zur Seite zu stehen. Doch konnte er ihm nicht helfen. Ja, es fehlten ihm nun sogar die Worte, sich von ihm zu verabschieden.

Ich hatte Angst, ich wäre nichts wert ohne Dich und Deine Liebe. Doch ich bin es. Nun weiß ich es. Trauer, Verzweiflung und Einsamkeit haben es mich gelehrt: Ich bin etwas wert. Auch ohne Dich.

Velent zwang sich dazu, die Augen zu öffnen. Im schwachen Licht der Flammen glaubte er für einen Moment nicht Swidger selbst, sondern Bernulf vor sich zu sehen.

„Ich muss Dir noch etwas sagen!", brach es schluchzend aus ihm heraus. „Es war Marcus, der Deinen Vater erstochen hat! Doch es war nicht seine Schuld! Die Masse der Menschen hatte ihn in sein Schwert gedrückt! Ich hätte es Dir schon viel früher sagen müssen!"

Ein tiefer Seufzer hob und senkte Swidgers Brust. Dann indes schien sie stillzustehen, sodass Velent erneut fürchtete, den Freund verloren zu haben. Doch er antwortete eine weiteres Mal: „Auch ich habe Dir etwas verheimlicht, Velent." Sein Husten unterbrach ihn.

„Nicht schlimm, Swidger. Nicht wichtig, was immer es war."

„Die Kette", fuhr Swidger tapfer fort. „Ich habe den Eber nicht erlegt. Er war längst tot. Ich fand nur die Knochen seines Kiefers und brach die Hauer heraus."

„Nicht schlimm. Nicht wichtig", wiederholte sich Velent leise. „Du hast Deinen Mut längst bewiesen. Du hast sogar den Drachen erlegt."

„Ja", nickte Swidger und ein letztes Lächeln flog über sein Gesicht. „Gut, dass Du mich daran erinnerst." Nur langsam und undeutlich kamen ihm die Worte über die Lippen. „Du musst mir etwas versprechen", presste er die nächsten heraus.

„Was?"

„Hier liegt irgendwo ein Tuch, ein Bündel", kämpfte Swidger weiter. „Ich habe dem Drachen, ... ich habe Varus den Kopf abgeschlagen. Ich sollte ihn zu Marbod bringen. Als ein Angebot. Für ein Bündnis. Aber ich fürchte ..." Swidger versagte die Stimme.

„Du, Velent, Du musst ihn an meiner Stelle zu ihm bringen", sprach er schließlich leise weiter, „... versprich es mir!"

Ich?, schoss es Velent durch den Kopf und erneut musste er an Luna denken.

Ich will und werde nicht aufgeben, auf Deine Rückkehr zu hoffen.

Nein, ich kann es nicht! Ich muss zurück zu ihr! Verlang das nicht von mir!, flehten seine Augen, doch sein Mund blieb stumm.

Ich werde Dich lieben, für das, was Du bist.

„Versprichst Du es mir?“, wiederholte Swidger leise. „Bis in den Tod.“

Ich werde uns lieben, für das, was wir uns waren, gleich ob es uns vergönnt ist, es je wieder zu sein.

„Ja, ich verspreche es“, nickte Velent schließlich verzweifelt. „Bis in den Tod.“

Ich verzeihe Dir, Velent, dass Du gegangen bist.

„Gut!“, flüsterte der Chatte erleichtert und ergänzte mit hohler Stimme, die nun so klang, als habe der Schmerz seinen geschundenen Körper noch vor dem Leben verlassen: „Denn das Feld ist bereit. Das Feld ist bereit!“

Da diese letzten Worte so fern und so endgültig klangen,
War sich Velent eigentlich sicher, der Freund sei gegangen.
Schluchzend brachte er trotzdem das Schnitzen der Flöte zu Ende.
Säuberte sie und legte sie Swidger sanft in die Hände.

Und ich verzeihe mir für meine Zweifel.

Doch seine Stimme sollte sich nochmals und letztmals erheben.
Ferner noch als zuvor. Erst dann verließ ihn das Leben.

Und für alles andere.

„Sing mir das Lied.“
„Welches Lied?“
„Das Lied der Valkyrjen“, hauchte die leere Stimme.

Velent seufzte. So oft schon als Kinder und später als Jungen
Hatten sie es gehört. Und Swidger es gerne gesungen.
Er indes nie. Nicht ein Mal. Doch nun, da sang er es leise.
Gleichsam zum Abschied vor jener uns alle erwartenden Reise.

Es wuschen an der Logana drei Frauen
Die Wäsche.
Ein Lied auf den Lippen.
Sie sangen.
Die Sonne stand hoch.
Der Sommer war jung wie sie selbst,
Da kam die riesige Schlange.

*

Velent, singend beim sterbenden Freunde. Bilder wie diese stimmen
uns milde, spornen uns an, ihm sein Tun zu verzeihen, Luna verlassen
zu haben. Nicht zuletzt, weil auch ihr dies glückte.
Doch muss ich ergänzen – wenn es auch schwerfällt –,
dass sich das Schicksal grausam und bitter rächte.

Lunas Schreiben hat einen Nachsatz. Und er ist gänzlich anders
geschrieben. Anders als all die Zeilen zuvor. Viel ernster, kürzer gefasst
und außerdem weniger gütig. Luna zeichnet in ihm, mit unruhiger Hand,
das Bild eines groben, stinkenden, dunklen Schattens.

Er folgte dem Fluss, mehr mürrisch als hungrig,
Der riesige Wurm.
Gereizt durch das Wetter der Wochen zuvor,
All den Regen.
So kam er in schwerer und glitzernder Rüstung
Nur mühsam voran,
Auf tief morastigen Wegen.

Jener Riss kam wohl plötzlich und nächtens. Mitten im Schlaf ward sie überrascht. Sie rief noch: „Wach auf, Menelaos! Hilf mir!“ Doch da der Grieche versuchte, ihn von ihr runterzuzerren, kam er nun über ihn. Mit roher Gewalt und prügelte ihn auf brutalste Art zu Tode.

Gut beraten schien jeder Mann, zurückzuweichen
In den Wald.
Bot er doch vermeintlich sicheren Schutz vor
Diesem Drachen.
Doch machten die Ubier aus der Stadt auf dem Berg
Gemeinsame Sache mit ihm, und so riss er ihn auf,
Seinen Rachen.

Höhnisch lachte der grausame Schatten. Trat den längst Toten noch mehrfach mit Füßen. Aber, da er sich nun wieder lüstern wandt, sich auf Luna zu legen, spürte er plötzlich, wie ihn ein stechender Schmerz traf, und sah, dass ihm etwas Kaltes, Spitzes und Glattes mitten hinein ins Herz glitt.

Seine blutrünstigen Zähne schnellten hervor
Und zurück.

Und das Blau-Grün der Logana
Färbte sich rot.
Die Kehlen aufgeschlitzt, trieben die Opfer
Den Fluss hinab. Bis zu den Frauen.
Jeder Mann tot.

Luna schrie – was sie vorher nicht konnte. Schrie nun – so laut sie nur irgendwie konnte. Schrie, da der Schatten nun auf ihr ruhte. Anfangs noch kurzzeitig röchelnd. Wälzte ihn eilig zur Seite, hoffend, Menelaos lebte. Dann gleich der nächste Schrei, denn sie fand den Griechen nur tot am Boden.

Die Lieder der Frauen verstummten, wie sie selbst. Wie man sagt
Für immer.
Sie schrien fortan stumm, nur die Götter wissen
Wie oft und wie sehr.
Denn beim Bergen der Leichen
Mussten sie schmerzvoll erkennen: Auch die eigenen Männer
Waren nicht mehr.

Luna weinte bittere Tränen. Wohl über mehrere, einsame Stunden. Frierend und doch das Feuer nur schürend, um etwas Licht zu behalten, nicht alleine zu sein im Dunkeln, neben zwei Leichen. Anfangs noch hadernd. Dann aber eher teilnahmslos, stumpf und einsam.

Sie zogen aus dem Fluss jeden einzelnen Mann, die Freunde,
Die Gatten.
Unbeweint und unbesungen erhielt jeder sein Feuer,

Sein Grab.
Und die Frauen lebten fortan
An diesen Gräbern. Von dem, was ein jeder von uns
Ihnen gab.

Letztlich bleibt offen, ob es dem Schatten gelang, sie zu schänden,
Fest steht: Niemand war da, ihr Trost oder Hoffnung zu spenden.
Anfangs zumindest. Doch hieß sie der Morgen – das lässt sich sagen –,
Immerhin pflichtbewusst dazu, Holz zusammenzutragen.
Um ihren Freund, der nun tot war, wenigstens dadurch zu ehren,
Ihn zu verbrennen und seiner Asche ein Grab zu gewähren.

Im Winter trugen sie Schwarz, im Sommer nur Asche auf ihren
Leibern.
Und als sie denn kam, ihre
Eigene Zeit,
begrub man sie selbst in Valkyrjes,
Wo sie nun auf uns warten. Das Feld ist bereit.
Das Feld ist bereit.

Eben dies tat sie. Traurig, beschämt und kaum fähig zu laufen,
Zog Menelaos weinend hinaus, übergoss noch den Haufen
Angekokelter Balken mit Öl aus der letzten Amphore,
Siehe, da ward ihr, als sängen flüsternde Stimmen im Chore.
Sanft und bedacht: „Du trägst keine Schuld. Du musst Dich nicht grämen.
Ihm geht es gut. Und völlig zu Recht. Du musst Dich nicht schämen.“

Keine der Stimmen vermochte Luna exakt zu benennen.
Bis auf die eine. Jene war sie ganz sicher zu kennen.

Gütig und stolz wie sie klang, dachte Luna zunächst an Belana.
Dann indes ward ihr klar: sie war die der Göttin Logana.

Seltsam war nur – indes ohne dass sie dies weiter verstörte –,
Dass sie die Stimme erkannte, gleichwohl sie sie nie zuvor hörte.

Auch zu den andren fasste sie rasch und blindlings Vertrauen.
Jene war'n die der so lange Zeit stummen, heiligen Frauen.
Kaum vernehmbar hatten die drei ihre Stimme erhoben,
Luna zu trösten, und den verstorbenen Griechen zu loben!

„Hoffe nur weiter!", fuhren sie fort. „Und lebe Dein Leben!"
Luna seufzte, und endlich begann sich der Nebel zu heben.

Nur für ein Stück. Wie vom Hauchen der weisen Stimmen gelichtet.
Ihre Augen auf die entstandene Gasse gerichtet,
Sah sie auf einmal den Elch. Auf langen, staksigen Beinen.
Hieß dies, das Schicksal würde sie wieder mit Velent vereinen?

*

Nun, mir ist es bekannt, doch ich lasse es ganz bewusst offen.
Leide, wenn nötig, noch etwas mit Luna! Teile ihr Hoffen!
Warte wie sie und nutze die Zeit, ein paar Fragen zu stellen.
Oder, so Du soweit bist, ein weises Urteil zu fällen.

Leicht wird dies nicht, denn ich denke, dass wir uns beide nun fragen,
Ob und wie weit wir für das, was wir tun, Verantwortung tragen.
Denn der Grundsatz, dem jeder sicherlich zustimmen würde,
Wird hier mit Blick auf die Zeit zur rechtlich-moralischen Hürde.

Was, wenn sich Folgen – in Velents Fall galt es dies zu erleben –
Erst nach Wochen, und was, wenn sie sich erst nach Jahren ergeben?

Hätte sein Wesen ihn nicht in den hohen Norden getrieben,
Wäre Velent, statt Swidger zu folgen, bei Luna geblieben,
Hätte sie niemand bedrängt und niemand den Griechen erschlagen.
So viel scheint sicher; doch letztlich vermag es keiner zu sagen.

Denn auch den Willen der Götter – selbst wenn sie Velent nichts galten –,
Muss man am Ende des Tages ganz sicher im Auge behalten.
Außerdem muss man der Heimkehrer freie Entscheidung bedenken,
Ihre Schritte gemeinsam zurück nach Mattiacum zu lenken.

Niemand zwang sie dazu, sich gegen die Order zu wehren,
Wegen der brenzligen Lage Mattiacum den Rücken zu kehren.

Aber womöglich hast Du eine andere Sicht auf die Dinge.
Deshalb will ich, bevor ich Dich noch in Verlegenheit bringe,
Lieber tatsächlich nichts weiter ergänzen. Ich lasse es bleiben,
Ende und schick' Dir mit Hoffnung auf Antwort und grüßend dies Schreiben.

Wenn mich Dein Urteil erreicht, werd ich mich – versprochen! – beeilen,
Dir, was noch aussteht, zu schicken: die letzten noch fehlenden Zeilen.

**

Irgendwie fügt sich nun alles. Denn heute den Schlussstrich zu ziehen,
Wäre kaum statthaft. Vernahm ich doch unlängst, dass Tausende fliehen.
Etliche Dörfer und Städte. Ihnen zu helfen hat Vorrang.
Denn ein Teil der Wolke hat sich, gleich einem Vorhang,
Über die Küste gelegt, sie verhüllt und scheinbar verschlungen.
Träge, doch überaus mächtig. Lawinengleich. Dunkel. Gedrungen.

Würde man suchen, so fände man sicher noch bessre Begriffe,
Doch die Zeit dafür fehlt. Ich höre soeben: Die Schiffe,
Die ich bereitmachen ließ, erwarten nur mehr mein Zeichen.
Also: Auf geht's! Um den Unglücksort möglichst schnell zu erreichen.[8]

***

8 **Plinius,** der Ältere, dem ich die Rolle des Erzählers zugedacht habe, verstarb im Jahr 79 n. Chr. bei einer Rettungsaktion nach dem Ausbruch des Vesuv.

Allen, die mir bei der Umsetzung dieser Geschichte geholfen haben, möchte ich herzlich danken!

Den Roman „Keltenkind“ gibt es auch in einer etwa 20-stündigen Hörspielfassung. Mehr Infos dazu auf www.keltenkind.de